GABRIELE LOGES

Paris, Sigmaringen

GABRIELE LOGES

Paris, Sigmaringen

oder Die Freiheit der Amalie Zephyrine von Hohenzollern

GMEINER SPANNUNG

Besuchen Sie uns im Internet:
www.gmeiner-verlag.de

2018 – Gmeiner-Verlag GmbH
Im Ehnried 5, 88605 Meßkirch
Telefon 07575/2095-0
info@gmeiner-verlag.de

1. Auflage 2018

Lektorat: Claudia Senghaas, Kirchardt
Herstellung: Mirjam Hecht
Umschlaggestaltung: U.O.R.G. Lutz Eberle, Stuttgart
unter Verwendung eines Fotos von: © Gabriele Loges (Sigmaringen)
und Herr Specht/photocase.de (Paris)
Druck: GGP Media GmbH, Pößneck
Printed in Germany
ISBN 978-3-8392-2246-1

für Georg

»Ich danke dir, dass du mich bittest, dir von mir zu erzählen, dass du die vorigen Zeiten mir ins Gedächtnis bringst.«

Hyperion an Bellarmin
Friedrich Hölderlin, 1797

SONNTAG, ERSTER UND LETZTER TAG

Paris

Ich habe seine Rosen geköpft.

Sie waren noch frisch, ich wollte sie nicht zurücklassen. Die Köpfe steckte ich in eine weiße Papiertüte, in der ich gestern noch zwei reife Mandarinen vom Bon Marché ins Hotel getragen hatte. Der Duft der Rosen wird sich während der Reise mit dem der Mandarinen mischen.

Der Koffer stand gepackt vor dem Hotelbett, zwei dicke Taschen daneben; zwei mehr als bei meinem Einzug vor einer Woche. Jeden Tag brachte mir Pierre ein Geschenk, meist ein Buch, von dem er meinte, ich müsse es unbedingt lesen. Wie sollte ich alles tragen? Die exotische Pflanze mit dem seltsamen Namen Lucky Bamboo, die er mir bei meiner Ankunft am Bahnhof überreicht hatte, legte ich behutsam – was für ein Wort – neben das Trinkgeld auf den Tisch. Die Frau, die jeden Morgen das Zimmer reinigt, wird sie mitnehmen, wird sie in eine Vase ans offene Fenster stellen, wird auf das Glück warten.

Es ist Sonntagmorgen. Ich sitze in der Halle vor den Bahnsteigen, Gare de l'Est. Mein Zug fährt erst in zwei

Stunden. Ich habe mich in der Zeit vertan, war überzeugt, der Zug fahre um neun, aber er fährt erst um elf. Ich sitze neben meinem Gepäck, schreibe in mein Notizbuch, warte.

Pierre fragte mich gestern noch, ob er mir beim Tragen helfen solle. Aber ich wollte es nicht, er braucht den Schlaf, er hat die ganze Nacht gearbeitet, trotzdem dieser Wunsch, ihn zu sehen. Es hat sich so viel verändert. 14 Stunden sind erst vergangen, und doch wiegen sie schwerer als 23 Jahre.

Während ich schlief, gab Pierre im Hotel eine Tüte für mich ab. Der Mann an der Rezeption vergaß, sie mir zu reichen, als ich mit einem *»au revoir«* den Zimmerschlüssel auf die Theke legte. Der kleine Rezeptionist, der mit den zusammengewachsenen Brauen und den schwarzen Augen, rannte mir kurze Zeit später hinterher; ich solle unbedingt stehen bleiben, es sei ganz wichtig. Ja, keine Sorge, *soyez tranquille*: Ich warte hier vor der Fontaine Saint-Michel. Ich schaute ihm nach, er war ganz schwarz gekleidet, ich hatte Lust, an diesem strahlenden Sonntagmorgen durch seine Beine einen Fußball zu schießen, ich hätte ihn dabei nicht verletzt, seine Beine bilden ein großes rundes Loch. Er ist vielleicht 30; ich sah ein ballspielendes Kind. Schon nach wenigen Minuten kam er zurück, im Laufschritt, und überreichte mir die Tüte. Er lächelte mich von unten an, ich dankte ihm, nahm mein Gepäck, das jetzt noch schwerer geworden war, auf – und tauchte ab, in die Metro. Als ich endlich saß, öffnete ich Pierres Geschenk: Sechs dunkelrote Äpfel hatte er mir als Reiseproviant mitgegeben. Mein Zug braucht gut sechs Stunden bis Sigmaringen. Jede Stunde einen Apfel, davon bekommt man Bauchschmerzen. Eine Karte lag obenauf, eine Karte, die für das Theaterstück »Écouter Marcel Proust, Extraits de À la recherche du temps perdu« warb, das Gesicht Prousts hinter Kirschblüten verborgen, auf der Rückseite Pierres Worte: Wann kommst du zurück?

Die Karte legte ich in mein Notizbuch.

Sieben Tage in seiner Stadt, in seiner Sprache. Wir haben uns gesehen, jeden Tag. Sehen ist etwas anderes als schreiben. Wir waren wieder jung, geradezu beängstigend jung. Es hat sich nichts geändert, nichts verändert.

So viele Jahre blieb Pierre im Hintergrund, im Dunkeln. Erst Pierre, dann Christian, immer schön der Reihe nach.

Pierre war gegangen.

Ich hatte ihn nicht zurückgehalten.

Später, sehr viel später, hat er mir geschrieben, mein Mann könne beruhigt sein, ich sei ohnehin nicht sein Typ. Einmal hat er meinen Vornamen Angelika auf dem Briefumschlag durch Lotte ersetzt und mit Werther unterschrieben. Danach habe ich mehrere Jahre nichts mehr von ihm gehört.

Und jetzt ist alles so, als wären wir nie getrennt gewesen.

Zum ersten Mal wieder allein zu zweit, allein unter vielen fremden Menschen. Menschen, die uns als Paar sehen.

Pierre und ich. Vor einer Woche, hier am Bahnhof. Er hält die Pflanze in der Hand wie einen Degen. Ich sehe ihn, weiß nicht, wo hinschauen. Wegschauen am besten. Aus den Augenwinkeln beobachten. Gleichzeitig der jungen Münchnerin, die neben mir im Zug gesessen hat, mit der ich die Anspannung vor der Begegnung mit Pierre wegreden konnte, intensiv zuhören, mich überschwänglich von ihr verabschieden. Gegenseitige Wünsche für den Parisaufenthalt. Winkend entfernt sie sich. Beobachtet er mich? Wann ihn ansehen? Ich drehe meinen Kopf in seine Richtung, er kommt auf mich zu, die Menschen auf dem Bahnsteig zwischen uns verschwinden nach rechts und links. Mein Herzschlag setzt aus und wieder ein. Seine Wange brennt an meiner. Nur eine höfliche Begrüßung. »Sollen wir erst einen Kaffee trinken?«, fragt er, »die Metro ist zu voll, komm, wir warten lieber.« Ich nicke und lasse ihn den Kaffee bestellen. Wie zwei Fremde halten wir Abstand, trotzdem diese Nähe, ich spüre sie als Schmerz.

Mein Gesicht glüht, meine Hände sind kalt. Ich will ihn umarmen und nie wieder loslassen, ich wage es nicht, packe ihn mit Worten zu:

»Im Zug habe ich eine junge Frau aus München getroffen, sie möchte hier ein Jahr lang an der Rezeption eines großen Hotels arbeiten, sie hat gerade ihr Französischstudium abgeschlossen und will jetzt die große Welt in Paris kennenlernen, sie meinte, vielleicht trifft sie ja sogar auf irgendwelche Stars, die ihr irgendwelche Türen öffnen, vielleicht …«

Er unterbricht mich: »Wie geht es dir, deinem Sohn und deiner Tochter, hat sie immer noch blonde Zöpfe, und deinem Mann?«

Er zeigt auf einen freien Tisch, wir setzen uns, ich antworte ihm: »Gut geht es ihnen, die Kinder sind aus dem Haus, kommen gerne am Wochenende, Christian arbeitet und wartet auf mich.«

»Liebt er dich?«

»Warum bist du geschieden?«

»Ich habe keine Zeit für eine Familie.«

Sagt er es traurig? Ich sehe auf, sehe seine Augen, taste mich wieder nach unten, seine Lippen, ich darf nicht zu lange auf diese Linie schauen, er wird es bemerken, aber er sieht darüber hinweg, spricht weiter: »Vielleicht ist es besser so, ich vermisse meine Tochter, auch wenn ich sie oft sehe.«

»Es ist nicht einfach, Familie und Arbeit unter einen Hut zu bringen.« Ich verwende diese Floskel, um ihn zu beruhigen. Seine Gesichtszüge sind auf einmal verschlossen. Der Kellner bringt zwei *grands crèmes.*

»Gefällt dir deine Arbeit?«, frage ich.

Er antwortet mit einer Gegenfrage: »Warum bist du in Paris?«

»Ich suche eine deutsche Frau, die vor langer Zeit in dieser Stadt viele Spuren hinterlassen hat.«

»Bist du mit ihr verwandt?«

»Nein, aber sie ist nach ihrer Hochzeit von Mann und Kind weggelaufen, nach Paris, und jetzt versuche ich herauszubekommen, was sie hier so angezogen haben könnte.«

»Ist sie nach der Hochzeit auch jünger geworden?«

»Warum soll sie jünger geworden sein?«

»Du bist noch genauso wie damals.«

Ein Mann, der Herrn K. lange nicht gesehen hatte,

begrüßte ihn mit den Worten: »Sie haben sich gar nicht verändert.« »Oh,«, sagte Herr K. und erbleichte.

Pierre zahlte, die Schalter waren wieder frei, ich holte mir eine Wochenkarte. Wir nahmen die rote Linie 4, gingen schweigend durch die Sperre. Ich hätte gerne etwas gesagt oder ihm zugehört. Die Menschen in den Gängen zur Metrostation rannten, als sei es wichtig, unbedingt die nächste Metro zu erreichen, rauszukommen aus der Stadt oder rein, man sieht ihnen die Richtung nicht an. Pierre ließ sich von der Hektik nicht anstecken, ging ganz ruhig, schaute mich von der Seite an. »Geht's?« Ich konnte nichts erwidern, bestand nur noch aus Bauch und Blut. Vielleicht hätte ich im Zug noch etwas essen sollen. Der unverwechselbare Metrogeruch, eine Mischung aus Gummi, Schweiß, Parfüm und Eisen, stach mir in die Nase. Pierre begleitete mich bis zu meinem Hotel. Wir verabredeten uns für den nächsten Abend.

Es war unser erster gemeinsamer Tag in Paris.

Nicht seinetwegen kam ich in diese Stadt. Eine Frau ist es, die mich hierher geführt hat. Ich wollte ihre Wege gehen, ihren Wohnort aufsuchen, im friedlichen Paris Revolutionsluft atmen, Spuren suchen, die längst verwischt sind, den Himmel aus ihrem Blickwinkel betrachten. Ich wollte für sie den Teer von der Straße kratzen, den Weg mit Abfall, mit Unrat bedecken, in eine Kutsche steigen und mich zum königlichen Hof, später zu Napoléon fahren lassen.

Mehr als 200 Jahre zurückgehen, ihr nahe sein, um

Neues über sie, die deutsche Adlige in Paris, zu erfahren. Ihr Name ist Amalie, genauer: Amalie Zephyrine von Hohenzollern-Sigmaringen, geborene von Salm-Kyrburg. Eine Amélie ihrer Zeit, Amélie de Salm; später hat ihr geliebter Bruder kurz vor der Fahrt zur Guillotine seinen letzten Brief an Bürgerin Amélie de Hohenzollern geschrieben. Das adlige Etikett, *la princesse*, hatte sich für einige Jahre aus dem öffentlichen Leben verabschiedet.

Manchmal scheint es mir, nichts ist leichter, als Amalie-Amélie zu finden, jede Entscheidung von ihr leuchtet mir ein, könnte meine eigene sein, dann wieder ist diese Frau ganz weit weg. Ich habe alles über sie gelesen, alles, was ich finden konnte, habe in Sigmaringen nach ihr gefragt. Es wird tapfer spekuliert, es werden Geschichten erzählt.

Sie hat erreicht, dass ein kleines deutsches Land während der Herrschaft Napoléons nicht untergegangen ist, ja sogar vergrößert werden konnte. Ihre Beziehungen, ihr Verhandlungsgeschick wird den Männern zugeschlagen, ihr selbst gewählter Weg wird kritisch interpretiert. Eine Frau hat bei ihrem Mann zu bleiben, wo sonst. Amalie bekommt Liebhaber und eine uneheliche Tochter angedichtet.

Es ist ihr schlecht ergangen, dieser Amalie; sie ist während und nach ihrem Leben zwischen die deutsch-französischen Fronten geraten. Gründlich und nachhaltig. Ihr Urenkel Leopold und der Enkel ihrer Freundin Joséphine, Napoléon III., werden der äußere Anlass für den ersten dieser drei absurden Kriege zwischen Pierres und meinem Land sein.

Abends ging ich ins Kino. Pierre musste arbeiten, die Bibliotheken und Archive waren geschlossen. Es gefällt mir, alleine ins Kino zu gehen. Aber nachher würde ich immer gerne mit jemandem über den Film reden. Wie er wohl den Film »Un long dimanche de fiançailles« interpretiert? Sie, die sanfte Heldin Mathilde, hat auf ihn, ihren Verlobten, der nicht in diesen Krieg wollte, der bei ihr bleiben wollte, gewartet, lange gewartet, sie hat gewusst, dass er noch lebt, gegen jede Vernunft. Die Schauspielerin ist schön, weichgezeichnet mit kugelrunden braunen Augen. Immer wieder habe ich meine Augen während des Films geschlossen. Ich wollte die zerschossenen Gesichter nicht sehen, wollte nicht Körper sehen, die als Erdklumpen in die Höhe schießen. Die matschgrauen Männer verpulvern Leben im Niemandsland zwischen der deutschen und der französischen Linie. *Niemandsland*, das Wort der Feinde, ein fremder, todbringender Ort im eigenen Land.

Ich schaue hoch, suche Soldaten, die von hier aus den Zug in den Osten, nach Verdun, nehmen.

Der Vater meines Vaters war in diesem Krieg. Im Westen, im *Feindesland*. Sein Körper wurde nicht verletzt, aber, so sagten die anderen, er tickte danach nicht mehr richtig. Er hat Briefe geschrieben, an seine Frau, er unterschrieb mit »dein treuer Otto«. Briefe, die heute in meiner Schreibtischschublade liegen.

Amalie Zephyrine plante ihre Flucht aus Sigmaringen genau. Es schien ihr der einzige Weg, der mögliche Ausweg. Zwischen Entschluss und endgültiger Durchführung lagen schwere Wochen, schwer wie Blei und voller Zweifel.

Kurz nach der Geburt ihres Sohnes kam ihr Mann Anton Aloys noch einmal alleine in ihr Zimmer. Zum ersten Mal fühlte sie sich ihm nah. Die Linien in seinem Gesicht waren ungewohnt weich, zärtlich. Er schaute Amalie bewundernd an, küsste sie auf die Wange, berührte ganz vorsichtig die winzige und doch erstaunlich vollkommene Hand seines Sohnes, strich über jeden einzelnen Finger. Am Tag darauf brachte er seinen Vater und seine Mutter zu Amalie, sie begutachteten den Erben, er sah gesund aus, man durfte hoffen. Nach dieser Inspektion war alles wie immer. Kalt war es in diesem Sigmaringen im Februar 1785. Wäre sie nicht verheiratet, wäre sie jetzt in Paris. Sie würde tanzen und singen, über Literatur diskutieren, die neuesten Theaterstücke besuchen. Lauter Unmöglichkeiten. Sie saß hier fest.

Auch der März und April brachten keine Besserung. Anton Aloys oder, wie sie ihn in ihren Memoiren nannte, *mon prince héréditaire*, besuchte sie zweimal am Tag, vormittags eine Viertelstunde und am Abend vor dem Schlafengehen noch einmal eine Stunde. Es war die einzige Gelegenheit für sie, französisch zu sprechen. Die Worte sprudelten aus ihr heraus. Er schwieg meist, schaute sie schüchtern an, so, als sei sie nicht seine Frau. Manchmal kam auch sein Vater mit, dann wurde Amalie still, der Vater wechselte nach den ersten Begrüßungsworten die Sprache, er sprach deutsch, erzählte von der Jagd. Er sprach zu seinem Sohn, nicht zu seiner Schwiegertochter. Dieser Vater, der getrennt von seiner Frau lebte, war ein Mann, der ohne Weiteres auf Gesellschaft verzichten konnte. Amalie konnte es nicht, wollte es nicht.

Alles wurde in diesem unbequemen Schloss vom gestrengen Schwiegervater überwacht. Die Briefe, ihre Nabelschnur zur Welt, wurden immer zuerst von ihm gelesen. Offen brachte ein Diener sie auf dem Silbertablett. Ob ein Teil ihrer Briefe vorher aussortiert worden war – wegen Nichtgefallens? Wer Briefe aussortiert, sortiert auch Menschen aus. Sie wurde bewacht, beobachtet, kontrolliert. Als wollte sie fliehen.

Sie wollte fliehen. Zu ihm, zu Friedrich, dem geliebten Bruder. Endlich wieder leben. In Paris.

Es war kein Zufall, dass ich Pierre hier getroffen habe. Christian hat es gewusst, er meinte, wenn Amalie nicht in Paris zu finden wäre, sondern in London oder Prag, hätte ich mich erst gar nicht mit ihr beschäftigt. Er sagte zu mir: »Sie ist nur deine Triebfeder.« Er spottete manchmal über diese Frau, die in den letzten Jahren so viel Raum bei uns zu Hause eingenommen hat. Er spottete vor allem darüber, dass Pierre genau dort zu finden war, wo Amalie aufgespürt werden konnte.

Es ist mir egal. Ich bin einfach nur glücklich. Ich schwebe immer noch. Ich habe Pierre wieder, und es ist eingetreten, was Christian befürchtet haben mag: Ich werde zu ihm, dem anderen, gehen. Ich muss.

Die Automatenstimme am Bahnhof ist kaum zu verstehen und verkündet doch ununterbrochen, welcher Zug gerade ankommt, welcher abfährt. Meiner ist noch nicht dabei.

Amalie floh in Männerkleidung.

Der Fürst und Schwiegervater erlaubte ihr seit wenigen Tagen eine nachmittägliche Ausfahrt mit der Kutsche. Sehen und gesehen werden. Die Kutsche war das Hochzeitsgeschenk ihres Mannes, komfortabel und bequem, wie es sich gehörte. Wenigstens hier gingen die Hohenzollern mit der Zeit. Die Wappen der vereinigten Fürstenhäuser waren kunstvoll auf gelben Grund gemalt, nebeneinander und in gleicher Größe. Aber von Gleichwertigkeit konnte keine Rede sein. Eine Stunde Freiheit pro Tag, hinaus in die Landschaft, nur mit Erlaubnis.

Ihr Sohn Charles war an diesem Frühlingsnachmittag Anfang Mai gerade zehn Wochen alt. Er wurde bestens versorgt. Sein Appetit war unglaublich, eine andere Frau stillte ihn. Die Mutter bekam ihren Sohn selten zu sehen. Die Amme beobachtete dann Madame, als könne sie ihn fallen lassen, ihm wehtun durch ihre bloße Anwesenheit. Amalie fühlte sich allein; die Fluchtpläne überwanden ihre letzte Hürde.

Ihre eigene Dienerschaft war kurz nach ihrer Ankunft im letzten Sommer ausgetauscht worden. Die Neuen wussten sich nicht zu benehmen. Nichts sollte an Paris erinnern, sie sollte sich hier in Sigmaringen einfügen. Amalie schrieb ihrem Bruder Friedrich sieben Monate nach ihrer Ankunft eine Nachricht: »Komm, hilf mir, ich halte es nicht mehr aus, ich habe Angst vor der Geburt, sag' mir: Geht alles gut? Komm, schnell.« Er war gekommen, brachte Blumen und einen kunstvoll gefertigten Schal mit, verkürzte ihr ein wenig die Zeit; doch allzu oft wurde er nicht vorgelassen, oder Amalie durfte nicht zu ihm, der Fürst gab die Befehle, Order blieb Order, die Geschwister sollten nicht ohne Aufsicht miteinander reden. Wer weiß, was sie ausheckten.

Das Misstrauen träufelte Säure dorthin, wo zwei Familien sich gleich doppelt verbunden hatten. Ihr Bruder war der Mann von Johanna, der Schwester ihres Mannes Anton Aloys. Johanna durfte mit Friedrich und den beiden Kleinen in Kirn und Paris leben. Wie gerne hätte sie getauscht. Nicht einmal für die Geburt hegte die Familie ihres Mannes Vertrauen in die fortschrittliche Medizin, den frischen Wind aus Paris, der hier höchstens als Zugluft interpretiert wurde. Immer war jemand aus der Familie ihres Mannes mit Argusaugen anwesend. Sogar die alte Tante, die ununterbrochen mit dem Kopf wackelte, als wollte sie auch den letzten Winkel im Raum im Auge behalten, wurde neben sie als Beobachtungsposten gesetzt.

Was glaubten sie denn? Sie war doch keine Magd!

Nach der Abreise ihres Bruders verweigerte sich Amalie, sie zog sich immer mehr zurück, blieb in ihrem Zimmer, auch zu den Mahlzeiten. Der Ausbruch aus dem Gefängnis nahm Gestalt an.

Schon seit Tagen war alles vorbereitet, ihr Diener Luxemburg hatte die Männerkleidung besorgt. Am Morgen hatte Amalie ihr Zimmermädchen eingeweiht. Sie half ihr wie immer bei der Morgentoilette. Aber diesmal musste sie ihr helfen, über die Leibwäsche die Männerkleidung zu ziehen. Das Mädchen zögerte nur kurz, eifrig, mit roten Wangen half sie ihrer Herrin, die neue Garderobe, das bequeme Reisekleid mit den blauen Rüschen bis zum Hals, so anzulegen, dass niemand auf den Gedanken kommen konnte, darunter sei etwas anderes als das spitzenbesetzte Unterkleid. Zum ersten Mal war es Amalie warm ums Herz in diesem kalten Kasten, der hier Schloss genannt wurde, der selbst im Sommer die Sonne aussperrte. Amalie hätte das ängstlich lächelnde Zimmermädchen gerne mitgenommen, aber wer weiß, welche Strafe ihre Familie getroffen hätte. Sie umarmte die Kleine, die nicht wusste, wie ihr geschah: Die Prinzessin war so anders, wie aus einer Märchenwelt.

Amalie verabschiedete sich von ihr. Ein letzter Blick aus dem Fenster. In die Freiheit. Der Abschied von ihrem Sohn fiel ihr schwer, sie musste ihn zurücklassen, sie würde wiederkommen. Aber wann? Ihr kleiner Charles würde sie verstehen, wenn er wüsste, wie sich seine Mutter hier fühlte. Schweren Herzens und plötzlich wieder frierend ging sie zu ihm, holte ihn aus der Wiege, flüsterte ihm mit Tränen in den Augen auf Französisch die Notwendigkeit ihrer Flucht ins Ohr; jetzt weinte auch er, die Amme schaute missbilligend auf Amalie, die ihren Sohn wieder in die Wiege zurücklegte und mit gebeugtem Kopf das Zimmer verließ. Sie hatte es plötzlich eilig und zwang sich dennoch, nicht zu schnell zur bereitstehenden Kutsche zu gehen. Wenige Minuten später ließ sie sich, schon wieder mit hoch erhobenem Haupt, in die Kutsche helfen. Luxemburg setzte sich vorne zum Kutscher. Er würde ihm, sobald sie nicht mehr in Sichtweite des Schlosses wären, sagen, wohin die Fahrt ging.

Der kürzeste Weg außer Landes führte über Scheer. Ein schöner Weg, den sie in den letzten Tagen wiederholt gewählt hatte, immer der mäandernden Donau entlang; jetzt, im Frühjahr, waren die Wiesen überschwemmt. Die erlaubte Stunde reichte nur knapp und war schon über die Hälfte vergangen. Vor Scheer, bei der kleinen Kapelle an der Grenze, ließ sie den Kutscher anhalten, sagte ihm, sie wolle sich ein wenig die Beine vertreten, er solle auf sie warten. Sie ging auf dem weichen Waldweg zur Kapelle. Farn leuchtete hellgrün, einzelne Laubbäume trugen schon zarte Blätter, hier und da rollte sich ein Buchenblatt aus. Amalie sah alles überdeutlich, wie mit ihrem Opernglas. Anton Aloys sprach oft von den leuchtenden Buchenwäldern im Mai. Aber noch war die Natur nicht so weit. Auch die Wälder um Kirn waren schön. Wie freute sie sich darauf, unbeschränkt dort leben zu dürfen.

In der Kapelle zog sie die Frauenkleider aus. Luxemburg reichte ihr den mitgebrachten *chapeau*, packte die Kleider sorgfältig ein und nahm sie unter den Arm. Amalie wollte unter keinen Umständen erkannt werden. Auch war sie nicht zum ersten Mal in Männerkleidung unterwegs. Oft war es die einzige Möglichkeit, ohne männliche Begleitung auszugehen. Aber eine Flucht war kein Spaziergang. Die Stiefel drückten schon nach wenigen Schritten. Sie lief, so schnell sie konnte. Sie lief um ihr Leben, sie lief, bis ihre Füße blutig waren, die Muskeln ihren Dienst versagten. Fast ein Jahr war sie nicht mehr spazieren gegangen. Die Sorge, auch dieses Kind würde die Geburt nicht überleben, war bis zum Ende der Schwangerschaft übergroß. Alles hatte sie getan, damit ihr Mann den gewünschten Erben bekommen würde. Und sie hatte schließlich ihre Aufgabe als zukünftige Landesmutter zur Zufriedenheit erfüllt. Jetzt war sie selbst an der Reihe. Einen Fuß vor den anderen. Wenn ihr Mann sie liebte oder wenigstens achtete, würde er dies verstehen.

Zuerst überquerten sie wie ein junger Reisender mit seinem Diener in Scheer die Donau, dann ging es im Schutz von Büschen und Bäumen in Richtung Mengen weiter. Der Kutscher wartete vergeblich auf die vermeintlich Betenden und fuhr schließlich ohne die Prinzessin zurück.

Es würde bald dunkel werden. Nach zwei Stunden Fußmarsch verließen Amalie die Kräfte. In Ennetach, einem kleinen Dorf kurz vor dem Ziel, setzte sie sich auf eine niedrige Steinmauer. Keinen Schritt wollte sie mehr gehen. Sie schickte Luxemburg alleine weiter, er solle in der Posthalterei in Mengen nachfragen, ob ein Zimmer für sie frei wäre. Schon nach einer Stunde kam er wieder zurück. Ja, die Herrin, ach nein, der junge Student könne ein Zimmer bekommen. Ihre Füße waren wie Blei. Die Hoffnung trug sie die letzten 1.000 Meter. Zitternd kam sie im Gasthaus an. Ihre Verkleidung schien ihr plötzlich nicht mehr sicher genug. Ohne Abendessen ging Amalie in das ihr zugewiesene Zimmer. Vorher wies sie ihrerseits noch Luxemburg an, er solle nach Pferden und einer Kutsche fragen, am frühen Morgen wollten sie weiter bis Riedlingen. Sie verriegelte ihr Zimmer und wartete auf den nicht kommen wollenden Schlaf. Es war laut. Tagsüber war Markt gewesen, die Männer hatten reichlich getrunken und diskutierten lautstark über die Einzelheiten der Welt. Auch der Tonfall ihres Dieners Luxemburg tauchte immer wieder aus dem Stimmengewirr auf. Auf einmal bekam sie Angst; vielleicht hatte man sie erkannt, und die Angetrunkenen überlegten nun, wie sie festgenommen werden könnte? Vor ihrer Tür unterhielten sich mehrere Männer, sie waren schwer zu verstehen. Amalie konnte nicht gut genug Deutsch, auch sprachen sie einen Dialekt, der ihr keineswegs vertraut war. Sie schob eine Kommode vor die Tür, lag angezogen und wach im Bett. Endlich, nach bangen Stunden, wurde es unten und draußen ruhig. Amalie verließ das Zimmer und suchte ihren Diener. Schließlich fand sie ihn bei der Postkutsche. Er wartete bereits auf sie. Amalies Herz klopfte bis zum Hals, bald ginge es weiter. Sie baute jetzt wieder darauf, dass niemand sie erkennen würde. Bis Riedlingen waren es knapp zwei Stunden. In der Kutsche nickte sie immer wieder ein. Sie spürte alle Muskeln, die zu großen Stiefel, die trotzdem unangenehm an ihren Füßen klebten. Die Männer waren um diese Kleidung wirklich nicht zu beneiden. Langsam wurde es hell. Gegen halb sieben müssten sie die nächste Poststation erreicht haben. Amalie fror. Hoffentlich stand die Kutsche aus Kirn, die sie heimlich bestellt hatte, in Riedlingen bereit.

Beim Einfahren in den gepflasterten Hof der Posthaltestelle schien das Glück gänzlich von ihrer Seite gewichen zu sein. Die Kutsche aus Kirn war nirgends zu sehen. Beim Verlassen der Postkutsche stellte sich ihr zudem der

Postmeister von Riedlingen wie ein riesiger Felsbrocken in den Weg und behauptete, er wisse, wer sie sei, und nur, wenn er entsprechende Anweisungen aus Sigmaringen bekommen würde, könne sie weiterreisen. Irgendetwas musste durchgesickert sein, irgendjemand hatte sie erkannt und von Flucht gesprochen. Notgedrungen ging Amalie in die Posthalterei. Der Postmeister versicherte ihr, spätestens in drei Stunden – er wolle einen Eilboten schicken – wäre eine Nachricht da. Es war sieben Uhr am Morgen. Amalie ließ sich ein Frühstück bringen. Das Brot war dunkel, die Butter goldgelb. Schon lange hatte es ihr nicht mehr so gut geschmeckt. Trotzdem war ihr unwohl. Sie wartete. Die drei Stunden waren längst vorbei. Was jetzt wohl kommen würde? Amalies Fantasie entwarf schreckliche Szenarien, sie stellte sich vor, wie sie in Ketten nach Sigmaringen geschleppt werden würde. Wie ein Tanzbär.

Nicht mit ihr! Sie rief ihren treuen Diener Luxemburg, er solle ihr in der Stadt Pistolen besorgen, damit sie sich auf der weiteren Reise verteidigen könnten. Luxemburg erschrak, er war mehr als doppelt so alt wie Amalie, er sorgte sich auf seine Weise um die Herrin. Er sagte, er könne, er wolle ihrem Befehl nicht Folge leisten, er wolle viel lieber eine Messe für sie lesen lassen. Der Arme hatte Sorge, sie könnte die Waffe gegen sich selbst richten. Amalie hielt den Getreuen nicht davon ab, den Himmel um Hilfe zu bitten. Sie selbst vertraute lieber ihrer eigenen Kraft und setzte jetzt, nach mehr als einem Tag des Wartens und einer Nacht, in der sie vor Erschöpfung tief geschlafen hatte, zum Gegenangriff an. Denn aus

Sigmaringen war nichts gekommen, einfach überhaupt nichts. So, als gäbe es die junge Prinzessin von Hohenzollern-Sigmaringen nicht, oder besser: nicht mehr. Als würde es sich nicht lohnen, sie zurückzuholen. Amalie fühlte sich plötzlich wieder stark und unverwundbar, sie setzte ihren Hut auf und zitierte den Postmeister zu sich. Was er denn glaube, wer er sei, und vor allem, was er denn glaube, wer sie sei! Der resolute Ton verfehlte seine Wirkung nicht, der Postmeister schrumpfte geradezu bei ihren Worten: Wenn er schon wisse, wer sie sei, wäre dies ein Grund mehr, sie nicht zurückzuhalten. Und wenn er nicht augenblicklich Pferde und eine Kutsche bereitstellen würde, werde sie einen Boten des Fürsten von Taxis zum Kaiser schicken, und dieser werde ihn dann entlassen, weil er seinen Aufgaben nicht nachgekommen sei. Außerdem befinde sie sich nicht mehr innerhalb der Landesgrenzen des Fürsten von Hohenzollern. Er habe also ganz und gar kein Recht, sie einzusperren, und wenn er ihr nicht sofort den Befehl, den er überhaupt nicht habe, zeigen könne, solle er in derselben Geschwindigkeit endlich die Pferde bereitstellen, damit sie ihren Weg fortsetzen könne.

Ganz klein war er geworden, der Mann, der sie um mehr als einen Kopf überragte. Es war nicht einfach mit den Herrschaften; er hatte geglaubt, richtig gehandelt zu haben, er verstand nicht, dass sich im Schloss von Sigmaringen niemand um seine Entdeckung scherte. Der Postmeister spannte seine besten Pferde vor. Die Prinzessin sollte sich so schnell und so weit wie möglich von seinem Hof entfernen. Er verbeugte sich zum Abschied tief und in der Hoffnung, das Ganze werde kein Nachspiel für ihn haben.

Amalie gab ihm noch einen Brief an Anton Aloys in die Hand, in dem sie ihrem Mann schrieb, welcher Kummer sie zu diesem Schritt veranlasst hätte, nicht er wäre der Grund dafür. Und dann bat sie noch, er möge ihr Zimmermädchen mit ihren Kleidern nach Kirn schicken. 30 Stunden habe sie auf eine Antwort von ihm gewartet. Jetzt würde sie weiterfahren.

An der nächsten Poststation traf sie endlich die zwei Kutscher aus Kirn, sie kamen ihr wie gewünscht entgegen, waren jedoch unterwegs aufgehalten worden. Was ihr erspart geblieben wäre, wenn sie pünktlich am vereinbarten Ort eingetroffen wären! Amalie stieg um. Die Kutsche ihres Bruders trug sie zu ihm. Frische Kleider lagen in einer Kiste unter dem Sitz. Sie wollte zurückkommen, später, vielleicht wenn ihr Mann regierender Fürst wäre, nicht mehr nur Sohn, der die Befehle seines Vaters ausführte. Sie wollte ihren kleinen Charles selbst erziehen. Sie wusste, was sie zu tun hatte als Mutter, als Frau.

Heiraten stand nie auf meinem Plan. Kinder schon, mindestens sechs. Eine utopische Zahl, wie sich später herausstellen würde. Nach der Mittleren Reife fing ich eine Lehre als Buchhändlerin an. Die Leseleidenschaft wurde Teil meines Berufs. Mit dem Ende der Schulzeit war ich auch Harald unbeschadet losgeworden. Zwei Jahre lang hatte er sich liebevoll um mich bemüht. Er war aufmerksam, das gefiel mir irgendwie. Aber dieses ungute Gefühl, er hielte womöglich schon das Werkzeug in der Hand, um mir einen goldenen Käfig zu bauen, wuchs bei jedem Zusammensein. Meine Freiheit war mir wichtig: in die Richtung gehen, die mir vorschwebte. Ich konnte mir damals nicht vorstellen, dass dies in einer festen Beziehung möglich wäre.

Und dann kam Pierre. Im August und als Austauschschüler zu meinem jüngeren Bruder. Schon vom ersten Tag an blieben wir zusammen. Drei Sommer hintereinander. Nähe auf Abstand. Ich wollte mich nicht verlieben, nicht binden. Eine angenehme Fernbeziehung, so konnte ich viel lesen und testen, ob andere Jungs sich auch angenehm anfühlten. Ihnen habe ich immer erzählt, ich hätte einen anderen, auf den ich warten würde.

Die langen Briefe an Pierre. Das Warten auf eine Antwort. Diese Sorge, er würde nicht mehr schreiben. Oder eine andere wäre ihm wichtiger. Aber auf einmal lag der nicht mehr erwartete Brief auf dem Wohnzimmertisch. Ich war erleichtert, nahm den Brief, rannte fluchtartig zum Bach hinunter, zu der ausgetretenen Stelle mit der Wurzel, meinem Platz zum Denken, und las. Augenblicklich wollte ich Pierre bei mir haben, und mir blieb doch nur der Baum zum Anlehnen, das Wasser, um meine Haut zu spüren. Wenn Pierre wieder bei mir war, war es, als wären wir nie getrennt gewesen. Ein ewiges Hin und Her, auch im dritten Sommer.

Nach der Lehre zog ich von zu Hause aus und ging nach Rottweil, wollte dort das Abitur machen und danach studieren. Dieser Sommer sollte mein Leben verändern, Pierre, der in diesem Jahr sein Studium begann, sollte nicht mehr dazugehören, ich war überzeugt, es wäre in seinem Sinne, ich wollte mich freimachen vom Warten und Hoffen. Ich öffnete die Augen für andere.

Eines Abends, es war schon dunkel, stand er da, vor meiner Tür. Er war mit dem Fahrrad gekommen, brachte den Himmel gleich mit. Zwei Nächte später schenkte er mir sein Medaillon, das er um den Hals trug. »Damit du mich nie vergisst«, meinte er. Wie sollte ich? Endlich wusste ich, wir gehören zusammen. Ich trug mein neues Schmuckstück.

Drei Wochen lang.

Amalie wurde nur wenige Schritte entfernt von dem Hotel, in dem ich mich für eine Woche eingenistet hatte, im Haus ihrer Eltern geboren. Viele linksrheinische deutsche Adelsfamilien begaben sich in die Nähe des französischen Hofes. Der Glanz von Versailles strahlte weit und blendete zuweilen. Ihr Vater suchte schon Jahre vor Amalies Geburt sein Glück hier. Er, der schöne Rheingraf, bemühte sich, in vorderster Reihe zu stehen. Ein kostspieliger Stand.

Pierres Weggehen kam unerwartet. Ständig hatte ich damit gerechnet; als es passierte, wollte ich es nicht wahrhaben. Kämpfen schien mir dennoch aussichtslos, die Worte auf dem eng beschriebenen Papier waren klarer, als es gesprochene jemals hätten sein können. In dem Brief stand, er hätte sie endlich gefunden, die schönste Frau Frankreichs. Und außerdem wäre er froh, mich nicht mehr ansehen zu müssen.

Am Morgen hatte ich mir einen Gedichtband von Else Lasker-Schüler in der Buchhandlung gekauft, in der wir vor drei Wochen noch gemeinsam nach Rimbaud gesucht hatten. Ich las seinen Brief, immer wieder. Dann schlug ich die Gedichte auf und ertränkte darin meinen Kummer, ersäufte ihn wie unser Nachbar die blinden Kätzchen. *Weißt du, dass du gefesselt liegst in meiner wilden Phantasie, damit du mich mit Küssen besiegst in den schwarzen Nächten, in der Dämm'rung früh.* Eine erste »helle Nacht«, eine Nacht ohne Schlaf. Am anderen Morgen fühlte ich mich kalt und leer. Ohne Gefühl. Eine Wohltat. Ich habe zurückgeschrieben. Alles in Ordnung, freut mich für dich, Adieu. Ich habe *Adieu* gewählt, weil er einmal gesagt hatte, man dürfe es nur sagen, wenn es endgültig wäre, die Deutschen würden es immer falsch verwenden. Ein »Ade« im Schwäbischen hat nichts Endgültiges, hat etwas Versöhnliches, Verbindendes, weiß um das Wiederkommen. Wir hatten darüber geredet, es ist dasselbe Wort, aber es bedeutet etwas völlig anderes. Ich konnte sicher sein, er hatte mich verstanden. Die folgenden Nächte waren nicht besser. Die Zeilen spuken immer noch in meinem Kopf herum. *Und Gedanken, die sich zur Form gestalten, sie greifen mich wie Wölfe an.* Ohne sie, die Dichterin, wäre ich verrückt geworden.

Später war Christian da, im selben Zimmer, aus dem Pierre geflohen war. Das Zimmer, das mit mir die wachen Nächte teilte. Mit ihm konnte ich den Schmerz mit meinem, mit seinem Körper abarbeiten, die Wunde ansehen, die Salbe großzügig verteilen. Wenn er am Morgen gehen musste, schlich sich das Wissen um Pierre wieder in meinen Kopf; die Wunde brach erneut auf, aber sie wuchs im Laufe der Zeit zu. Die Narbe blieb.

Ich konnte mich wieder einigermaßen auf das Lernen konzentrieren, dachte an den kommenden Abend, das gemeinsame Kochen, Christians Geschichten, mit denen er mich zum Lachen brachte.

Drei Jahre lang habe ich Pierre nachts im Traum mit Christian, mit dem das Leben so einfach war, zusammengedacht, habe ihm am Morgen von Pierre und den Träumen erzählt. Christian hat mich gehalten, mich umsorgt. Am Ende dieser drei Jahre war ich mit Christian verheiratet, und Pierre kam mit seiner Freundin zu Besuch.

Im Alter von 70 Jahren schrieb die Fürstin Amalie ihrem Sohn auf 90 Seiten auf, wie ihr Leben vor dem seinen verlaufen war. Sie versprach ihm Einzelheiten, Jahr für Jahr. Sie hielt ihr Versprechen nicht, konnte es nicht halten. Ihr Sohn Karl erfuhr nur einen von ihr ausgewählten Teil ihres Lebens, viele Ereignisse ließ sie unerwähnt, ganze Jahre kamen nicht zur Sprache. Sie erzählte von schweren Zeiten, nicht von glücklichen. Gab es andere Männer? Darüber hat sie ihrem Sohn fast nichts erzählt, nur am Rande, nebenbei; Männer hatten, so schrieb sie, Interesse an ihr. Amalie wollte sich wieder erinnern, sie wollte ihre Vergangenheit neu begreifen, vor sich hinstellen. Erinnern, um sichtbar zu machen, nicht nur für ihn, auch für fremde Leser, denn diese konnte sie nicht mit Gewissheit ausschließen; zu ihrer Zeit warf man keine Briefe weg, Papier war kostbar. Sie stellte das Verborgene in den Raum, betrachtete es, polierte es hin und wieder, sah das Gewesene mit anderen Augen. Manches blieb blass, manches leuchtete verführerisch, manches schmerzte und musste von ihr immer wieder benannt werden.

Ich habe das, was ich heute mit dem Wort »Sehnsucht« umschreiben würde, was mich so plötzlich quälen konnte, in Worte gefasst, formuliert für Pierre. Immer nur winzige Pinselstriche aus meinem Leben, nie etwas aus unserer gemeinsamen Vergangenheit. Wir schrieben uns zehn Jahre nach unserem letzten Treffen wieder. Ich schrieb Karten oder Briefe, solche, die ich abschickte, und solche, die ich vorher verbrannte oder in winzige Schnipsel zerriss. Nicht zu vergessen die ungeschriebenen, deren Sätze nicht mal den blau auf weiß markierten Weg aus meinem Kopf auf das Papier fanden, sie blieben hängen und nahmen mir in unbedachten Momenten die Luft zum Atmen.

Nicht immer antwortete Pierre auf meine wenigen abgeschickten Briefe, dann wartete ich bis zu seinem Geburtstag, schickte eine Postkarte, die ich lange gesucht und endlich gefunden hatte, die ihm meine Stimmungslage als Vervielfältigung mitteilte und auf deren Rückseite er Sätze ohne Gewicht, fast leer, aber doch lange abgewogen, lesen konnte. Seine Antwortkarte machte es deutlich: Er hatte mich verstanden.

Welche Sätze von mir bei ihm angekommen sind, weiß ich erst seit unseren Café-Gesprächen in Paris, er hat mich zitiert, es waren meine Worte, er weiß sie auswendig, am Anfang hat es mich erschreckt.

Der gestrige Abend, unser letzter, ist in meinem Kopf zum Film geworden.

Er wollte mich abholen, bevor er zur Arbeit musste. Ich wartete auf ihn; nur noch drei Stunden für die lange Zeit danach. Ich lehnte mich aus dem Fenster, war besorgt, er könne oder wolle nicht kommen. Die Gasse sah von oben ganz anders aus. Im linken Torbogen richteten sich schon Obdachlose für die Nacht ein Lager. Sie schleppten Decken herbei, um den Schlaf für ein paar Stunden unter herrschaftlichem Schutz trotz Kälte erträglich zu machen. Zwei Männer unterhielten sich laut, ein dritter bereitete die Bettstatt. Von irgendwoher holte er eine langstielige rote Rose und legte sie in einen Schlafsack, als sei sie eine Frau. Es sah aus, als spreche er mit seiner Rosenfrau. Ich schaute nach rechts, endlich kam Pierre um die Ecke, ich konnte ihm von oben zuschauen, wie er ins Hotel ging, ohne Eile, ohne zu zögern. Ich wartete, bis er im Hotel war, verließ meinen Platz am Fenster aber erst, als der Mann von der Rezeption ihn kurz danach am Telefon ankündigte. Weniger als drei Stunden blieben uns noch, in denen alles, was wir in dieser Woche aufgebaut hatten, zerstört werden konnte.

»Merci, j'arrive.« Ich legte den Hörer auf, nahm meine Jacke, meine Handtasche; mein Herz klopfte laut, als ich den Schlüssel im Schloss umdrehte. *Die Zeit heilt alle Wunder, wenn du sie gut verschnürst.* Ich sang gegen meine Angst an und freute mich über seine Begrüßung, Küsschen rechts, Küsschen links. Größtmögliche körperliche Nähe bei weitgehender geistiger Abwesenheit.

Wir verließen das Hotel, bogen in die Rue Saint-André-des-Arts ein, Richtung Saint-Germain. Ein Fußgängerstrom nahm uns auf, ein Paar unter vielen. Am Samstagabend ist Paris auf den Beinen, selbst Ende Oktober. Es schien, als ob niemand in dieser Stadt an diesem Abend zu Hause geblieben wäre. Immer wieder mussten wir zusammenrücken, weil andere Menschen uns entgegenkamen oder schneller waren als wir. Unsere Hände berührten sich wie zufällig.

»Sollen wir etwas trinken?«, fragte er mich.

»Warum nicht, kennst du ein nettes Lokal?« Wir schauten hoch, wählten eines, das »Alsace« im Namen trug: »Das passt doch zu uns?«

Pierre lachte: »Eindeutig französisch.«

»Du weißt doch, alles ist relativ.« Ich hielt ihm schnell die Tür auf: »Jean-Paul Sartre, darf ich bitten?« Ein Kellner mit einer bodenlangen Bierschürze um den Bauch, die wohl das Elsässische verkörpern sollte, grinste mich freundlich an und wies mit einer eleganten Handbewegung auf einen Platz im hinteren Bereich des Lokals. Ich setzte mich vor die Spiegelwand, es gefällt mir, wenn ich den Raum im Blick habe. Ich sah nur Pierre. Er war mir noch näher als sonst. Lag es an diesem kleinen Tisch oder an seinen Augen, die mich fragend anschauten?

Wir bestellten beide einen Milchkaffee. Es war bestimmt schon mein zwanzigster in dieser Woche. Der Kellner brachte den dampfenden Kaffee mit aufgetürmtem Milchschaum, daneben in blauem Glanzpapier eingepackte Schokolade. Das Beste am Kaffee ist, dass er kalte Hände wärmt.

Ich suchte ein neutrales Thema: »Kennst du das Foto von Simone de Beauvoir am Schreibtisch? Das mit den rot lackierten Fingernägeln. Irgendwie kann ich mir das weder bei Hannah Arendt noch bei Alice Schwarzer vorstellen. Vor allem nicht, wenn sie fotografiert werden.«

»Gibt es einen Unterschied zwischen französischen und deutschen Frauen?«, fragte er mich.

»Woher soll ich das wissen? Im Allgemeinen vielleicht nicht, im Besonderen schon, wenn ich mich mit deiner Charlotte messe, würde ich schon gerne auf einem Unterschied bestehen.«

»Im Bett war sie klasse«, meinte Pierre, worauf ich lieber wieder das Thema wechselte: »Willst du nichts essen, wenn du die ganze Nacht arbeiten musst?«

»*D'accord*, ich nehme deine Einladung an.« Er bestellte eine Forelle, ich nahm das eingepackte Schokoladenstück von seiner Untertasse. Hunger hatte ich immer noch nicht, vielleicht war es Gewohnheit. Schon die ganze Woche war ich satt wie während der Schwangerschaften. Gleich darauf brachte mir der Kellner eine ganze Handvoll dunkelblau glänzender Päckchen. Lächelnd legte er sie neben meine Tasse. Er sagte etwas, ich antwortete, irgendetwas, ich wollte mit Pierre reden, nicht mit ihm. Ich lächelte ihn an und fragte Pierre auf Deutsch: »Woher weiß er, dass ich gerne Schokolade esse?«

Der Kellner schaute ihn fragend an. Pierre antwortete mir: »Du gefällst ihm.« Und dann sagte er noch: »Er hat keinen Geschmack.« Pierre weiß immer noch, womit er mich ärgern kann.

Ich ging ein wenig darauf ein, obwohl ich es nicht wollte: »Danke, dein Charme ist mal wieder umwerfend.«

Er blieb beim Thema: »Ein Geschmack wie ein Pferd. Das hast du früher immer gesagt.«

»Ja, und: Das Denken sollte man den Pferden überlassen, sie haben einen größeren Kopf!«

»Stimmt, das hatte ich vergessen!«

Der Kellner spürte die Spannung und zog sich zurück. Ich öffnete die Schokoladenpäckchen und legte den Inhalt als Blumenmuster auf meinen Teller. Jede Minute mehr ist eine weniger. Ich suchte eine Antwort in seinen Augen. Meine Frage seit Beginn der Woche war immer noch nicht beantwortet. Ich stellte sie noch einmal: »Warum bist du gegangen?«

Wieder bekam ich keine Antwort, nur seine Gegenfrage: »Warum hast du mich zu deiner Mutter nach Hause geschickt? Ich bin zu dir gekommen, nicht zu ihr.« Seine Hände lagen greifbar vor mir, und ich hielt mich doch nur an der Tasse fest. Lieber nichts mehr sagen, alles könnte falsch sein. Ich schwieg und schaute ihm beim Essen zu. Ich hätte die Zeit gerne angehalten, festgehalten. Der Kellner legte Pierre die Rechnung hin, und ich bezahlte, nicht ohne dem Kellner lächelnd in die Augen zu schauen, als sei er der begehrenswerteste Mann der Welt. Im Spiegel sah er uns nach, wie wir das Lokal verließen. Draußen war es jetzt wesentlich kälter. Bis zu meinem Hotel gingen wir schweigend nebeneinander her, teilten die Menschenmenge, die immer noch in Richtung Saint-Germain unterwegs war.

Viel zu früh standen wir vor dem Eingang des Hotels. »*On se serre la main*«, sagte Pierre, und ich schüttelte den

Kopf, kreuzte die Arme unter der Brust, wartete, suchte seine Augen. Die Berührung seiner Haut; seine Lippen streiften meine. Aber dann entzog er sich plötzlich und ging die Gasse rechts zurück, als wäre er auf der Flucht. Ich stand da, eine unnütze Hälfte. Irgendetwas musste ich tun, ich drehte mich nach links und ging zu den Obdachlosen, die immer noch unter dem Torbogen auf die Nacht warteten. Der Mann mit der gebetteten Rose hatte mich wohl die ganze Zeit beobachtet. Er sah mir in die Augen, nahm die Rose aus dem Schlafsack und lud mich mit einer Handbewegung ein, bei ihm zu bleiben. Ich weiß nicht, wie lange ich ihn angestarrt habe. Irgendwann drehte ich mich um und ging zurück zum Hoteleingang. Pierre war auf einmal da, kam mir entgegen, nahm mich in seine Arme.

Mit seinem Kuss bin ich angekommen. Nach einer langen Reise. Alles war am richtigen Platz, wir waren nie getrennt, alles zwischen uns war gleichzeitig. Pierres Lächeln: »Mit dir bin ich wieder 17.« Erfolglos versuchte er, meine Haare hinter mein Ohr zu streichen. Meine Ohren sind zu klein, die Haare zu widerspenstig. Glück kann man weder greifen noch begreifen. Vielleicht kann man es anschauen, vielleicht teilen. Er streichelte mein Gesicht, sprach aus, worauf ich so lange gewartet habe, die Worte sind mir entwischt, ich war an einem anderen Ort, ich konnte sie nicht einfangen. *Sa langue rafraîchissait mes lèvres et nous nous sommes roulés dans les vagues pendant un moment.*

Mit dem zweiten Kuss fing wieder etwas von vorne an. Ein neues Altes, ein ewig Dagewesenes, das sich nicht steuern lässt, das mich im ersten Augenblick beunruhigte und dann direkt in ein neues Leben warf. Endlich konnten wir uns lösen, er musste zur Arbeit, ich ging ins Hotel, nahm meinen Schlüssel, der Mann, der ihn mir reichte, schaute mich an, als wüsste er, was ich noch nicht wusste. Ich ging hoch in mein Zimmer, öffnete das Fenster, das orangegelbe Licht der Nacht beleuchtete den Raum. Ich stellte mich vor den Spiegel und betrachtete meine zitternden Lippen. *Sa langue,* Camus, der Begleiter seit damals. Meine Lippen waren mir vertraut und fremd zugleich, ich berührte sie, strich mit meinen Fingern darüber, ein Reißverschluss.

Irgendwann musste ich mich in Kleidern auf das Bett gelegt haben. Ich wachte mit dem Klappern der Mülleimer auf, Männer riefen sich halbe Sätze zu. Ein Blick aus dem Fenster, es war kühl, die Luft feucht von der Straßenkehrmaschine. Die Obdachlosen hatten ihren Platz geräumt, sie waren längst wieder unterwegs, der Teer glänzte vor Sauberkeit. Heute Abend werden die drei Männer es sich an diesem Ort wieder bequem machen.

Hier am Bahnhof spüre ich Pierre immer noch. Ich schaue hoch, übergroße Lippen leuchten mich an. Über mir hängt eines von mehreren identischen Plakaten in Wohnzimmergröße. Ich zähle, 15-fach weht »rouge pop chic« unter dem luftigen Bahnhofsdach. Klinische Lippen, rot leuchtend und computergeliftet. Sie zittern nicht, sie spüren nichts, sie sind gesichtslos. Und doch wird mir heiß. Diese Sehnsucht, vorwärts oder rückwärts. Ich werde wiederkommen, unsere nächste Umarmung wird von Dauer sein.

Dieser Wunsch zu bleiben. Der Aufruf, man möge einsteigen, der Zug fahre gleich ab. Er gilt mir.

Hastig steckte ich mein Notizbuch ein, nahm mein Gepäck und suchte den Waggon, in dem für mich ein Platz reserviert war.

Ich stieg ein. Die Zugtür schloss sich hinter mir mit einem dumpfen Doppelschlag

MONTAG, ZWEITER TAG

Champagne

Im fahrenden Zug vorwärtsgehen, in Richtung Paris, und doch weggetragen werden. Endlich den richtigen Platz finden.

Ich fahre rückwärts. Paris liegt vor mir und wird doch mit jeder Sekunde kleiner. Die Kuppel von Sacre Cœur leuchtet über der Stadt. »Wann kommst du zurück?« Pierres Worte auf der Kirschblüten-Karte. Bald, sobald es geht. Lässt sich verlorene Zeit nachholen? Ihn lieben, real, nicht als Verlust, nicht als bloße Erinnerung. Als wir damals zusammen waren, wusste ich nichts über diesen seltsamen Zustand. In unserer Zeit habe ich angefangen, mit dem Körper zu denken. Spüren – ihn, mich. Doch dann ging er. Danach hätte ich vielleicht Worte dafür finden können, aber ich konnte ihn nicht mehr berühren, es nicht einmal mehr sagen, er war weg. Endgültig, wie ich dachte. Welche Wendung. Ich sehe mich in der Glasscheibe, kann es kaum fassen, in Worte, in mein Notizbuch.

Gleich werde ich die Memoiren von Amalie noch einmal neu lesen. Ich kam in dieser Woche kaum dazu. Jetzt weiß ich mehr als zuvor. Oder weniger. Wer weiß, vielleicht jage ich einem Phantombild hinterher. Ich sammle Orte, Akten, stelle ein Bild zum anderen, ich lese, vergleiche, füge zusammen.

Die kleine *princesse* Amélie war ein glückliches Kind, sie sieht es selbst so in ihrem Rückblick.

Sie fand sich hübsch, wenigstens einigermaßen. Sensibel sei sie gewesen und oft traurig. Also wird es mit dem Glücklichsein nur zum Teil gestimmt haben. Ihr 18 Monate jüngerer Bruder Moritz, oder Maurice, wie die Familie ihn nannte, sei schön wie ein Engel gewesen, dazu kräftiger und gesünder als sie.

»*Née en 1760*«, beginnt Amalie Zephyrine ihre Erinnerungen, geboren am 7. März in Paris in der Rue Bourbon, Faubourg Saint-Germain. Ihr Vater war 51 Jahre alt, die Mutter 34 und wie ihr Mann aus einem alten deutschen Adelsgeschlecht. Amalies älteste Schwester war 16 Jahre älter, überhaupt waren ihre drei großen Geschwister fast schon in der Erwachsenenwelt zu Hause. Kurz nach ihrer Geburt wurde sie in Saint-Sulpice getauft, in derselben Kirche, in der Charles Baudelaire gut 60 Jahre später ebenfalls getauft wurde und Heinrich Heine im Todesjahr Amalies seine Mathilde heiratete.

Zu Beginn ihrer Niederschrift wollte die vierfache Großmutter Amalie Zephyrine noch alles ganz genau beschreiben. Die ersten Jahreszahlen stehen leer in der Zeile: Nichts hatte sich in ihre Erinnerung eingraben können. Kein Siebenjähriger Krieg, der Europa aufwühlte, trübte die Kindergedanken.

Amalies Bewusstsein setzte mit einem Schmerz ein. Kurz nach ihrem fünften Geburtstag wurde sie zusammen mit Maurice in Chaillot geimpft. Eine atemberaubende Erfindung, die die Eltern für einen großen Segen hielten, hatte sich in der Adelswelt durchgesetzt; sie sollte verhindern, dass Kinder an den Pocken starben. Ihre Mutter und zwei Kindermädchen begleiteten die beiden. Für den robusten Maurice war die ganze Impfung nur ein kleiner Stich, aber sie, die Zartbesaitete, wurde ernsthaft krank. Die Ärzte gaben ihr noch eine Nacht. Sie durfte nichts mehr essen; so könnten die Pocken in Schach gehalten werden, normalerweise, aber bei ihr, meinte der Arzt, könne er nichts mehr machen. Zum Glück gaben die Eltern und ihre Gouvernante sie nicht mit der gleichen Abschätzigkeit auf. Essen hätte noch nie jemandem geschadet, meinte die Mutter, und Kranke bräuchten Wein, um sich zu stärken. So wurden Amalies schwach aufkeimende Pocken von tatkräftigen Händen weggepflegt. Schon nach kurzer Zeit konnte sie wieder am Leben teilnehmen.

Neun Jahre später würde König Ludwig XV., *le Bien-Aimé*, mit 64 Jahren an den Pocken sterben. Die alte Zeit, l'Ancien Régime, würde kurz danach abdanken. Unvorstellbar, unvorhersehbar.

Die sechsjährige Amélie wurde ein Jahr nach der Impfung von ihren Eltern getrennt. Kleine adlige Mädchen kamen ins Couvent Port-Royal, ein katholisches Mädchenpensionat, in welchem auch ihre sieben Jahre ältere Schwester Louise lebte. Hinter Klostermauern wurden kleine Prinzessinnen zu künftigen Damen der höheren

Gesellschaft geformt. Amalie lernte tanzen, zeichnen, musizieren.

Mein Zimmer in Paris, im dritten Stockwerk eines kleinen Hotels in der Rue de l'Hirondelle, war einfach. Schon zu Amalies Zeiten dürfte das Gebäude ziemlich alt gewesen sein. Ist sie hier mit der Kutsche vorbeigefahren? Obwohl ich in der ersten Nacht das Gefühl hatte, nicht geschlafen zu haben, fühlte ich mich ausgeruht und trug Bilder eines Kindertraumes, in dem ich auf einem Seil balancierte und genau in der Mitte in die Tiefe stürzte, beim Duschen mit mir. Der Traum hinterließ seltsamerweise nichts Bedrückendes. Als ich die Treppe zum Frühstücksraum hinunterging, fiel mir wieder ein, dass ich diesmal nicht kurz vor dem Aufprall aufgewacht war, sondern von einem Luftzug nach oben getragen wurde, als *hirondelle*, als Schwalbe. Eine Frau mit strahlendem Lächeln brachte mir heiße Milch und Kaffee.

Ein strenges Programm hatte ich mir schon vor der Reise zusammengestellt: verschiedene Museen, Friedhöfe, Archive; die Tage waren eindeutig zu kurz. Zuerst in die Bibliothèque Nationale. Schon lange wollte ich mir das Innere der vier aufrecht stehenden Riesenbücher aus Glas anschauen. Vielleicht ließ sich dort etwas über Amalie finden.

Dieser erste Morgen in Paris: Die Straßen, die Gehwege spiegelten Fensterfluchten, der Himmel war milchig. Ich begrüßte die Entgegenkommenden so, als würde ich sie kennen, als würden sie mich kennen. Dieses Gefühl, *chez moi*, bei mir zu sein, an einem Ort, den ich schon so lange in mir trug. Ich war nicht zum ersten Mal in dieser Stadt. Dieses Schweben jedoch war neu. Ich sang, schreckte vor keinem Lied, keinem Text zurück, *es geht mir gut, merci chérie, es geht mir gut, das macht die Liebe.* Eine Verbeugung, eine Drehung im Takt für den Mann auf der Parkbank und dann schnell weiter. »*Arrêtez,* warten Sie.« Von wegen, ich lachte ihn an und hütete mich.

Ich freute mich auf den Abend, auf Pierre, und sang mit Michel Fugain in das nächste Gesicht: »*C'est un beau roman, c'est une belle histoire, c'est une romance d'aujourd'hui.*«

In Truffauts Film »Die Frau nebenan« sagt sie, die Nachbarin, sie könne seit dem Weggang von ihm, dem Liebhaber, nicht mehr lesen, nicht mehr denken, nur noch Schlager hören. Sie wird ihn im Film ein letztes Mal verführen, mit der Pistole in der Hand, zwei Kugeln, erst ein Schuss für ihn.

Pierre war mein Geschenk. Irgendwie bin ich immer davon ausgegangen.

Dieses Kindergefühl. An Weihnachten, die Eltern, die Kinder stehen um den Baum und singen. Die Blicke der Kinder wandern, während sie Gleichklang suchen, vom bunt glitzernden Baum zu den Geschenken: Der Puppenwagen ist sicher für mich, wer sonst sollte ihn bekommen? Und nachher die Enttäuschung. Er war doch für die Schwester. Das Puppenbett konnte nicht trösten.

Einmal an Weihnachten, ich war noch nicht in der Schule, bekam ich eine Puppe. Zum ersten Mal eine Puppe für mich, keine, die gleichzeitig und damit mehr meinen beiden Schwestern gehörte. Ganz für mich, mit braunen Locken und einem weißen Spitzenkleid. Ich fand sie viel schöner als die beiden Babypuppen, die meine Schwestern an diesem Heiligabend bekamen. Ihre Puppen waren Zwillinge, eine steckte im hellblauen Strampelanzug, die andere im rosafarbenen.

Dabei wäre ich fast leer ausgegangen. Meine Eltern hatten im Spielwarengeschäft die beiden Puppen für Renate und Stefanie ausgesucht. Die Verkäuferin schwärmte: »Ein wirklich guter Kauf für Ihre beiden Töchter.«

Worauf meine Mutter antwortete: »Ja, ich denke auch. Wir haben übrigens drei Töchter.«

Die Verkäuferin fragte nach: »Bekommt die dritte keine Puppe?«

»Die Jüngste ist noch zu klein, sie merkt es nicht, außerdem kann sie mit den alten Puppen ihrer Schwestern spielen.«

»Nein, das können Sie nicht machen. Das Mädchen wird traurig sein. Kommen Sie, ich zeige Ihnen noch weitere Modelle.«

»Aber wir dachten …«

Die Verkäuferin verstand und sagte: »Wir finden auch eine günstigere.«

So kam ich zu meiner Puppe. Ich habe sie nicht mehr aus den Händen gegeben. Am ersten Weihnachtstag besuchten wir wie immer die Eltern meiner Mutter im Nachbardorf. Meine Puppe Marina kam selbstverständlich mit. Auch meine Schwestern hielten ihre fest im Arm. Gleich nach der Begrüßung nahm mir meine Großmutter Marina ab: »Du brauchst sie nicht, Eva hat überhaupt keine Puppe, und ihr habt genug zum Spielen.«

»Nein, ich gebe sie nicht her.«

Es nützte nichts, sie war weg. Meine kleine Cousine Eva hat sie freudestrahlend genommen und in ihr Zimmer getragen. Habe ich getobt und geschrien? Erfolg hatte ich jedenfalls nicht. Niemand von den Großen hat sich für meine Puppe stark gemacht, niemand hat gesagt, Eva kann eine andere bekommen, aber nicht Marina. Habe ich mich später ans Fenster gestellt und hinausgeschaut, habe ich gewartet, bis wir endlich wieder gehen würden, habe ich geweint?

Später, in der vierten Klasse, musste ich einen Aufsatz schreiben. Die Lehrerin war überzeugt, alte Spielsachen seien viel schöner als neue. An den alten würde das Herz hängen, die neuen seien langweilig. Ich meldete mich: »Und wenn es nicht so ist, wenn es gerade umgekehrt ist?«

»Das kann nicht sein. Denk mal genau nach.« Also habe ich meine Marina-Geschichte geschrieben, nur mit anderen Vorzeichen. Ich habe geschrieben, wie gerne ich meinen alten geschundenen Teddybär, den ich überhaupt nicht besaß, wieder in den Arm genommen habe, nachdem ich die neue Puppe glücklicherweise an meine Cousine weitergegeben hatte. Die Lehrerin war zufrieden: »Siehst du, das ist immer so.« Sie hat meine Lügengeschichte der Klasse vorgelesen, ich bekam eine Eins und hatte ein schlechtes Gewissen. Es war im Sommer, im gleichen Jahr habe ich mir für Weihnachten eine fabrikneue Puppe gewünscht.

Eigentlich war ich zu alt dafür. Meine Eltern wunderten sich sicher, denn ich spielte schon lange nicht mehr damit.

Aber ich bestand darauf, habe immer wieder einfließen lassen, Weihnachten werde nur dann schön, wenn ich eine Puppe bekäme. Eltern sind vergesslich, eine neue Puppe musste es sein. Ich habe sie bekommen: Sie war größer als Marina. Ich nannte sie Barbara und legte sie in mein Bett.

Amalie und ihre Schwester Louise lebten 200 Jahre vor meiner Puppengeschichte zunächst in derselben Klosterschule in Paris. Durch den Altersunterschied bedingt, sahen sie sich nur bei den Mahlzeiten. Es gefiel Amalie in Port-Royal schon nach wenigen Tagen erstaunlich gut, sie fand gleich in der ersten Woche mehrere Freundinnen, mit denen man sogar besser spielen konnte als mit Maurice. Leider mussten Louise und ihre Gouvernante schon nach einem gemeinsamen Jahr in ein anderes Kloster wechseln. Amalie blieb mit ihrem Kindermädchen zurück; jetzt vertraute sie dieser ihre großen und kleinen Sorgen an, Emily half ihr, das zu tun, was man von ihr verlangte, sie half ihr aus der Klemme, wenn die strengen Nonnen ihren zuweilen ausgelassenen Spielen mit den anderen Mädchen überdeutlich Missbilligung entgegenbrachten. Und dann war da auch noch Schwester Jolande, die ein großes Herz hatte, die sie tröstete und ihr beibrachte, sich in die Gegebenheiten einzufügen, immer schön den Kopf hoch, und sich trotzdem nicht verbiegen lassen.

Es kam Amalie wie die erneute Vertreibung aus dem Paradies vor, als sie mit zehn Jahren dort wieder weg sollte. Sie musste als *fille de grande naissance* ins Kloster Bellechasse Faubourg Saint-Germain wechseln; es lag ganz in der Nähe ihres Elternhauses und blieb doch durch Mauern getrennt. Die Eltern bestimmten es, Amalie trauerte ihren Freundinnen und der gewohnten Umgebung nach. Sie knüpfte feste Verbindungen zu den Menschen, die ihr lieb geworden waren. Es schmerzte, wenn sie durchschnitten wurden. Dennoch blieb ihr keine Wahl. Sie war eine zukünftige Partie, sie sollte heiratsfähig gemacht werden. Amalie tat ihr Bestes. Sie lernte leicht und war meist vernünftig. So vernünftig, dass sie schon mit elf Jahren, früher als die meisten anderen, an Himmelfahrt zur Erstkommunion gehen durfte.

Pierre war das zweite Kind, der erste Sohn. Von uns Fünfen war ich das dritte Mädchen im Abstand von jeweils anderthalb Jahren. Sie hatten schon Renate, die Große, und Stefanie, die Liebe, und dann kam ich. Ein Kind, das oft weinte und seine Haut aufkratzte. Sie juckt noch heute, wenn es mir nicht gut geht. Von meinem Weinen erzählen meine Geschwister immer wieder. Ein Film hilft ihnen und mir beim Erinnern, ein Film, den mein Vater aufgenommen hat. Ich sitze weinend auf der Bank vor dem Haus mit meinen Geschwistern, sie wollen mich trösten, ich lasse es nicht zu, rücke ab, drehe mich um, trete mit Wut gegen die Hauswand, mein Vater bleibt ruhig, die Kamera bleibt ruhig; erst später, wenn ich den Film sehe, werde ich merken, dass es nichts bringt, sich wegzudrehen, man ist trotzdem dabei und dazwischen. Eine Zeit lang verband unsere Mutter meine Hände in den Nächten mit Mullbinde, damit ich meine Haut nicht blutig kratzen konnte. Wie ich es hasste, eingezwängt zu sein. Die Mutter gab es bald auf, es nützte ohnehin nichts, die Hände waren jeden Morgen wieder frei. Die Eltern brachten mich für die Dauer ihres Urlaubs zu den Großeltern, ich war zu laut.

Dritte von der gleichen Sorte zu sein, ist kein Vergnügen, besonders dann nicht, wenn danach, endlich, ein Sohn kommt, und dann noch einer, der süße Kleine. Ich brauchte einige Jahre, bis ich merkte, dass ich eine andere Rolle spielen musste, um das zu bekommen, was ich wollte.

Mein ältester Bruder aus Vaters erster Ehe war nicht oft zu Hause und unerreichbar, der Held für drei kleine Mädchen. Wenn er mit seinem Opel Kadett Coupé am Sonntagnachmittag mit den wechselnden Freundinnen eine Spazierfahrt machte, wäre ich gerne mitgefahren. Vorne mein Bruder und eine junge Frau mit kurzen Haaren und Sonnenbrille, rosa Kostüm oder bunt gemustertem Rock, aber ohne Namen, und hinten ich. An einem der Sonntage durfte Renate mitfahren, am anderen Stefanie. Und dann kam die Nächste an die Reihe, sie musste nur ein wenig warten, dachte ich, aber weit gefehlt. Renate konnte mein Bruder gut mitnehmen, sie war ziemlich vernünftig, sie tat, was man ihr sagte und genoss die Fahrt. Beim nächsten Mal durfte Stefanie mitfahren, sie war brav und schwieg die ganze Zeit. Die Dritte wäre zu unvernünftig gewesen und vielleicht zu laut, im Gesicht zerkratzt und zu schwierig für einen großen Bruder. Nach dem Warten kam die Enttäuschung.

Ein Mechanismus, der mein Leben veränderte. Das Warten selbst wird der Grund dafür gewesen sein. Mit der Enttäuschung kamen die Tränen, die wiederum Anlass zu weiterem Ärger gaben und zudem die Bestätigung, ungeeignet als Begleitung für ein glückliches junges Paar zu sein. Alles wurde nur noch schlimmer. Und dann habe ich angefangen, sie anzulächeln, ich habe sie beruhigt: »Nein, ich wollte sowieso nicht mit, nächstes Jahr, vielleicht.« Ich habe gelächelt, habe mit meinen jüngeren Brüdern gespielt. Sie durften ja auch nicht einsteigen und freuten sich. Ein neues Ziel, das alte unbeachtet links liegen lassen. Schnell weiter.

Ich habe mein Lächeln ausprobiert. Erst bei Fremden, dann zu Hause. Es war wie eine Zauberformel. Nicht weinen, lächeln. Die roten Flecken auf meiner Haut wurden nicht weniger, im Schlaf war die Kontrolle schwieriger. Die Nacht war mir keine Freundin. Manchmal weinte ich nachts, ein Traum vielleicht, der sich nicht in den Wachzustand retten ließ. Meine Mutter kam an mein Bett. Sie weckte mich: »Warum rufst du, musst du auf die Toilette?« Ich wusste nicht so schnell, was sie von mir wollte: »Ja, wahrscheinlich.« Ich stand auf, die Bettdecke war warm, der Fußboden kalt, der Weg zur Toilette länger als am Tag. Die Mutter wartete vor der Tür. Sie hörte nichts. Ich bemühte mich, ihr einen Grund für die nächtliche Störung zu geben, aber es kamen höchstens ein paar Tropfen. Sie schimpfte. Ich hatte jahrelang Angst davor, meine Mutter würde mich mit der Frage wecken, warum ich sie geweckt hätte.

Ich wurde ein lachendes Kind. Eines, das nicht mehr wartet, bis es auf der Schaukel angeschubst wird, sondern eines, das selbst für den Schwung sorgt, so hoch, bis die Seile ihre Spannung aufgeben und kurz in sich zusammenfallen.

Als Amalie 14 Jahre alt war, starb ihre Schwester Louise. Es war ihre erste Begegnung mit dem Tod. Der Tod schneidet sich ein Stück aus dem Körper der Hinterbliebenen heraus. Sie hat es gespürt.

Louise war der Mensch, den sie zu dieser Zeit am meisten liebte. Marie und Auguste, die beiden ältesten Schwestern, waren längst verheiratet und hörten bei den Familientreffen kaum zu, wenn die jüngste Schwester von ihren Fortschritten im Zeichnen und Tanzen erzählte. Die kurzen Begegnungen mit Louise waren immer ein kleines Fest. Die zarte, weiche Schwester zeigte ihre Freude, war ihr Kavalier bei den ersten Tanzschritten, hörte zu. Gemeinsam malten sie sich ein Leben bei Hofe aus. Sie würden heiraten und sämtliche Opern und Bälle besuchen. Amalie beneidete ihre Schwester. Sie war den Freiheiten einer verheirateten Frau schon sieben Jahre näher. Immer wieder betrachtete Louise das kleine Medaillon mit dem Bild ihres Zukünftigen. Bald würde die Verlobung offiziell gefeiert werden. Doch wenige Monate davor wurde Louise krank. Wann genau dieser hartnäckige Husten, der ihre Schwester immer schwächer werden ließ, angefangen hatte, wusste Amalie später nicht mehr. Anfang März vielleicht, denn an ihrem 14. Geburtstag war die große Schwester schon matt, schlief mitten am Tag ein, obwohl Amalie ihr Szenen von Racine vorspielte. Die Klosterschule hatte Louise inzwischen verlassen, sie wohnte bei den Eltern. Ein Wettstreit zwischen den Schwestern entbrannte schon früh und dann immer wieder aufs Neue bei der Frage: Wer ist besser, Racine oder Molière? Louise war für Racine, Amalie wurde nicht müde, Molières Wortwitz zu zitieren, seine Einfälle nachzuspielen. Wenn sie doch erst ins Theater dürfte! Und was sie dann anziehen würde? Ein neues Ballkleid müsste geschneidert werden. Amalie kam ins Schwärmen: »Für mich ein blaues Kleid, blau wie der Himmel mit weißen Spitzen wie Wolken. Und für dich Louise, Seide in Rosé mit grünen Blättchen. Du bist schön wie eine Rose.«

Die Rose welkte zusehends. Sobald die herzzerreißenden Hustenanfälle schwächer wurden, lächelte Louise blass und wie ein Automat in Menschengestalt. Ihre Gouvernante seufzte, wenn sie das Zimmer der Kranken für kurze Zeit verließ. Die Mutter entschied nach einem erneuten Rückfall an Pfingsten schließlich, die Sommermonate auf dem Land zu verbringen. Louise wurde in die Kutsche gebettet, Amalie setzte sich ans Fenster, hielt die Hand ihrer Schwester und erzählte ihr, wie sich die Landschaft draußen veränderte. Bald war kein Haus mehr zu sehen, nur noch Bäume. Nach zwei Stunden Fahrt über holprige Wege durfte Amalie endlich aussteigen. Noch nie in ihrem Leben hatte sie sich so weit von Paris entfernt. Das Schlösschen auf dem Land bei Suresnes stand wie eine Schmuckschatulle auf einem grünbestickten Tuch. Amalie rannte los, umarmte den nächsten Baum. Ihre Gouvernante schritt entschlossen hinter ihr her: »Gnädiges Fräulein, eine junge Dame bewegt sich so wenig wie möglich.« Aber auch sie schien sich an der ungewohnten Umgebung zu erfreuen, pflückte eine Jasminblüte vom duftenden Strauch und steckte sie an Amalies Kleid. Es roch so anders hier. Wenn nur Louise wieder gesund werden würde, dann könnten sie zusammen durch den kleinen Park streifen, könnten singen und versuchen, die Stimmen der Vögel zu imitieren.

An einem heißen Sommertag starb Louise, am 18. August 1774. Die Mutter war untröstlich, sie weinte den ganzen Tag, die ganze Nacht. Schließlich brachte der Vater sie ins Kloster, sie sollte sich bis zur Beerdigung bei den Nonnen Trost holen. Er selbst, gebeugt vor Kummer, zog sich in sein Stadtpalais zurück, Amalie wurde in ihrer Klosterschule Bellechasse abgesetzt und blieb alleine mit ihrer Trauer. Sie wäre gerne beim Vater geblieben, das Elternhaus lag nur zwei Straßenzüge weiter, eine Querstraße vor der Seine. Von dort wäre sie mit ihrem Vater gerne über den Pont Royal gegangen und hätte in den Tuilerien nach Louise gesucht. Tote Seelen fühlen sich nur wohl in der Natur oder in einem Park, besonders wenn er wie der von Le Nôtre so genial gestaltet ist. Amalie war überzeugt, dort ließe es sich besser trauern als zwischen stummen Klostermauern. Drei Tage musste sie warten, bis sich die Mutter wieder unter die Lebenden wagte, endlich. Amalie durfte sie mit dem Vater zusammen abholen. Ganz stolz, aber vorsichtig bewegte sie sich auf ihren neuen Schuhen. Zum ersten Mal trug sie Schuhe mit Absätzen, und es war ein Kunststück, die Balance zu halten. Als sie ihre Mutter endlich an der Pforte des Klosters sah, rannte, nein, flog sie ihr entgegen, ein Absatz blieb zwischen den Steinen hängen, Amalie fiel und schlug mit dem Kopf gegen die Türkante. Sie wurde ohnmächtig. Wenig später wachte sie auf einer harten Liege auf. Die Mutter nahm ihre Jüngste überglücklich in die Arme: »Ich hatte schon Sorge, du wärst auch von mir gegangen.« Zur Beerdigung reisten viele Familienangehörige an. Auch der Fürst Louis de Salm-Salm, der Zukünftige, der ab jetzt ein Vergangener war. Er sah ganz anders aus als auf dem Medaillon von Louise. Die Eltern baten Amalie nach der Trauerzeremonie um eine Unterredung. Feierlich hießen sie ihre Tochter, sich zu setzen und einen Vorschlag anzuhören. Ob sie sich vorstellen könne, den Verlobten von Louise nach Ablauf eines Trauerjahres zu heiraten? Er sei ein edler Mensch mit einem beträchtlichen Vermögen und zudem mit den besten Absichten. Bei ihm wäre sie gut versorgt, auch Louise wäre von seinen Qualitäten überzeugt gewesen, sie möge es doch wohlwollend prüfen. Amalies Antwort kam unverzüglich: »Wie bitte? Wie könnt Ihr so etwas wollen? Er ist schon 30 und somit viel zu alt und außerdem ist er hässlich, er hat einen Buckel, sein Rock spannt um die Hüften.« Sie wurde immer wütender, behielt aber ihr stärkstes Argument gegen ihn doch für sich: Der edle Fürst roch selbst auf eine Entfernung von zwei Metern ganz muffig, in seiner Gegenwart bekam sie keine Luft.

An meinem 14. Geburtstag ging ich mit meinem Vater spazieren. Den gleichen Weg, den ich drei Jahre später mit Pierre gehen sollte. Ich ging ihn oft mit meinem Vater, es war unser Frage- und Antwortweg: Ich fragte ihn nach seinem Leben vor meinem Leben. Was hatte ihn als Kind bewegt, wollte er mit anderen Kindern spielen, war er glücklich, waren seine Eltern streng, ging er gerne zur Schule? Es gab so viel, was ich über ihn nicht wusste. Als kleines Mädchen war ich überzeugt, ich würde ihn eines Tages heiraten. An diesem 14. Geburtstag lag der kindliche Wunsch schon lange hinter mir. Meine Hand in der seinen. Er sagte: »Jetzt bist du ein Fräulein.«

»Wie bitte?«

»Ja, so war es früher, mit 14 waren Mädchen im heiratsfähigen Alter. Damit andere wussten, dass man nicht verheiratet war, stand vor dem Namen früher ›Fräulein‹.«

Ich war mir sicher, so schnell, wenn überhaupt, würde ich nicht heiraten. Kinder wollte ich auf jeden Fall, aber einen Ehemann nicht. Ich drückte seine Hand, hob sie hoch zu meinem Gesicht: »Bist du gerne verheiratet?«

Er antwortete: »Ja natürlich.«

Mein Vater war zweimal verheiratet. Die erste Frau, seine große Liebe, ist zu früh gestorben, er hat wieder geheiratet, meine Mutter, auch mit ihr war er glücklich. Meine Eifersucht. Sie durfte ihm näher sein als ich. Mein Vater hatte Talent zum Glücklichsein, er freute sich über jedes einzelne seiner Kinder. Seine Frauen, seine Kinder haben ihn für seine uneingeschränkte Liebe geliebt.

Als Kind dachte ich immer: Wie geht das, im Himmel hat er zwei Frauen, das ist nicht erlaubt, hoffentlich muss er sich dort oben nicht entscheiden, die Kirche ist zuständig für den Himmel, die Kirche ist gegen zwei Frauen. Später erzählte mir meine Mutter einen Traum, den sie hatte, als sie mit mir schwanger war: Sie bekommt Besuch von ihr, der ersten. Diese Frau sieht sie an, fragt, was sie, die Junge, hier tue, sagt, sie sei von einer langen Reise zurückgekehrt. Meine Mutter mit einem dicken Bauch und auf jedem Arm ein Mädchen sagt: »Nein, das geht nicht, Sie dürfen nicht zurückkommen, wo soll ich mit meinen Kindern hin?«

Ich öffnete Vaters Hand, legte sie an meine Wange und hatte plötzlich einen ganz dringenden Wunsch: »Ich würde gerne wissen, was heute in zehn Jahren sein wird.« Den Rest des Weges gingen wir schweigend nebeneinander her. Hin und wieder kam ein Auto, dann ging ich vor ihm, um danach wieder ganz fest seine Hand zu drücken. Ich fühlte es, er wusste es, in zehn Jahren würde er nicht mehr dabei sein, seit diesem Sommer hatte er Krebs. Er sprach nicht darüber, er wurde immer dünner. Es war im Oktober.

Kurz vor Weihnachten starb er.

In Châtelet nahm ich die Metrolinie 14; ein führerloses Schweben durch Röhren. Die Anzugdichte ist hier höher als in anderen Linien. Ich stieg an der Station Bibliothèque François Mitterrand aus, musste mich erst zurechtfinden, suchte den Ausgang wie aus einem Labyrinth, fand endlich die Treppe nach oben. Dort erwartete mich eine andere Welt: Eine Bretterwelt, ich ging über Holzdielen, ein gebändigter Dschungel als Innenhof, in den Ecken vier Himmelstürme aus Glas, die im Nebel endeten. Welcher kann mir weiterhelfen? Welcher verrät mir etwas über die Zeit, in der Amalie lebte? Der Einlass dauerte. Man wird erst selbst inventarisiert und katalogisiert, bevor man die heiligen Hallen betreten darf. Eine gute Stunde Einarbeitungszeit für eine Zweitageskarte. Befragung, Foto: »Wie lange wollen Sie bleiben?«

»Ich bin nur diese Woche in Paris.« Ein mildes Lächeln.

»Sie müssen sich immer im Voraus anmelden.«

»Aber ich bin jetzt da.«

»Ich schaue, was ich für Sie tun kann.« Das Gebäude erwies sich als Hochsicherheitstrakt für Gefangene aller Art: Bücher, Bibliothekare und Benutzer. Ich suchte verschiedene Tageszeitungen mithilfe einer Bibliothekarin, die sich bemühte, meine eher allgemeine Vorstellung zu konkretisieren. Überhaupt waren jetzt alle, nachdem ich es geschafft hatte einzudringen, sehr hilfsbereit, geradezu dienstfertig. Schon nach kurzer Zeit fanden wir die richtigen Signaturen. Ich setzte mich an einen Tisch mit einem Monstrum von Lesegerät. Nach gut 20 Minuten brachte mir ein junger Mann, der sich bewegte, als sei er nachts im Dschungel des Innenhofs zu Hause, verschiedene Zeitungen als Mikrofilm. Abtauchen in den Alltag des Ancien Régime. Die Artikel teilten mir mit, welche Bälle, Opern und Theaterstücke Amalie besucht haben könnte. Kleiderordnungen für Männer und Frauen bei Beerdigungen, bis in die letzte Rüsche war alles vorgeschrieben: »*Les femmes porteront les robes de soie noire, garnies de même, ou de gaze noire.*« Ein kompliziertes Leben. Beim Lesen der ersten Tageszeitung »Journal de Paris«, die Amalie Zephyrine sicherlich regelmäßig gelesen hat, und des »Journal général de France« vergaß ich fast die Zeit. Nach gut vier Stunden gab ich die Rollen zurück, folgte den Ausgangspfeilen, landete in einem monumentalen Treppenhaus. So musste es im Inneren der Pyramiden aussehen, der ägyptische Wächter musterte mich mit einem breiten Grinsen, er erkannte in mir sofort den Neuling: Wollte ich heute noch mal ins Innere der Bibliothek, müsste ich mit meiner Hand um »temporären Auslass« bitten.

Vaters Bibliothek. Dort, in seinem verwaisten Herrenzimmer, blieb alles so, wie er es eingerichtet hatte. Schweigende Bücher, die in seiner Ordnung verharrten. Oft lag ich auf dem Boden, auf dem handgeknüpften Teppich, und schaute die unzähligen Bücher in den Regalen an, las die Titel auf den Rücken, nahm mir manchmal eines heraus und stellte es später an seinen alten Platz zurück. Hätte er mir eines empfohlen? Ich musste mir eine eigene Auswahl zusammenstellen, lernte den Vater über die Buchtitel kennen, ein wenig. Zu wenig.

Die Zeit nach dem Tod meines Vaters war Überlebenszeit. Für uns alle. Das Leben hatte verrückt gespielt. Er wurde mir einfach weggenommen. Im Traum holte ich ihn immer wieder her. Er war nur auf Reisen, sein Tod ein Missverständnis, er ist nach einer langen Krankheit unerwartet aufgetaucht. Mein Nachtkopf fand erstaunliche Lösungen, mal kam er aus China zurück, mal von einer Atlantiküberquerung.

Ich wollte nicht mehr lieben, nicht so, dass es wehtat. Der Schmerz, mein Körper über ein Loch gespannt. Es durfte nicht mehr passieren. Haut kann reißen.

Immer, wenn mir jemand gefiel, wenn ich das Gefühl hatte, ich bin gerne mit einem Jungen zusammen, drehte ich mich um und ging weg. Ich hielt mir die Liebe vom Leib. Doch dann kam Pierre an diesen Ort, an dem ich wehrlos war, von dem ich mich nicht wegdrehen konnte.

Wir fahren durch die Champagne, dieses fruchtbare Schlachtfeld. *Auch ich in der Champagne.* Gerne würde ich jetzt Goethe zuprosten, ihm von meiner ganz persönlichen Grenzüberschreitung nach überstandener Niederlage erzählen. *Von hier und heute geht eine neue Epoche der Weltgeschichte aus.* 1792 hat er es geschrieben, die Zeit der tausend Möglichkeiten und des Schreckens für Amalie und ihren ältesten Bruder. Seit seinem »Werther« wehrte Goethe sich gegen die Frage, was denn nun wahr sei an seinem Roman. Nichts ist wahr, alles ist wahrhaftig, der Meister antwortete nicht auf derartige Fragen, Prost! Dichtung und Wahrheit gehören zusammen, *le génie*, wie Madame de Staël später in ihrem französischen Werther-Vorwort schreiben wird, wusste es. Auch Amalie Zephyrine war im Alter Dirigentin ihres gelebten Lebens. Sie brauchte nicht einmal bewusst die Unwahrheit zu sagen, sie konnte weglassen, verstärken, es blieb Raum genug, Gelebtes ungeschrieben mitzuteilen. Sie wollte ihre Sicht benennen, nicht die anderen Interpretationen auch noch einflechten. Die »Leiden des jungen Werther« hatte sie gleich nach seinem Erscheinen gelesen, noch in Bellechasse, irgendjemand hatte den schmalen Band mitgebracht, in Windeseile wurde der Schatz weitergereicht, die Nonnen durften es auf keinen Fall erfahren. Es war eines der ersten Bücher, das sie sich später kaufte, das sie mit nach Sigmaringen brachte, im selben Jahr, als Napoléon sein oft gelesenes Exemplar Goethe zeigte.

Pierre. Unsere erste Begegnung. Ich stand jeden Morgen um 5.10 Uhr auf. Eine Stunde später fuhr mein Zug nach Tübingen. Die Begeisterung für Bücher, von innen wie von außen, teilte ich auch nach seinem Tod mit meinem Vater.

Es war ein heißer Sommer. Ich fuhr morgens und abends eine Stunde mit dem Zug. Es war meine Lesezeit. Seit ich die Lehre in der Buchhandlung angefangen hatte, fand ich immer noch mehr Bücher, die auf mich warteten. Ich kam erst am Abend nach Hause.

An einem dieser Sommertage schneite Pierre als Austauschschüler meines Bruders in mein Leben. Da sich mein Bruder auf eine Klassenarbeit vorbereiten musste, sollte ich mich auf Wunsch meiner Mutter mit dem jungen Franzosen beschäftigen. Ich lehnte es ab. Sie bat nochmals und mit Nachdruck darum. Meine anderen Geschwister hatten keine Zeit. Er kannte schon meine Schwestern und meine Brüder. Weil ich bei seiner Ankunft am Abend zuvor bereits im Bett war und an diesem Morgen bei seinem Frühstück längst unterwegs, hatte er mich noch nicht gesehen.

Was tun mit einem 16-jährigen Franzosen, der offensichtlich kaum Deutsch sprach? Ich war 17, schnell hochgezogene Eigenheime fand ich zum Davonlaufen, Goldene Käfige entsprangen höchstens einem Albtraum, Prinzen und strahlende Bauherren konnten mich nicht locken. Die meisten Jungmänner hielt ich auf Abstand, wenn sie jünger waren, interessierten sie mich ohnehin nicht. Auf Wunsch meiner Mutter ging ich also zu Pierre.

Ich frage ihn, ob er gerne Federball spielen würde. Er sagt »Ja« und trifft mit schöner Regelmäßigkeit daneben, also legen wir die Schläger zur Seite, ich hole einen Fußball aus dem Schuppen und kicke ihn in seine Richtung. Jetzt ist er in seinem Element. Wir gehen auf die große Wiese neben unserem Haus und spielen uns warm, wir kämpfen um den Ball, unsere Körper berühren sich. Pierre ist geschickter mit dem Ball, ich schneller. Sein T-Shirt wird nass, klebt als durchsichtiges Dreieck auf seiner Haut. Zwischendurch stelle ich ihm Fragen. Das Rede- und Antwort-Spiel gleicht dem Spiel mit dem Federball: Ich gebe den Aufschlag, und er verfehlt den Ball. Bis zu diesem unvermuteten Treffer: »Liest du gerne?«

Er antwortet: »Ja.« Ich sehe ihn an, zum ersten Mal richtig, er grinst frech. Ich schieße den Fußball mit voller Wucht in seine Richtung, er stoppt den Ball, nimmt ihn hoch und hält ihn hinter seinem Rücken fest. Meine Mutter ruft zum Essen: »Kommt ihr?«

»Ja, wir kommen gleich.« Nach dem Essen soll ich mich wieder um Pierre kümmern. Ich wehre mich nicht mehr dagegen. Normalerweise gehe ich um diese Zeit ins Bett, doch stattdessen gehe ich mit ihm das Tal hinter unserem Haus hoch: Richtung Westen, Richtung Frankreich.

Wir nehmen den schmalen Weg rechts zum Wald. Er weiß nicht, was dieser Weg für mich bedeutet. Ich frage auch ihn nach seinem Leben. Er bemüht sich, die richtigen Worte zu finden, es fällt ihm nicht leicht. Ich schaue ihn an, taxiere ihn, registriere alles. Seine Haare fallen ihm glatt und braun auf die Schultern, seine Hände sind schmal und eckig, auf der Oberlippe zeigt sich zart das, was mal ein Bart werden könnte, seine Haut, ganz blass, zieht mich an, oben am Waldrand setzen wir uns auf den weichen Boden, ich kreuze meine Füße und halte mit meinen Armen die Knie geschlossen.

Wir schauen auf die kaum befahrene Landstraße hinunter. Von seinen Eltern möchte er nichts erzählen, auch nichts von seinen Geschwistern: »Das ist egal.« »Egal« ist wohl sein Lieblingswort und »du machst mich lachen«. Ich frage trotzdem weiter, erfahre nur ganz wenig von seinen Eltern und von drei Schwestern und einem kleinen Bruder: »Der ist okay.« Aber er bleibt dabei: »Alles ist im Grunde egal.« Ich halte dagegen. Mein Vater fehlt mir schon drei lange Jahre. Es ist mir nicht egal.

Pierre hat gerade ein Buch gelesen, das ihn begeistert. Damit will er mir erklären, was er meint. »Das ist egal« ist ein Satz, der darin eine zentrale Rolle zu spielen scheint. Ich frage immer wieder dazwischen. Ihm fehlen oft die richtigen Worte auf Deutsch. Wir suchen sie gemeinsam. Ich dränge ihn, möchte die ganze Erzählung hören. Es ist auf einmal dunkel. Überall um uns herum leuchten Glühwürmchen, ein ganzes Heer. Mitternacht ist längst vorbei. Trotz Sprachschwierigkeiten hat Pierre den Inhalt des gesamten Buches nacherzählt. Ein Auto fährt langsam die Straße hoch: Ich erkenne den Audi meiner Mutter. Sie kommt wieder zurück, fährt an uns vorbei. Wir stehen auf und gehen nach Hause. Der Audi steht in der offenen Garage, die Terrassentür ist angelehnt. Ich mache die Schlafzimmertür meiner Mutter auf: »Wir sind da, aber ich kann es nicht leiden, wenn du mich suchst. Was soll schon passieren?«

Am nächsten Morgen kaufte ich mir das Buch »Der Fremde« von Albert Camus, es stand gleich zweimal im Regal, ich hatte es nicht von alleine entdeckt. In der Mittagspause fing ich an zu lesen. Im Zug las ich weiter. Ich wollte unbedingt am Abend noch einmal mit ihm darüber reden.

In den nächsten zwei Wochen ging ich jeden Abend nach dem Essen mit Pierre spazieren, habe mit ihm über Bücher geredet. Seine Deutschlehrerin wunderte sich sicher am Ende der Ferien über seine Fortschritte. Ich stellte fest, dass seine Haut so zart war, wie sie aussah, unsere Lippen niemals aneinander müde wurden. Ich brauchte in diesen zwei Wochen kaum Schlaf.

Wir waren zu jung damals, es wäre, so versuchte ich mich später zu trösten, sowieso nichts aus unserer Liebe geworden: *Deine Küsse dunkeln, auf meinem Mund. / Du hast mich nicht mehr lieb. / Und wie du kamst –! / Blau vor Paradies.*

Nach der Beerdigung ihrer Schwester Louise verbrachte Amalie zuerst ein paar Wochen bei ihrer Mutter im Kloster, das diese sich für ihre Trauerzeit ausgesucht hatte. Sie kamen sich immer näher, die Mutter erzählte von ihrer Familie, von der Tugend und der Verantwortung. »Ja, ich weiß schon«, antwortete dann Amalie und umtanzte beim Spaziergang ihre Mutter, »keine Sorge, ich werde schon keine Dummheiten machen«. Nach der Trauerzeit durfte sie wieder zu ihren Freundinnen ins Bellechasse. Auch die Mutter ging zurück in ihr Stadtpalais, der Vater zeigte seine Freude darüber. Einmal pro Woche besuchte Amalie ihre Eltern. Es war schön, aber auch ein wenig trist. Niemand war an diesen Tagen geladen, selbst ihr großer Bruder Friedrich fand sich nicht bei Tisch ein. Ach, er könnte so spannend erzählen. Er wusste viel von der richtigen Welt, die glitzerte und nicht von Klostermauern begrenzt war, aber gerade das schien den gestrengen Herrn Vater zu stören. Amalie durfte zu keinem Ball, zu keiner Theateraufführung, der Vater meinte, das verdürbe den Charakter. Es half kein Betteln. Was half, war die Mutter, die dafür sorgte, dass ihre Tochter mit 17 Jahren zum ersten Mal in die Oper durfte. Welche Aufregung, dem Vater wurde erzählt, sie seien zu einem *dîner* geladen.

Im selben Jahr starb Amalies Gouvernante, worauf die Eltern ihre Tochter endgültig aus dem Internat nahmen. Amalie galt jetzt als heiratsfähig. Die Mutter war in diesem Alter bereits verheiratet. Aber ans Heiraten dachte Amalie noch nicht. Solange sie nicht wusste, wer ihr Herz im Sturm erobern konnte oder durfte, spottete sie nur über die mehr oder weniger zufälligen Arrangements ihrer Eltern mit Heiratswilligen. Für Amalie und ihren jüngeren Bruder Maurice begann eine unbeschwerte Zeit. Die Heiratskandidaten und ihre halbherzigen Anträge wurden, kaum hatten sie sich verabschiedet, in improvisierte Theaterstücke eingebaut; Maurice machte aus ihnen, je nachdem, ob sie Wohlwollen oder Spott ernten sollten, einen tragischen Helden oder einen Hanswurst. Eine kurze Jugendzeit, die zwei Jahre später endgültig zu Ende ging. Sie ging zu Ende, weil der Vater, der immer Aufrechte, der Stolze, der Edle, der seine gepflegten weißen Haare und seine 70 Jahre *avec noblesse* trug, an den Folgen einer Bronchitis starb.

An der Fontaine Saint-Michel wollten wir uns um drei Uhr am Nachmittag treffen. Der Treffpunkt für Liebespaare, meinte Pierre am Tag zuvor. Das Spiel mit den Worten stellte sich so leicht wie früher ein. »Ist die Fontaine auch ein magischer Ort für Nicht-Liebespaare?«

»Ja klar«, antwortete er, »denn sie werden es ja erst, wenn sie sich dort getroffen haben, um sich dann liebestrunken in die Arme der Stadt zu werfen!«

Ich blieb kritisch: »Ohne Minnetrank besteht keine Gefahr, außerdem verliert der Zauber im Lauf der Jahre seine Wirkung.«

»Zum Glück leben wir nicht mehr im Mittelalter«, sagte Pierre und verabschiedete sich. Er musste zur Arbeit. Wie ihn halten? Ich wollte noch so viel sagen, so viel fragen oder gemeinsam schweigen. Das längst Vergangene war in seiner Gegenwart drachenstark, übermächtig. Es machte die Gegenwart schwer und leicht zugleich.

Die Fontaine wurde erst nach Amalies Tod erbaut. Wie sah der Platz vorher aus? Der Erzengel verharrt in Rachepose: sein Schwert hoch über dem Kopf, der gefallene Luzifer zwischen seinen Füßen, darunter quillt das Wasser hervor. Ein Kampfschwert, kein Liebesschwert, das Tristan von Isolde trennt und König Marke im Baum wachsam sein lässt.

Schon vor drei Uhr wartete ich auf Pierre: Ob er an unser Treffen denkt? Ich beobachtete die Leute, mal saß ich auf einem Abgrenzungsstein, mal ging ich, wie die anderen, im Schlenderschritt über den Platz. Es waren viele, die auf irgendjemanden oder irgendetwas zu warten schienen. Hin- und Herläufer, die sich plötzlich – aus welcher Richtung war er oder sie bloß gekommen? – in die Arme fielen und dann tatsächlich, als seien sie betrunken, über die Straße gingen und sich ins Getümmel warfen. Der imaginäre Minnetrank wirkte offensichtlich sofort.

Auch Pierre stand auf einmal neben mir, obwohl ich nach ihm Ausschau gehalten hatte, immer in der Sorge, er könnte nicht kommen. Diese Aufregung, die zwischen Freude und Schmerz nicht unterscheiden kann, die mit seinem Eintreten in mein Blickfeld sofort in den Wunsch, jeden Luftraum zwischen uns beiseitezuschieben, umschlägt. Er war da und ich angekommen, aber wo? Er lächelte höflich, distanziert, wir waren kein Liebespaar. »Also«, fragte er, »wohin gehen wir?«

»Auf den Friedhof«, war meine Antwort, »ich habe Heinrich Heine noch nicht besucht.«

»Er kann dich ja auch nicht mehr besuchen.«

»Wer weiß, zumindest kennt er sich mit komplizierten Liebesverhältnissen bestens aus.«

Und schon fing Pierre, während wir die Treppe zur Metro hinuntergingen, an: *»Ein Jüngling liebt ein Mäd-*

chen.« Und ich: *»Die hat einen andern erwählt, der andere liebt eine andere und hat sich mit dieser vermählt.«* Und er: *»Das Mädchen heiratet aus Ärger den ersten besten Mann.«* Und wieder ich: *»Der ihr in den Weg gelaufen, der Jüngling ist übel dran.«* Danach schwiegen wir. Vielleicht ist jede Lösung eine Notlösung.

In unserem letzten Sommer fand Pierre die Lieder von Heinrich Heine ein wenig albern, zumindest sagte er es. In meinem Heine-Band stecken viele Lesezeichen. Auf einem hatte er mir die Bücher von John Steinbeck empfohlen, »Die Straße der Ölsardinen« sollte ich lesen, Pierre nannte es: Die Straße der Heringe. Ein Zeichen, das immer noch im Buch steckt, das meiner Vernichtungswut entkommen war.

Der Friedhof Montmartre mit seinen Katzen empfing uns. Majestätisch thront Heines Kopf in Marmor über einem längst zerfallenen Körper; seine Mathilde, *Frau Heine*, ist bei ihm, eine Lyra und ein Nachruf-Gedicht in Stein gehauen tragen seinen Ruhm in die Zukunft. Fast 50 Jahre nach seinem Tod meißelten Bewunderer seine Worte in Stein: *Wo wird einst des Wandermüden letzte Ruhestätte seyn.* Diesmal lag ein welkender Riesenkranz der Stadt Düsseldorf auf dem Grab, ein wenig spät, aber dennoch. Als ich vor vielen Jahren mit Christian hier war, war meine Rose der einzige Schmuck.

Die Friedhöfe in Paris sind voller Leben. Die Toten ruhen in Straßen, sind über Nummern zu finden, ein friedliches Geschichtsbild. Wenn man alle gleichzeitig erwecken könnte, das wäre ein Spektakel. Heine kam erst 1831 als Korrespondent nach Paris, damals lebte Amalie schon lange wieder in Inzigkofen bei Sigmaringen und fand es an der Zeit, ihre Erinnerungen zu ordnen.

Pierre las die Inschriften der anderen Gräber laut vor. In Blickrichtung von Heine, vorausgesetzt er würde ein klein wenig seine Augen vom Boden heben, sozusagen einen Steinwurf weiter, liegt François Truffaut, seine Lebensdaten als Stoff für eine Kurzgeschichte: 1932–1984. Auf seiner schwarzen Grabplatte lag eine Postkarte mit einer Szene aus »Jules und Jim«, eine lachende Jeanne Moreau auf dem Balkon zwischen den beiden Männern. Eine zweite Karte, auf der die Moreau als Mann verkleidet mit Jules und Jim über eine Eisenbahnbrücke rennt, wurde mit einem Blumentopf und einem Stein festgehalten, weitere Steine hinderten fünf unterschiedliche Kinokarten am Wegfliegen. Ob Pierre die wahre Geschichte von »Jules und Jim« kennt? Ich fragte ihn. »Klar«, meinte er, »Truffaut ging immer mit seinen Hauptdarstellerinnen ins Bett, er hat sich den Filmstoff nach seinen Frauen ausgesucht.«

»Auch keine schlechte Methode, um ans Ziel zu kommen!«, meinte ich.

Worauf Pierre fragte: »Welches Ziel?«

»Einen guten Film zu drehen.«

Links neben Truffaut steht der Grabstein einer Unbekannten. Ein Ewigkeitsengel ohne Kopf und mit gekreuzten Armen vor der Brust bewacht sie. »Kannst du dich noch erinnern?«, fragte ich Pierre. »Du hast damals meinem Bruder ein Foto von mir gezeigt, du hattest meinen Kopf abgeschnitten, so gefiel ich dir wohl besser.«

»Ja«, antwortete er, »eigentlich habe ich ihn für meine

Freunde abgeschnitten, ich fand, du siehst zu deutsch aus, wir waren in Gedanken alle in der Résistance, und da war es nicht gut, mit Deutschen zu sympathisieren.« »Sympathisieren« nannte er es. Manches fügt sich erst spät zusammen. Wir verließen den Friedhof, setzten uns in ein Straßencafé am Boulevard de Clichy, überdimensionale Schauspieler an der Wand beobachten dort die Gäste; wir schauten durch die Glaswand nach draußen, überlegten, welche Erlebnisse wir gerne welchen Passanten zuordnen würden. Ablenkungsmanöver dürfte das in der Militärsprache heißen.

DIENSTAG, DRITTER TAG

Nancy

Der Zug fährt langsamer. Der Zugbegleiter kündigt erst auf Französisch, dann auf Deutsch die nächste Station an: Nancy, Pierres Kindheitsort, der Ort, an dem er zur Schule ging, an dem er studierte. Riesen-Graffitis an den Wänden, Kabelstränge über mir in der Luft. Das Quietschen der Bremsen, Metall auf Metall. Auf dem Abstellgleis steht ein Zug mit dem Wappen derer von Salm, die springenden Lachse gegeneinander angeordnet. Auch in Amalies Wappen sind sie so abgebildet. Die Fürsten zu Salm haben ihren Stammsitz im Elsass. Irgendwelche Verbindungen bestehen offensichtlich immer noch.

Nancy kenne ich kaum. Im Sommer wohnte seine Familie in den Vogesen. Einmal nur brachten wir Pierre mit dem Auto zurück nach Nancy. Seine Familie war so anders. Anders, als er sie mir beschrieben hatte, wenn überhaupt, er verweigerte meist die Auskunft.

Nach den ersten zehn Jahren unserer Sendepause wohnte Pierre immer noch hier, allein in einer kleinen Wohnung in der Innenstadt. Wir gingen gemeinsam durch diese Stadt, Christian und die Kinder an meiner

Seite. Für Pierre wird es seltsam gewesen sein. Er beschäftigte sich vor allem mit meinem Sohn und meiner Tochter. Christian blieb schweigend neben mir. Ich hätte mich gerne bei beiden eingehängt.

Amalies Vater starb im Kreis seiner Familie. So beschreibt sie es. Erst war er nur erkältet. Es wurde immer schlimmer. Sein Husten dröhnte in der Stille des Krankenzimmers. Ein langer Abschied, ein Sich-Auflösen, ein Verschwinden auf Raten. Nach neun Monaten hatte der Vater alles geregelt und starb am 7. Juni 1779 um drei Uhr nachmittags. Die Mutter hielt die Pendule an. Erbe wurde sein ältester Sohn Friedrich, der auch Vaterstelle bei seinen beiden jüngsten Geschwistern einnehmen sollte. Am Totenbett hatte der Sohn dem Vater versprochen, alles zu tun, was dieser wünsche. Das Ancien Régime befand sich schon seit Jahren in der Krise, die Aussichten standen in vielerlei Hinsicht nicht zum Besten. Aufbruch oder Niedergang? Der Vater sah die Gefahr im Letzteren. Das könnte auch auf die Heiratspläne einen Einfluss haben. Die Höhe der Rente bis zur Heirat von Amalie war im Testament festgelegt worden ebenso die finanzielle Absicherung durch das neue Familienoberhaupt, falls sie nicht heiraten würde. Amalie war 19 Jahre alt. Sie machte sich keine Sorgen um ihre Zukunft.

Wiederum zog sich Amalies Mutter ins Kloster zurück. Sie wählte diesmal Bellechasse, das Amalie so vertraut war. Gemeinsam trauerten sie um den Mann und den Vater. Nach sechs Wochen erst verließen sie die kleine Wohnung im Kloster, die sie zu diesem Zweck gemietet hatten.

Die sterblichen Überreste des Vaters wurden nach Kirn an der Nahe gebracht. Diesseits des Rheins, aber in Deutschland. Hier war er zusammen mit seinem Bruder Johann Dominik Landesherr gewesen. Die beiden früh verwaisten Brüder hatten das Land 35 Jahre zuvor als Erbe aus einer Seitenlinie erhalten. Sie änderten mit dem neuen Land auch den Namen, aus dem elterlichen Salm-Leuze wurde nun Salm-Kyrburg. Johann Dominik lebte viele Jahre in Kirn, war wohltätig und wohlgelitten. Der »schöne Rheingraf« indes war lieber in der großen weiten Welt, wie es in Kirn spöttisch hieß, zu Hause und hatte nie den Drang verspürt, dieses Land, dem er zum Teil seinen Wohlstand verdankte, zu besuchen.

Johann Dominik war ein Jahr vor ihm gestorben, selbst damals reiste der Vater nicht von Paris in das deutsche Erbland; nur Friedrich, der wie sein Onkel gerne in diesem Städtchen weilte und mit dem er die Leidenschaft fürs Bauen teilte, war bei der Beerdigung anwesend. Beim Tod des Bruders trauerte die Bevölkerung um den leutseligen Landesfürsten, der jedem Gehör geschenkt hatte. Auch diesmal wurde eine halbjährige Landestrauer ausgerufen, aber die Menschen wussten nicht so recht, um wen sie trauerten.

Die Familie jedoch kannte und liebte ihn, sie litten leidenschaftlich, die beiden ältesten Schwestern und ihre französischen Ehemänner taten dies auf ihrem französischen Landgut. Amalie und ihre Mutter warteten im Trauerkloster in Paris noch auf die Rückkehr der beiden Brüder, die in Kirn geblieben waren, und fuhren dann gemeinsam nach Isque bei Brüssel zum Erbschloss der Mutter.

Mit dem Vater waren Ruhe und Sicherheit gestorben. Amalie konnte Friedrichs belebende Unruhe spüren, bald schon fieberte sie mit. Er hatte Pläne, in die er seine Schwester einweihte. Großes wollte er schaffen. Zuerst in Kirn. Und dann sollte eine standesgemäße Heirat folgen, schließlich musste die Linie fortgeführt werden. Schöne Frauen gab es viele. Welche war die Richtige, welche Familie passte zu seiner?

Gegen Ende des Sommers packte die geschrumpfte Familie in Isque alles ein und fuhr nach Kirn; Friedrich war bereits vorausgefahren, er war der neue Souverän, alles lag in seiner Hand.

Kirn an der Nahe. In einer anderen Welt und doch nur wenige Kilometer von Kirn entfernt wurde im selben Jahr Johannes Bückler, der unter dem Namen »Schinderhannes« bekannt werden sollte, geboren. Wann und wo genau, bleibt ungewiss. Sein Tod ist bekannter, ist aktenkundig. Er wird mit demselben Mordgerät um Kopf und Leben gebracht werden wie Friedrich. Eine Annäherung der Stände. Die Guillotine ist bei der Geburt des Räubers, der auf seine Weise die Umverteilung zwischen Arm und Reich vornahm, noch nicht erfunden. Die Revolution ist weit weg und nur aus der historischen Distanz gesehen nah.

Zwei Tage verbrachten sie in der Kutsche, die Reise war beschwerlich, es war zu heiß, die Fächer unaufhörlich in

Bewegung, zudem seufzte die Mutter immer wieder auf. Amalie freute sich auf Kirn, ihr Bruder hatte ihr schon oft von dieser kleinen Stadt erzählt. Im nächsten Jahr, wenn die Trauerzeit vorbei wäre, würden sie wunderbare Feste feiern. Immer wieder kämen Schauspielgesellschaften, sogar aus Paris, nach Kirn. Der neue Landesherr kannte unglaublich viele Menschen. Die Wirtschaft blühte auf. Die Bevölkerung durfte, wollte, konnte für ihn arbeiten. Die Abgaben wurden in Dienstleistungen umgesetzt. Die Ausgaben für das Haus Salm-Kyrburg waren höher als die Einnahmen. Am Anfang fiel dies noch nicht so auf.

Wo Friedrich war, wurde es nie langweilig. Amalie und ihre Mutter nahmen bei ihm im Schloss des verstorbenen Onkels Quartier. Am nächsten Vormittag fuhren sie hoch zur Kyrburg. So musste es im Mittelalter ausgesehen haben, die Aussicht war großartig, die alten Mauern jedoch unbewohnbar; zum Glück hatte der Onkel daneben einen modernen Gasthof erbauen lassen. Die weitverzweigte Familie Salm lud ein. Ein Kommen und Gehen, auf der Burg, im Stadtschloss. Man besuchte sich, zum Tee, zum *dîner*. Der Weg nordwärts, hinauf zum Schloss Dhaun, gefiel Amalie besonders. Mit der Kutsche konnte man in weniger als einer Stunde die Verwandten besuchen. Dort oben im Park lief sie wie ein Kind die Wege entlang, wirbelte mit ihren Röcken die Blätter auf. Selbst Friedrich ließ sich von ihrem Übermut anstecken und mit Laub überhäufen. Die Farben leuchteten, noch am Abend, als die Sonne schon untergegangen war, lag das Abendrot auf den gekehrten Parkwegen. So sollte es immer bleiben. Ihr Vater hätte es sehen sollen, er wäre sicher jedes Jahr im Herbst nach Kirn gekommen.

Die Tage wurden merklich kürzer, schon Ende Oktober war es empfindlich kalt, und Friedrich mahnte zum Aufbruch nach Paris. Er wollte wichtige Leute treffen, er hatte Geldgeschäfte zu tätigen. Auch die Mutter zog es wieder in ihr Stadtpalais, sie wollte sich im Haus zurückziehen, der nächsten Generation Platz machen. Als Witwe würde sie sich nur noch um die Verheiratung ihrer Kinder kümmern. Keine leichte Aufgabe.

Zum ersten Mal – die Trauerzeit wurde dafür etwas verkürzt – durfte Amalie in Paris an einem Faschingsball teilnehmen, zum ersten Mal gehörte sie dazu. Es war ein Rausch, ein Feuer. Sie war Teil eines großen Festes, das – wenn sie einen Wunsch frei gehabt hätte – nie mehr enden würde. Amalie wurde beim Tanz nicht müde. Es war nicht wichtig, wer sie führte, wichtig war die Bewegung im Takt, die Blicke, die sie streiften; lag es am Kleid, an der Spitze, am Ausschnitt oder lag es am Glück, dass sie alle gleichzeitig umarmen wollte? Es war so leicht, Kontakt zu knüpfen, ein Blick in braune Augen, ein Blick in grüne, in blaue, nicht hängenbleiben bedeutet Freiheit.

Während dieser Woche wollte ich unbedingt Helen Hessel besuchen. Auf dem Friedhof Montparnasse. Beigesetzt im Grab von Wilhelm und Anne-Marie Uhde. Mit diesem Wissen machte ich mich früh am Morgen in Paris auf die Suche. Ich ging zu Fuß; der Tour Montparnasse wies die Richtung.

Helen Hessel hätte ich gerne persönlich kennengelernt. Sie war die Frau, die in Truffauts Film von Jeanne Moreau verkörpert wurde. Sie war die Filmvorlage. Eine Deutsche, die durch ihr Tagebuch klar macht, dass der Kinofilm – und mit ihm der Roman –, gelebte Wirklichkeit als Fiktion ausgab. Helen Hessel hatte den Film gesehen, nicht nur einmal, im Alter, da waren ihr Franz, *Jules*, und ihr Pierre, *Jim*, längst tot. Der Film half beim Träumen.

Pierres Mutter sagte mir einmal, »Jules und Jim« sei ihr Lieblingsfilm. Ich war erstaunt, sah sie mit ganz neuen Augen, wer diesen Film liebte, konnte nicht so sein, wie Pierre sie mir beschrieben hatte. Ich hatte Lust, sie näher kennenzulernen. Seit diesem Gespräch bemerkte ich eine Sehnsucht an ihr, eine Sehnsucht, die weit über das hinausging, was sie als Lehrerin, als Mutter darzustellen vorgab.

Pierre. Ein unergründliches Wesen. Grenzenlose Nähe, wenn er bei mir war, Befremden, wenn er mit oder über seine Familie sprach, als hätte er eine Glashaube um sich, die erst mit meiner, mit seiner Berührung verschwand.

Im ersten Jahr fragte ich ihn noch, wie es bei ihm zu Hause war, was er machte, mit wem er befreundet war. Wollte wissen, wie seine Traumfrau aussehen müsste. Nicht wie ich, das war schnell klar. Es war vor unserer Trennung unwichtig. Ganz dünn sollte sie sein, mit glatten braunen Haaren. Typ Jane Birkin. Wenn wir irgendwo einer solchen Frau begegneten – im Fernsehen, auf der Straße – schauten wir uns an, waren uns einig: Ja, die könnte es sein.

Wir gingen fast täglich am späten Nachmittag durch die Straßen von Paris, ich schaute immer noch automatisch nach Frauen, die ihm gefallen könnten. Eine Gewohnheit seit damals, die ich wohl nie mehr ablegen werde. Ich zeigte ihm meine Fundstücke, er lachte und meinte: »Gut getroffen.« Ich spürte seine Nähe, wollte tanzen, lächelte die Entgegenkommenden an, im Feierabendgedränge drehte ich mich einmal auf dem Gehweg nach Pierre um und wurde von einem weichen blauen Pullover samt Inhalt gebremst, ein fremder Mann mit Reklamezähnen und geöffneten Armen lachte mich an, *»pardonnez-moi«*, auch ich musste lachen und drehte mich erneut nach Pierre um, worauf der Mann ihn ebenfalls, eine Entschuldigung im Blick, anschaute und mit einem *»bonne soirée«* schnell weiterging. Pierre kam näher und meinte: »Ich muss wohl besser auf dich aufpassen, sonst nimmt dich irgendeiner hier mit.«

»Keine Sorge, er würde sich bald wieder auf Französisch verabschieden.«

»Was bedeutet denn das?«

»Das sagt man, wenn jemand geht, ohne sich zu verabschieden.«

»Aha, und das soll typisch französisch sein?«

»Vielleicht ist es ja ein Vorurteil, andererseits kenne ich auch so einen.« Mit diesem Satz rannte ich los, über die Straße, zwischen den Autos hindurch. Pierre holte mich ein: »Bist du noch zu retten, wir sind hier nicht in einem Dorf im Schwarzwald, wir sind in Paris!«

»Deshalb«, war meine Antwort, »die Franzosen bremsen, wenn es sein muss – in Deutschland wäre ich mir nicht so sicher«.

Der Friedhof Montparnasse: eben und geordnet, links das gut geheizte Häuschen, in welchem ich nach dem Friedhofsplan und Helen Hessel fragte. Eine Frau mit schwarzen toupierten Haaren ließ ihren rubinroten Fingernagel über Namenslisten wandern, eine Helen Hessel fand sie nicht. »Kennen Sie den Film ›Jules und Jim‹?« Ihr Gesichtsausdruck gab die Antwort: Wie konnte ich nur fragen! »*Bien sûr.*«

»Helen Hessel ist eine Deutsche, sie ist die richtige Jeanne Moreau«, erklärte ich weiter. Aber es war wohl doch für eine Friedhofskonversation zu verworren. Ihre Augenbrauen stiegen in Richtung Turmfrisur, es war sicher besser, sie nicht weiter aufzuklären. Also fragte ich nach dem Grab von Anne-Marie und Wilhelm Uhde, dem Geschwisterpaar. Helen lebte vor ihrem Tod 30 Jahre mit Anne-Marie zusammen in einer Wohnung, männerfrei zumeist.

Diesmal wurde sie gleich fündig, schrieb Lage und Grabnummer auf den gelb-grünen Friedhofsplan. Es sei gleich vorne in der Rotunde. Noch während sie mir den Plan zuschob, begrüßte sie eine Kollegin mit Wangenküsschen, und ich wurde für sie genauso unwichtig wie ihre Dauergäste.

Es war kalt, die Morgensonne schien, ein stiller Ort mitten in der Stadt. Geradeaus, in der Nähe des Eingangs, an der Mauer, fiel mir ein Grab auf. Ohne zu suchen, hatte ich Simone de Beauvoir gefunden, bei Sartre, ganz schlicht unter glattem Marmor. Mehrere Metrokarten, bunte Steinchen, ein Dankesbrief lagen auf der Grabplatte. Sie sei mit dem Ring ihrer amerikanischen Liebe ins Grab zu Sartre gelegt worden. Eine schöne Geschichte.

Simone de Beauvoir stelle ich mir als Kopf-Menschen vor, Helen Hessel eher als Körper-Menschen; auch der Bauch sei eine Art Gehirn, die Haut ein Organ. Helens Liebesleben ist ungleich komplizierter. Sie machte es sich nicht leicht, wollte alles haben, alles gleichzeitig und sofort. Es gibt inzwischen mehrere *histoires vraies*, wahre Geschichten, zum Leben der drei Liebenden. Auch ihre eigenen Versionen liegen gedruckt vor, ich habe sie mit nach Paris genommen. Ein Kaleidoskop, ein Geschenk an die Nachwelt. Im Roman von Henri-Pierre Roché machen Jules, Jim und Kathe zu Beginn ihrer Beziehung ein Wettrennen entlang dieser Friedhofsmauer. Die Geschichte endet mit dem Tod von Kathe und Jim. Theatralisch lenkt Kathe das Auto ins Wasser. Jules bleibt zurück. Dabei starb *Jules*, Franz Hessel, der Schriftsteller, der Deutsche und Jude, als Erster. Helen musste ihn überreden, 1938 und fast zu spät ließ er Berlin hinter sich, um erst in Paris, dann in Sanary-sur-Mer Zuflucht zu finden. Aber die Nazis ließen Helens »Franz von Assisi« keine Ruhe. Die Schreckenszeit im Lager, in Les Milles, die Gespräche über Kunst und Literatur, die Angst, der Hunger, die Enge. Ein Schlaganfall erlöste 1941 Franz Hessel vor dem Mord. Truffauts Film gab ihm sein Leben zurück.

Auch dieser Friedhof ist voll mit Toten, die in ihrer Kunst weiterleben. Ich ging Umwege, verirrte mich trotz Plan. Ging über eine Straße, um Brancusis »Kuss« über dem Grab von zwei Liebenden zu finden, fotografierte den Steinblock, zwei in eins gehauen, von allen Seiten, ging wieder zurück. Baudelaire schickte mich in die richtige Richtung, meterhoch schaut er zornig voraus, vorbei an Samuel Beckett, auf dessen Grabplatte eine dunkelrote Rose welkte. Dann lockte mich ein Grabmal für einen Alain, der wohl auf seine Geliebte, die ihm und sich dieses Monument hauen ließ, wartete: In weißem Marmor umarmen sich Amor und Psyche für die Ewigkeit. Wie groß mag diese Liebe auf Erden gewesen sein? Es liegt keine Blume auf dem Stein, kein Zeichen von Lebendigkeit. Vielleicht wartet die Geliebte in einem trostlosen Altenheim und weiß nicht mehr, dass ihr geliebter Alain mit seinen Engelsflügeln sie in die Arme schließen wird.

Ganz vorne das Grab von Serge Gainsbourg und seinen Eltern, die ihren Namen noch »Ginsburg« schrieben, zugedeckt mit Liebesgaben aller Art, ein buntes Sammelsurium von Babyschnullern bis glitzernden CDs. Hier irgendwo musste das Grab von Helen Hessel zu finden sein. Wo war es? Vielleicht nicht außen am Weg; innen schien die Ordnung aufgehoben, ich musste mehrmals daran vorbeigegangen sein, ein junger Mann fegte Laub zwischen den Gräbern, als wäre er eine Marionette, er konnte mir nicht helfen, fegte weiter, mechanisch, ich wollte schon aufgeben, als ich es endlich fand. Anne-Marie Uhde, die Freundin, war nach ihr gestorben. Beide waren fast 100 Jahre alt geworden. Helen wurde 1982 hier begraben.

Wilhelm Uhde, der ausgebürgerte Deutsche, starb schon 1947. Der von der Malerei begeisterte Kunsthändler lebte seit 1904 in Paris, eröffnete in Montparnasse eine Galerie. Zu Beginn des Ersten Weltkrieges warfen die Franzosen ihn aus dem Land, behielten aber seine Kunstsammlung. Zehn Jahre nach dem Krieg kam er zurück, versteckte sich später vor den Nazis in Südfrankreich, lebte die letzten Jahre wenige Schritte vom Friedhof Montparnasse entfernt.

Ein Experiment sollte es werden, alle drei wollten über ihre Liebe schreiben. Franz veröffentlichte schon 1920 die Liebe zu seiner »Allzulebendigen und Allgeliebten« in seiner »Pariser Romanze«, Helen wird hier zur Lotte, die er am Ende weiterziehen lässt. Henri-Pierres Roman »Jules und Jim«, die Vorlage für den Film, kam 1953 heraus, 20 Jahre nach dem Ende ihrer Beziehung. Doch erst das Tagebuch von Helen sprengt die Form, erhebt das Gedachte zur besonderen Kunst, zieht den Leser in das Geschehen hinein, verwandelt das Erlebte auf ihre Weise in eine Collage, Fiktion auch dies. Die Wirklichkeit war ihr Spielfeld, sie macht sich in ihrem Text über ihren französischen Geliebten lustig, weil er ein Pseudonym wählt, nicht genug Wahrheit wagt.

Fast alle Ideen, Wörter, Sätze von Roché und Franz Hessel habe ich bei Helen wiedergefunden: *»Das archaische Lächeln«*, *»die blonde Mähne«*, *»die blauen Augen«*, *»der Sprung in die Seine«*, *»on se serre la main«*. Bei ihr wird das gelebte Leben zur Kunstform, die Liebe zum literarischen Akt. Ihre Unruhe, ihr Tanz als Mann in den Straßen von Paris, ihr *»ganzes Durcheinander«*, von dem sie Pierre erzählen möchte, den sie nach dem Ersten Weltkrieg herbeizitiert, damit er Franz, dieses *»wunderbare Wesen, wie ein eingeschlafenes Buch, erwecken«* soll. Aber dieser Pierre, bei dem sie das »Henri« weglässt, hat sie erweckt, hat Gefühle in ihr geweckt, die sie nicht kannte, die sie abhängig machten, sie suchte die Freiheit in der Liebe, nicht deren zerstörerische Macht.

Helen, wie sie in ihrem »Journal« in den Spiegel schaut: »*Meine Augen – ich liebe sie zärtlich. Die Nase – verdammtes altes Ding. Aber da sie geliebt wird, verzeihe ich ihr. Der Mund: Das bin ich, kann ich nicht beurteilen.*« Helen liebte den einen, dann den anderen, dann wieder den einen, dazwischen ganz andere. 1912 trafen sie sich in Paris zum ersten Mal. Sie notierte: »Franz Hessel. P. Roché. Nicht zusehen, mitspielen.« Das Leben als Spiel. Franz bleibt ein Zuseher, ein Beobachter, ein Heiliger. Sie will Henri-Pierre im Café treffen, verpasst ihn, heiratet Franz, muss die »ganze Liebesarbeit« machen. Nach dem Krieg besucht Henri-Pierre seinen Freund und dessen Frau, »er beginnt von Liebe zu sprechen«, Helen ist »überrascht«.

1925 zog Helen mit ihren beiden Söhnen nach Paris, Franz blieb in Berlin. Man besuchte sich. Sie arbeitete als Modejournalistin für deutsche Zeitungen. Mode war für sie ein Bild für die Sehnsucht nach ästhetischer Vollkommenheit. Irgendwann erfuhr Helen, dass Henri-Pierre mit einer seiner anderen Geliebten ein Kind hatte, schon jahrelang, schon damals, als sie selbst ein Kind von ihm wollte, oder vielleicht doch nicht, sie hatte ja schon zwei Söhne, sie durfte abtreiben, wenn sie wollte, ein bescheinigtes familiäres Leiden, depressive Verstimmung ermöglichte ihr, was anderen verweigert wurde.

Helen war verletzt, zerstörte die Beziehung. Henri-Pierre lässt in seinem Roman die Liebenden sterben, Helen die Liebe. Nie mehr würde sie mit ihm reden, ihn sehen oder ihm schreiben. Als er 1959 starb, erfuhr Helens Freundin Anne-Marie von der »*passion*«, die er in ihr entzündet hatte: »Mir kommt es vor, als sei ich selbst gestorben, da der Zeuge meiner äußersten Lebendigkeit nicht mehr vorhanden ist.«

Drei Jahre später kam der Film von Truffaut ins Kino. Helen war verwirrt und beglückt, schrieb ihrer Freundin: »Wir sehen alle drei ganz anders aus, »*comme c'est bien entendu*«, aber was ihnen geschieht, ist dasselbe. Dieser Franz ... »*J'en suis émue*« Jeanne Moreau, die andere »Göttliche«, von der Truffaut so fasziniert gewesen sein mag wie Franz und Henri-Pierre von Helen. Der Regisseur wusste schon mit 25 Jahren, dass er diesen Stoff verfilmen würde. Er hat Roché vor dessen Tod getroffen, mit ihm gesprochen, von seinen Plänen erzählt. Erst nach dem Kinoerfolg wurde Rochés Roman ein Bestseller.

Mit Pierre durch die Straßen von Paris gehen. Neben ihm. Ihn spüren, als würden wir uns berühren. Die Trennung hinauszögern, indem ich ihn am Abend ein Stück weit zu seiner Arbeitsstelle begleite. Oben im Norden der Stadt. Wir gingen zu Fuß. Er arbeitet nachts in einer Einrichtung, in der Jugendliche betreut werden, eine Art Internat. So genau habe ich es nicht verstanden. Ob ihm die Arbeit gefällt?

»Ja, meist habe ich sogar Zeit zum Schreiben.«

Er hat Literatur studiert, war auch die ersten paar Jahre Lehrer, wollte dann aber nach Paris, einer Frau wegen, und hat eine andere Stelle gesucht und gefunden. Pierre lebte gerade alleine, das hatte er mir geschrieben, aber sonst wusste ich wenig von seinem Leben. Es war nicht wichtig. Wichtig war allein unser Zusammensein. Alle Trauer, alle Angst war verschwunden. Nur er und ich und der Wunsch, es soll immer so sein.

Im Stehcafé erzählte ich ihm von meinem Gang über den Friedhof, von Helen Hessel und ihrem abenteuerlichen Leben zwischen Berlin und Paris. Ich zog ihr Buch heraus, las die Stelle vor dem Spiegel. Pierres Lachen. Er kannte den Film gut, beschrieb mir die Begegnungsszene im Schwarzwald, als Jim mit dem Zug ankommt: *»On se serre la main.«* Catherine und Jim begrüßen sich mit Handschlag und nicht mit Küsschen. »In echt war es Bayern, Jules war Deutscher und nicht Österreicher, und sie hatte nicht eine Tochter, sondern zwei Söhne«, sagte ich.

Worauf er fragte: »Ist das von Bedeutung?«

»Nein, natürlich nicht, es würde mich trotzdem interessieren, warum Truffaut den Schwarzwald ausgesucht hat.«

»Weil du dort wohnst«, meinte Pierre, »es ist der schönste Ort in Deutschland, die Tannen, die Wiesen, der Geruch, der mit den Bildern transportiert wird.«

»Man muss dort gewesen sein, um den Duft der Tannen in die Bilder zu bekommen.«

»Ich war dort.«

»Du bist gegangen, nicht ich«, verteidigte ich mich.

Und dann erzählte ich Pierre von meinem Traum, das Kino in Sigmaringen zu übernehmen, aber es gäbe zu viele Schwierigkeiten, und ob überhaupt genug Leute kommen würden, ob es sich trägt, der derzeitige Kinobesitzer werde die Pacht nicht verlängern, weil es sich kaum lohne.

Aber Sigmaringen ohne Kino, dann würde es ja wieder zum Dorf werden. Ich beschrieb ihm das Kino von innen, die altertümliche, liebevolle Ausstattung. Fürstin Amalie Zephyrine und ihr Mann hatten es als Theater eingerichtet. Für Amalie gehörte ein Theater zu einem Ort, an dem sie leben konnte. Durchreisende Theatergruppen machten in Sigmaringen Station. Sie brachten Unterhaltung und Leben in das Städtchen. Manchmal wurden die Sigmaringer verpflichtet, die Stücke von August Kotzebue oder Eugène Scribe anzuschauen, damit die kleine Hofgesellschaft nicht alleine als Zuschauer oben in der Loge saß. Doch so richtig konnte sich die Bevölkerung nicht mit dem »neumodischen Zeugs« anfreunden, ob denn die Herren Schauspieler nichts Richtiges zu arbeiten hätten? Aber die Herrschaften schienen sich zu amüsieren, also machte man gute Miene zum dargebotenen Spiel. Dem einen oder anderen Zuschauer wird es sicher gefallen haben. Der Blick über den Tellerrand, Gedanken und Träume in Sprache, in Bilder umsetzen. »Kannst du dir eine Stadt ohne Kino vorstellen?«, fragte ich Pierre. Worauf er meinte: »Übernimm es doch! Dann kannst du selbst die Filme aussuchen!«

An der Metro verabschiedeten wir uns. Ich nahm die rote Linie 4. Mir gegenüber saß eine ältere Dame, elegant angezogen und dezent geschminkt, sie lächelte mich an. Was sieht sie? Zwei Männer in schwarzen Lederjacken, zwischen 30 und 40, hielten sich an der Metallstange gegenüber der Tür fest. Ich stand an der Station Saint-Michel auf, einer der Männer öffnete mir die Tür, sie traten zur Seite und verbeugten sich, als sei ich die Königin von Saba, ich dankte mit einem Nicken, dem zugedachten Rang entsprechend, und rannte dann, kaum war ich draußen, an den Leuten vorbei, wie ein Kind die Treppe hoch, hinauf auf den Platz, über die Straße, noch einmal einen Blick von der Brücke aus auf Notre-Dame, das Gebäude strahlte in die Nacht. Langsam beruhigte ich mich wieder.

Ich ging ins Hotel, weil ich mich eigentlich auf den nächsten Tag vorbereiten wollte, ich hatte die schriftliche Erlaubnis mitgebracht, im Außenministerium Akten zu Amalie und der Hohenzollern-Frage einzusehen und wollte dies auch nutzen, sah dann aber unter meinem Ordner die »Pariser Romanze« von Franz Hessel. Sein Roman ist nicht so emotional wie der von Roché, trotzdem nicht ohne Reiz. Ich las mich fest. Er war hier, welcher Zufall, kannte dieses Hotel, es muss eine Art Stundenhotel gewesen sein. Zu Hessels Zeit, vor fast 100 Jahren, sah es nur wenig anders aus: *Und in meiner Erinnerung stieg jener seltsame »Vierzehnte Juli« auf, den wir vor der Cidre-Wirtschaft in der schmalen uralten rue de l'Hirondelle verbrachten, an einer Tonne sitzend und dem Tanz der bunten Mädchen aus dem benachbarten »Hotel« zuschauend.* 1912, vor dem Krieg, traf er seine *Lotte*, die dann als *Gaston* auf dem Boulevard Saint-Michel tanzte.

Franz Hessels Liebe zu Frankreich, zur Literatur – er übersetzte Marcel Proust ins Deutsche – Henri-Pierre Rochés Liebe zu Deutschland, zur Literatur – er übersetzte Arthur Schnitzler ins Französische. Der Erste

Weltkrieg trennte die beiden Freunde. Roché wurde der Spionage für die Deutschen verdächtigt und kam vorübergehend ins Gefängnis. Und in seiner »Pariser Romanze« schreibt der Ich-Erzähler seinem französischen Freund *Claude* von der Angst, ihm als Feind begegnen zu müssen, und wie froh er war, als er auf die Schreibstube versetzt wurde, wie entsetzt darüber, was ihm befohlen wurde: *Dann kam die Zeit, wo ich mithalf, ein schönes buntes Dorf im Elsass feldgrau und hässlich zu machen.*

Großvaters Briefe aus dem Krieg. Er war zur Verteidigung der Heimat eingesetzt. Die gedachte Heimat lag weit im Westen, hinter Nancy. Es ist lächerlich, von heute aus betrachtet, aber nicht zum Lachen, nicht für ihn, nicht für seine Frau, nicht für Deutschland, nicht für Frankreich. Er schrieb, dass sich seine Frau keine Sorgen zu machen bräuchte, heute habe er sogar etwas zu essen bekommen, und gegen die Kälte hätte er immer einen Strohsack dabei. Er war Offizier, es ging ihm besser als den meisten. Er hat einen Orden bekommen, ich möchte nicht wissen, wofür, es steht nicht auf der Urkunde. Hoffentlich nicht für den Tod von Menschen. Es war Krieg, es bleibt immer zu befürchten. Seine Frau schrieb aus der Heimat, von der Fabrik, dem Sägewerk, sie musste alles alleine organisieren, in seinem Sinne. Habe ich es richtig gemacht?, will sie in ihren Briefen wissen, der Eugen vom Mayer sei gefallen und der Emil von der Frieda auch. Frontnachrichten aus der Heimat.

Ich wohne nicht mehr dort, wo ich aufgewachsen bin, am Rande des Schwarzwaldes, dort, wo schon meine Großeltern wohnten, wo Pierre mich gefunden hat. Christian und ich sind während des Studiums in die Universitätsstadt gezogen und später durch die neue Arbeitsstelle von Christian in Sigmaringen gelandet, als ehemalige Buchhändlerin fand ich eine Teilzeitarbeit in der Stadtbibliothek. Es gefällt mir in der kleinen Stadt, die sich gibt, als wäre sie größer.

Die ersten Jahre unserer Ehe wohnten wir noch in meinem Elternhaus, in einer eigenen Wohnung. Kurz nach der Hochzeit kam Pierre zu uns, meine Mutter hatte ihm in ihrer Firma einen Job als Ferienarbeiter besorgt, er war begeistert, mit den Händen etwas zu schaffen, und sei es, Metallteile zu stanzen, er konnte sich an allem freuen. Er übernachtete in unserer Wohnung, weil wir keine fünf Zimmer brauchten. Diese Freude, Pierre war da, aber Christian wurde immer stiller, zog sich zurück. Ich hatte Pierre seit drei Jahren nicht mehr gesehen, er kam mir unverändert vor, ich wollte in seiner Nähe sein, wollte verstehen, warum er gegangen war. Nur einmal konnten wir ungestört miteinander reden. Da fragte er mich, warum ich ihn nicht zurückgerufen hätte, der Brief sei nur ein Versuch gewesen, er hätte damals keine Freundin gehabt, er wollte, dass ich zu ihm komme, alles, Schule und Freunde sollte ich zurücklassen. Ich antwortete ihm nicht, ich war dabei, den Tisch zu decken, ich hatte ein Messer auf einen Teller fallen lassen und musste die Scherben zusammenkehren.

Ich überließ von da an Christian die Konversation,

auch mit Charlotte, Pierres Freundin, die eine Woche später kam. Pierre hatte sie in den höchsten Tönen beschrieben. Wo an ihr die beschriebene Schönheit zu finden war, blieb sowohl Christian als auch mir ein Rätsel, optisch war sie mindestens so weit von Jane Birkin entfernt wie ich. Sie wusste alles besser, war der Feldwebel, er der Soldat, *arrête,* ein »hör auf« mit mindestens drei Ausrufezeichen, ihr Lieblingswort für ihn, Frankreich tausendmal schöner und besser als Deutschland. Er tat mir leid, schien aber glücklich. Pierre durfte nicht mal das Abendessen loben, dann musste er sich anhören, wie schlecht die Deutschen kochten und wie gut die Franzosen. Auf Französisch hieß sie ihn dennoch zugreifen, denn es koste ja nichts. Sie war Elsässerin, konnte besser Deutsch als er, realisierte seltsamerweise nicht, dass wir ihre Sätze auf Französisch verstanden. Charlotte hatte einen deutschen Nachnamen, vielleicht musste sie deshalb alles Deutsche bekämpfen. Er sollte sie immer bestätigen, er sollte endlich sagen, wie großartig Frankreich, wie unwichtig Deutschland wäre. Pierre hatte mir in seinem ersten Jahr die vielen unterschiedlichen Farben und Formen in den Wiesen gezeigt, die Schönheit der verwachsenen Bäume, er hätte diese Vielfalt noch nie gesehen. Jetzt sagte er nichts, verteidigte nichts, auch nicht sich selbst. Er durfte meiner Mutter nicht beim Holzmachen helfen; er hat immer geholfen, wenn es etwas zu tun gab. Als Pierre auch diesmal sich bereit machte, drohte Charlotte ihm: »Wenn du das tust, könntest du dich verletzen, wenn du ein Krüppel bist, verlasse ich dich!« Also hat er es gelassen. Er aß auch keinen Salat mehr, weil sie sagte: »Du isst zu Hause nie Salat, warum hier?« Ja, warum? Nach drei Wochen hielten wir es nicht mehr aus, an einem Sonntag beim Frühstück sagte Christian: »Wir fahren Charlotte nach Hause ins Elsass, heute, in einer Stunde.« Wir stritten uns offen und fuhren schweigend zu viert in unserem roten R4 über den Rhein. Ihre Eltern lebten in einem Schulhaus, das aus der deutschen Zwischenzeit stammte, als das Elsass Deutsches Reichsland hieß. Ihre Mutter war nicht vorbereitet; sie, die doch so viel besser kochte, als man in Deutschland kocht, hatte nicht eingekauft, hatte nicht mit Gästen gerechnet, ihre Tochter fauchte sie an. Die Kirschkerne der halb aufgetauten Kirschtorte legte Charlotte auf die weiße Tischdecke. Wir fühlten uns deplatziert, obwohl die Eltern sich Mühe gaben. Am Abend fuhren Christian und ich nach Hause. Pierre blieb bei Charlotte, wollte oder durfte nicht mit uns zurückfahren. Am nächsten Morgen war er bei der Arbeit, verschiedene Autofahrer hatten ihn mitgenommen. Danach war es wieder ruhiger, Pierre ging jeden Abend zum Joggen, wir sahen ihn selten. Zwei Wochen später war sein Ferienjob zu Ende. Bevor er ging, verlangte er von mir, dass ich das Medaillon, das er mir drei Jahre zuvor geschenkt hatte, wieder zurückgeben sollte. Ich weigerte mich. Sie hätte es zur Bedingung gemacht, ohne den Anhänger bräuchte er nicht zu ihr zurückzukommen. Er wolle nicht ohne sie leben, ich müsse ihn verstehen, ihm das Medaillon geben. Ich ärgerte mich, dass ich ihr erzählt hatte, ich hätte alles von Pierre weggeworfen, nur dieses Schmuckstück nicht. Jetzt war es auch weg. Sie hatte gewonnen. Die Verbindung brach ab.

Drei Jahre später kam unser Sohn auf die Welt, ich hatte Pierre, so gut es ging, aus meinen Gedanken verbannt, anderes war wichtiger geworden.

Amalies Bruder Friedrich hatte noch einen weiteren Grund, endlich zu heiraten. Im Januar 1781 war er Vater geworden. Friedrich präsentierte im elterlichen Stadtpalais den kleinen Sohn stolz seiner Familie. Eine Heirat mit der Mutter des Kindes kam nicht infrage. Sie war nicht standesgemäß, stand auf der falschen Stufe der Gesellschaftsleiter. Friedrich wollte seinen Sohn selbst erziehen, der jugendlichen Mutter war es recht. Der Vater hatte den Kopf voller Ideen, wie ein Kind zu erziehen war. Rousseau, beziehungsweise dessen »Émile«, war sein großes Vorbild. Zusammen mit Carl von Linné hatte Friedrich noch einmal mit dem alt gewordenen Rousseau über die Chancen und Gefahren, die Erziehung betreffend, diskutiert, ihn in dessen Pariser Wohnung, die er nicht mehr verließ, ganz oben unter dem Dach, besucht, »*der Mensch ist frei geboren und überall liegt er in Ketten*«.

300 Kilometer lagen zwischen Paris und Isque bei Brüssel, noch mal so viel zwischen Isque und Kirn an der Nahe, 500 dann zwischen Kirn und Paris. Ein Rundkurs, der sich jedes Jahr wiederholte: Vor dem Sommer zog die Familie nach Isque, meist für drei Monate, dann zogen sie weiter nach Kirn, auch hier blieben sie gut drei Monate, um danach wieder nach Paris zu eilen. Die Politik und die Bälle, das Theater und die Oper erwarteten sie bereits.

Friedrich hatte sich verändert. Wie ein Rennpferd, das endlich freigelassen worden war, stürmte er vorwärts. Er war inzwischen 35, aber erst jetzt, nach dem Tod des Vaters, Herr seiner selbst, Herr über Ländereien in und um Kirn, er konnte nun eigenes Vermögen nach Belieben einsetzen. Viele Türen hatte der Vater am Hofe Ludwigs XV., dann des XVI., geöffnet, hatte Beziehungen gepflegt, Verbindungen geknüpft, Abhängigkeiten nach unten, Dankbarkeiten nach oben geschaffen. Philipp Joseph, der Vater, war von vorsichtiger Natur, er wusste den Weg, den der Sohn für selbstverständlich hielt, zu ebnen, den Weg, auf dem Friedrich selbstbewusst und stolz weiterging. Sie waren mit vielen anderen zusammen, ob Ausländer, ob Deutsche; manchmal vergaßen sie diesen Umstand. In der Revolution wurden sie daran erinnert.

Der Vater hatte seinen Sohn immer wieder ermahnt, er solle vorsichtiger sein, keine Spielschulden machen, Frauengeschichten diskreter behandeln, Duelle solle er vermeiden und nicht herausfordern. Aber Friedrichs Temperament ließ sich nicht so leicht bremsen. Er redete mit seinem Vater, brachte Argumente, die für seine Handlungen sprachen, Argumente, die schließlich auch den Vater überzeugten.

Jetzt war die Mutter alleine. Auch sie ermahnte ihren Sohn: »Wirf das Geld nicht aus dem Fenster.« Er nahm sie lachend in den Arm, reichte ihr ein kunstvoll gebundenes Rosenbukett: »Ach, *Maman*, Sie nehmen das Leben zu schwer.«

Friedrichs 15 Jahre jüngere Schwester Amalie wurde seine Vertraute. Sie, »die Kleine«, wurde von ihm ernst genommen. Endlich hatte sie jemanden, mit dem sie über die Bücher, die sie gelesen hatte, sprechen konnte. Er stellte die Fragen zu ihrer Lektüre so, dass sie das Gefühl hatte, selbst die Zusammenhänge herausgefunden zu haben. Als ihr dies bei einem Diskurs über Rousseaus »Émile« auffiel, blieb sie mitten im Gespräch stehen und sagte: »Mein Herr, Sie sind genial.« Und er antwortete lachend: »Ich weiß.« Der Roman »Émile« war per Gesetz verboten worden, wen störte es? Die beiden Geschwister zuletzt.

In Kirn setzten Amalie und ihr Bruder Friedrich in seinem ersten Jahr als Familienoberhaupt ihre Gespräche fort. Er weihte sie in seine Pläne ein, zeigte ihr, wie er das Städtchen Kirn ausbauen wollte. Auf der westlichen Seite des Flusses werde er vom Schloss des Onkels aus in einem gedachten Dreieck modernste Schlösschen – das ihre werde Amalien-Lust heißen – bauen. Er habe einen Architekten gefunden, der ihm helfen werde, seine Ideen umzusetzen.

Kirn war anders als Paris, aber nicht ohne Reiz. Die Kutschen wurden immer schneller, man konnte sich auch über größere Distanzen hinweg besuchen. Es war fast alles wie in Frankreich. Nur die Sprache des Ortes und der Dienerschaft war ungewohnt. Amalie verstand die Menschen kaum. Wenn sie über den Marktplatz ging, brauchte sie immer Hilfe. Ihr Bruder konnte die Sprache wechseln, auch Maurice lernte früh die Sprache seiner Vorfahren, weil er es wollte. Sie selbst nahm sich in Kirn einen Lehrer, der ihr helfen sollte, die Worte nicht nur zu verstehen, sondern auch auszusprechen. Meist war es jedoch nicht nötig, denn fast alle, mit denen sie zusammenkam, sprachen französisch.

Friedrichs Feste galten im Umkreis als mit besonderer Raffinesse ausgedacht. Sein neues Schloss mit mehreren Gebäuden, geschmackvoll und pittoresk *à la chinoise* eingerichtet, zog viele Gäste an. Sie feierten oft eine ganze Woche. Schauspieler aus Paris brachten kurzweilige Szenen dar, Musiker sorgten für weitere Unterhaltung, Schriftsteller diskutierten über die neuesten Werke. Am Nachmittag fuhren sie mit den Kutschen aufs Land, mitten auf einer Wiese aßen sie wie Bauern auf einem Gemälde: Auf der Erde wurden weiße Tischtücher ausgebreitet und mit Früchten und Brot, mit Käse und gebratenem Hähnchenfleisch bedeckt. Die Mutter achtete auf Amalie, sie solle nicht zu viel Wein trinken. Die Ermahnungen störten ihre Tochter nicht, es gab so viel Neues zu entdecken, da blieb kaum Zeit zum Essen und Trinken. Sie beobachtete die Paare, sah, welcher Mann welche Frau anschaute, wer sich heimlich und wie zufällig kurz berührte. Sie verglich den einen jungen Mann mit dem anderen. Irgendwann würde sie sich auch verlieben. Später. Amalie wurde nicht müde, sich umzuziehen. In welchem Kleid machte sie die beste Figur? War sie so schön wie all die anderen jungen Frauen? Beim Ball am Abend ließ Amalie keinen Tanz aus. Friedrich hingegen unterhielt sich lieber in seiner fröhlichen und charmanten Art über Literatur und Politik; immer hing eine Gruppe junger Männer und Frauen an seinen Lippen.

Eine halbe Tagesreise entfernt, auf Schloss Dagstuhl, wohnte seit einem Jahr Graf Hermann von Hohenzollern-Hechingen, ein charmanter Gastgeber und Gast, der die dort lebende junge Witwe Antonia geheiratet hatte.

Der Graf war ein paar Jahre jünger als Friedrich, zweimal verwitwet und seit einem Jahr wieder verheiratet. Er verstand den dringenden Wunsch Friedrichs, eine passende Gattin zu finden. Friedrich hatte auch ihm in dramatischen Bildern geschildert, was ihm erst vor Kurzem auf seiner letzten Brautfahrt passiert war: Er, Fürst Salm-Kyrburg, wollte in Polen seine ihm versprochene Braut besuchen, um selbige Prinzessin, wenn alles so wäre, wie geplant und gedacht, gleich vor Ort zu ehelichen. Aber leider stand die Auserwählte just bei seinem Eintreffen zu nahe am offenen Kamin, sodass das Kleid der schönen Polin Feuer fing und sie nicht mehr rechtzeitig gerettet werden konnte. Er hatte sie nicht einmal gesehen und wurde gebeten, die Trauer der Familie nicht zu stören. Der Bräutigam reiste also unverrichteter Dinge zurück.

Graf Hermann machte am Ende des Sommers einen weitreichenden Vorschlag. Er habe eine junge Cousine, sie sei gerade 16 Jahre alt, ihr Name sei Johanna Franziska von Hohenzollern-Sigmaringen, zurzeit wäre sie in einem katholischen Mädchenpensionat in Straßburg. Der Graf bot an, mit Friedrich nach Straßburg zu reisen. So könne dieser sich selbst ein Bild machen.

Drei Anrufe in Abwesenheit meldet mein Handy. Nachher werde ich Christian zurückrufen. Während der Woche machte ich das Handy jeweils nur kurz vor dem Schlafengehen an. Abends, nach dem Kinobesuch, rief ich dann zu Hause an, erzählte, was ich gesehen und erlebt hatte, von Pierre sagte ich nichts. Christian fragte nach ihm, ich wich aus, vertröstete ihn auf später.

MITTWOCH, VIERTER TAG

Strasbourg

Der Zug trägt mich weiter. Viel schneller, sicherer, bequemer als zu Amalies Zeiten die Kutsche. Wälder und abgeerntete Felder, einzelne Bauernhöfe und Dörfer wie Trutzburgen ziehen an mir vorbei. Die Geschwindigkeit wird gedrosselt, weiß-graue Industriegebäude, gewürfelte Schuhschachtel-Architektur, bunte Reklame, die doch nur die Trostlosigkeit der Stadtlandschaft unterstreichen kann. Die Einfahrt in den Bahnhof ist wie überall. Das Gebäude gleicht jedoch eher einer Kathedrale als einem Bahnhof. Die riesige Halle ist mit roten Säulen und einer Rosette verziert, ein Relikt aus der deutschen Übergangszeit. Wir halten: Straßburg, Strasbourg, die Zwitterstadt, zwei Gesichter, ein Körper, der sich für Frankreich entschieden hat. Die Mischung ist es, die für mich den Reiz dieser Stadt ausmacht. Es gefällt mir hier, ich komme oft und gerne her, zeige sie Freunden. Goethe, Gutenberg, es ist auch die deutsche Kultur, die wir hier besuchen. Da störte sie uns wenig, die manchmal offen gezeigte Feindseligkeit der Elsässer, die nach dem Krieg so französisch sein wollten, und glaubten, sie wären bessere Franzosen, wenn sie die Deutschen in ihre Schranken, hinter den Rhein, verwiesen, samt und sonders, getreu dem Motto: Angriff ist die beste Verteidigung. Sooft ich konnte und meine Begleiter sich überreden ließen, bin ich die 332 Stufen des Münsters hochgegangen, habe oben atemlos auf die Stadt, auf das Gewimmel der Menschen hinuntergeschaut. Vor dem Abgrund nur die Mauer aus rotem Stein. Als Goethe hier studierte, hier liebte, war Amalie zehn Jahre alt.

Nachdem Pierre verschwunden war, stand ich zusammen mit dem Dichterfürsten dort oben: *Dass mir's nicht mehr schwindelt an deinen Tiefen, dass in meine Seele ein Tropfen sich senkt der Wonnen des Geistes, der auf solch eine Schöpfung herabschauen und gottgleich sprechen kann: Es ist gut!* Ich habe Goethes Sätze laut über die niedrige Steinmauer gerufen. Die Blicke der Fremden verrieten sie: Die Frau spinnt, werden sie gedacht haben. Einem älteren Mann in einem grünen Lodenmantel und mit hochrotem Gesicht antwortete ich, ohne dass er seine Frage formuliert hätte: »Spinnen ist Ihnen doch lieber als springen.« Heute kann ich darüber lachen.

In unserer Schulzeit interessierte uns das politische Frankreich wenig. Erst mit Pierre ist Frankreich für mich real geworden. Auf einmal war alles, was damit zu tun hatte, spannend und unvergleichlich, hätte also bei einem Wettstreit mit einem anderen Land oder Deutschland immer gewonnen. Ich hörte ihm zu, las Bücher von französischen Autoren. In den ersten Jahren nach unserer Trennung habe ich dann alles gemieden, was an ihn oder an sein Land erinnern konnte. Die Literatur und vor allem die Filme durften dagegen die ganze Zeit über bleiben, fokussierten den Schmerz mit einem Vergrößerungsglas, einem Brennglas, ätzten ein kreisrundes Loch. Später fuhren Christian und ich regelmäßig nach Frankreich, es war für mich fast neutral geworden, ich konnte die Landschaft, das Essen und die kleinen Gespräche mit den Menschen genießen. Ich fand Freundinnen in der Bretagne, die mir ein anderes Bild von Frankreich zeigten. Pierre ließ ich in dieses Bild nicht hinein. Trotzdem konnte ich gerade in seinem Land jederzeit von einer Kleinigkeit, die an ihn erinnerte, aus der Bahn geworfen werden.

Diese Woche in Paris zählte nur noch Pierre, jeder Gedanke hatte etwas mit ihm zu tun. Jede Trennung bis zum nächsten Mal bedeutete einen Graben, der übersprungen werden musste. Die Anspannung, bis ich ihn wiedersah, die Kopflosigkeit, wenn ich mit ihm zusammen war.

Im Café »Panis«, am Fenster mit Blick auf Notre-Dame, fotografierte ich seine Hände und unsere Kaffeetassen. Pierre hatte sich eine Zeitung gegriffen und blätterte sie durch. Wir hatten uns für den Morgen verabredet, weil er am Abend schon einen anderen Termin hatte. Er sah müde aus. Die Ausstattung des Cafés erzählte von früheren Zeiten. Ich fotografierte die stuckverzierte Decke, die Blumenmuster in den Glasscheiben, den ziselierten Heizkörper, den jungen Kellner von hinten. Pierre blickte meiner Kamera nach: »Denkst du, er sieht besser aus als ich?«

»Ist das wichtig?«, fragte ich ihn und ergänzte: »Er ist jünger, hat eine gute Figur, er ist höflich, er spricht deutsch für mich, obwohl er es nicht gut kann, das ist doch sehr zuvorkommend.«

Pierre konterte: »Ich spreche es doch wohl besser, obwohl ich es so viele Jahre nicht gebraucht habe.«

»Du hattest ja auch eine praktische Lehrerin.«

»Warum praktisch?«

»Weil sie damals kein Französisch konnte und dir deshalb keine andere Wahl blieb.«

»Ja, das war schon mühsam.«

»Wirklich schade, dass ich deine Sprache ohne dich lernen musste, dass sich mein Lehrmeister aus dem Staub gemacht hat.«

Pierre sah wieder in die Zeitung: »Ich bin müde, heute Nacht waren die Jungs richtig aufgedreht. Haben wir Vollmond?«

»Kennst du das Gedicht ›Vollmond‹ von Else Lasker-Schüler?: *Leise schwimmt der Mond durch mein Blut …* «

»Muss ich das verstehen?«

Ich lachte: »Nein, es fiel mir nur gerade ein.«

Ich rief den Kellner, bestellte noch zwei Tassen Kaffee, Pierre faltete die Zeitung zusammen und wich meiner Kamera nicht aus. »Ein Foto für deine Mutter gefällig«, meinte ich, und er: »Lieber nicht.«

»Ich habe erst kürzlich in einer Autobiografie gelesen, dass es im Elsass, oder sogar in ganz Frankreich, früher zum guten Ton gehört hätte, die Deutschen zu verachten, stimmt das?«

»Klar«, meinte er, »und dann komme ich nach Deutschland, und wo lande ich? In einer Familie mit blonden, blauäugigen Kindern, eins wie das andere.«

»Ach, du Armer, stell' dir vor, früher hatten wir Mädchen sogar noch Zöpfe! Ein Hoch auf die Vorurteile!«

Ich legte die Kamera weg, wärmte meine Hände an der Kaffeetasse, schaute ihn an, tastete ihn wieder und wieder mit meinen Augen ab. Hirnwindungen als Speicherplatz, gesichert auf meiner Festplatte.

Er setzte unser Fragespiel mit einer Antwort fort: »Du bist wie eine Schwester für mich.« Ich reagierte nicht. Er entschuldigte sich: »Mit dir kann ich mich besser unterhalten als mit meinen Schwestern.« Ich hielt dagegen: »Danke, ich brauche keinen Bruder, ich bin sehr zufrieden mit meinen Brüdern, mein Bedarf ist gedeckt, tut mir leid.« Gibt es eine Steigerung für Schwester?

Ich schluckte meinen Ärger hinunter, wollte diese kostbare Stunde nicht verstreichen lassen, lächelte ihn an, fragte, was ihm an mir überhaupt gefallen habe. Er antwortete, ohne zu überlegen: »Deine Lebendigkeit.«

Was könnte das heißen, ich bin auch nicht lebendiger als andere Menschen. Vielleicht war es ein Übersetzungsfehler seinerseits, ich fragte nicht nach.

Unsere Sprache ist immer noch Deutsch. Ich konnte in unseren ersten drei Jahren kein Französisch, habe es erst gelernt, als er schon fast wieder unerreichbar war. Wir sind bei unserer Sprache geblieben. Er setzte mich während dieser Woche als lebendes Wörterbuch ein. Manchmal wechselte Pierre die Sprache, es gefiel mir.

Plötzlich fiel mir wieder das weiße Pferd ein: »Weißt du noch, dass du meiner Tochter damals in Nancy drei kleine weiße Porzellanpferde geschenkt hast?«

»Ja, natürlich«, antwortete Pierre, »und deinem Sohn einen Kompass, den ich von meinem Großvater hatte.«

»Nach diesem Besuch haben wir uns wieder geschrieben, nicht so oft, aber inzwischen habe ich eine ganze Kiste mit Briefen von dir.«

»Deine Briefe und Karten sind die einzigen, die ich aufbewahre«, sagte er.

Graf Hermann von Hohenzollern-Hechingen begleitete Friedrich im November 1781 nach Straßburg. Amalie und ihre Mutter kamen ebenfalls mit. Die mögliche Braut sollte erst einmal begutachtet werden. Die schweren Klostertüren öffneten sich, die Äbtissin begrüßte sie freundlich und servierte in ihrem Salon leicht gegorenen Apfelmost. Amalies Mutter erklärte der Äbtissin, warum sie hierher gereist waren. Johanna Franziska von Hohenzollern-Sigmaringen kam eine halbe Stunde später, ein wenig außer Atem, ihre Gouvernante begleitete sie. Die mögliche Braut war klein und zart. Erst als Graf Hermann sie begrüßte: »Werte Cousine, darf ich Ihnen den regierenden Fürsten Salm-Kyrburg und seine Familie vorstellen?«, schaute sie nach oben und lächelte schüchtern. Friedrich traf eine schnelle Entscheidung. Ihm war sofort klar, dass dieses hübsche Mädchen seine Frau werden könnte. Bei einem Spaziergang tauschten sie ein paar höfliche Sätze, und dann die entscheidende Frage, ob er hoffen dürfe? Er durfte und ritt gleich am nächsten Morgen zusammen mit Graf Hermann nach Sigmaringen, um beim zukünftigen Schwiegervater um die Hand seiner Tochter anzuhalten. Was dabei genau verhandelt wurde, erfuhr Amalie nicht. Sie wusste nur, dass der Fürst von Hohenzollern-Sigmaringen schon nach wenigen Stunden den Heiratsplänen zustimmte.

Die Familien passten bestens zusammen, Standesunterschiede gab es keine, und wenn dann noch seine Tochter selbst zugestimmt hätte, sähe auch er keinen Grund, dies zu verweigern. Und außerdem, wenn es möglich wäre: Er suche auch für seinen Sohn eine geeignete Partie, eine Frau, die ihm von der Herkunft her ebenbürtig sei, eine Frau, die die Mutter seiner Enkelsöhne werden könne. Er habe nur noch diesen einen Sohn, er sei wohlerzogen und werde bestens auf seine zukünftige Aufgabe als regierender Fürst vorbereitet.

So kam es, dass Friedrich nicht alleine aus Sigmaringen zurückkam, sondern seine zukünftige Schwiegermutter und seinen zukünftigen Schwager Anton Aloys gleich mitbrachte. Friedrich von Salm-Kyrburg schickte sofort bei seiner Rückkehr in Straßburg nach seinem entfernten Vetter und Erzbischof, dem Fürsten von Salm-Salm, damit dieser ihn und Johanna in der Klosterkirche trauen konnte. Dann nahm er seine Schwester Amalie zur Seite und fragte sie, ob sie, da sie Anton Aloys jetzt gesehen habe, ihn sich als Ehegatten vorstellen könne? Amalie konnte es sich nicht vorstellen, eigentlich, er war sehr jung, 19 Jahre alt, sie war 21. Er war zu schüchtern, traute sich nicht einmal, ihr in die Augen zu schauen. Dabei hatte sein Vater sicher mit ihm gesprochen. Sie wollte eine Frau werden, eine, die stolz zu ihrem Mann aufschauen könnte, eine, die von diesem Mann auf Händen getragen werden würde. Ein Mann sollte es sein, der mit ihr durch das Leben tanzte, seine Augen in den ihren. Nachher würde sie erst einmal genau schauen, welche Augenfarbe der Erbprinz hätte.

Die Hochzeit selbst ging ohne großes Zeremoniell über die Bühne. Mutter und Bruder waren die Trauzeugen auf Johannas Seite. Auf Friedrichs Seite waren es ebenfalls die Mutter und seine Schwester Amalie. Direkt nach dem Essen verabschiedeten sich alle. Die Schwiegermutter bestieg mit ihrem kleinen Gefolge die Kutsche nach Sigmaringen. Amalie fuhr mit Mutter und Bruder nach Paris, der hohenzollerische Erbprinz reiste mit seinem Erzieher in Richtung Italien, und die junge Ehefrau sollte noch eine Zeit im Kloster bleiben, da befunden wurde, sie sei zu jung, um jetzt schon mit einem Ehemann zusammenzuleben.

Als Amalie in der Kutsche saß, wurde ihr bewusst: Sie war verlobt. Sie hatte eingewilligt. Seine Augen waren von einem klaren Blau, er hatte gelächelt, als sie zu ihm sagte: »Ich bitte Sie, schauen Sie mich an.« Man hatte den Erbprinzen Anton Aloys sicher überredet, so dachte Amalie, sie hübsch und liebenswürdig zu finden. Nicht das gegenseitige Gefallen war jedoch von Bedeutung, sondern das fehlende Nichtgefallen. Seine Eltern, ihre Mutter und ihr Bruder fanden die Verbindung angemessen, das gab den Ausschlag. Aus der Sicht der beiden Eheanwärter sprach nichts dafür, aber auch nichts dagegen, kein Wollen, keine Leidenschaft, keine Sehnsucht. Amalie war überzeugt, ihr Zukünftiger habe noch nicht viel im Leben gesehen oder erlebt und wie sie selbst in Liebesdingen keine Erfahrung. Sie willigten trotzdem beide ein, vielleicht – so dachte die junge Braut auf der Rückfahrt – etwas zu schnell, aber wer kann dies schon wissen. Sie hatten den Vertrag vor Zeugen unterschrieben.

Vorerst sollte der Erbprinz jedoch mit seinem Erzieher auf Reisen gehen, um in den nächsten sieben oder acht Monaten seine Ausbildung zu vervollkommnen. Seine Verlobte Amalie wollte den Winter zusammen mit ihrer Mutter und ihrem Bruder in Paris verbringen.

Jetzt, da ihre Zukunft geregelt schien, freuten sich Friedrich und Amalie noch ausgelassener an den Annehmlichkeiten der Pariser Gesellschaft. Schnell verbreitete sich die Nachricht, die beiden hätten sich mit einem Geschwisterpaar verbunden. Amalie erzählte ihren Freundinnen von Anton Aloys, der von seiner Reise viele Briefe schickte. Er beschrieb, was er erlebte, welche Gebäude, welche Gemäldesammlungen er besuchte. Besonders zärtlich klangen seine Worte nicht, aber höflich und voller Aufmerksamkeit ihr gegenüber. Sie spürte wenig, wenn sie an ihn dachte. War das Liebe? Im Theater und in der Oper kann sie mitfiebern, spürt Gefahr und Glück, weiß, dass die Liebenden vom Schicksal füreinander bestimmt sind. Natürlich sind das Leben und die Liebe kein Schauspiel. Aber es sollte doch zumindest ein wenig Herzklopfen bringen, ein wenig Sehnsucht stillen. Auf einmal sorgte sich Amalie darum, dass sie als Ehefrau nicht mehr, sondern weniger Rechte und Freiheiten haben könnte. Ihr war klar: Sie wollte lieber unverheiratet bleiben, als diese Winter in der angenehmsten Gesellschaft nicht mehr erleben zu dürfen. Friedrich, was dachte er darüber? Sie beide hier in Paris und seine Frau und deren Bruder, nur ein paar Monate, im Winter eben, den Rest des Jahres würde sie dort verbringen, wo ihr Mann zu Hause war. Aber einen Winter ohne die schönste aller Städte konnte sich Amalie nicht vorstellen. Oder hätte sie doch der Werbung des Fürsten Oettingen-Wallerstein nachgeben sollen? Er war seit fünf Jahren Witwer, ein Mann von Geist, der die Musik und die Literatur liebte, einer, mit dem sie sich schriftlich gerne über Bücher austauschte, aber reichte es für eine Heirat? Er war ungefähr so alt wie Friedrich, aber war er auch so jung? Nein, dann nahm sie doch lieber den jungen Erbprinzen von Hohenzollern-Sigmaringen. Und noch etwas Wesentliches sprach für ihn: Seine Schwester Johanna war ihm ebenso zugeneigt, das hatte Amalie schon bei der Begrüßung gespürt, wie sie ihrem Bruder, also würde man sicher in engem Kontakt bleiben. Ein Leben ohne Friedrich und ihre Mutter wäre zu schmerzlich, kam somit für sie überhaupt nicht in Betracht.

Nach dem Winter, im April 1782, drängte es Friedrich, seine junge Frau zu sich zu holen. Er stellte für sie eine französische und eine deutsche Hofdame an, er arrangierte alles, um ihr ein angenehmes Leben bieten zu können. Ihr immer elegant gekleideter Bruder und ihre Schwägerin waren ein schönes Paar. Amalie und die jüngere Johanna kamen sich näher. Sie und ihre Mutter zeigten der 17-jährigen Schwägerin alles, den Glanz und den Genuss. Sie fuhren mit ihr in der Kutsche durch die Stadt und in den *bois*, nahmen sie mit auf Tanzveranstaltungen, zeigten ihr, wer mit wem verbunden oder verbandelt war, welcher Einfluss bei Hofe bei wem geltend gemacht werden konnte, welcher Schneider die trefflichsten Kleider entwarf, aus welcher Stadt die besten Stoffe angeliefert wurden. Genau so stellte sich Amalie auch ihr Leben als verheiratete Frau vor. Sicher wäre es so, warum auch nicht?

Im Sommer sollte sie in Kirn heiraten. Die Briefe von Anton Aloys brachten ihn ihr ein wenig näher, mit ihm könnte sie möglicherweise glücklich werden. Und Paris wäre weiterhin der Ort für dieses Glück. Bei der Verlobung in Straßburg war ihr doch versprochen worden, sie werde einige Monate im Jahr in Paris verbringen können, mit ihm, ihrem Gatten. Sein Vater hatte damals zwar nicht richtig zugestimmt, aber seine Mutter würde sicher ihren Einfluss geltend machen können, sie, die es wagte, nicht immer die Meinung ihres Mannes zu teilen.

Amalie war bereit, aber Anton Aloys schien es mit der Hochzeit nicht eilig zu haben. Er schrieb von hier und von dort. Hier war es nicht möglich, eine Kutsche zu bekommen, dort war es so außergewöhnlich, dass man noch eine kurze Zeit bleiben wolle. Am Wiener Hof machte er als zukünftiger Vasall dem Kaiser seine Aufwartung. Der Erbprinz von Hohenzollern-Sigmaringen war beschäftigt.

Ein wenig befremdlich fand die junge Braut die Verzögerung schon. Ihr Bruder fing an, sich über das Verspäten des jungen Bräutigams lustig zu machen. Ob es denn andere Schätze als seine Schwester zu finden gäbe? Amalie selbst hatte es nicht eilig, zumal sie das Gefühl nicht los wurde, es könne Widerstände geben. Sie sorgte sich immer mehr, ihr dringendster Wunsch, die Wintermonate in Paris zu verbringen, würde ihr verweigert werden. Im August erwartete sie dennoch mit ihrer Familie den Verlobten und seine Familie in Kirn. Alles war vorbereitet, ihre Hochzeit in den Zeitungen angezeigt, ein großes Ereignis sollte es werden. Da es in Kirn selbst für ein solch prunkvolles Fest nicht genügend Räumlichkeiten gab, wählten sie als Ort Schloss Dhaun. Amalie war nervöser, als sie es sich eingestehen wollte. Für wen hatte sie das schönste und teuerste Hochzeitskleid nähen lassen? Alles war bestens arrangiert. Wenn er nun nicht käme? Er kann doch nicht erst am Tag der Feier ankommen! Endlich traf wenigstens ein Brief ein. Ihr Verlobter schrieb, dass er hier, sechs Meilen vor Kirn, ihre Antwort erwarte. Sein Vater wäre bei ihm und der Fürst und die Fürstin von Hohenzollern-Hechingen. Nichts wäre ihm wichtiger, als sie zu ehelichen, sie heimzuführen, dorthin, wo er seinen Regierungsgeschäften eines Tages nachgehen müsse. Aber gerade hier läge das Problem. Er müsse von ihr die Zusage erhalten, dass sie ihr Leben bei ihm in Sigmaringen verbringen würde. Weder Paris noch ihre Familie wäre nach der Hochzeit ihr Zentrum, sondern seine Familie und Sigmaringen.

Amalie zitterte vor Wut, was glaubte er denn? Nie hätte sie in die Verlobung eingewilligt, wenn sie davon ausgegangen wäre! Ihr erster Gedanke war, das ganze Hochzeitsfest abzusagen. Die Verwandtschaft, die Brautjungfern und die geladenen Gäste, alle warteten auf die Hochzeit. Aber so nicht. Ihr Bruder verstand sie, zwang sie nicht, es würde alles gut werden; gegen ihren Willen werde die Hochzeit nicht stattfinden. Er riet ihr sogar, sie solle Anton Aloys schreiben, sie verzichte auf das Glück, ihn zu heiraten. Mit Tränen der Wut oder Trauer, so genau ließ es sich nicht unterscheiden, setzte sich Amalie an den kleinen intarsienverzierten Tisch, um ihre Antwort zu formulieren. Doch jetzt ergriff ihre sonst so verständnisvolle Mutter das Wort, sagte mit Nachdruck und unbekannter Autorität, man könne eine Familie wie die der Hohenzollern nicht so vor den Kopf stoßen. Der Bräutigam sei mit seiner Familie 60 Meilen bis auf sechs entgegengekommen, und man schicke sie nicht zurück, sie hätten ein Anrecht, das Versprochene zu erhalten. Die Argumente der Mutter überzeugten Amalie schließlich. Auch sie sah die Gefahr, eine Lösung der Verlobung könnte zu anhaltenden Schwierigkeiten führen. Schwierigkeiten, die ihr geliebter Bruder und seine Frau aushalten müssten. Außerdem blieb zu hoffen, Anton Aloys liebe sie trotz aller Differenzen in der wichtigen Frage. Und nachher, wenn sie erst verheiratet wären, könnte sie ihn sicher überzeugen. Amalie versprach, was sie nicht versprechen wollte. Und Anton Aloys kam. Der genaue Hochzeitstag wurde auf den übernächsten Tag, den 13. August 1782, festgelegt. Sie heirateten, aber ihre Beziehung änderte sich nur geringfügig. Anton Aloys war und blieb umgänglich, höflich, distanziert. Weder Liebe noch Freundschaft wollte sich einstellen. In seinem Roman »Julie ou la Nouvelle Héloïse« schrieb Rousseau von »*Liebe und Freundschaft, diese beiden Gottheiten meines Herzens*«. Amalie suchte vergeblich nach einer Möglichkeit, Literatur und Realität in Einklang zu bringen.

Schon am Tag nach der Trauung fuhr der Schwiegervater wieder nach Sigmaringen, die Schwiegermutter, auf deren Hilfe Amalie gebaut hatte, war der Hochzeit ferngeblieben. Auch Amalies Mutter zog es bald wieder nach

Isque bei Brüssel. Die zwei jungen Paare blieben bis Ende August in Kirn. Amalie und Anton Aloys waren meist beieinander, aber nicht zusammen. Sie beneidete ihre Schwägerin um ihren aufmerksamen Mann. Warum nur spürte Anton Aloys nicht, was sie wünschte, was sie brauchte? Ihre großen Schwestern, ihre ganze Familie und ihre Freunde brachten Anton Aloys große Herzlichkeit entgegen. Ihm schien es zu gefallen, wenigstens das. Amalie erzählte von Paris, sie lockte mit den schönsten Schilderungen, erzählte von den Maskenbällen, den Spazierfahrten in den kunstvoll angelegten Gärten. Diesen einen Winter wenigstens. Kann er nicht seinem Vater schreiben, wie wichtig es für ihn wäre, diese außergewöhnliche Stadt kennenzulernen? Anton Aloys schrieb auf ihre Bitte nach Sigmaringen, sein Vater ließ sich überreden, er bekam die Erlaubnis, diesen einen Winter könne das Paar in Paris bleiben. Welche Freude, Amalie tanzte bei der Antwort mit Anton Aloys um den Tisch. Er tanzte gut, er tanzte gerne, er hatte es gelernt. Immerhin hier bewegten sie sich im Takt.

In Amalies Erinnerung glänzt dieser Winter mit ihrem jungen Ehemann in allen nur erdenklichen Farben: *tant d'agréments, de spectacles, de fêtes, de curiosités d'une ville comme Paris.* Für Langeweile blieb wahrlich keine Zeit. Auch Anton Aloys amüsierte sich bestens, genoss, was er in dieser Form nicht gekannt hatte. Ihr Mann gewöhnte sich ein wenig an seine Frau, wie sie schrieb, und so fand Amalie es nicht verwunderlich, in diesem Winter schwanger zu werden. Diese ihre wichtigste Aufgabe, ihre oberste Pflicht als zukünftige Fürstin, schien zu gelingen. Sie war im dritten Monat schwanger, als der Fürst von Hohenzollern-Sigmaringen seinen Sohn und dessen Frau zurückbeorderte. Aber Amalie wollte jetzt noch nicht weg, sprach von der Gefahr für ihr ungeborenes Kind. Jedermann wüsste doch, wie gefährlich es sei, zu Beginn der Schwangerschaft zu reisen. Zudem wollte sie weder von ihrer Mutter noch von ihrem Bruder getrennt sein, doch das sagte sie nicht. Sie wusste, dass sie eigentlich dort leben sollte, wo die Familie ihres Mannes zu Hause war. Aber ihre Zuneigung, ihre Liebe zu ihrer eigenen Familie übertraf bei Weitem die zu Anton Aloys. Vielleicht war es ja nicht richtig, aber den Ort, an dem sich ihre Träume, ihre Hoffnungen auf ein verheißungsvolles Leben verwirklichen ließen, sah sie nicht dort, wo sich ein immer noch distanzierter Ehemann, der sicher ein vorbildlicher Sohn war, zu Hause fühlte. Amalie bat ihren Ehemann um die Erlaubnis, erst später nachzukommen. In ihrer eigenen Familie gestand man sich gegenseitige Liebe, dort bei ihm schien alles anders, aber wie? Amalie wäre es lieber gewesen, Anton Aloys wäre bei ihr geblieben. Doch er leistete dem Befehl seines Vaters Folge. Er schrieb von dort, aus dem unbekannten Sigmaringen, er ließ sie ihren Fehler spüren, seine Worte schienen ihr hart und kalt. Amalie war pikiert. Postwendend schrieb sie ihm im selben Ton zurück.

Irgendwann in unseren ersten Tagen erzählte ich Pierre bei einem unserer Abendspaziergänge, ich hätte früher immer meine beiden jüngeren Brüder gebadet. Ich ließ das Badewasser ein und erzählte ihnen während des

Badens Geschichten. Vor allem, damit sie lange genug in der Wanne blieben, damit sie nicht das Badewasser großzügig im Raum verteilten und damit sie sich nicht stritten. Im Streiten waren sie wahre Meister. Die Geschichten machten sie friedfertig. Das wäre eine wunderbare Idee, meinte Pierre. Er würde von nun an nur noch duschen oder baden, wenn ich bei ihm bliebe und Geschichten erzähle. »So siehst du aus, deine Schwestern baden dich ja auch nicht.«

»Nein«, meinte er, darauf würde er auch keinen Wert legen. Aber ich müsste auf jeden Fall bei ihm im Badezimmer bleiben. Also ließ ich das Wasser ein, gab reichlich Badezusatz in die Wanne, der Schaum türmte sich wie ein Schloss zwischen den Rändern. Danach legte ich Holz in den Badeofen, so lange und so langsam, bis Pierre in die Wanne gestiegen war, setzte mich auf den Rand, erzählte ein Märchen. Beim ersten Mal wählte ich wahrscheinlich die Geschichte vom Rotkäppchen und dem bösen Wolf. Von diesem Tag an, richtete ich ihm oft das Bad, saß immer bei ihm, während er in der Wanne lag, wusch seine Haare.

Später schaute ich ihm gerne beim Ausziehen zu. Es war mir damals klar, dass wir nie ein Paar werden würden. Es war nur ein Spiel. Er schwärmte von anderen Mädchen und war überzeugt, er fände sie bald, seine Märchenprinzessin. Die Badezimmertür war bei uns nie abgeschlossen. Wenn meine Geschwister hereinkommen wollten, zogen sie sich entschuldigend wieder zurück. Auch im zweiten Sommer wiederholten wir dieses Baderitual, sein Körper sah ganz anders aus, alles war kräftiger geworden.

Er hatte angefangen, regelmäßig zu joggen, seine Haut im Gesicht war nicht mehr so weich, seine Beine stärker behaart. Seine Zunge, seine Lippen schmeckten neu.

Einmal stand ich im Bad vor dem Spiegel und schminkte mich, er schaute mir zu, wartete, bis ich fertig war, nahm den Kajal in die rechte Hand, hielt meinen Kopf mit der anderen Hand fest und sagte: »Das ist doch völliger Unsinn, das brauchst du nicht, schau mal, wie hässlich du mit der Farbe im Gesicht bist.« Und dann malte er mir zwei dicke schwarze Augenbrauen und traurige Tränensäcke auf mein Gesicht. Ich sah aus wie ein Clown. Ich höre uns immer noch lachen. Wenn es die anderen nicht sahen, berührte er mich, stellte beim Essen seinen Fuß auf meinen, er konnte unsere Abendspaziergänge kaum abwarten. Dieser zweite Sommer war mindestens eine Woche zu kurz. Ich hatte Angst, ihn zu verlieren oder mich unrettbar zu verlieben. Die seltenen Briefe von Pierre zwischen den Sommern. Er schrieb irgendetwas, kein *Adieu*, kein *ich freue mich auf dich.* Als wir uns dann wieder trafen, war alles wie zuvor, zwei Magnete, die kurzfristig getrennt waren. Vor seiner Rückkehr fühlte ich mich frei, habe andere geküsst, habe ihnen von Pierre erzählt. Meine Sehnsucht nach ihm tat weh. Im dritten Sommer verbrachte er zuerst zwei Wochen in Österreich. Er schrieb, die Mädchen in Österreich seien viel hübscher als die deutschen.

In unserer Sommerzeit erzählte ich selten etwas von mir. Die wenigen Wochen waren schnell vorbei. Er konnte ja alles sehen, er hat mich gesehen, das Haus, den Wald, den Bach, die Geschwister, die Mutter. *Man sieht nur, was man weiß*. Der Meister muss es wissen. Vielleicht hat Pierre mich überhaupt nicht richtig wahrgenommen, vielleicht war ich für ihn so etwas wie eine Fata Morgana.

Und doch: Pierres Präsenz, wenn er da war, seine Zärtlichkeit, sein Übermut, nie in Worte gefasstes Abheben zu zweit in eine andere, neue Welt.

Im Ministère des Affaires Étrangères suchte ich nach Amalies politischem Einfluss: Gibt es Briefe von ihr, Briefe, die erklären können, wie sie es geschafft hat, die zwei kleinen Hohenzollern-Staaten zwischen Württemberg und Baden zu erhalten? Den Zutritt zum Außenministerium, dem Quai d'Orsay, musste ich schon von zu Hause organisieren, die offizielle Erlaubnis, einen Brief, legte ich der Dame hinter der Glasscheibe vor, dazu meinen Ausweis, der begutachtet und gleich darauf in einen Holzkasten einsortiert wurde. Ich solle mich setzen, man werde aufgerufen. Nur jede volle Stunde ist Einlass in die heiligen Hallen der Geschichte. Ich wartete, beobachtete, dachte an die Frau im Nachthemd. Mit säbelkrummen weißen Beinen und bekleidet mit braunkarierten Männerhausschuhen sowie einem hellblauen Nachthemd rannte sie, als ich auf dem Weg hierher war, vor mir her auf dem Gehsteig, hob eine Wolldecke auf, die offensichtlich aus dem Fenster gefallen war, presste sie wie einen Teddy an sich und flitzte mit eingezogenem Kopf wieder zurück. Ich blieb stehen, sie schlug die Tür hinter sich zu.

Inzwischen versammelten sich um mich herum noch weitere Wartende. Eine junge Frau rief von der anderen Seite der Schranke, wir durften mit unserer Erkennungsmarke durch das Drehkreuz, folgten ihr durch einen langen Flur, dann die majestätischen Treppen hoch, mussten unsere Taschen in einen Schrank einschließen und betraten den Rechercheraum. Hinten links saß der Mann-für-alle-Fälle, er half mir mit einem ironischen Lächeln, zeigte mir die gebundenen Bibliothekskataloge. Ich bestellte verschiedene Dokumente, ein paar Briefe, ein Dossier. Morgen ab neun Uhr könne ich sie abholen, an der Tür hing eine Tafel, auf der die Ausleihzeiten vermerkt waren. Wieder galt es zu warten.

Amalie hatte sich ursprünglich vorgenommen, in der Mitte der Schwangerschaft ihrem Mann nach Sigmaringen nachzureisen. Ein wenig, aber mit jedem kühlen Brief seinerseits weniger, plagte sie das schlechte Gewissen. Wieder beschlich sie das Gefühl, ihre Schwägerin habe es weitaus besser mit ihrem Ehemann getroffen als sie; auch Johanna war schwanger, und Friedrich mietete in Passy ein überaus komfortables Haus für seine junge Frau. Das Wasser in diesem ländlichen Vorort von Paris war berühmt für seine heilende Wirkung. Es konnte auf jeden Fall nicht schaden. Amalie und ihre Mutter zogen ebenfalls mit ein. Die zwei Schwangeren mussten bei den Tanzbällen zwar notgedrungen Zuschauerinnen bleiben, dennoch amüsierten sie sich bestens. Viele adlige Familien trafen sich nach dem Winter hier, außerdem war die Hauptstadt nicht fern, die Kutschen wurden bequemer, die Wege besser.

Zu Fronleichnam wollte sich ihre Mutter ins Kloster Bellechasse, nicht weit von ihrem Stadthaus, zum

Beten zurückziehen. Hatte sie eine Vorahnung? Ging es ihr nicht gut? Die Mutter fragte Amalie, ob sie sie nicht begleiten wolle. Aber Amalie zog es vor, in Passy zu bleiben. Am nächsten Tag stürmte gegen Mittag, sie waren gerade beim Billardspiel, ein berittener Bote in den Hof. Friedrich eilte nach draußen und kam mit besorgter Miene zurück: Die Mutter sei krank, sehr krank, seinem Blick nach zu urteilen, so befürchtete Amalie, war sie bereits gestorben. Friedrich beruhigte sie, sie müsse auf sich selbst achten. Er ließ sofort die Pferde anspannen, um so schnell wie möglich nach Paris zu gelangen. Sowohl Amalie als auch Johanna wollten unbedingt mitfahren, Friedrich versuchte, sie davon abzuhalten, aber Amalie machte ihm klar, dass sie notfalls zu Fuß zum Faubourg Saint-Germain gehen würde, um ihrer Mutter nahe zu sein. Friedrich gab nach. Gemeinsam fuhren sie ins Kloster Bellechasse und erfuhren, was passiert war: Ihre Mutter war am Morgen noch zur Messe gegangen, beim Mittagessen aß sie mit gutem Appetit, sie unterhielt sich angeregt, als sie plötzlich beim Zerlegen eines Hähnchenflügels rückwärts zu Boden fiel. Die Ohnmächtige wurde auf ihr Bett gelegt, man sah davon ab, sie zur Ader zu lassen. Die Nonnen bemühten sich um sie, nichts half. Vier Stunden später starb sie, ohne das Bewusstsein wiedererlangt zu haben. Amalie durfte nicht zu ihr, durfte das Innere des Klosters nicht betreten, die Nonnen erlaubten es einer Schwangeren nicht. Auch ihr Bruder durfte nicht bei den letzten Atemzügen seiner Mutter dabei sein, ein Mann hatte nichts in einem Frauenkloster zu suchen, auch nicht in dieser außergewöhnlichen Situation. Gemeinsam fuhren sie nach Passy zurück. Die Trauer um ihre geliebte Mutter bedrückte sie, alles erinnerte an sie, nichts konnte sie zurückholen. Amalie wusste, dass sie sich nicht gehen lassen durfte, ein Kind wuchs in ihr; zunehmend fiel es ihr schwerer, Haltung zu wahren. Ihr Mann Anton Aloys schrieb aus Sigmaringen, er beruhigte sie, schrieb aber auch, sie sei kein kleines Mädchen mehr, sie solle sich zusammenreißen. Trotzdem war ihr alles zu viel, sie fühlte sich nicht wohl, ihre Nerven spielten verrückt. Im siebten Monat bekam Amalie vorzeitige Wehen, 29 Stunden lang ertrug sie diese schrecklichen Qualen, vor denen sie niemand gewarnt hatte, um dann ein kaum lebensfähiges Kind auf die Welt zu bringen, einen Sohn, der die Blessuren dieser Geburt trug. Drei Tage würde das Kind, das man auf den Namen Frédéric Emmanuel getauft hatte, leben. Erst neun Tage später würde man Amalie sagen, dass ihr Sohn gestorben war. Auf dem Friedhof Passy hatten sie ihn zu Grabe getragen.

Hat Amalie ihren Sohn auf dem Friedhof gesucht, wie ich ihn gesucht habe? Gab sie ihm ein bescheidenes Grab, ein monumentales? Gleich nach meinem Besuch im Quai d'Orsay ging ich über den Pont Alexandre III, eine Brücke, die Amalie nicht kennen konnte, weil sie erst knapp 50 Jahre nach ihrem Tod erbaut wurde, die ihr aber sicher mit ihrem Prunk, dem Gold und den Verzierungen gefallen hätte. Ich ging in Richtung Champs-Elysées. Hier ist Paris breit, weit und reich. Die Schaufenster locken die Passanten, auch mich. In einer Buchhandlung ließ ich mich zum Kauf verführen, fand ein kleines Buch von Constance de Salm, eine zeitgenössische Liebesgeschichte. Die Frau, die mit einem entfernten Cousin verheiratet war, kann mir vielleicht die Gedankenwelt dieser Zeit näherbringen. Über Amalies Liebesleben in Paris gibt es nur Spekulationen. 60 Jahre nach ihrem Tod heißt es, sie habe in Joséphine de Beauharnais eine Frau gefunden, die wie sie für »Liebeshändel und Toilette« Sinn gehabt hätte. Damals wurde auch in der Sekundärliteratur über Konkretes geschwiegen, die heutige Zeit setzt einfach einen Liebhaber ein, ohne Quellen zu finden. Amalie selbst schweigt sich darüber aus.

Am Arc de Triomphe überquerte ich die Straße, grüßte den unbekannten Soldaten, fotografierte die eingravierten Städtenamen im Triumphbogen, Schlachtfelder, die den Ruhm Napoléons mehrten. Biberach und Meßkirch liegen nicht weit von Sigmaringen, »Moeskirch« haben die Steinmetze eingraviert, die alte Schreibweise zur Freude der deutschen Touristen. Welche Erinnerungen haben die Soldaten Napoléons in Sigmaringen und Umgebung zurückgelassen? Sicherlich keine guten. Gezählte 4.000 gefallene Soldaten auf österreichischer und auf französischer Seite. Immer, wenn wir von Meßkirch in Richtung Bodensee fahren, sehen wir die Hügel im Wald, verlassene Schützengräben, die überwuchert mit Bäumen und Büschen noch heute von den Kämpfen erzählen.

Ich nahm die Metro zur Place du Trocadéro. Von dort ging ich links die Friedhofsmauer entlang. Innen erwartete mich wieder diese ungewohnte Ruhe, der Friedhof als Park und Schutzraum. Ein Gärtner sortierte Rosen in Wassergefäße, kleine Marmortafeln, die ewiges Andenken schwören, wollten gekauft sein, es roch intensiv nach Buchsbaum. Die Tür zum Wärterhäuschen stand offen, aber niemand war zu sehen. Ich nahm einen Plan von der Theke und machte mich selbst auf die Suche. Ich ließ mich treiben. Auf einer Tafel mit der »Histoire du Cimetière de Passy« las ich schließlich, dass der gesamte Friedhof 1820, 37 Jahre nach dem Tod von Amalies Sohn, völlig umgestaltet worden war. Trotzdem, irgendwo hier wurde er beerdigt, hier hat seine Mutter ihn besucht. Amalie ging immer an Orte, die ihr die Erinnerungen an ihre Toten leichter machten. In ihren Memoiren hat sie seinen Namen unterstrichen. Er sollte nicht vergessen sein. Auch nicht für seinen Bruder, dem dieser geschriebene Rückblick galt. Die Tafel lud mich ein zu verweilen, ich würde das Grab von Emmanuel de las Cases finden, den Autor des »Mémorial de Sainte-Hélène«. Das Grab des Mannes, der Napoléon in die Verbannung gefolgt war. Amalie kannte ihn sicher, Joséphine hatte sich seiner angenommen. Ich suche sein Grab. Er ist ein Jahr nach Amalie gestorben. Drei Kinder weinen dort in Stein gehauen »auf ewig« ihren Eltern nach, zumindest die Worte trauern hier weiter, überdauern die Trauernden.

Nicht weit davon fand ich das schlichte weiße Grab von Jean Giraudoux, im Januar 1944 starb er, während der Zeit der Besatzung; er, der mehrere Jahre in Deutschland gelebt hatte, der einen Weg mit oder zwischen beiden Ländern suchte, litt wie viele an der Unmenschlichkeit der Naziherrschaft. Er schrieb, schrieb dagegen an, unter anderem mit seinem Theaterstück »La Folle de Chaillot« über die Wahnsinnige, die in einer verrückten Zeit doch am normalsten war. Das Stück entstand in Nachbarschaft zu diesem Friedhof, die Aufführung erlebte er nicht mehr. Das schmerzt auch heute noch. Sein Grab steht dem Palais de Chaillot am nächsten, vielleicht ist es Zufall. In der Ecke gegenüber dem kleinen Friedhof und unter einem schwarzen Stein ruht Fernandel. Ein Film mit ihm hatte Camus' Romanheld Mersault zum Lachen gebracht, es kostete ihn das Leben. Seltsame Spuren verfolgten mich an diesem Ort. Die sinkende Herbstsonne nahm zudem die Wärme mit. Es wurde Zeit, den Friedhof zu verlassen.

Unermüdlich glichen Pierre und ich in Paris gemeinsame Erinnerungen ab. Unsere Blickwinkel auf das Gewesene sind immer noch andere. Meine Frage, warum er gegangen ist, und seine Gegenfrage: »Warum hast du mich zu deiner Mutter nach Hause geschickt?« Ich versuchte, mich zu verteidigen: »Du warst zwei Nächte bei mir, und dann war es mir zu gefährlich, ich wollte auf keinen Fall schwanger werden, und dir war es egal. Außerdem hatte ich wichtige Arbeiten zu schreiben, die ich damals auf keinen Fall versäumen wollte, und am Ende der Woche haben wir uns ja wieder bei meiner Mutter gesehen.«

Natürlich war es dumm von mir, ich hätte längst die Pille nehmen können, oder noch besser, er hätte für die Verhütung sorgen können. Er wusste, dass er mich besuchen wollte. Wieder einmal hatte ich nicht mit ihm gerechnet. Nicht nach unserem letzten Wiedersehen. Ich wollte

Pierre wenige Wochen zuvor endlich treffen, mit ihm sprechen, wollte wissen, ob er schon zu meiner Vergangenheit gehörte. Der letzte Brief, in dem er den österreichischen Mädchen – und das auch noch in der Mehrzahl – den Vorzug gegeben hatte, lag mindestens einen Monat zurück. Ihm nah sein, unbedingt, und sei es zum letzten Mal. Also fuhr ich mit meiner Schwester Stefanie und meinem Bruder Bernd zusammen in das Ferienhaus seiner Eltern in die Vogesen. Er begrüßte mich auf die gleiche Art wie meine Geschwister, seine Eltern waren höflich, seine Schwestern erzählten mir, er sei gerade durch die Führerscheinprüfung gefallen, weil er innerhalb der Ortschaft höchstens 40 Stundenkilometer gefahren sei. Sie lachten, Pierre sei einfach in allem zu langsam. Sein kleiner Bruder war noch nicht in der Schule und redete ohne Pause, er tat es gern, freute sich, dass ich da war, nahm mich bei der Hand und erzählte von Himbeeren und Flugzeugen, die für ihn gerade, aber natürlich weit weg, vom Himmel fielen. Ich verstand so gut wie nichts. Pierre ging hinter uns her und übersetzte die Geschichten. Beim Essen saß er am anderen Ende des Tisches. Später, beim Reden am Kamin, versuchte ich, seine Blicke auf mich zu ziehen. Es gelang mir nicht, ich wäre am liebsten sofort gegangen. Leider hatten wir schon bei der Begrüßung die Einladung zum Übernachten angenommen. Seine Mutter hatte die Schlafzimmer verteilt. Ich war die Einzige, die im unteren Stockwerk, direkt neben dem Wohnzimmer, ein Einzelzimmer zugewiesen bekam. Meine Geschwister wurden bei seinen Geschwistern im oberen Stockwerk einquartiert, Pierre irgendwo dazwischen. Ich bedauerte mich, bis ich irgendwann doch einschlief. Mit seinem Kuss wachte ich auf. Er lag auf mir, die Bettdecke trennte uns. Ich wehrte ab. Nein, nicht jetzt, nicht hier, nicht bei seinen Eltern. Er war enttäuscht und ist doch noch zehn Minuten geblieben. Ich war froh, hielt ihn fest, befahl meinem Kopf, meinen Bauch in Schach zu halten. Dann sagte er, er ginge jetzt zum Joggen. Erst nach zwei Stunden kam er zurück, kurz vor unserer Abfahrt. Er verabschiedete sich höflich und kühl von mir.

Eine Woche später fing die Schule an, und ich zog alleine in die Stadt. Ich wollte das Abitur machen, wollte »L'étranger« im Original lesen, wollte seine Sprache lernen, für mich, nicht für ihn, danach studieren.

Knapp drei Wochen später klingelte er spät abends an meiner Tür. Seine weichen Haare waren nur noch kurze Stoppeln, mit einer Hand hielt er sein Fahrrad: »Es war nicht leicht, dich zu finden.« *Komm zu mir in der Nacht – wir schlafen engverschlungen.*

Amalie, die Frau des zukünftigen Fürsten von Hohenzollern-Sigmaringen, wusste nach dem Tod ihres Kindes um ihre bleibende Aufgabe, schwanger zu werden, Söhne zu gebären. Auf die Nachricht nach Sigmaringen, dass ihrem Sohn nur wenige Tage auf dieser Erde vergönnt gewesen waren, beruhigte Anton Aloys seine Frau, aber auch ihr Schwiegervater suchte Worte für den Verlust: Sie schrieben an Amalie, sie wären noch jung, bald käme ein anderes Kind. Gehen oder bleiben? Ins fremde Sigmaringen fahren oder sich mit Freunden ins Vergnügen stürzen, um besser vergessen zu können? Als Amalie wieder aufstehen konnte, zumindest körperlich einigermaßen bei Kräften war, kündigte sich bereits der Herbst an. Sie wollte sich auf den Weg machen, doch Anton Aloys schrieb ihr, sie könne, wenn sie wolle, den Winter noch in Paris verbringen und erst im Frühjahr kommen. Sie schickte mit der Post die Frage, ob er denn nicht zu ihr kommen könne, aber das schien ihm oder seiner Familie nicht möglich. Vor einem Jahr hatte sie gemeinsam mit ihrem Mann die Bälle besucht, sie waren in die Comédie Française gegangen. Amalie verbrachte zum ersten Mal einen traurigen Winter in Paris; die Mutter fehlte, ihre Schwägerin Johanna sorgte sich um ihre kleine Tochter Philippine, die zwei Monate vor Anton Aloys' Sohn auf die Welt gekommen war. Amalie freute sich für ihren Bruder, trotzdem wurde sie schmerzlich an ihren eigenen Verlust erinnert, wenn sie sah, wie Johanna ihre Tochter in den Armen wiegte.

Schon im April bereitete sie alles vor, im Mai verließ sie Paris in Richtung Osten. Friedrich und seine Frau begleiteten sie, Johanna steckte mit ihrer Vorfreude auf ihre Heimat die anderen an. Die Reise verlief gut. Anton Aloys wollte ihr bis Straßburg entgegenkommen und erwartete sie bereits. Wie gerne hätte sie ihm seinen Sohn mitgebracht. Wieder legte Anton Aloys diese Zurückhaltung an den Tag, warum nur konnte er nicht zärtlicher sein, warum konnte er nicht seiner Freude Ausdruck verleihen? Sie fuhren weiter über Donaueschingen, machten Rast bei den Fürstenbergern. Dort, Amalie wusste es mit Sicherheit, *avec certitude,* wurde sie zum zweiten Mal schwanger.

Wenige Tage danach, Ende Mai, machte sich die kleine Gesellschaft auf den Weg nach Sigmaringen. Zuerst besuchten sie noch den Schwiegervater in Krauchenwies. In seinem Schlösschen, seinem bevorzugten Wohnsitz, hieß er Amalie höflich willkommen. Von dort ging es am gleichen Tag weiter in das Sigmaringer Schloss, das zur Residenz des jungen Paares bestimmt worden war. Die beiden Paare wurden bereits von der Bevölkerung erwartet. Mädchen standen an der Straße Spalier und winkten, junge Burschen rannten neben der Kutsche her. Sie zeigten ihre Freude über die Ankunft, nur das immer näherkommende Schloss sah aus wie eine Riesenglucke, die ihr Nest zu verteidigen hatte. Anton Aloys sah Amalie voller Hoffnung an: Würde es ihr gefallen? Amalie gefiel es nicht. Alles war streng und dunkel. Sie fand das Schloss zu wuchtig dekoriert, es erinnerte sie mehr an eine Gruft als an einen Wohnort. Sicher ließe sich einiges ändern. Zuerst wollten sie jedoch am nächsten Tag und an einem anderen Ort ihre Schwiegermutter und deren jüngste Tochter besuchen. Amalie wunderte sich sehr über diese Familie, die es offensichtlich vorzog, getrennt voneinander ihre Zeit zu verbringen. Ob das etwas über ihre eigene Zukunft besagte? Besonders für die 18-jährige Schwägerin Kreszentia tat es ihr leid. Was machte sie denn den ganzen Tag bei ihrer Mutter? Ohne weitere Gesellschaft? Schwierig sei sie, diese Schwiegermutter, sie hätte es nicht leicht gehabt, nur drei von ihren zwölf Kindern hätten das Erwachsenenalter erreicht. Johanna freute sich, ihre Mutter wiederzusehen, stolz zeigte sie ihr Philippine. Die Kleine machte schon ihre ersten Schritte und streckte der Großmutter die Ärmchen entgegen. Diese Schwiegermutter, die so ganz anders als Amalies Mutter war, kam schon am übernächsten Tag mit ihrer Tochter zu einem Gegenbesuch ins Schloss nach Sigmaringen, hielt es aber offensichtlich auch nicht lange aus, denn sie reiste schon bald weiter auf ihren Besitz nach Holland, den sie von ihrem Bruder geerbt hatte.

Bald schon spürte Amalie ihre Schwangerschaft, sie hatte ein wenig Fieber, außerdem eröffnete ihr Friedrich, er werde zusammen mit Johanna und Philippine nach Kirn weiterreisen. Amalie hätte sie am liebsten festgehalten, sie sollten bleiben, aber sie verstand ja selbst nur zu gut, dass ihr Bruder nach Kirn wollte. Vielleicht könnte sie den Bruder und seine Familie für ein paar Wochen begleiten? Amalie und ihr Bruder fragten Anton Aloys, dieser fragte seinen Vater. Diesem wiederum gefiel es nicht, dass sich die junge Frau schon wieder auf den Weg machen wollte. Schließlich durfte sie doch mitfahren. Die Wochen dort waren abwechslungsreich und vergnüglich. Als Amalie Ende Juli wieder in Sigmaringen eintraf, zeigte sich der Schwiegervater reserviert. Sie sah ihn von da an nur noch ganz selten. Auch Anton Aloys sah sie nur beim Mittag- und Abendessen sowie morgens und abends je eine Viertelstunde. Selten blieb er länger bei ihr, schien kein Bedürfnis nach ihrer Nähe zu haben. Amalies einzige Gesellschaft während des Tages war eine Hofdame, mit der sie nicht dieselben Interessen teilte, aber ununterbrochen zusammen war. Darüber hinaus zerschlug sich ihre Hoffnung, die Räume nach ihren eigenen Vorstellungen zu verschönern. Dafür hätte sie über eigene Mittel verfügen müssen, die bekam sie nicht. *Tristesse* legte sich wie eine Pferdedecke über sie. Zum Glück wuchs ihr Kind. Und obwohl sich Amalie inzwischen besser fühlte, hatte sie schon kurz nach Weihnachten Sorge, sie würde wieder eine Frühgeburt erleiden. Sie wurde unruhig, niemand teilte diese Angst mit ihr. Da ihr Bruder wusste, welche Schwierigkeiten sie bei der ersten Geburt gehabt hatte, wollte sie ihn bitten, einen Geburtshelfer aus Paris hierher nach Sigmaringen zu bringen. Doch jetzt reagierte ihr Mann empfindlich, weder ihm noch seinem Vater gefalle es, dass sie hier eigenmächtig handle. Man brauche keinen Geburtshelfer aus Paris, auch hier wäre man sehr wohl in der Lage, diese Dinge selbst in den Griff zu bekommen. Damit wiederum gab sich Amalie nicht zufrieden. Sie schickte heimlich einen ihrer wenigen Vertrauten als Boten nach Straßburg, damit dieser dort einen Brief für sie aufgab. Im Brief stand, Friedrich möge so schnell als möglich mit einem Geburtshelfer von Paris hierher kommen. Eine unüberlegte Handlung ihrerseits, ein wenig kopflos, das spürte sie bald. Denn nun bekam sie zum ersten Mal Anton Aloys' Unmut in scharfen Worten zu hören: Er sei doch sehr erstaunt darüber, was sie sich erlaube. Amalie war über seine harsche Reaktion empört. Wie konnte er so reden! Ihr Mann verließ den Raum, und sie verkroch sich voller Wut ins Bett, dort blieb sie zehn Tage und befürchtete, jeden Augenblick könne ihr Kind auf die Welt kommen. Endlich kam ihr Bruder. Er zeigte sich seinerseits erstaunt, dass seine Schwester völlig alleine war und ihr Mann schon über eine Woche in Donaueschingen weilte. Friedrich versuchte, seine Schwester zu trösten, wiederholte aber dennoch, welche Pflichten sie als Ehefrau habe. Auch wenn es angenehm für Amalie war, sich mit ihrem Bruder auszutauschen und zu beraten, ließ sie sich nicht richtig beruhigen. Sie wollte nur noch weg. Ihr Bruder solle sie doch bitte mitnehmen, damit sie in Straßburg ihr Kind auf die Welt bringen könne. Doch Friedrich sagte, dies sei ohne die Erlaubnis ihres Schwiegervaters nicht möglich. Drei Wochen später kam Anton Aloys zurück. Amalie verweigerte sich. Sie war über das Verhalten ihres Mannes tief gekränkt, wollte ihn nicht sehen. Sie redete nur noch mit ihrem Bruder. Nachdem dieser am Abend ihr Zimmer verlassen hatte, wurde eine Wache vor ihre Tür gestellt. Ihr Bruder sollte in Zukunft nicht mehr ohne Erlaubnis des Hausherrn seine Schwester besuchen können. Amalie verbrachte zwei Wochen ohne Besuch, ihr Bruder, der Einzige, der zu ihr hielt, der Arzt und Hebammen mitgebracht hatte, der sofort kam, als sie ihn gerufen hatte, dieser Einzige wurde nicht vorgelassen. Amalie empfand es als unmenschlich, was hier mit ihr gemacht wurde. Und das nur, weil alles nach dem Willen ihres Schwiegervaters ging. Sie suchte einen Ausweg. Friedrichs Zimmer lag unter dem ihrer Hofdame. Also ließ sie Briefe von Amalie an einer Schnur dort hinab und erhielt so auch welche von Friedrich. Wieder riet er seiner Schwester, bis zur Entbindung stark zu bleiben und durchzuhalten. Als dieser harmlose Gedankenaustausch bemerkt wurde, musste Friedrich in ein anderes Zimmer umziehen. Und das befand sich am anderen

Ende des Schlosses. Amalie sah während der nächsten zwei Wochen weder Friedrich noch ihren Mann, weder ihre Schwiegermutter noch ihre Schwägerin. Die Fronten verhärteten sich. Und obwohl ihr Bruder seine ebenfalls schwangere Frau in Paris zurückgelassen hatte, blieb er wenigstens in ihrer Nähe. Am Abend des 18. Februars ging Amalie schließlich aus dem Zimmer, um endlich ihren Bruder wiederzusehen. Sie beachtete die Wache nicht, ging hoch erhobenen Hauptes weiter ihren Weg direkt zu den Zimmern ihres Bruders, der dort ebenfalls alleine seine Zeit verbrachte. Als sie eintreten wollte, nahm ein Mann, der als Wachposten dies zu verhindern hatte, sein Gewehr und hielt es ihr vor die Brust. Er habe Befehl. Welche Unverschämtheit! Amalie glaubte, ohnmächtig zu werden, ihre Hofdame fing sie auf und konnte sie gerade noch in ihr Zimmer schleppen, als sich ihr Kind im Bauch drehte und die Wehen einsetzten. Die Wehen waren von Anfang an ungewöhnlich stark. Sie wagte es zunächst nicht, nach ihrem Mann rufen zu lassen, und wollte sich zwischen den Wehen doch mit ihm versöhnen. Schließlich schickte sie ihre Hofdame nach ihm. Vier Stunden später kam er zu ihr. Zuvor war er mitten in der Nacht nach Krauchenwies geritten, um seinen Vater um Erlaubnis zu fragen, ob er zu seiner Frau gehen dürfe. Um drei Uhr morgens war er bei ihr. In der Zwischenzeit kreuzten sich Tausend Gedanken in Amalies Kopf. Sie hatte Sorge, die Geburt nicht zu überleben, und wollte ihrem Mann in diesen Stunden alles verzeihen. Nachdem er bei ihr war, bat sie ihn zwischen zwei Wehen, ihren Bruder, vielleicht zum letzten Mal, sehen zu dürfen. Ohne zu zögern, holte Anton Aloys ihren Bruder. Welche Freude. Kaum waren beide bei ihr, überrollte Amalie eine letzte Presswehe, und ihr Sohn kam mit den Füßen zuerst auf die Welt. Er wog ganze zwölf Pfund, ein Kind größer als alle, von denen sie bisher gehört hatte. Welches Glück, ein Sohn, ein Erbprinz für ihren Mann. Die ganzen Schmerzen, ihr ganzes Unglück waren vergessen. Amalie hätte am liebsten alle gleichzeitig an ihr Herz gedrückt. Sie war sich sicher, jetzt würde sich ihr Leben als Ehefrau zum Guten wenden.

Am späten Vormittag besuchte Anton Aloys seine Frau und seinen Sohn. Als ihr Mann sich verabschiedet hatte, wollte Amalie ihren Bruder sehen. Ihre Hofdame gab den Wunsch weiter. Wie immer hatte Friedrich es eilig, sie zu sehen, er kam mit schnellen Schritten in ihr Zimmer; da sah sie, dass Anton Aloys hinter ihm her rannte und seinem Schwager vorwarf, er dürfe Amalie nicht ohne ihn besuchen. Wieder eine Order seines Vaters. Friedrich ließ sich nichts anmerken, blieb ruhig bei dieser unwürdigen Behandlung, aber für Amalie stürzte ein gerade erst gebautes Haus aus Glück ein.

Neun Tage lang kamen ihr Mann, ihr Bruder und eine alte Tante wie bei einer Prozession in ihr Zimmer, blieben zwei Mal am Tag eine Viertelstunde, um dann gemeinsam wieder das Zimmer zu verlassen. Nicht ein Wort ohne Bewachung konnte sie an Friedrich richten. Er nahm ihre Hand in seine, Amalie fühlte sich sterbenselend. Ihre ganze Zuversicht schwand. Ihr Bruder, der bald würde gehen müssen, schickte ihr über den Arzt, der zwei bis drei Mal täglich zu der Wöchnerin kam, kleine Briefe, in denen er sie tröstete und ihr Mut zusprach. Schließlich musste er abreisen. Anton Aloys kam weiterhin zu seiner Frau, aber diesem gehorsamsten aller Söhne war es auch jetzt nicht gegeben, ihr seine Zuneigung zu zeigen. Wie sehr hoffte sie noch einmal auf eine kleine Zärtlichkeit, ein Einverständnis, für sich, für den gemeinsamen Sohn. Obwohl die Gefahr des Wochenbetts nach diesen neun Tagen eigentlich vorbei war, bekam Amalie plötzlich unerträgliche Schmerzen und hohes Fieber. Sie schien von innen heraus zu brennen. Der Sigmaringer Arzt wusste sich nicht zu helfen und schickte nach einem Arzt aus Stuttgart. Dieser kam und sagte auf Deutsch, sie leide an Wundbrand und brauche dringend ganz bestimmte Medikamente. Die Wache, die ihr Bruder zu ihrem Schutz und für wichtige Nachrichten bei ihr zurückgelassen hatte, half, diese in Straßburg zu besorgen. Amalie schwebte mehrere Tage zwischen Leben und Tod. In ihren klaren Momenten sah sie sich in Paris.

Amalie erinnert sich in ihren Memoiren auch hier an einen bestimmten Ausschnitt der Wirklichkeit. Es war ihre Wahrheit, ihr Trost und ihre Rechtfertigung im Alter. Kein Zurechtrücken, sie hat es so erlebt, immer wieder im Laufe ihres Lebens.

Die Geschichtsschreibung in Form des Taufregisters hält fest, dass ihre Schwägerin Johanna ebenfalls mit ihrem Mann Friedrich aus Paris angereist war. Davon erzählt Amalie nichts. Ihr *Charles* ist am Tag seiner Geburt, um *6 Uhr abends mit allen Ceremonien getauft worden von dem Stadtpfarrer und bischöflichen Geistlichen Rath Karl Philipp Schwab* auf den Namen Karl Anton Friedrich Meinrad Fidelis. Die Eltern von Anton Aloys waren als Paten eingetragen. Sie waren jedoch bei der Taufe nicht anwesend, denn *die Stelle dieser hohen Herrschaften* vertraten andere, zudem fand die Taufe *in Gegenwart Ihrer Durchlauchten des Fürsten und der Fürstin von Salm-Kyrburg und des ganzen Hofes, des Stadtmagistrats und einer großen Volksmenge* statt. Der Eintrag sagt auch, es sei das erste Kind des Paares. Die Geschichtsschreibung wusste es nicht besser.

Pierre war acht Jahre mit seiner Charlotte zusammen, dann machte sie sich vom Acker, wie er sich ausdrückte. Wie konnte man jemanden wie ihn verlassen? Freiwillig? Wie er sie angehimmelt hatte. Auch wenn andere dabei waren. Trotzdem, Charlotte konnte das Zusammensein mit ihm offensichtlich nicht genießen. Später zog er nach Paris, heiratete und bekam eine Tochter, aber auch diese Beziehung ging auseinander.

Ich weiß so wenig von ihm, habe ihn mir während der Jahre seiner Abwesenheit zurechtgedacht.

Zehn Jahre nach seinem ersten Sommer schrieb er meiner Mutter eine Postkarte, wie sehr es ihm bei uns zu Hause gefallen habe, er dankte ihr und ließ ihre Kinder grüßen. Meine Mutter gab mir die Karte zur Beantwortung weiter.

Die Ungleichzeitigkeit der Liebe. Das Paar im Kino, im Film »Wenn die Flut kommt«. Wim Willaert als Mann, ein Figurenbauer für Fastnachtspuppen, der für die Ewigkeit liebt, und Yolande Moreau als durchreisende Schauspielerin mit Mann und Kind, die Halt macht in seinem Land, in seinem Leben. Für ihn bringt sie alle Farben zum Leuchten, jedes Tun bekommt einen Sinn. Aber das beiderseitige Glück ist nicht von Dauer. Der Blick der Kamera: Sie, das Paar auf Zeit, fahren im Auto, die Bäume fliegen vorbei. Die Frau sitzt am Steuer, sagt ihm, sie müssten sich trennen; er lässt sie mitten auf der Landstraße anhalten, nimmt ihren Stuhl, den sie zum Theaterspielen braucht, aus dem Kofferraum und schmettert ihn gegen einen Strommasten. Der Arme, er fühlt sich verraten und verkauft, schreit sie an: »Du hast mich benutzt und weggeworfen, wie ein altes Taschentuch.« Er wirft den Stuhl in ein Hopfenfeld, Stühle sind zum Bleiben da, sie kann nicht bei ihm bleiben, mit oder ohne Stuhl. Sie muss, sie will zu ihrer Familie. Er bleibt allein zurück. Ganz am Ende der Filmgeschichte kommt er noch einmal, verabschiedet sich von ihr mit einer Figurine, die ihre Züge trägt. Ein Tanz zum Abschied, das Gewesene als Glück feiern.

DONNERSTAG, FÜNFTER TAG

Grenze

Unbemerkt passierten wir die Grenze, überquerten den Rhein. Die Sprachgrenze als Trennungslinie, die im Jahrestakt schärfer wird. Die Versöhnungsstimmung der Nachkriegsjahre ist vorbei. Vorurteile gewinnen wieder an Boden. Englisch verdrängt in beiden Ländern die Sprache des Nachbarn, immer weniger Menschen verstehen sich, wenn sie ihre Muttersprache sprechen. Die deutsch-französische Freundschaft scheint mehr Idee als Wirklichkeit. Lässt sich diese Entwicklung aufhalten? Mir gegenüber sitzt eine junge Frau, Französin oder Deutsche? Ich schließe die Augen, möchte nicht reden, später vielleicht.

Lasker-Schüler, die aus Deutschland Vertriebene, die Unruhige, ihre Zeilen im Takt der Schienen: *Und ich werde heimwärts von deinem Atem getragen, durch verzauberte Märchen, durch verschüttete Sagen.* Pierre. Wie oft habe ich seinen Namen laut ausgesprochen? Wenn mich niemand hören konnte, wenn irgendetwas mich bedrückte, nicht gelingen wollte. Später verbannte ich seinen Namen wieder, suchte Ersatzworte. Pierre, der

Stein, den ein unbedachter Gedanke ins Rollen bringen konnte.

Eine Woche lang war das Vergangene gegenwärtig. Auch die Sorge, das Falsche zu sagen, Worte, die ihn wieder wegtragen konnten, ihn entfernen, diese Euphorie, die gleiche Luft zu atmen. Jede Entfernung, jeder Zentimeter zwischen uns tat weh. Nach jeder zufälligen Berührung folgte ein Zurückschrecken, eine Entschuldigung, die doch genau das Gegenteil wollte.

Trotzdem, auch körperliche Nähe ist immer nur relativ. Der Trennungsschmerz ist ein bleibender, auch bei vollkommener Nähe. Wie loskommen, wie sich vom Wunsch befreien, ganz der andere zu sein, deckungsgleich? Die Auflösung des Ichs würde ich nicht wollen, nicht für immer, gleichzeitig diese Anziehung. Lässt sich das lösen? Wahrscheinlich nicht. Zumindest nicht, während wir zusammen sind. Wäre es einfacher gewesen, wenn der Kuss gleich am Anfang der Woche für ein Einverständnis ohne Worte gesorgt hätte? Was hätten wir in dieser Woche dann gemacht? Wäre ich in der Lage gewesen, Amalies Orte zu finden? Oder wäre ich nur in ihm versunken? Ich weiß so gut wie nichts von seinem täglichen Leben. Ihm näherkommen. Ich wollte wissen, wo er wohnt, wie die Räume aussehen, in denen er sich wohlfühlt. Ich habe ihn gefragt:

»Zeigst du mir deine Wohnung?«

»Schläfst du mit mir?«

»Nein.«

»Tut mir leid, dann hast du keine Chance, sie zu sehen.«

Meine Antwort kam schnell, zu schnell. Ich habe seine Frage abgewehrt wie einen Tennisball. Dabei war es mein Aufschlag.

Vier Tage war Amalie in der Kutsche unterwegs, am 7. Mai 1785 kam sie in Kirn an. Ihr Bruder und ihre Schwägerin waren mit ihren beiden Kindern noch in Paris. Sie konnte warten. Heiter würde es nun wieder werden, das Leben an der Seite ihres Bruders: ins Theater gehen, lesen, diskutieren, tanzen. Sie war 25, das Leben hatte so viel zu bieten. Zwei Wochen später kamen die sehnsüchtig Erwarteten endlich von Paris zurück. Ihr Bruder Friedrich umarmte sie, schwenkte sie im Kreis wie früher, ihre Schwägerin Johanna empfing sie kühl, drehte bei der Begrüßung ihre Wangen so weit auf die andere Seite, dass Amalie nur ihre spitzen Wangenknochen zu spüren bekam.

Johanna, die Glücklichere, mit ihren beiden Kindern, ihrem Mann, der ihr den Himmel auf die Erde holte. Johanna, die ihrem Bruder, Amalies Mann, regelmäßig schrieb. Johanna, die nicht begreifen konnte, wie man diesen grundsoliden Bruder verlassen konnte.

Anton Aloys schrieb Briefe an seine Schwester, nicht an seine Frau. Amalie erfuhr nicht, wie es ihrem Sohn ging, Johanna hätte es ihr sagen können, sie wusste es, aber sie tat es nicht. Sie war trotz ihrer beiden Kinder schmal und zart, das Recht und die Moral standen auf ihrer Seite, sie wuchs über sich hinaus. Die Schwester ihres Mannes fügte sich. Friedrich stand zwischen den beiden Frauen; tagsüber war Amalie stärker, nachts Johanna. Er versuchte zu vermitteln. Es war mühsam, für alle.

Dennoch kam eine Rückkehr nicht infrage. Der Fürst und Schwiegervater starb an Weihnachten desselben Jahres. Anton Aloys wäre jetzt frei gewesen, er hätte Entscheidungen treffen können. Der Erbprinz wurde regierender Fürst und für volljährig erklärt. Er hatte Ratgeber, diese gaben ihm den Rat, seine Frau nur dann wieder aufzunehmen, wenn sie sich in ein Kloster seiner Wahl begebe, so lange, wie er, ihr Gatte, es für richtig erachten würde. Amalie lehnte dankend ab. Wer weiß, vielleicht würde sie hinter fremden und kalten Klostermauern versauern? Eine zu große Gefahr für ihre Freiheit. Sie blieb in der Familie ihres Bruders, fügte sich lieber dort ein.

Die Mahlzeiten verbrachte sie immer mit ihrer Schwägerin, aber Johanna blieb distanziert. Eine Distanz, die anhielt, und die Amalie dennoch als das kleinere Übel vorkam. Sie konnte wieder das gesellschaftliche Leben, so wie sie es gewohnt war, genießen. Allerdings konnte sie als getrennt lebende Frau nicht mehr im gleichen Umfang an den Festivitäten teilnehmen. Andere verheiratete Frauen waren freier, konnten sich im Schutz eines Mannes, der dies oft nur dem Papier nach war, bewegen, konnten Kontakte knüpfen, die jedermann kannte, respektierte, ein Spiel ohne Verbindlichkeiten und doch mit der Erfüllung, begehrt und geliebt zu werden. Ihre Freiheit war diesbezüglich relativ geworden. Auch bekam sie seit einem Sturz immer wieder Kopfschmerzen, dann saß der Trennungsschmerz von ihrem Sohn genau an dieser Stelle.

Den Sommer verbrachte die Familie in Kirn, den Winter in Paris, zwischendurch reisten sie zum Kuren nach

Spa in die Ardennen oder nach Plombières-les-Bains in die Vogesen. Im Oktober 1786 brachte ihre Schwägerin einen weiteren Sohn zur Welt. Amalies Bruder war überglücklich. Einen Monat später starb dieser kleine Friedrich Emmanuel, zehn Tage später starb sein Bruder, Friedrich Heinrich, gut zwei Wochen später die Älteste, Philippine. Die Kleine war im Sommer drei Jahre alt geworden. Ihre Mutter blieb als Schatten ihrer selbst zurück. Friedrich baute, in Kirn, in Paris, als könnten nur die prachtvollsten Mauern seine Kinder ersetzen.

Mit Christian und unseren beiden Kindern kam ich vor mehr als zehn Jahren zufällig während der Heimreise aus dem Urlaub in Plombières-les-Bains vorbei. Dort ist die Zeit, in der Amalie lebte, stehen geblieben. Christian fotografierte die unzähligen filigranen und doch stabilen Balkongitter, jedes ist anders gestaltet. Die Badehäuser haben sich wahrscheinlich wenig verändert. In der »Résidence Voltaire« wohnte der Philosoph im Jahr 1754; gleich nebenan fand ich eine schöne kleine Buchhandlung namens »Fontaine Amélie«. Eine andere Amélie. Mit diesem Namen verband ich damals ohnehin nichts. Trotzdem zog mich der Ort magisch an. Beim Lesen tauchte ich in eine vergangene Welt ein. Unser Sohn und unsere Tochter rannten durch die engen Gassen, kamen irgendwann völlig durchnässt zurück; stolz erzählten sie, sie hätten die richtige »Fontaine Amélie« gefunden, ein Löwenkopf spucke dort Wasser. Wir spazierten gemeinsam durch den Ort, lasen die Tafeln an den Häuserwänden. Hortense de Beauharnais, ihr Sohn Napoléon III.

und seine Frau Eugenie waren hier. Die Hoch-Zeit für Plombières kam nach der Französischen Revolution, mit dem neuen Adel, der zum Teil der alte war. Unsere Kinder wollten unbedingt die Süßigkeiten, die ein Chocolatier kunstvoll drapiert in seinem Schaufenster und mit klingenden Namen wie »Délices de l'Empereur« oder »Caprices de l'Eugénie« verkaufte, probieren.

Für Amalie setzte der Schrecken der Revolution erst mit der Bedrohung für das Leben ihres Bruders ein. Im Rückblick betrachtet bedeutete dies für sie den tiefsten Einschnitt in ihrem Leben. 1794 war für sie das unglücklichste Jahr ihres Lebens. So steht es in ihren Memoiren. Dieser Verlust ließ sich nie mehr gutmachen, würde sie bis zum Ende ihres eigenen Lebens begleiten. Die unstillbare Sehnsucht, das Verlorene mit den Händen zu berühren und gleichzeitig um die Unerfüllbarkeit des Wunsches zu wissen.

Im Dezember 1789, auf den Tag genau fünf Monate nach dem Sturm auf die Bastille und drei Jahre nach dem Tod ihrer drei Kinder, bekam Johanna in Paris erneut einen Sohn, der auf den Namen Friedrich Ernst getauft wurde. Ein zartes Kind, das ganz langsam kräftiger wurde, seine Mutter hingegen schmolz wie Schnee an der Sonne. Dennoch wollte sie ihren Sohn selbst stillen. Amalie versuchte, die Schwägerin davon abzubringen, sie solle dies doch der Amme überlassen. Aber Johanna war nicht vom Stillen abzubringen, keine Sekunde wollte sie ihren Sohn alleine lassen. Endlich konnten die Ärzte sie davon überzeugen, es sei besser, vor allem für den

Kleinen. Die Familie reiste für die Sommermonate nach Kirn.

Friedrich und Amalie fuhren von dort zum ersten Jahrestag der Revolution mit kleinem Gefolge wieder nach Paris. Johanna zog es vor, mit ihrem Söhnchen Friedrich Ernst in Kirn zu bleiben. Aber für die Geschwister war diese Föderationsfeier zum 14. Juli 1790, über die in den Gazetten schon lange vorher spekuliert worden war, ein gesellschaftliches Ereignis, das sie keinesfalls versäumen wollten. Ganz Paris hatte mitgeholfen, die Bühne zu schaffen. Sogar der König hatte die Schaufel in die Hand genommen, Aristokraten und Handwerker arbeiteten Hand in Hand, die Zeit war knapp, das Fest musste ein Erfolg werden. Ein nie da gewesenes Spektakel zur Einheit und Versöhnung aller Franzosen sollte die Gemeinsamkeiten, den politischen Fortschritt demonstrieren. Für alle wurden auf den Rängen Plätze geschaffen. Friedrich und Amalie hatten sich dem Anlass entsprechend neu eingekleidet. Sehen und gesehen werden, auch jetzt, gerade jetzt. Auf dem Marsfeld war ein riesiger Triumphbogen zur Seineseite aufgebaut, gegenüber und vor der Militärschule stand der Pavillon für Ludwig XVI. Um vier Uhr in der Frühe begannen die Festivitäten. Der Sommerregen störte die Zuschauer nicht. La Fayette, der das Fest als Kommandant der Nationalgarde organisiert hatte, ritt auf einem Schimmel in die Arena. Eine Militärparade nach der anderen mit bunten Flaggen und Musik erntete frenetischen Beifall. In der Mitte stand der Altar des Vaterlandes, Talleyrand hielt die Messe, alle sangen am Schluss das »Te Deum«.

Als Amalie und ihr Bruder wenige Tage später wieder in Kirn eintrafen, erzählten sie Johanna von diesem prächtigen Schauspiel, beide schwärmten so, dass sie es doch bereute, nicht mitgefahren zu sein.

In Kirn schien die körperlich schwächer werdende Johanna nach Jahren der Trauer glücklicher, sie besuchte die Theatervorstellungen, tanzte mit ihrem Mann, zeigte jedem ihre Freude über ihren kleinen Ernst. Im August jedoch, der Erbprinz der Familie Salm-Kyrburg war gerade acht Monate alt, starb Johanna an Skorbut. Amalie sorgte sich um Friedrich, dachte, er könne den Schmerz um die Mutter seines Sohnes nicht aushalten. Er wollte weg aus Kirn. Sie blieb bei ihm. Zusammen fuhren die Geschwister nach Paris, überstürzt, wie ein Chronist der Stadt schrieb, als wären sie auf der Flucht.

Amalie beschreibt sein Leiden. Untröstlich sei er, der immer zärtliche Ehemann, gewesen. Amalie benachrichtigte ihren Mann Anton Aloys vom Tod seiner Schwester. Dieser vermutete, sie habe eine unglückliche Ehe geführt. Amalie war sich sicher, er war von Johanna falsch unterrichtet worden oder interpretierte die Berichte auf seine Weise. Sie war für ihren Bruder empört. Wer konnte es besser gehabt haben als Johanna?

Friedrich erlaubte sich im folgenden Herbst, Winter und Frühjahr keinerlei Ablenkung. Die Trauer füllte ihn aus. Seine Schwester litt mit ihm, tröstete ihn, so gut sie konnte, versorgte den Neffen. Amalie schloss den Kleinen in ihre Arme, Arme, die so lange leer gewesen waren.

Ihr eigener Sohn Karl war inzwischen sechs Jahre

alt, ihre Schwägerin Kreszentia, die jüngste Schwester ihres Mannes, versorgte ihn gut; das zumindest wusste Amalie.

»Man muss Mutter sein, um es zu verstehen.« Amalies Worte, als sie versuchte, das Gefühl zu beschreiben, ihr Kind auf die Welt gebracht zu haben. Vorher noch eine Explosion des Körpers, Chaos, Angst, nicht mehr weiterwollen, danach nur noch Adrenalin im Körper und der Unglaube im Kopf, diesen Wahn geschafft zu haben.

Ich gehöre nicht zu den Müttern, die sich auf die Geburt vorbereitet haben, einmal war ich in der Schwangerschaftsgymnastik, damals fror ich ganz entsetzlich in einer kahlen Turnhalle und habe für mich beschlossen, selbst für Bewegung zu sorgen. Auch die Geburt interessierte mich wenig, die Zeitschriften, die alles wussten, das Gerede der anderen: Die einen taten ganz entzückt, die anderen sagten, sie wollten sterben, während jeder Wehe mehr. Nachher konnte ich sie verstehen, die einen wie die anderen; beim ersten Gang mit dem Kinderwagen durch die Stadt schaute ich sie ganz anders und voller bewundernder Neugierde an, die Frauen, die irgendwann auch Mutter geworden waren. Das Davor und Danach. Zum Danach gehört die Angst, dieses Kind, mit dem man so stark verbunden ist, wieder verlieren zu können. Diese Angst teilen die Mütter meist mit den Vätern. Beschützerinstinkt. Mein Sohn und meine Tochter bewegen sich heute selbstständig. Die Pubertät als Tauziehen, auch das haben wir überstanden. Die Liebe zu den eigenen Kindern machte auch mich viele Jahre abhängig. Sie haben ihren Weg gefunden, wohnen nicht mehr zu Hause, wir telefonieren oft miteinander.

Die Bäume, die Wiesen draußen fliegen vorbei. Die junge Frau mir gegenüber liest ein Buch. Ich versuche, den Titel zu entziffern. Es ist Aitmatows »Dshamilja« in der französischen Ausgabe. Also wird sie Französin sein. Louis Aragon hat es aus dem Russischen übersetzt, hat der Geschichte das Prädikat »schönste Liebesgeschichte der Welt« gegeben. Pierre hat es mir vor vielen Jahren geschenkt. Damals fragte ich mich, warum er gerade dieses Buch ausgesucht hatte. Ich weiß noch, wie unruhig mich die Erzählung gemacht hat, wie beflügelt ich nach dem Lesen war. Diese kleine Geschichte einer großen Liebe. Dshamilja ist glücklos verheiratet, ihr Mann im Krieg. Ein Fremder kommt ins Dorf, die Liebe ist nicht aufzuhalten, ihre Wucht nicht in Worte zu fassen. Ein 15-jähriger Junge, der ebenfalls in seine Verwandte Dshamilja verliebt ist, beobachtet die beiden, zeichnet die Sehnsucht und das Verlangen auf Papier. Das Paar, das sich am Ende nicht mehr gegen das Glück wehrt, verlässt das schützende Dorf über das Ausweichgleis der Bahn, es wird sich selbst genügen. Der Junge überträgt mit seinem Stift das Hochgefühl der Liebe in eine Zeichnung. Glück ist für ihn, die Wahrheit der Begebenheit weiterzugeben, seine Empfindungen möglichst authentisch mitzuteilen. Dies hat mich beim Lesen weit stärker berührt als die eigentliche Liebesgeschichte.

Die junge Frau lächelt mich an, wahrscheinlich habe ich vor mich hingegrinst. Christian würde sagen: Du strahlst wie ein Honigkuchenpferd. Ich antworte ihrem Lächeln: »Ein wunderbares Buch.« Sie nickt. Ich schlage wieder Amalies Memoiren auf.

In den ersten Jahren der Revolution, schrieb Amalie, ging es der Familie Salm-Kyrburg in Paris zunächst gut, der Übergang von der einen zur anderen Staatsform erschien fließend. Sie waren begütert, der Kampf ums Brot fand auf der Straße statt, vor ihrem Stadtpalais, dem Hôtel de Salm, und doch ganz weit weg. Amalie dachte nicht darüber nach, woher dieser Reichtum, den sie für selbstverständlich hielt, kam. Ihr Bruder tat immer neue Quellen auf, um Geld sprudeln zu lassen. Er nutzte die Gutgläubigkeit seiner Mitmenschen, versuchte sich selbst in vielerlei Glückspielen und waghalsigen Geschäften.

Es galt weiterhin zu zeigen, welchen Rang man hatte, welchen man sich selbst zugestand. Für Friedrich konnte nur das größte, das schönste Palais in Paris angemessen sein; der Neubau entpuppte sich als eine teure Angelegenheit, die ihn bereits zwei Dörfer jenseits der Grenze gekostet hatte. Immer wieder wurde der Bau kurzfristig eingestellt. Die Schulden mussten erst wieder beglichen, neues Geld aufgenommen werden; ein Schneeball, der eine Lawine werden könnte. Und dann gab es auch noch andere Geschäftemacher, die skrupelloser waren als Friedrich, denen ging selbst er auf den Leim. Was soll's, wird er gedacht haben, irgendwo wird sich wieder eine neue Chance auftun.

Im Januar 1789, damals lebte Johanna noch, wurde das Hôtel de Salm eingeweiht. Was für ein Fest! Halb Paris war eingeladen, zumindest jeder, der Rang und Namen hatte, was für ein Luxus, königlich. Johanna schrieb begeistert an ihren Bruder nach Sigmaringen, er müsste ihr »appartement« sehen, *de toute magnificence*, einfach großartig.

Immer wieder führte Amalie voller Stolz die Gäste durch die großzügigen Räume. Ihre Zimmer befanden sich im oberen Stockwerk. Unten, neben dem großen Salon mit der lichten Rotunde, die von außen von lebensgroßen Statuen und eingearbeiteten Steinmedaillons geschmückt war und in der sich im Innern die Gäste in zahlreichen Spiegeln begegnen konnten, lagen rechts und links die Zimmer ihres Bruders und ihrer Schwägerin. Zusammen mit Friedrich richtete sie die im Laufe der Jahre entstandene Bibliothek ein, mehr als Tausend Bücher katalogisierte sie, wusste genau, wo welches Buch zu finden war. Friedrich sammelte schon seit seiner Jugend wertvolle Bücher. In jeder größeren Stadt kannte er die Buchhändler, sie kannten ihn.

Im ersten Sommer nach Johannas Tod blieben Amalie und ihr Bruder in der Nähe von Paris, sie fuhren nicht nach Kirn. Westlich der Hauptstadt in Pont de Neuilly ließ sich das Leben in den Sommermonaten aushalten. Auf dem Land.

Zwei Metrostationen vor La Défense. Heute.

Unser Blick auf die Französische Revolution ist retrospektiv. Auch Amalie schrieb aus der Erinnerung. Und doch war sie dabei. Das Wort Revolution, am Anfang nicht mit *la terreur* in Beziehung gebracht, sondern als Möglichkeit, als Fortschritt, als Teil der Aufklärung begriffen, stand am Ende nur noch für den Verlust ihres Bruders. Ihres *frère chéri*, ihres *unique ami*. Alles andere verblasste hinter diesem entscheidenden Schlag.

Im Winter 1791 zogen die Geschwister aus dem kleinen Landhaus in Neuilly wieder mitten nach Paris ins Hôtel de Salm. Amalie liebte besonders den Garten, der das Haus mit der Seine verband, immer wieder blickte sie besorgt auf die Tuilerien und den Louvre am gegenüberliegenden Seine-Ufer. Das Eingangstor zur Rue de Bourbon, die jetzt Rue de Lille hieß, hielt die lärmende Welt in Schach. Die politische Lage wurde schwieriger. Die Gesellschaften wurden kleiner, überschaubarer. Es galt, vorsichtig zu sein. Nicht jedem konnte und durfte man Vertrauen entgegenbringen. Jeder Tag konnte Neues bringen. Trotzdem blieb der Alltag. Die Schulden wuchsen Friedrich längst über den Kopf. Fast allen erging es ähnlich, auch dem König war es so ergangen. Solange noch irgendwo Geld aufzutreiben war, ließ sich das Problem eindämmen. Aufrecht bleiben. Der König allerdings hatte Schwäche gezeigt, er erkannte die Zeichen der Zeit nicht, ließ sich überrollen von einer Menge. Einer Masse, die der Hunger trieb. Unter den Adligen, die mit den Ideen der Aufklärung, mit Voltaire und Rousseau aufgewachsen waren, mangelte es nicht an Vorschlägen für die neue Zeit. Missstände sollten abgeschafft werden. Zur Not ohne den Willen des Königs. Auch Friedrich, La Fayette, Beauharnais, Talleyrand und all die anderen Freunde waren seit Beginn von einer Aufbruchsstimmung erfasst. Eine Welle, die immer mächtiger wurde.

Beim *souper* im Salon kamen sie jeden Abend zusammen. Zwölf Familien, die sich reihum trafen. Der *esprit* der neuen Zeit stand bei den Einladungen im Vordergrund. Aristokraten, Jakobiner und Konstitutionelle, auch die Jungen, Bürger mit Bildung und Ideen, die lebenshungrig der neuen Zeit entgegensahen, gehörten dazu.

Mein Weg durch Paris. Von den Tuilerien ging ich auf der Fußgängerbrücke über die Seine auf das Palais de Salm zu. Thomas Jefferson beugt auf dem Steinsockel sein monumentales Eisenbein und zeigt auf das Gebäude. Hier, so schrieb Jefferson, sei er, der spätere amerikanische Präsident, glücklich gewesen, hier habe er bei den Geschwistern Salm Maria Cosway getroffen, eine Malerin, ein Jahr älter als Amalie und wie diese verheiratet. Doch der Gatte sah weg, sah darüber hinweg, dass seine Frau in einen anderen verliebt war, warum darüber reden, schweigen, großzügig sein, gerade hier.

Der verliebte Diplomat und Jurist Jefferson, verwitwet und zwei Jahre älter als Friedrich, musste bald nach dem Ausbruch der Revolution nach Amerika zurückkehren, er nahm das Haus im Kopf mit, ließ es in Monticello wieder auferstehen. Auch im Weißen Haus in Washington wird das Palais de Salm, werden die Rotunde und der klassizistische Bau, die Säulen mit dem Dach Spuren hinterlassen; eine Idee in Mauern gefasst. Im französischen Salon der Geschwister Salm-

Kyrburg traf Jefferson Gleichgesinnte, um die Ideen der Freiheit, der Demokratie zu diskutieren und als Realität zu denken.

Amalie mitten unter ihnen. Immer nach der neuesten Mode gekleidet. Die Stoffe, die Schnitte waren nicht mehr so schwer und doch mit Raffinesse ausgedacht. Sie begeisterte sich schon früh für die neue Leichtigkeit. In der Kultur wie in der Politik. Der feine Unterschied blieb, zwischen Idee und Realität lagen hin und wieder Gräben, die nicht alle als zugeschüttet gedacht waren. *Liberté, égalité, fraternité*, große Worte, die nicht in den Alltag einer Küche, einer Wäscherei eingewoben werden. Wenn die Freigeister sich im Palais de Salm trafen, war sie die Gastgeberin. Salonkultur, Querdenker, Quertreiber. Sie wurden ununterbrochen beobachtet, die geheime Staatspolizei hatte viele Augen. Ausländer zu sein, bedeutete in dieser Zeit, verdächtig zu sein.

Im Archiv des Außenministeriums stapeln sich die Berichte der Woche. Immer freitags wurden die Beobachtungen in Schönschrift zusammengefasst. Ein paar davon habe ich in mein Notizbuch übertragen. Am Freitag, dem 9. März 1787, ist ein Baron de Rumbert angekommen, wann, in welchem Hotel: Rue de Richelieu, er reist einfach so, zum Vergnügen, kommt aus Brüssel, wird zwei Monate später nach England weiterreisen. Der Zeitpunkt der Abreise ist exakt vermerkt.

Information als Stapelware, Spitzelgeschäft. Da musste schon der eine oder andere Fang dabei gewesen sein. Es würde ja sonst nicht lohnen. Die Verhaftung diente als Belohnung.

Auch Friedrich von Salm-Kyrburg, der deutsche Reichsfürst, wurde genau unter die Lupe genommen. Vorerst passierte nichts.

Amélie de Hohenzollern genoss und pflegte ihren Ruf als Gastgeberin. Sie galt als charmant und geistreich, wie ihr Bruder belesen und mit vielen Adligen und *hommes de lettres* persönlich bekannt, zudem kannte sie sich in den verwickelten Familienkonstellationen in Paris aus. Ihre zwei älteren Schwestern hatten in die französischen Adelsfamilien Trémoille und Croÿ eingeheiratet. Man war Teil des europäischen Adels, eine große Familie, die nicht danach schaute, wer aus welchem Land kam. Amalie war so gut Französin wie Deutsche. Sie war die Schwester des Fürsten von Salm, erzog seinen Sohn, war seit dem Tod ihrer Schwägerin die anerkannte Hausherrin. Ihr Ehemann war längst kein Gesprächsthema mehr, es hieß, er habe sie vernachlässigt, aber es kümmerte eigentlich niemanden. Jeder sollte nach seiner Façon glücklich werden.

Seit der Kreis der Freunde enger geworden war, ging sie selbst nicht mehr so häufig wie früher zu anderen Gesellschaften. Immer mehr Salons, in denen es längst nicht mehr nur um Literatur und Philosophie, sondern vor allem um Politik ging, öffneten ihre Türen. Reiche Damen mit einflussreichen Ehemännern oder Liebhabern führten sie. Viele Besucher waren Gast bei mehreren Salons, trugen die Nachrichten weiter. So brachte Talleyrand regelmäßig die Nachrichten aus dem Salon seiner Geliebten Adélaïde de Flahaut. Mit ihr hatte Charles-Maurice einen Sohn im gleichen Alter und mit dem gleichen Vornamen wie Amalies Charles. Talleyrand hatte noch andere Kinder, aber dieses brachte er immer wieder ins Hôtel de Salm mit, er wusste ihn dort gut aufgehoben.

Überall gab es jedoch auch Spitzel, konnte eine Idee oder ein leicht dahingesagtes Wort zur Gefahr werden. Besonders Friedrich konnte und wollte sich nie zurückhalten. Die Freiheit des Wortes galt ihm als das Wichtigste, nur daraus, so sagte er immer, könne Neues erwachsen: »Wenn die Gedanken nicht ausgesprochen werden, kann man sie auch nicht in die Welt setzen. Wenn sie nicht taugen sollten, werden sie im Gespräch mit den anderen wieder zurechtgerückt.« Friedrich fand Menschen, die seine Meinung teilten, auch Amalie fand ihre Gedanken in seinen Worten wieder. Trotzdem sorgte sie sich um ihren Bruder, er war hitzig, zu hitzig. Amalie musste ihn oft bei ihren *soupers* besänftigen, nicht immer gelang es ihr. Spätestens dann lud sie an die Spieltische ein, bot Wein und Gebäck an, lenkte die Gespräche in ruhigere Bahnen.

Sie genoss an diesen Abenden ein Stück gerettete Normalität in einer immer zügelloser und verrückter werdenden Welt. Hier war sie abgeschirmt und doch mitten im Geschehen. Hier konnte sie atmen. Obwohl Alexandre de Beauharnais längst eine andere Favoritin hatte, schaute er sie immer wieder bewundernd an. Berührte sie beim Handkuss ganz zart, aber doch so, dass den anderen Gästen ihre besondere Nähe auffiel. Sie sonnte sich in dieser Beziehung, diesem Dauerflirt im Halbverborgenen, ohne die Anspannung der ersten Zeit, als jedes Wort von ihm für Herzklopfen sorgte. Alexandre fragte auch immer dezidiert nach ihrer Meinung, besonders dann, wenn die Männer zu radikale Veränderungen anstrebten. Alexandre, der Schöne, damals frisch getrennt und gleich alt wie Amalie, hatte ihr geholfen, sich wieder als Frau zu fühlen. In seinen Augen konnte sie sich erneut aufrichten. Er gab ihr das verlorene Selbstbewusstsein zurück. Mit ihm, mit seiner ersten tiefen Verbeugung, mit seinem ersten spöttischen »Madame« war der Makel, sie sei als verheiratete Frau nicht mehr begehrenswert, abgefallen. Seit er jedoch auf der politischen Bühne ganz oben stand, immer wieder im rotierenden Wechsel als Präsident der Nationalversammlung, stand er auch gesellschaftlich im Mittelpunkt. Mit der Macht stieg seine Gunst bei den Damen. Er wurde geliebt und erwies sich dieser Liebe als würdig. Er war kein Kostverächter. Ihre Liebelei wandelte sich in eine tiefe Freundschaft zu Alexandre, eine Freundschaft, die Amalie mit ihrem Bruder Friedrich teilte. Seine Frauengeschichten jedoch erzählte Alexandre nur ihr, ließ sie sonst im Verborgenen, auch wenn viele meinten, sie wüssten genau Bescheid. Alexandre nannte Amalie seine »einzige wahre Freundin«. Bei offiziellen Anlässen, beim gemeinsamen Besuch einer Oper nahm er den Platz an ihrer Seite ein; an den eifersüchtigen Blicken konnte Amalie ablesen, welche Frau sich gerade als seine Favoritin fühlte. Dann schaute sie Alexandre an und konnte an seiner Reaktion wiederum ablesen, ob ihm diese neue Beziehung etwas bedeutete. Wenn ja, zog sie sich zurück. Er würde wieder zurückkommen und mit ihr darüber reden, er würde ihr immer wieder seinen Sohn Eugène anvertrauen, wissend, dass er bei ihr in den besten Händen war.

Friedrich tauschte sich immer öfter mit Charles-Maurice Talleyrand-Périgord aus. Dieser hatte sich, wie Alexandre, früh dem Dritten Stand angeschlossen. Friedrichs Freunde, mit ihnen Marquis de La Fayette und Jean-Sylvain Bailly, gehörten bald der Konstituante, der verfassungsgebenden Nationalversammlung, an. Anfang September 1791 hatten sie ihr Ziel erreicht, die neue Verfassung machte aus der absoluten eine konstitutionelle Monarchie; im gleichen Monat leistete auch Ludwig XVI. den Eid auf die neue Verfassung. Die Tischgäste im Salon de Salm führten kontroverse Gespräche, den einen war die Veränderung zu radikal, den anderen zu halbherzig. Friedrich und Amalie unterstützten von Anfang an die Reformen. Die Revolution sollte die Demokratie befördern, die Ideen der Aufklärung in die Tat umsetzen, nicht jedoch den Besitz negieren. Am 10. August, dem Tag, als der König zusammen mit seiner Familie von den Tuilerien ins Gefängnis gebracht wurde, überrollte die Revolution sich selbst. Amalie musste an das Märchen vom süßen Brei denken, zuerst so willkommen, um dann zur Bedrohung zu werden. Sie konnte nicht abschätzen, wie es weitergehen würde, was diese Veränderungen für sie selbst bedeuteten. Friedrich teilte ihre Zukunftssorgen nicht, er fühlte sich als deutscher Reichsfürst und gleichzeitig als französischer Patriot und sorgte sich höchstens um seine Ländereien in Deutschland, in Frankreich und Holland. Das Leben war teuer. Er kämpfte an allen Fronten, wie gewohnt lautstark und wortgewandt. Seine Schwester fürchtete, ihr älterer Bruder könne in ein Vakuum fallen oder zwischen den Fronten zerrieben werden. Neider gab es überall.

Amalie atmete tief durch. Der Blick in den Garten und hinüber zu den Tuilerien war frei. Es war fast wie früher. Und doch war aus der Hoffnung eine diffuse Angst geworden. Die Tore der Stadt waren seit Wochen geschlossen, es hieß, der Feind stehe vor den Toren von Paris. Auch in den Gazetten konnte man in riesigen Lettern lesen, die preußisch-österreichische Armee wolle sich rächen. Überall an den Mauern, an den Bäumen klebten seit zwei Jahren ständig wechselnde Plakate, die die neue Wahrheit verkündeten. Leitsprüche, Sätze, die die Menschen aufhetzen oder gefügig machen sollten, manchmal auch Tatsachen verkündeten, Aufrufe, sich dort oder dort zu versammeln. Die, die nicht lesen konnten, warteten, bis jemand vorbeikam und laut entzifferte, was angeschlagen stand und propagiert wurde.

Amalie schaute sich im Zimmer um. Die Blumen waren immer noch nicht gebracht worden. Zwischen den Fenstern, die bis auf den Boden reichten, wollte sie die neuen Vasen, mit weißen Rosen und Efeuranken geschmückt, zur Geltung bringen. Erst kürzlich waren ihr die vier dekorativen Vasen angeboten worden. Amalie konnte nicht widerstehen. Aus feinstem Porzellan gearbeitet, und wenn sie gefüllt waren, sah es aus, als stünden Rosenbäume im Zimmer. Das würde Rose, die Frau von Alexandre, bestimmt freuen. Rosen waren ihre Lieblingsblumen. Alexandre und Rose hatten sich um die gleiche Zeit getrennt, als Amalie den Entschluss fasste, Sigmaringen zu verlassen. Als Eltern fühlten sich die beiden für ihre Kinder gleichermaßen verantwortlich. Auch wenn der elfjährige Eugène meist bei seinem Vater lebte und die neunjährige Hortense bei ihrer Mutter. Eugène fühlte sich bei Amalie fast wie zu Hause. Er spielte noch gerne mit dem kleinen Ernst im Hof. Anna, eine zehnjährige Engländerin, die von Amalie aufgezogen wurde, spielte mit und sprach dann Englisch. Vielleicht brauchte man diese Sprache eines Tages noch. Wie sehr vermisste Amalie beim Anblick der Kinder ihren eigenen Sohn. Sie war überzeugt, es würde ihm hier bei ihr gefallen. Aber vielleicht war es auch besser so, die Sorge um die Lieben in Paris wuchs ständig.

Überraschenderweise kam Rose bereits am Nachmittag, direkt hinter ihr brachten zwei Gärtner das erste der Blumengestecke. Amalie ging auf Rose zu, sie freute sich über diese selbstbewusste Frau, die überall das Schöne sah und die Widrigkeiten negieren konnte. Sie war auf eine merkwürdige Weise schön, es war nicht das Äußere, es war ihre Offenheit, ihr Lächeln, mit dem sie alles und jeden willkommen hieß. Natürlich war Rose auch immer *à la mode* gekleidet, liebte es wie Amalie, im »Journal des Modes« neue Kreationen zu entdecken und schneidern zu lassen. Seit sie sich persönlich kannten, vertrauten sie sich ihre Sorgen an, konnten sich aber auch gemeinsam an den angenehmen Seiten des gesellschaftlichen Lebens erfreuen. Rose ging zwar nicht so gerne der gespielten Stücke wegen ins Theater wie Amalie, sie las auch nicht viel, dafür wusste sie immer bestens Bescheid, wer gerade mit wem vertraut war, wo sich eine Liebschaft im Verborgenen anbahnte oder bedingungslose Verbundenheit zwischen Menschen für Sicherheit sorgte. Rose hatte ein Gespür für Stimmungen und Beziehungen. Im letzten Sommer hatten sie sich kennengelernt. Alexandre erzählte immer wieder das eine oder andere von der Mutter seiner Kinder, aber getroffen hatte Amalie Rose erst spät. In diesem Sommer 1792 war Paris ein Vulkan, ein *théâtre d'horreur*. Nicht nur im Inneren, auch von außen drohte Gefahr. Schon im April hatten die Girondisten Österreich den Krieg erklärt.

Friedrich war der einzige deutsche Reichsfürst, der gegen einen Krieg Deutschlands gegen Frankreich votiert hatte, doch das Deutsche Reich machte sich inzwischen auf den Weg, den König von Frankreich und seine Familie zu verteidigen. Der Druck auf die Ausländer in Paris wuchs im Laufe des Sommers. Es reichte inzwischen schon, Deutscher zu sein, um im Gefängnis oder auf dem Schafott zu landen. Schon mehrere Bekannte aus dem näheren Umkreis waren geköpft worden.

Als die Gefahr am größten war, beschloss Amalie zu fliehen. Sie entschied sich für England. Als Ausländer konnte man ihnen den Reisepass nicht verwehren. Allerdings würden die Behörden kaum einen Pass für Deutschland, gegen das Frankreich Krieg führte, ausstellen. Sie wollte auf Friedrichs Besitz ins Artois, nach St. Martin in den Norden des Landes, reisen. Friedrich zögerte, er antwortete auf die dringende Bitte seiner Schwester, sich endlich in Sicherheit zu bringen, sie solle mit den Kindern vorausfahren und warten, er würde nachkommen, und von dort könnten sie dann nach England übersetzen. Über Alexandre hatte Rose von den Fluchtplänen erfahren. Da sie sich sehr um das Leben ihrer Kinder sorgte, ging sie zu Amalie und bat diese inständig, Eugène und Hortense mitzunehmen.

Amalie gelang es, einen Pass für sich und »ihre« vier Kinder zu besorgen. Sie reiste also mit Eugène und Hortense, der kleinen Engländerin Anna und ihrem dreijährigen Neffen Ernst. In St. Martin wartete sie wie abgesprochen auf Friedrich, der alleine in Paris zurückgeblieben war. Vergeblich. Immer wieder schrieb sie ihm, er möge doch endlich kommen, bald könne es zu spät sein. Aber Friedrich fand immer wieder neue Gründe, in Paris zu bleiben. Schließlich schrieb er, er würde sich nicht aus Paris entfernen, denn die Gefahr sei zu groß, dass sein ganzer Besitz konfisziert werden würde. Wenn sein Name erst auf der Emigrantenliste stünde, seien seine Güter in Frankreich für alle Zeit verloren. Für die Zukunft seines Sohnes wolle und müsse er kämpfen. Ohne ihren Bruder wollte aber auch Amalie nicht nach England fliehen. Sie kehrte mit den vier Kindern zurück. In Paris schien die schlimmste Gefahr gebannt.

Als Joséphine würde Rose ihrer neu gewonnenen Freundin Amalie für diesen mütterlichen Liebesdienst zeit ihres Lebens dankbar sein.

Roses verfrühter Besuch bedeutete nichts Gutes. Erst jetzt sah Amalie, dass die Freundin am ganzen Leib zitterte. Sie war besorgt, fast ängstlich, hielt beide Kinder fest an der Hand. Eugène wagte sich vor: »Ist Ernst da? Ich habe ihm eine Trommel mitgebracht.« Hortense begrüßte Amalie erst artig mit einem Knicks, um sie dann mit beiden Armen fest zu drücken. »Vorsicht, du wirfst mich ja um«, Amalie wehrte das Mädchen, das ihr ans Herz gewachsen war, liebevoll ab: »Geh' zu Anna und Ernst in den Hof, in einer Stunde gibt es für alle heiße Schokolade.«

Roses Stimme überschlug sich: »Sie haben ein furchtbares Massaker angerichtet. In St. Joseph, dem ehemaligen Karmeliterkloster. Alle wurden ermordet. Die Schreie der Menschen, ganz entsetzlich. Es kann doch so nicht weitergehen.«

»Komm«, Amalie zog Rose in die Bibliothek, »bleib' heute Nacht hier, es ist auch für die Kinder besser.«

Am Abend saßen sie im kleinen Kreis beim Abendessen. Rosalie Lubomirska, die vorübergehend bei ihnen gewohnt hatte und immer noch gern gesehener Gast war, Friedrich, Talleyrand, der stündlich auf seinen Pass wartete, jeden Augenblick bereit, nach England abzureisen, Rose und Amalie. Die Stimmung war gedrückt. Niemand dachte an Konversation oder an ein Kartenspiel. Talleyrand und Friedrich waren erregt. Friedrich wetterte laut über die Dummheit von Marat: »Wie kann dieser Schwachkopf nur die Leute so aufhetzen? Sicher war er es, der verbreiten ließ, dass sich die Österreicher rächen wollen! Er hätte doch wissen müssen, dass dies eine Hysterie auslösen wird!«

Amalie versuchte, ihren Bruder dazu zu bewegen, leiser zu reden. Die Wände hatten Ohren. Nicht einmal in den eigenen Räumen konnte man sicher sein. »Leise, um Gottes willen, leise.«

Aber Friedrich ließ sich nicht bremsen: »Soll denn die ganze Revolution, der ganze Fortschritt vergeblich gewesen sein? Nur noch Mord und Totschlag. Ohne Sinn, ohne Verstand!«

Talleyrand pflichtete ihm bei: »Als ob die Ausländer mit den Gefängnisinsassen gemeinsame Sache machen könnten! In den Gefängnissen herrscht Chaos.« Er war unruhig, weil seine Papiere noch nicht bereit waren. Nur seine engsten Freunde wussten, dass er wieder nach London gehen wollte, offiziell sollte es keine Flucht sein, es war auch ihm wichtig, nicht auf die Liste der Emigranten gesetzt zu werden. Wie Friedrich verteidigte er Freiheit und Eigentum. Letzteres natürlich nur, wenn es verantwortlich verwaltet würde. Überhaupt verstanden sich die beiden Freunde längst auch ohne Worte. Wie oft hat der eine die Gedanken des anderen fortgeführt und übertroffen. Amalie kam es vor, als würden die beiden mit glänzenden Degen fechten, bis sie endlich erschöpft und über sich selbst lachend wieder ihre Umgebung wahrnahmen. Beim Abschied umarmten sie sich. Friedrich wollte den Freund fast nicht loslassen: »Kämpfen Sie für unsere Sache in England. Und kommen Sie zurück, damit wir ein großes Fest feiern, eines, gegen das das große Föderationsfest nur ein Vorgeplänkel war!«

»Versprochen! Aber passen Sie auf sich auf, auch deutsche Fürsten sind verwundbar«, antwortete Talleyrand. Friedrich versprach, sich nicht unterkriegen zu lassen: »Ich halte hier die Stellung, vielleicht kann ich vermitteln, kann den Deutschen helfen, sich die neue französische Verfassung zum Vorbild zu nehmen.« Auch von Amalie verabschiedete sich Charles-Maurice: »Passen Sie auf ihn auf, manchmal ist es wichtig, sich zurückzuhalten, an der Dummheit der Menschen, zumal wenn sie in Massen auftreten oder gar krankhaft ehrgeizig sind, prallen auch kluge Worte ab, dann ist es besser, seine Zunge, auch wenn sie die Wahrheit sagen will, im Zaum zu halten.« Amalie nickte. Beide wussten, dass dies nicht einfach werden würde.

Das Blutbad in den Gefängnissen, die Septembermorde, waren vorbei, Talleyrand inzwischen mit Dantons Unterschrift in England. Amalie zog sich im eigenen Haus zurück, schrieb Briefe, sorgte sich um die Kinder. Wenn sie doch nach England geflohen wären! Rose brachte von Zeit zu Zeit neue Nachrichten aus den Salons und Gesellschaften. Sie verhießen nichts Gutes. Hin und wieder traf sie sich mit Freunden. Noch im selben Monat wurde Frankreich zur Republik erklärt. Auch dies war in Friedrichs und Amalies Augen eine notwendige Entscheidung. Immer noch glaubte Friedrich an die neue Freiheit und an die Gleichheit aller. Am 11. Dezember 1792 begann in Paris der Prozess gegen Ludwig XVI., der mit seiner Familie seit vier Monaten im Gefängnis »Temple« eingesperrt war.

Bei Prozessbeginn bestieg Friedrich mit Amalie und seinem kleinen Sohn Ernst die Kutsche nach Kirn. Am dritten Geburtstag von Ernst, am Freitag, es war der 14. Dezember 1792, verkündete der Reichsfürst Friedrich III. von Salm-Kyrburg den erstaunten Einwohnern von Kirn per Anschlag, er hebe hiermit die Leibeigenschaft auf: Er erkenne die Volkssouveränität an und nenne seine Untertanen von nun an Mitbürger, Freunde und Kinder. Die Nachricht verbreitete sich wie ein Lauffeuer. Man ließ ihn hochleben. Umsetzbar war die neue Freiheit jedoch nicht so leicht. Dafür wurde die französische Nationalversammlung von dieser Tat, zu der er sich als »französischer Bürger« verpflichtet fühlte, von Kirn aus unterrichtet. Es war Friedrich wichtig, von dieser revolutionstreuen Tat zu berichten.

Kurz danach reiste der Fürst von Salm-Kyrburg zurück nach Paris. Im Januar wurde Ludwig XVI. mit der neuen Guillotine, dieser Teufelsmaschine, die menschlicher machen sollte, was unmenschlich war, geköpft. Ihr folgte eine um sich greifende Lethargie, eine Mischung aus Trauer und Angst unter den Adligen und Bürgern und mit dieser eine unheimliche Stille in Paris und auf dem Land. Jeder fürchtete, er könnte der Nächste sein. Die Revolution war zur tödlichen Falle geworden. Selbst für die Kleinen, die Getreuen, die Diener, sogar für die Denunzianten.

Amalie drängte Friedrich erneut, Paris zu verlassen. Endlich, nach den schrecklichen Wintermonaten und Exekutionen, die nicht mehr enden wollten, suchte er ein geeignetes Haus auf dem Land: In Vitry-sur-Seine, zwei Meilen südlich von Paris, fanden sie einen Unterschlupf. Hier, so hoffte Amalie, könnten sie sich unauffälliger bewegen und vielleicht auch ein wenig in Vergessenheit geraten. In der ersten Zeit ging alles gut. Anna und Ernst erholten sich. Auch die wenigen treuen Diener, die sie mitgenommen hatten, bekamen ein wenig Farbe ins Gesicht. Zuweilen hörte Amalie sie lachen. Sie pflückten frische Feigen und machten daraus schmackhafte kleine Kuchen oder servierten sie zum Fleisch, das hier viel besser schmeckte als in Paris. Friedrich war viel unterwegs, er suchte Gesprächspartner. Das ländliche Vitry hatte ungefähr 3.000 Einwohner, mindestens ein Drittel davon waren »Neulinge«, Flüchtlinge, die sich wie Amalie im Hintergrund hielten. Bei seinen lautstarken Streitgesprächen äußerte sich Friedrich manchmal abfällig über die »wild gewordenen Jakobiner«. Da die Landbevölkerung ihrer patriotischen Pflicht nachkommen wollte, wurde er schließlich von einem Unbekannten angezeigt. Sein Diener kam aufgeregt zu Amalie, sagte ihr, was er im Hinterzimmer der Gaststube gehört hatte. Seine Herrin wüsste sicher einen Rat. Amalie packte mit den Mädchen in Windeseile alles ein, schon zwei Stunden später saßen sie in der Kutsche und fuhren hinunter nach Paris. Im Palais de Salm angekommen, warteten sie, wie das Leben weitergehen würde. Die abgesetzte Königin Marie Antoinette, die Arme, war am 16. Oktober exekutiert worden. Amalie empfand es als Schande für das ganze Land. Ihr Sohn, der Thronfolger ohne Thron, war gleich alt wie Charles, Amalies Sohn. Wie froh sie sein konnte, dass sich dieser in Sicherheit befand. An Flucht war nicht mehr zu denken. Amalie nahm Friedrich das Versprechen ab, auch hier, im eigenen Haus nur mit leiser Stimme zu reden. Meist zogen sie sich in Amalies Zimmer zurück. Der Winter wurde kalt, nur wenige Zimmer konnten beheizt werden. Die Holzvorräte waren fast aufgebraucht. Amalie trug über ihrer Kleidung einen warmen Mantel, meist wickelte sie sich noch in eine Wolldecke ein.

Am 28. Januar 1794, um drei Uhr morgens, kam ein Fremder, ein französischer Bürger namens Tisset, mit zwei weiteren Männern und verlas Friedrich den Haftbefehl. Schlaftrunken und doch mit lauter Stimme stellte Friedrich klar, dass er nicht Salm-Salm heiße, sondern Frédéric Jean Othon Henry Christian Philippe François de Salm-Kyrbourg. Er, der Besitzer dieses Hauses, sei souveräner Reichsfürst und seit 30 Jahren in Frankreich ansässig! Was erlaubte sich dieser ungebildete Pöbel, um diese Zeit! Auch Amalie wurde geweckt. Sie hatten sämtliche Schränke zu öffnen, alles wurde durchwühlt, aber die Männer mit ihren schmutzigen Händen fanden nichts. Amalie weigerte sich, mitten in der Nacht das Haus zu verlassen, keineswegs würde sie jetzt und im Morgenmantel mitkommen: Die Herren sollten gefälligst zu einer zivilisierten Zeit, von ihr aus am Nachmittag, erneut vorsprechen. Erstaunlicherweise willigte Tisset ein, er veranlasste jedoch, dass drei Bürger aus umliegenden Häusern geweckt wurden, die dann vor den Zimmern der Geschwister Wache stehen mussten. Zudem hatte Friedrich diesen drei Männern pro Tag je sechs Franc zu bezahlen und sie darüber hinaus auch noch zu verköstigen.

Am Nachmittag wurden Friedrich und Amalie zum Überwachungsausschuss abgeführt. Man hatte Beweismaterial gesammelt. Der Name Salm, in mehreren Variationen in Paris vertreten, war anrüchig geworden. Vielleicht war die Verhaftung auch nur eine Verwechslung. Wie schon so oft. Die Denunzianten hatten dennoch viele

Hinweise zusammengetragen, er habe doch zwei Neffen namens Trémoille, der eine, der Prinz von Talmond, sei am Aufstand in der Vendée beteiligt gewesen, der andere in dubiose Spekulationsgeschäfte verwickelt, und zudem hätte er einen Bruder, der auf deutscher Seite österreichische Truppen kommandieren würde, weiters einen Cousin, der in die Schweiz geflüchtet und auf der Emigrantenliste aufgeführt sei. Friedrich konnte vorerst glaubhaft aussagen, dass er zu keinem dieser Verwandten Kontakt pflegte.

Amalie, die getrennt von ihrem Bruder befragt wurde, gab sich ebenfalls selbstbewusst. Ja, sie sei mit einem Fürsten des Reichs, gegen das zurzeit Krieg geführt werde, verheiratet. Sie lebe seit zehn Jahren von ihrem Mann getrennt und führe keinerlei Korrespondenz mit ihm.

Für dieses Mal konnten die Geschwister dem Gefängnis entgehen. Aber sie wurden zu Hause bewacht.

Amalies Bewacher hieß Jean Mathieu Gallet und war, wie Amalie fand, ein Bauer, ein Schweizer Bauer ohne Manieren, ohne Anstand, ohne Erziehung. Egal, wohin sie ging, er war immer dabei, heftete sich an ihre Fersen. Sie blieb nun fast immer zu Hause, nur manchmal wagte sie sich hinaus, besuchte die eine oder andere Theatervorstellung. Der schmutzige Gallet immer auf Armlänge neben ihr. Wenn er sich wenigstens waschen und ein wenig aufrechter gehen würde! Zum Essen schickte sie ihn in die Küche. Das fehlte gerade noch, wenn sie seine unappetitlichen Essensgeräusche auch noch aushalten müsste.

Friedrichs Wache war zivilisierter, ein Bürger von Paris, einer, der wusste, wie man sich zu benehmen hatte. Er wurde von Amalie und Friedrich zum Essen an den Tisch gebeten. Auch er hatte den Befehl, den Fürsten von Salm-Kyrburg überallhin zu begleiten. Doch wenn Friedrich außer Haus Besuche machte oder ins Theater ging, blieb er in der Kutsche und wartete geduldig.

Friedrich fühlte sich sicher. Er diskutierte weiter, laut und deutlich, er sprach aus, was er dachte, im Theater, in den Salons, auf der Straße. Er sah sich im Recht, erkannte die Gefahr nicht. Es ging nicht mehr darum, wer recht hatte. Den ganzen Winter über schrieb er an alle möglichen Menschen, verteilte seine Korrespondenz in seinem Zimmer, ging seinen Geschäften nach. Am wichtigsten wurde ihm der Briefwechsel mit seinen Freunden, die bereits im Gefängnis auf ihren Prozess warteten. Auch seine Geliebte saß im Karmeliterkloster. Ihre Briefe schwankten zwischen Hoffnung und Verzweiflung.

Am 2. April 1794, die neue Zeitrechnung, die für Amalie und ihren Bruder keine Größenordnung war, sprach vom 12. Germinal, wurde Friedrich verhaftet. Die Geschwister tauschten sich gerade in Amalies Zimmer über die gegenwärtige Situation aus. Beide sehnten die Freiheiten und Hoffnungen der vergangenen Jahre herbei. Sie zählten sie auf, die Freunde und Bekannten, die ermordet worden waren, wem konnte man noch trauen, wem nicht. »Friedrich, du musst dringend deine Papiere ordnen«, forderte Amalie ihren Bruder auf. »Mir ist unwohl bei dem Gedanken, was diese selbst ernannten Gerechten alles finden könnten!« Besonders die Briefe des Preußenkönigs Friedrich Wilhelm, mit dem er sich immer wieder ausgetauscht hatte, schienen ihr in der gegenwärtigen Zeit zu gefährlich. Friedrich wurde wütend: »Wie es mir verleidet ist, dieses Leben in Unfreiheit, dieses Leben, das doch in der Freiheit münden sollte. Wie sie es verspielt haben, diese paar ungebildeten und selbstgerechten Henker!« Plötzlich hörte Amalie Lärm auf einer der Treppen zu ihrem Zwischengeschoss: »Sie kommen und holen uns! Schnell, lass uns über die andere Treppe fliehen!« Es wäre möglich gewesen. Einen Augenblick lang. Dann stand Friedrich auf und ging zu der Tür, hinter der die Fremden lärmten. Sie waren bewaffnet. Sofort ging Friedrich an ihnen vorbei die Treppe hinunter in seine Räume, die Bewaffneten folgten ihm und riefen ihm nach, sie hätten ihn zum Gefängnis *de la Force* zu bringen. Friedrich antwortete, er wolle, wenn schon, ins Karmelitergefängnis. Friedrich wollte so wenigstens sie, die schöne Freundin, wiedersehen.

Die Leere danach. Niemand teilte mit Amalie die Angst um ihren Bruder. Allein die Sorge um die Kinder hielt sie am Leben. Die Freunde waren nur eine kleine Hilfe, fast jeder trug selbst schwer am Tod oder an der Gefangennahme eines geliebten Menschen, jeder dachte an sich. Man konnte nicht auch noch das Leid der anderen ertragen, am eigenen trug es sich schwer genug. Amalie schrieb jeden Tag einen Brief an ihren Bruder, dieser schrieb jeden Tag zurück. Leichte Worte mussten es sein, nichts Politisches durfte herausgelesen werden können. Ihm nicht schreiben, welche Freundin, welcher Bekannte der Guillotine zum Opfer gefallen war. Jeden Morgen las sie in der Zeitung die Namen derer, die an diesem Tag ausgelöscht wurden. Zu viele kannte sie persönlich.

Wie gleichgültig ihr das tägliche Leben im Haus wurde. Nur die Briefe aus dem Gefängnis zählten. Dieser Wunsch, ihn zu sehen, mit ihm zu sprechen, ihm nahe zu sein. Unbedingt, und koste es das eigene Leben. Ein Leben ohne ihn, wie sollte das möglich sein? Als Amalie einen Polizisten auf der Straße traf, fragte sie ihn, wie sie selbst ins Gefängnis, ins Karmeliterkloster, kommen könnte. Aber er schüttelte nur den Kopf, hatte Mitleid mit dieser Frau, dieser Verrückten, die wohl nicht wusste, dass diese Gefängnisse zum Schafott führten. Schließlich schrieb sie an den Revolutionsrat, sie könne ihre Wache nicht mehr bezahlen und bitte darum, ins selbe Gefängnis wie ihr Bruder geführt zu werden. Andere hatten es so bereits erreichen können, das Schicksal mit ihren Lieben zu teilen. Ihr blieb nur das Schreiben.

»Sei nicht in Unruhe, lieber Frédéric, über ein Wort, das mir in Augenblicken des Kummers entschlüpft. Obwohl der Zustand der Freiheit in den Augen vieler Leute dem deinigen vorzuziehen ist, so glaube, dass der meinige vielleicht schwerer zu ertragen ist als der deine. Ihr seid mehrere, könnt miteinander reden, einander trösten; ich aber bin schrecklichen Gedanken preisgegeben und kann mich niemandem anvertrauen. Die Hoffnung, deine und meine Sklaverei enden zu sehen, hält mich aufrecht, aber ach!, nichts hellt sich auf. Adieu, geliebtester Bruder! Amélie.«

»Heute Nachmittag ist mir weniger schlecht, liebe Amélie! Ich werde alles tun, was du willst; wenn man mir aber in vier Tagen noch nicht Wort hält, so verlange ich absolut, in ein Krankenhaus gebracht zu werden. Man kann es mir nicht abschlagen, denn ich kann nicht ohne mein tägliches Bad leben und kann hier keines nehmen. Frédéric.«

»Du machst mich, meine liebe Amélie, über die Beschreibung deiner Bedürfnisse zittern. Du hast jedoch eine große Hilfe am Mobiliar des Salons, gebrauche sie aber mit Vorsicht. Wäre ich bei dir, so würde ich alles dies sehr leicht ordnen. Seit zwei Tagen aß ich weder in der Frühe noch abends. Gib mir von Ernst Nachricht. Frédéric.«

»Sei über den Neffen nicht in Unruhe, lieber Frédéric; er ist genesen, er hat gestern den ganzen Tag gespielt und kein Fieber mehr gehabt, ich aber hatte es dagegen ziemlich arg, ich kann es nicht loswerden, das liegt an der Zeit und mehr noch an den Wohnungen: ich beschwöre dich, beruhige dich, lass dich nicht in einer gewissen Aufregung in Wort und Schrift ergehen, denn ich habe die Gewissheit, dass dies unseren gemeinsamen Kummer verlängert hat. Das Wort ›Grausamkeit‹ in deinem gestrigen Billett ist mir schon beanstandet worden. Klugheit aus Freundschaft für deine Amélie, die nur für dich lebt! Adieu, mein Freund. Klugheit vor allem! Amélie.«

Die ganze Zeit hatte Amalie es befürchtet, als die Nachricht dann die Sorge bestätigte, traf sie dies dennoch wie ein Schlag: Friedrich war mit ungefähr 50 anderen Gefangenen in die Conciergerie, den letzten Ort vor der Guillotine, gebracht worden. Auch Alexandre war einer dieser Unglücklichen. Konnte denn überhaupt nichts helfen, nichts diese Qual aufhalten? Amalie riss das Fenster auf, schrie es hinaus, so laut sie konnte, »es lebe der König«, sie wollte, dass dieses Leben, das auch für sie keines mehr war, ebenfalls unter dem Fallbeil enden sollte. Die Bediensteten rannten wie von der Tarantel gestochen, der Gärtner zog Amalie vom Fenster weg, schloss es. In der Zwischenzeit hatten sie den kleinen Ernst geholt, hatten ihn Amalie auf den Schoß gesetzt. Der Kleine weinte. Er wusste nicht, was geschehen war oder geschehen sollte, er trauerte um das Unglück, das die Tante niederdrückte, seines kannte er noch nicht.

Diese Geschichte machte in den deutschen Zeitungen die Runde, eine Todesmutige, eine Wahnsinnige, die »*vive le roi*« rief. Auch in Sigmaringen wird die Geschichte gelesen worden sein.

Friedrich sorgte sich und schrieb ihr aus dem Gefängnis: »Hüte dich wohl, meine liebe Freundin, bei deiner Gesundheit in dies Haus zu kommen, über das du dich himmelweit täuschest. Du hieltest es nicht acht Tage in diesem Höllenleben aus.«

Eine Anekdote habe ich gefunden. Eine kleine Geschichte, die Amalie möglicherweise nicht kannte, aber ein Licht auf ihren Bruder wirft. Wer sie wohl aufgeschrieben hat? Friedrich habe mit den Leuten, dem Volk, das sich um den Karren drängte, geredet: »Ja, es ist der Fürst Salm; seht, meine lieben Freunde, ihn euch zum letzten Male genau an; das ist nun der Lohn für alles, was er für die

Nation, die nicht die seine war, die er aber liebte, getan hat!« Und kurz vor dem Ende der Fahrt soll er zu seinen Leidensgenossen, die neben ihm saßen, gesagt haben: »Wir werden kein Trinkgeld geben, sie haben uns zu langsam gefahren.«

Friedrichs Briefe aus dem Kerker sind teilweise erhalten geblieben. Amalie hat sie wie einen Schatz gehütet. Der Absenderin wurden zwei Briefe aus der Jackentasche des Geköpften wieder zurückgegeben. Alles sollte seine Ordnung haben. Man wollte sich nicht bereichern. Nicht an Briefen. An Grundstücken, an Häusern, das schon. Aber sie machten den neuen Staat, dessen Hunger zu- statt abnahm, dennoch nicht satt.

»Sobald du diesen Brief erhalten wirst, meine liebe Amélie, wird dein unglücklicher Bruder nicht mehr sein. Ich habe mich an den Gedanken meiner nahen Vernichtung gewöhnt, kann aber den an deine Verzweiflung nicht ertragen. Möge die Erinnerung an unsere heilige Freundschaft ihren tröstenden und schmerzlichen Reiz über dein ganzes Leben verbreiten! Erhalte dich, um meines Andenkens willen und um meinen kleinen Ernst zu erziehen. Er wird keine Waise sein, Amélie, weil du seine Mutter werden willst. Adieu, meine zärtliche Schwester! Die Religion, die mich beim Eintritt ins Leben in ihren Schoß aufnahm, steht mir im Gefängnis zur Seite und wird mich bis zum Grab begleiten. Ihre väterliche, aber strenge Stimme heischt für meine vergangenen Fehler die Tränen, welche die Natur für meine Schwester und für meinen Sohn von mir fordert. Mögest du eines Tages alles erfahren, was dein Bruder und seine Unglücksgefährten an Trost den mutigen und wohltätigen Dienern dieser Religion verdanken. Adieu, versprich mir, für meinen armen Ernst zu leben. Erinnere dich deines unglücklichen Bruders. Frédéric.«

In dieser Woche habe ich Spuren von Friedrich in der Conciergerie gesucht. Früh am Morgen. Alles ist in diesem Gebäude aus dem Mittelalter blank geputzt, gescheuert. Innen wartet eine Puppe als Marie Antoinette auf ihren Henker und auf die Touristen. Im großen Saal der Bewaffneten, der *Gens d'Armes*, war ich fast alleine. Nirgendwo ist Blut oder Kot zu finden, natürlich nicht, und doch muss alles hier voll gewesen sein. Die Steine haben längst den Lärm geschluckt, die Angst aufgesogen. Ich betrat den Shop, in dem Bücher und Andenken angeboten werden. Dahinter soll die Geschichte gewordene Revolution besichtigt werden können. Einzelräume sind lebensnah ausgestaltet mit Schaufensterpuppen, die winzigen Räume standen den gut zahlenden Todeskandidaten zur Verfügung. Das Leid, der Lärm, der Dreck, die Todesangst und Lethargie, wie soll man sie darstellen? Die Geschichte aktualisiert sie laufend in immer neuen Variationen, oft an neuen Orten. Ich ging durch die Räume und versuchte, mir das Leid vorzustellen. In einem kleinen Raum fand ich auf Tafeln die Namen derer, die von hier aus zum Schafott gefahren worden sind. Ich suchte Amalies Bruder und Alexandre de Beauharnais. Unter Salm oder Kyrburg fand ich nichts, nur einen Frédéric N., er könnte es sein, das N für Noble. So genau nahm man es wohl nicht. Alexandre steht unter »Beauharnay, ex-noble, ex-général«, als Ausländer konnte Friedrich nicht zum Ex-noble erklärt werden. Die Liste ist lang.

Die Anklagen waren lächerlich, aber am Ende tödlich. In einer öffentlichen Sitzung vor dem Revolutionstribunal wurden Friedrich und Alexandre mit den anderen Angeklagten als Volksfeinde für schuldig befunden, sie hätten in den Gefängnissen gegen die Revolutionsregierung konspiriert und an allen Verschwörungen teilgenommen, deren sich der Bürger Louis Capet und seine österreichische Frau schuldig gemacht hatten. Auch hätten sie die wahren Patrioten eingeschüchtert und an den Verschwörungen des Auslands teilgenommen. Die Litanei ging noch weiter, aber Friedrich hörte nicht mehr zu. In weniger als 24 Stunden seien sie dem Scharfrichter auf dem Platz vor der Zollschranke in Richtung Vincennes vorzuführen. Alle Güter würden konfisziert werden. Friedrich schaute Alexandre an. Auch er war wie benommen, schaute mit leeren Augen zurück. Die Zeit der Hoffnung war endgültig vorbei. Friedrich streckte sich, schaute die Richter an und schleuderte ihnen entgegen: »Ihr sprecht ein infames Urteil aus, das euch mit Schande bedeckt.« Sie zuckten zusammen. Friedrich sah es mit Genugtuung.

Während Friedrich den Kopf unter das Messer der Guillotine zu legen hatte, lag Amalie im Haus auf dem Boden, eine Ohnmacht erleichterte ihr die schweren Stunden. Ein Arzt wurde herbeigerufen. Überzeugt davon, dass sie die nächsten Tage nicht überleben werde, floh er vor dem Schmerz dieser Frau.

Die Kinder waren es schließlich, die Amalie nach dem Tod des Bruders am Leben hielten. Vor allem der kleine Friedrich Ernst, für den sie jetzt Mutter und Vater in einem war. Trotzdem lebte sie wie in Watte gehüllt, erledigte vieles wie in Trance, vergaß zu essen; irgendjemand gab dem kleinen Ernst das Brot in die Hand, das er ihr dann wieder in den Mund schob. Auch der junge Rennenberg, der uneheliche Sohn von Friedrich, der bald schon ein Mann sein würde, unterstützte sie in dieser Unglückszeit. Fünf Tage später half ihr ein weiteres unerwartetes Ereignis aus der Lethargie: Robespierre, der Nichtswürdige, der Mörder ihres Bruders, wurde selbst zum Schafott gebracht. Sein Tod war ihr im ersten Augenblick Befriedigung, aber er brachte keine Heilung. Er hätte früher sterben müssen. Der Verlust ihres Bruders nahm ihr bei jedem Gedanken an ihn den Atem.

Ich hatte mich am Nachmittag im Musée National de la Légion d'Honneur, dem ehemaligen Palais de Salm, angemeldet. 1804 hatte Napoléon darin seine Ehrenlegion untergebracht, später wurde es Museum. Davor wetterte Madame de Staël in ihrem Salon und aus diesem Haus noch gegen diesen neuen Machtmenschen aus Korsika. Es nützte nichts, Napoléons Stern bedurfte weder ihrer Hilfe noch ihres Zorns.

Am Seiteneingang, gegenüber dem Musée d'Orsay, wurde ich, wie alle anderen Besucher, von einem uniformierten Mann begrüßt. Ein moderner Ritter. Gerne, so sagte er mit einer Verbeugung, könne ich die Sammlung anschauen. Die Orden der *Grande Nation*. Bis zur verabredeten Zeit ging ich noch durch das öffentliche Museum. Ehrenabzeichen aus aller Herren Länder sind hier ausgestellt, sie glänzen in Schubladen oder an der Wand. Auch Amalies Sohn und Neffe bekamen die Abzeichen der Ehrenlegion angeheftet. Für Napoléon war es ein Kult, der sich bezahlt machte.

Die Räume von Friedrich und Amalie können die Touristen und einheimischen Besucher normalerweise nicht besichtigen. Amalie wohnte im oberen Stockwerk, dort sind heute die Büros der Verwaltung untergebracht. Tut mir leid, sagte der Mann, der mich später durch die Bel Etage führte, diese Räume könne er mir nicht zeigen. Aber die anderen wären auch viel schöner ausgestattet. Schon der Eingang ist prächtig. Im Vorraum grüßt Johanna, Amalies Schwägerin, aus einem Gemälde. Den ersten Besitzern wird heute noch ein Bleiberecht eingeräumt. Der Mann führte mich in den prachtvoll ausgestatteten Salon, die Rotunde, die innen viel großzügiger wirkt als von außen. So oder so ähnlich also hat Amalie gewohnt. Die Dekoration wurde nach dem Brand der Pariser Kommune im Mai 1871 neu gestaltet: Die zahlreichen Spiegel, die Wanddekoration, die Deckengemälde, die Teppiche, Tische und Bänke, alles wird in seinem Luxus ganz ähnlich gewesen sein. Das Beste war gerade gut genug. Mein Blick durch die Fenster: Der

Garten in Richtung Seine musste schon früh einer viel befahrenen Straße weichen. Welches Auto würde Friedrich heute fahren?

Amalie litt. Drei Monate dauerte dieser Zustand, bei dem ihr Tag und Nacht gleich und gleichgültig waren. Sie vergrub sich selbst im Palais de Salm, in dem jeder Gegenstand, jeder Schritt an Friedrich erinnerte.

Mit dem Ende der Schreckenszeit wuchs die Armut. Der Hunger der Kinder, die zu ihr aufschauten, als sei sie die einzige Rettung, zwang Amalie schließlich zum Handeln. Nie hatte sie sich vorstellen können, was es heißt zu hungern. Wie schwach die Kinder wurden, auch Anna, deren Eltern nicht im Land waren, die sie schon seit vier Jahren erzog, sah sie mit immer größeren Augen an. Amalie verkaufte ihren Schmuck, das Silberbesteck und andere Haushaltsgegenstände. Sie wusste, dass der Verkauf der Gegenstände die einzige Überlebenschance bedeutete. Der Wert für ein Brot stieg ständig. Sie verkaufte sogar eine Kutsche, um Mehl kaufen zu können. Manchmal halfen ihr fremde Menschen, die von ihrer Not erfahren hatten, manche brachten etwas zu essen vorbei, andere schrieben ihr und versuchten, sie aufzumuntern. Ihr eigener Mann erkundigte sich nicht nach ihrem Leben. Die Hoffnung blieb, dass es ihrem Sohn gut ging.

Das Palais de Salm, in welchem sie weitere sechs Monate lebten, war konfisziert worden, aber sie durften in einer Ecke des Palais bleiben. Der Besitz der während der Revolution Verurteilten war auf den Staat übergegangen. Die neue Regierung brachte überall im Haus

Siegel an, selbst in ihre eigenen Zimmer konnte Amalie nicht mehr gelangen. Sie waren Gefangene in den eigenen Räumen. Im Januar 1795 war es extrem kalt, es schneite ununterbrochen, sie hatten nichts zum Heizen. Endlich entschloss sie sich, in eine kleine Wohnung in der Nähe des ehemaligen Palais Bourbon umzuziehen. Hier erinnerte sie weniger an Friedrich. Zudem musste das tägliche Leben verdient werden. Amalie verkaufte weiterhin alles, was irgendwie Geld einbrachte, um das Nötigste erwerben zu können. Das Nötigste musste essbar sein. Sie blieben bis zum Ende des Winters, dann gab es nichts mehr zu versilbern. Im Frühjahr suchte sie sich außerhalb des Zentrums, aber in der Nähe von Paris, eine günstigere Wohnung. Der Duft des Frühlings lockte sie dort hinaus, die Vögel zwitscherten, als sei nichts geschehen. Amalie hatte das Bedürfnis, mit den Kindern nach draußen zu gehen, ihnen die Natur zu zeigen. Schon seit Längerem beflügelte sie die Idee, Friedrich zu suchen. Sein Grab müsste doch zu finden sein. Er war ganz in der Nähe der neuen Wohnung, auf der Place du Trône-Renversé, dem Platz des umgestürzten Throns, getötet worden. Sicher hatten sie die Toten nicht weit weg gekarrt. Vielleicht, vielleicht fand sie den Ort, an dem sie ihm nahe sein konnte. Systematisch ging sie alle Möglichkeiten um den Platz herum durch. Jeder Garten, jeder Innenhof könnte es sein. Sie fragte, aber niemand konnte oder wollte darüber etwas wissen. Die Menschen wollten vergessen, nicht mehr erinnert werden. Ihr Herz, davon war Amalie überzeugt, führte sie schließlich an den Ort, den sie so sehnsüchtig gesucht hatte: in den Garten des ehemaligen Augustinerinnenklosters. Eine durchbrochene Klostermauer, zwei Hügel, das könnte es sein. Noch während Amalie überlegte, sprach sie ein Gärtner, der sie beobachtet hatte, schließlich an, fragte sie, ob sie denn wüsste, worüber sie gerade gegangen sei, es sei das Grab der Opfer der Schreckensherrschaft. Und dann zählte er Namen auf, Namen, die ihr allzu vertraut waren, auch Friedrichs Name war dabei. Amalie sank auf die Erde, umarmte den Hügel. Endlich konnte sie weinen. Liegen bleiben. Ganz nah bei ihm.

Direkt nach dem Besuch der Conciergerie auf der Cité ging ich in Richtung Place de la Nation. Ich ging zu Fuß, verzichtete auf Metro oder Bus. Friedrich und Alexandre saßen wahrscheinlich nicht auf demselben Karren zum Schafott. An Kutschen war nicht zu denken. Alexandre wurde wie Friedrich am 5. Thermidor der neuen Zeitrechnung, am 23. Juli 1794, geköpft. Zuerst ging ich den möglichen Weg der Verurteilten, an der Place de la Bastille vorbei, dann weiter zur Place du Trône-Renversé, wie die Place de la Nation damals hieß. Man hatte die immer schneller fallenden Guillotinen aus dem Stadtkern nach außen verlagert, an den Ostrand der Stadt. Hier hatte sich fünf Jahre zuvor die Revolution von unten entzündet. Hier stand die Barrière du Trône, zwei Zollhäuser, die mit anderen die Zollmauer verschlossen, sie unpassierbar oder teuer machten. Die Steuerpächter hatten sie vom König gefordert, damit sie den Einfuhrzoll besser kontrollieren konnten. Beim Volk waren diese Mauern begreiflicherweise verhasst. Kaum errichtet wurden sie zwei Tage vor dem 14. Juli 1789 in Brand gesteckt. Nach 1794 wurden fast alle abgerissen. Die meisten der Zollhäuser entwarf Claude-Nicolas Ledoux, der geniale Architekt, dessen Ideen während der Revolution nicht mehr gefragt waren und der nur knapp seine Haut retten konnte. An der Place de la Nation sind die beiden Pavillons und zwei monumentale Säulen stehen geblieben. Ein weiterer Rest des Ancien Régime in der Gegenwart. Autos, Zebrastreifen, eilende Fußgänger prägen den großzügigen Platz. Ich suchte die Straße, die mich auf dem kürzesten Weg zum südlich liegenden Friedhof Picpus bringen konnte. In der Rue de Picpus ging ich zuerst am Eingang, einem unscheinbaren Holztor, vorbei. An der Mauer verkündet eine Tafel, was dahinter zu finden ist: Hier liegen in zwei Gemeinschaftsgräbern mehr als 1.300 Menschen begraben, die in der Zeit vom 13. Juni bis 28. Juli 1794 geköpft wurden. Ich suchte den Eingang. In der Pförtnerloge grüßte freundlich ein Mann. Hinter der Kapelle befände sich der eigentliche Friedhof, links den Weg nach vorne. Wenn ich Fragen hätte, sollte ich nachher bei ihm vorbeikommen. Ich ging durch eine kleine Allee, einen Park, links standen hohe Häuser, rechts eine Mauer, davor wenig einladende Parkbänke. Endlich ein Tor. Friedhofsruhe, die Gräber auf engstem Raum, hinten ein blaues Tor aus Schmiedeeisen. Ich ging darauf zu. Rechts und links neben dem Tor stand etwas auf Marmortafeln. Links las ich, dass Amélie de Hohenzollern-Sigmaringen dieses Terrain 1796 gekauft hatte und es dann an ihren Neffen Friedrich Ernst 1826 vererbte. Heute gehört dieser eingefriedete Teil des Friedhofs der gleichen Gesellschaft, die auch Besitzerin des restlichen Revolutionsfriedhofs ist. Oben auf den Säulen ist die Jahreszahlen 1794 eingraviert. Rechts auf der Säule steht, dass die zwei Gräber erst 1929 wieder genau lokalisiert wurden. Und noch eine Tafel verkündet, dass 702 von den 1.306 Leichen *gens du peuple* waren. Unten der Hinweis: Betet für sie.

Das Tor war nur angelehnt, vorsichtig ging ich hinein. Amalies besonderer Erinnerungsort. Im hinteren größeren Grab wird Friedrich sein. Sicher bin ich nicht. Auf einem Stein in der Nähe des Eingangs steht sein verwitterter Name. Sein Sohn, Amalies Neffe Friedrich Ernst, liegt links in einem Einzelgrab, neben ihm das Grab seiner Frau. Auch diese Grabinschriften lassen sich nur noch schwer entziffern. Einige weitere Familienmitglieder derer von Salm-Kyrburg sind ebenfalls hier beerdigt.

Cimetière de Picpus. Heute noch ist dies ein Privatfriedhof. Man solle, so konnte ich in einem Reiseführer lesen, frühzeitig in die richtige Familie einheiraten, dann, und nur dann, hätte man Anspruch, auf diesem vornehmsten Pariser Friedhof beerdigt zu werden. Denn nur ein Nachfahre der Menschen, die während der Französischen Revolution ihr Leben lassen mussten und hier beerdigt sind, hat die Berechtigung, ebenfalls in dieser Erde zu Erde zu werden.

Über dem Grab von La Fayette, das direkt vor Amalies eingefriedetem Bereich liegt, weht eine amerikanische Fahne. Der Held der amerikanischen Unabhängigkeit entkam dem Schafott nur durch Flucht. Napoléon sorgte dafür, dass er 1797 aus preußischer Gefangenschaft wieder nach Paris konnte. Dienen wollte La Fayette diesem Bonaparte nicht. Gestorben ist er erst 1834, aber da seine Schwiegermutter während der Revolution ihr Leben verloren hatte, darf auch er hier ruhen. Immer am 4. Juli, dem amerikanischen Nationalfeiertag, bekommt er Besuch von der anderen Seite des Ozeans.

Auf dem Rückweg entzifferte ich viele bekannte Namen im allgemeinen Teil des Revolutionsfriedhofs: Tascher de la Pagerie, Joséphines Familie, Récamier, Rochefoucauld. Ich ging in die Kapelle. Eine Liste der Getöteten blieb erhalten und wurde später gefunden. So konnten alle 1.306 Namen der Opfer an den Wänden der Kapelle auf Tafeln eingemeißelt werden, mit Todesdatum und Berufsbezeichnung, jeder konnte ein Opfer der Revolution werden, ob Bäcker, Friseur oder *ex-général*, weder Herkunft noch Beruf schützte.

Als ich den Friedhof verlassen wollte, sprach mich der Konservator an, fragte, ob ich einen bestimmten Namen gesucht hätte, ich erzählte von Amalie Zephyrine, sagte, dass sie in Sigmaringen beerdigt sei. Bis vor wenigen Jahren kam, so sagte er, jedes Jahr eine Dame und legte Rosen auf die Gräber, auf das von Friedrich von Salm-Kyrburg, aber auch auf die anderen Gräber in diesem abgetrennten Teil des Friedhofs. Er meinte, jetzt sei die Rosenbringerin vielleicht selbst gestorben.

Und dann erzählte er noch, dass er als junger Mann nach dem Krieg in Deutschland war: »Ein schönes Land, die meisten Franzosen kennen es überhaupt nicht, ich wollte sogar eine Deutsche heiraten, aber meine Mutter war dagegen, sie wollte eine französische Schwiegertochter, und die hat sie dann auch bekommen.« Er lachte und lud mich ein wiederzukommen.

In der Rue de Lille fand ich nicht nur das Palais de Salm, sondern auch das Palais de Beauharnais. Seit Anfang der 60er-Jahre ist das Gebäude die Residenz des deutschen Botschafters. Die Deutschlandfahne wehte über dem Eingang. Der Botschafter war im Haus. Ich klingelte. Der Lautsprecher fragte mich nach meinem Namen und was ich wünschte. »Ich würde mir gerne dieses Gebäude anschauen!«

»Einen Moment bitte.« Ein Mann, ungefähr in meinem Alter, schaute mich mit hochgezogenen Augenbrauen an.

Ich fragte: »Kann ich das Palais de Beauharnais besichtigen?«

»Eigentlich nicht, aber zufällig ist gerade eine Führung, sagen Sie der Dame einfach, Sie seien meine Freundin, dann können Sie sich der Gruppe sicher noch anschließen«. Er grinste freundlich, und ich nahm die Einladung dankend an. Ich musste noch meinen Personalausweis abgeben, dann schloss er mir die Tür zum Empfangsraum auf. Die Dame, die gerade mit der Führung beginnen wollte, nickte. Ich stellte mich zu den anderen. Wie sich herausstellte, handelte es sich um eine Führung speziell für die Leser der Zeitung »Le Figaro«, hauptsächlich Leserinnen. Schon etwas älter, schon mehrere Jahre kosmetik- und friseurverwöhnt. Sofort stellte ich mir ihre Hunde vor, obwohl sie diese nicht dabei hatten, Schoßhunde müssten es sein, kleine Möpse und Terrier.

Wir gingen durch geschichtsträchtige Räume. Die deutsch-französische Geschichte spiegelt sich hier überall. Eugène de Beauharnais hat das Haus gekauft, seine Mutter Joséphine und seine Schwester Hortense haben es umgebaut und eingerichtet, Napoléon fragte seinen Adoptivsohn Eugène, wie es denn komme, dass die Rechnungen derart hoch seien.

Ich gab mich nicht als Deutsche zu erkennen. Ob ich wohl fotografieren dürfte? Natürlich. Das Badezimmer ist wunderbar gefliest. Man kann sich sehr gut vorstellen, wie Hortense in die Bodenwanne hinabsteigt, das Bein dem Dekor entsprechend elegant gestreckt. Die Damen ließen es sich gut gehen. Amalie benutzte wahrscheinlich ein ähnlich ausgestattetes Bad. Lebhaft und voller Enthusiasmus erzählte die Führerin von der Geschichte des Hauses. Nachdem sein Stiefvater Napoléon verbannt worden war, kam Eugène de Beauharnais in Bayern beim Schwiegervater unter. Er wurde zum Herzog von Leuchtenberg ernannt und hatte das im Empirestil ausgebaute Palais samt Interieur 1818 an den preußischen König Friedrich Wilhelm verkauft. Friedrich Wilhelm und seine beiden ältesten Söhne waren 1814 als Sieger über das Frankreich von Napoléon nach Paris gekommen. Sie schrieben begeisterte Briefe an ihre Schwester Charlotte: Der »Sündenpfuhl« war einfach großartig und unvergleichbar. Sie wohnten damals im Hôtel de l'Avre, ebenfalls in der Rue de Lille.

Da die deutsch-französische Geschichte alles andere als gradlinig verlaufen war, gab es ein ständiges Hin und Her zwischen den beiden Ländern. Mal war das Palais de Beauharnais französisch, mal deutsch. Heute empfängt der deutsche Botschafter seine mehr oder weniger erlauchten Gäste in diesem prachtvollen Gebäude. Stilvoll. Mit dem Glanz aus feudaleren Zeiten, denen kaum einer der Besucher wirklich nachtrauert.

Nach der Führung ging ich wieder in die Portiersloge. Der Blonde gab mir meinen Ausweis zurück. Er und der Schwarzhaarige schauten ununterbrochen auf zwei Bildschirme. Über die Kamera hatten sie mich also lange vor meinem Klingeln gesehen. Der Mann sagte, er heiße Frank, schließlich wäre ich ja seine Freundin, wer wolle schon lügen, also blieben wir beim Vornamen und er fragte, ob ich Hunger hätte, der Koch hätte sicher noch etwas übrig. Beim Essen erzählten wir uns unser Leben im Schnelldurchlauf. Ich glaube, ich habe nur von Pierre erzählt. Frank kam vor 20 Jahren nach Paris. Er nannte mir einige Lokale, die sich wirklich lohnen würden. Ich habe alle notiert, für später. Manchmal, so sagte er, hätte er Sehnsucht nach seinem Dorf in Hessen.

Fast wäre ich zu spät zu unserem täglichen Treffen gekommen. Zum Glück hatte ich es nicht weit, konnte zu Fuß gehen. Pierre und ich wollten uns im Café »de Flore« treffen. Mit ihm dort sitzen, wo Albert Camus gerne seinen Kaffee oder Rotwein getrunken hat, wo er sich mit Gleichgesinnten traf. Ich war schon am ersten Tag meiner Parisreise dort gewesen, wollte aber unbedingt noch einmal mit Pierre ins »Flore« gehen. Er wartete schon, hat mich durch den Spiegel angeschaut, aber ich habe ihn nicht gleich gesehen, habe ihn gesucht, sein

Gesicht, nicht seinen Kopf von hinten. Einen Tisch nach dem anderen ging ich durch. Er hat mich beobachtet und gewartet. Endlich habe ich seine Augen gesehen. Ich war erleichtert: »Mein Gott, hast du mich erschreckt.«

»Warum? Ich warte schon viele Jahre auf dich, da kommt es auf die paar Minuten nicht an.« Ich erzählte, was ich erlebt hatte, erzählte von Frank im Palais de Beauharnais, erzählte von Amalie, bis mir bewusst wurde, dass uns immer mehr Leute zuhörten und dass dies alles in Pierres Gegenwart irgendwie bedeutungslos wurde. »Erzähl' doch weiter, deine Worte springen wie ein Wasserfall«, meinte er.

Und ich fragte ihn: »Verstehst du überhaupt, was ich sage?«

»Nein, das ist mir alles viel zu kompliziert, außerdem sind diese Leute doch alle tot, die Lebenden sind mir lieber.« Der Kellner kam und fragte, ob wir noch etwas trinken wollten. Pierre bestellte uns zwei Tassen heiße Schokolade. Ich versuchte, etwas dagegen zu sagen, aber er meinte: »Das musst du hier probieren, die Schokolade schmeckt unvergleichlich.« Und dann fragte er mich: »Hast du den Film ›Eine französische Frau‹ mit Emmanuelle Béart gesehen? Er spielt in Nancy. Das wäre was für dein Kino, die alten Filme gefallen mir oft besser als die neuen.«

»Wir leben auf dem Land, das heißt, dass Filme nur ganz kurz laufen, dann verschwinden sie wieder in der Versenkung.«

Klar, am liebsten würde ich ein Programmkino aus dem Hoftheater in Sigmaringen machen, dann könnte ich die guten alten und die neuen Filme zeigen. Aber das wäre ja noch schwieriger zu realisieren.

»Dein Kino«, hat er gesagt. Schön wär's. Und dann meinte er noch: »Du musst dich entscheiden. Du eröffnest ein Kino wie eine Art Bibliothek. Dann bietest du Wunschfilme im Leinwandformat an.« Seine Augen leuchteten, bernsteinfarben mit schwarzen Pünktchen durchzogen. Ich musste mich konzentrieren. Zum Glück brachte der Kellner die Tassen mit der dampfenden Schokolade.

Ich habe Pierre den Inhalt des Films erzählen lassen. Habe erst so getan, als wäre mir die Geschichte fremd. Zufällig habe ich ihn vor Jahren im Fernsehen gesehen und danach die ganze Nacht nicht geschlafen. Das hat mich geärgert. Wir hatten uns schon wieder geschrieben, aber ich wollte damals noch, dass Pierre unwichtig für mich wird. Pierre fing mit der Abschiedsszene am Bahnhof an: »Der Franzose, Daniel Auteuil, es gibt übrigens auch noch andere gute Filme mit ihm, liebt seine Frau Jeanne, Emmanuelle Béart, sieht ziemlich gut aus, ziemlich blond. Er muss in den Krieg, und ihr ist langweilig, sie betrügt ihren Mann, später ist ihr Ehemann in Berlin, und sie geht mit ihm, dort trifft sie einen Deutschen und betrügt ihn jetzt auch noch mit diesem.«

»Ich würde die Geschichte anders erzählen«, meinte ich.

»Du kennst den Film also doch, ich bin gespannt.«

Ich wusste nicht so recht, wie ich anfangen sollte: »Es geht überhaupt nicht darum, ob irgendjemand betrügt oder betrogen wird, außerdem, was heißt das schon? Sie stirbt an gebrochenem Herzen, das ist die Tragik. Sie liebt eben diesen einen, diesen deutschen Musiker. Das ist der einzige Kritikpunkt, den ich habe, das ist ein wenig klischeehaft, die Deutschen im Zweiten Weltkrieg müssen in Frankreich ganz oft, wenn sie nicht als Nazis dargestellt werden, Musiker sein. Sie liebt ihn also, die anderen zählen nicht mehr, aber sie entscheidet sich für ihren französischen Ehemann, verweigert ein letztes Treffen mit dem Deutschen im Park von Nancy, hochdramatisch, Liebe als Qual. Er geht. Als sie von seinem Tod in der Zeitung liest, stirbt sie. Ihr Sohn wird die Geschichte seiner Mutter erzählen.«

Pierre lachte: »Ich sehe mir die DVD noch einmal an, mal sehen, ob ich dir dann besser folgen kann.« Er musste gehen, war eigentlich schon zu spät, um noch pünktlich zu seiner Arbeitsstelle zu kommen. An der Türe drehte er sich noch einmal um, legte die eine Hand auf sein Herz, die andere auf den Rücken und verbeugte sich.

Ich müsste wieder im deutschen Handynetz sein. Ich hole es aus der Handtasche. Es zeigt an, dass Christian schon zweimal versucht hat, mich zu erreichen. Christians Augen sind blaugrün. Seltsam, warum fällt mir dies gerade jetzt ein? Ich stecke das Handy wieder in die Tasche.

Ja, man müsste ein Kino betreiben wie eine Bibliothek. Diese in Bilder gesetzten Geschichten müssten jederzeit zugänglich sein. Groß, ein Ereignis, das man mit anderen teilen kann, ein Programm-Kino, das zum Sehen, zum Erleben führt. Das Hoftheater wäre ein idealer Ort dafür.

FREITAG, SECHSTER TAG

Karlsruhe

»Die Wolken zieh'n von West nach Ost, ich denk an dich und wie es früher einmal war, Zauberland ist abgebrannt und brennt noch lichterloh.«

»*Pardon?*« Die Französin mir gegenüber schaute fragend.

»Alles in Ordnung, mir ist gerade ein Lied von Rio Reiser in den Sinn gekommen. Habe ich laut gesungen?«

»Ja«, lachte sie: »Aber richtig verstanden habe ich es nicht.«

»Ich schreibe Ihnen den Sänger auf, er lebt leider nicht mehr, aber seine Lieder gibt's noch, manche Texte sind ziemlich gut.« Den Namen notierte ich auf ein abgelaufenes Metroticket und gab es ihr.

Mein Block liegt auf meinem Schoß. Ich setze Wort neben Wort, Erinnerungsworte.

Als ich dieses Lied zum ersten Mal hörte, im Autoradio, musste ich ohne Vorwarnung an Pierre denken. In Gedanken rannte ich weg. In der Realität aber fuhr mein Auto auf der leeren Landstraße schnell und schneller. Vorne, am Ende der Geraden, sprang plötzlich ein Mann im unverkennbar grünen Anzug aus dem Gebüsch und auf die Straße, er schwenkte ein Schild: Stopp. Er fragte mich, ob ich auf der Kamera sehen wollte, wie viele Stundenkilometer ich gefahren sei, ich lehnte dankend ab, wusste ja, es war zu schnell, zu schnell für die Straßenverkehrsordnung. Leider musste ich ziemlich viel bezahlen, dabei hätte ich noch Glück gehabt, meinte der Polizist, fast hätte ich meinen Führerschein für einen Monat abgeben müssen. Ohne Auto fühle ich mich angebunden. Irgendwohin gehen können, wenn ich es möchte. In der ersten Fahrstunde meinte mein Fahrlehrer, ich sei schon oft gefahren. Er täuschte sich, aber ich war mir sicher, endlich das richtige Fortbewegungsmittel für mich gefunden zu haben. Das Auto selbst ist der Schlüssel zum Tor hinein oder hinaus, je nachdem; Land und Stadt lassen sich damit verbinden.

Amalie reiste mit der Kutsche. Heute würde sie einen schnellen Sportwagen fahren.

Ich schaue der Landschaft beim Vorbeifliegen zu. Vielleicht bin ich es ja, die fliegt; der Zug teilt Wiesen und Wälder, durchschneidet in hoher Geschwindigkeit Dörfer, als gäbe es dort kein Leben. Wir sind wieder in Deutschland, die Bahnhofsschilder in Karlsruhe sind vertraut. Alles scheint ein wenig gewöhnlicher. Wie Amalie diesen Wechsel empfunden hat? Sie ist zurückgekehrt und geblieben. Aus der Großstadt in die kleine Stadt.

Sigmaringen ist heute immer noch nicht groß, gut 16.000 Einwohner, aber wenigstens ist es eine richtige

Stadt. Der Ausbau zur Residenzstadt hat viel mit Amalie, ihrem Weggehen und ihrer Rückkehr zu tun. Im Herbst 1944 platzte die damals kaum 6.000 Einwohner zählende Hauptstadt der Hohenzollerischen Lande aus allen Nähten. In jedem Haus waren Franzosen untergebracht. Republikflüchtige. Im Laufe der Zeit würde die französische Propaganda im Exil sie *repliés*, die Zurückgezogenen, nennen, das hörte sich in ihren Ohren besser an, passte besser zur Ausblendungstaktik der Verhältnisse. Die Exilfranzosen blieben nur ein paar Monate, aber länger als gedacht. Die fremden Damen kamen in hochhackigen Sommerschuhen, sie trugen sie auch im Winter, sie hatten keine anderen mitgebracht. Die Sigmaringer richteten sich mit ihnen ein, manche hatten Mitleid mit ihnen, manche schüttelten nur die Köpfe über die geschminkten Frauen in ihren leichten Sommerkleidern.

Sigmaringen war acht Monate lang die Hauptstadt Frankreichs. Wenigstens nominell und in den Augen der Nazis. Frankreich, vor allem jedoch die Stadt Paris, befand sich während dieser Zeit bereits im Befreiungstaumel. Für sie war die Zeit der Kollaboration beendet, doch bis zum Ende des Krieges sollten noch etliche Monate vergehen.

Amalie Zephyrine hätte sich diese Art der deutsch-französischen Beziehung im Traum nicht vorstellen können und es unter den gegebenen Umständen, so stelle ich es mir vor, weder geduldet noch gewollt. Der Radiosender »*Ici la France*«, »Hier spricht Frankreich«, hatte im letzten Kriegswinter seinen Sitz ausgerechnet in dem Gebäude, das für Amalie in Sigmaringen gebaut worden war. An diesem Ort ist sie auch 100 Jahre vor der Vichy-Zeit gestorben. Ihr Domizil, das für ihren Enkel später zum Prinzenpalais vergrößert wurde, und das Schloss waren am Ende des Zweiten Weltkriegs exterritoriales Gebiet, waren Frankreich, wurden von der französischen Miliz bewacht.

Es war ein Befehl des »Führers«. Hitler hatte die Entscheidung getroffen, der Reichsaußenminister Joachim von Ribbentrop und der deutsche Botschafter der Exilregierung, Otto Abetz, regelten die »Verlegung« der Vichy-Regierung. Am 20. August, kurz bevor die Alliierten in Paris eintrafen, wurden der *Chef d'État*, Philippe Pétain, und sein Kabinett über Belfort und Baden-Baden nach Sigmaringen gebracht. Süddeutschland galt als sicher, das heißt, als militärisches Ziel uninteressant, der Ort und die Räumlichkeiten im Schloss gehoben genug für eine Exilregierung, für die man im Augenblick keine Verwendung hatte, deren weiterer Verbleib jedoch kontrolliert sein sollte. Die fürstliche Familie galt als nicht vertrauenswürdig und wurde überwacht, der kriegsbedingte Frontenwechsel Rumäniens mag eine Rolle gespielt haben, auch war ein Brief eines entfernten Cousins aufgetaucht, das »verdammte Reich« würde bald ein Ende haben, stand darin, wie auch »Mörder« und »Schwarzsender«. Ein Denunziant hatte die geschriebenen Worte, die wahr waren, aber es nicht sein durften, gefunden, und nun trafen sie den Absender wie ein Geschoss, nur das Kriegsende würde den Einschlag verhindern. Auch stand der Fürst unter Verdacht, mit Stauffenberg und dem Attentat auf Hitler vom 20. Juli irgendwie in Kontakt zu stehen. Die Stauffenbergs aus dem nahen Wilflingen wurden in Sippenhaft nach Hechingen geschafft, in deren Landschlösschen wurde nun die Familie des Sigmaringer Fürsten gebracht und unter Beobachtung gestellt.

Die Besetzung des Schlosses ging ganz schnell und ohne Vorwarnung. Zuerst marschierte die SS an diesem Morgen des 8. September auf, dann kamen Staatschef Philippe Pétain und seine Frau herrschaftlich in einer Limousine angerollt. Am Nachmittag hatte die fürstliche Familie das beschlagnahmte Schloss zu verlassen. Ministerpräsident Pierre Laval traf tags darauf in Sigmaringen ein. Auch er brachte seine Frau mit. Eine Woche später wurde zum ersten Mal die Trikolore über dem Schloss gehisst, bis zum 20. April 1945, jeden Morgen aufs Neue.

Die Nazis zahlten Miete und Wertminderung, listeten auf, was an beweglichem und unbeweglichem Inventar vorhanden war. Sie ließen sich das Quartier für die wertvollen Gäste, die sich als Gefangene sahen und es irgendwie auch waren, etwas kosten. Auch die Neuankömmlinge hatten auf ihrem Weg von Vichy nach Sigmaringen vorgesorgt, zuletzt an der Bank in Belfort, sie hatten sich am Geld, das nicht ihnen gehörte, das sie jedoch mit vollen Händen ausgaben, bereichert. Kurze Zeit später traf zudem ein großer Lastwagen mit Lebensmitteln und vor allem Zigaretten und Cognac direkt aus Frankreich ein. Zahlreiche Bedienstete sorgten für das leibliche Wohl der Franzosen im Schloss. Zum Teil arbeiteten die bisherigen Angestellten, zum Teil brachten die Franzosen eigenes Personal mit, zum Teil wurden in der Stadt lebende und geeignete Personen zur Arbeit abgestellt. Den neuen

Herrschaften sollte es, soweit möglich, an nichts fehlen. Ein Teil der Angestellten pendelte in dieser führerergebenen Zeit täglich innerhalb Sigmaringens zwischen Frankreich und Deutschland hin und her.

Pétain und Laval saßen in einem Boot, das sie selbst bestiegen hatten, das jedoch andere steuerten, sie sprachen nicht miteinander, sie gingen sich aus dem Weg; dies war ohne Weiteres möglich, die Räume im Schloss waren weitläufig genug. Einig waren sie sich in ihrer Weigerung, irgendwelchen Regierungsgeschäften nachzugehen, einig waren sie sich auch darin, nicht zurückzutreten. Letzteres wollten auch die Nazis nicht. Außenminister Ribbentrop legte Wert auf das Spiel. Alles sollte so sein wie zuvor. Von Marionettentheater war die Rede; das störte nicht. Charles de Gaulle wurde negiert. Aufgeben war das Letzte. Das Letzte würde eintreten. Zuvor wurde Improvisationstheater gespielt.

Aufrecht sei er gewesen, stolz und alt. Pétain, *le Maréchal de France*, fühlte sich in Sigmaringen mehr als ungerecht behandelt. Noch im April, kurz nach seinem 88. Geburtstag, jubelte ihm die Menge in Paris doch zu, hörte ihm zu, verstand ihn, es konnte nicht anders sein. Und plötzlich sollte er für sie ein Verräter sein? Pétain glaubte, darlegen zu können, warum er damals diesen Weg gewählt hatte, aber jetzt, da Paris wieder frei sei, jetzt könnte er beweisen, dass nur dieser Weg möglich war, nur ihm sei es zu verdanken, dass de Gaulle heute in Paris sei. *Le Maréchal* arbeitete seine Verteidigungsschrift aus. Er würde nur die richtigen Argumente finden müssen. Als Regierungsoberhaupt würde er wieder in sein Land zurückkehren. So dachte er.

Die deutschen Machthaber und die aktiven Franzosen in Süddeutschland verlangten von ihm, er solle seine Position an Jacques Doriot, der hitlerkonform im Feld ganz rechts außen agierte, abtreten. Fernand de Brinon verrichtete die Amtsgeschäfte anstelle Pétains. Seine wichtigste Aufgabe war es, Pétains starre Haltung gegenüber Doriot aufzugeben. Der entmachtete Staatschef ließ alle Ansinnen an ihn abblitzen. Lediglich sein Vertrauter, sein Arzt und Ziehsohn Bertrand Ménétrel, stand ihm in allen politischen Fragen beiseite, andere Gesprächspartner lehnte er ab.

Ribbentrop reagierte verärgert, bezeichnete Ménétrel als bösen Geist Pétains. Überhaupt war dem Außenminister angesichts der Verluste der Deutschen an allen Fronten, die es mit immer größerem Aufwand zu kaschieren galt, die stoische Haltung Pétains ein Dorn im Auge. Er ließ Ménétrel verhaften. Jetzt verweigerte sich Pétain auch dem neuen, ihm zugewiesenen, Arzt.

Ansonsten gab es für ihn nichts zu tun.

Er wohnte in den Schlafräumen des Fürstenpaares. Er schlief in den fürstlichen Betten hervorragend; als es kälter wurde, zog er in den nächsten Raum um, dieser konnte besser beheizt werden. Stundenlang sah er hinunter auf die Stadt und die Donau.

Er aß reichlich. Jeden Tag ein Mittag- und ein Abendmenü. Für ihn gab es die vielfache Menge. Die Küche gab bei einem im Vergleich zu Vichy begrenzten Angebot ihr Bestes.

Er ging spazieren. Als Einziger verfügte er über die notwendige Benzinration und ein Auto. Täglich fuhr er zur Freude der Kinder mit seinem Cadillac durch die Stadt, vor ihm fuhr ein Auto der Gestapo und hinter ihm ein zweites. Schutz und Bewachung gleichzeitig. Er ließ sich oft bis zum Weg nach Laiz fahren, ging dort an der Donau entlang bis zum Amalienfelsen. Die Kinder warteten schon auf seine Rückkehr, er winkte ihnen lächelnd zu.

Laval, der Ministerpräsident der Vichy-Regierung, und seine Frau waren in den repräsentativen Räumen des Schlosses untergebracht. Ihm war die Ausstattung zu prächtig, hier ließ es sich nicht gut arbeiten. Er ließ verlauten, er brauche lediglich ein Bett und einen Schreibtisch. An seinem Schreibtisch im Blauen Salon und im Nebenzimmer schauten ihn die Familienmitglieder der Hohenzollern aus ihren goldenen Bilderrahmen an. Franz Xaver Winterhalters lebensgroße Porträts vermittelten ihm den Eindruck, im Louvre zu logieren.

Laval, der mit seinem Ehrgeiz bereits eine beachtliche Karriere von links unten nach rechts oben durchlaufen hatte, organisierte seine Untätigkeit geschäftig, sein Tagesablauf folgte einem strengen Plan, die vollen Stunden gaben den Takt vor. Um acht Uhr, nach dem Frühstück, arbeitete er zunächst eine Stunde an seiner anstehenden Verteidigung. Dass er in Frankreich zum Tode verurteilt worden war, wusste er aus der Zeitung. Er ging davon aus, dass es sich nur um ein Missverständnis handeln konnte, nur er könne doch mit seiner Kraft und

Erfahrung Frankreich in eine große Zukunft führen. Mit deutschen und französischen Tageszeitungen hielt er sich auf dem Laufenden. Die deutschen wurden für ihn übersetzt. Danach empfing er zu Arbeitsgesprächen, die alle der Theorie und nicht der Praxis dienten. Die Lebensmittelrationen für Laval und seine Frau waren nicht ganz so großzügig bemessen wie bei den Pétains. Madame Laval mokierte sich über die ewig wiederkehrenden Salzkartoffeln auf dem Silbertablett. Am Nachmittag versuchte ihr Mann, in die Geheimnisse der deutschen Sprache vorzudringen, was ihm aber auch mithilfe einer Rheinländerin, der Frau eines französischen Offiziers, nicht gelang. Danach ging er, von der Gestapo begleitet, zu Fuß durch die Stadt. Am Abend gegen zwanzig Uhr empfing er gerne Louis-Ferdinand Destouches, mit dem er über die Politik und sein Magengeschwür reden konnte. Spät in der Nacht, wenn alle schliefen, arbeitete er unermüdlich an seiner Verteidigungsschrift weiter.

Irgendjemand, ein Franzose der Miliz vielleicht, ritzte seine Parole vom ewig lebenden Frankreich in eine Wand im Schloss: »*La France vivra car elle est éternelle*«; er ließ Pétain hochleben und verwünschte de Gaulle.

Die Deutschen, die bereits in Paris die französische Lebensart schätzten, Außenminister Otto Abetz, der für die Literaturpolitik zuständige Gerhard Heller, der Romanist Karl Epting und der Literaturwissenschaftler Friedrich Sieburg, malten in Sigmaringen mit den aktiven französischen Politikern an ihrem Wunschbild von Frankreich und Deutschland weiter. Eine Theaterkulisse, ein naives Bild. Das entsprach der Kunstvorstellung des »Führers«, der als naiver Künstler gescheitert war, der es jedoch geschafft hatte, Unrecht als natürliche Gegebenheit zu vermarkten. Insofern passte es wieder.

Die kleine ehemalige Residenzstadt hatte eine japanische Botschaft, eine italienische Botschaft, ja sogar eine deutsche Botschaft. Die Stadt war aber auch Lazarettstadt, immer mehr Verwundete und Flüchtlinge kamen dazu, niemand machte sich mehr die Mühe zu zählen. Ungefähr 2.000 Franzosen, vielleicht auch mehr, ebenso viele Flüchtlinge aus allen Teilen Deutschlands und Kriegsversehrte, die die Straßen füllten, sobald sie ihren Platz im Krankenhaus freimachen mussten.

Der Schriftsteller Céline, der mit seinen antisemitischen Schriften Stellung bezogen hatte, war nach einer abenteuerlichen Reise im November in Sigmaringen gestrandet: *Sigmaringen?* [...] *was für ein pittoresker Aufenthalt! ... als wäre man in einer Operette ... ein höchst gelungenes Bühnenbild* [...] *die Hochfläche, die Bühne, die Stadt, so hübsch poliert, rosa, grün, ein bisschen Bonbonfarbe, Kneipen, Gasthöfe, Läden, alles verschroben für eine ›Inszenierung‹ ... alles im ›Bochebarockstil‹ und ›Weißen Rössl‹ ... man hört dabei schon das Orchester! ... und der größte Bluff: das Schloss! ... ein Theaterstück wie von der Stadt aufgeführt ... aus Stuck und Papiermaché! ... Trotzdem ... trotzdem, brächte man das Ganze: das Schloss, den Ort, die Donau, zum Place Pigalle! Da würden die Leute nur so heranströmen!*

Der Arzt Louis-Ferdinand Destouches, der sich als Schriftsteller Céline nannte, wird die Stadt am Fuße des Schlosses als Geschwür kurz vor dem Aufbrechen beschreiben: Der Hunger nagte, der immer gleiche Kohl tat das Seine, die Toiletten waren verstopft, die Menschen davor standen Schlange.

Céline fand anschauliche, in diesem Falle stinkende, Worte für die absurde Situation.

Ich kannte zuerst das Buch und lernte danach erst den Ort kennen. Wenn man Sigmaringen gesehen hat, liest man seinen Roman »Von einem Schloss zum andern« ganz neu. Manches ist erschreckend hellsichtig. Vom Schloss und der Geschichte ist der Sprachkünstler abgestoßen und angezogen zugleich. Die Ausstattung, die Bibliothek, die mitgestaltete Vergangenheit. Er reflektiert, sucht Worte, hadert, fantasiert und schreibt doch vieles genauer als die Historiker. Manches erscheint unverständlich, er inszeniert Fieberträume, er meint es ganz konkret: *Na, das sind so buntscheckige Geschichten! Ich lese es noch mal durch … wenn Sie dann dies oder das oder nicht die Bohne verstehen! … den Faden verlieren! … dann bitte ich vielmals um Entschuldigung! … wenn ich meckere, fasele, dann ähnele ich im Grunde nur den Fremdenführern! … Sie werden's mir zugute halten, wenn Sie die eigentlichen Gründe wissen! … Ehrlich gesagt: halten Sie zu mir! … ich bin da und wälze mich im Bett umher, desto besser! … alles Ihretwegen! … Die Sammlung der Erinnerungen! … die Krise möge mich also auskochen! Mir die Einzelheiten herausschütteln! … und die Daten! … ich möchte Sie in nichts irreführen.*

Céline schrieb all dies im Nachhinein, zehn Jahre danach, dazwischen war er zum Tode verurteilt und begnadigt worden, später arbeitete und schrieb er wieder in Frankreich. Er pflegte sein Image als Misanthrop, als Unverstandener, um den die literarische Welt dennoch nicht herumkommt. In Sigmaringen arbeitete er als Arzt für die Exilfranzosen, er wohnte in einem der zugewiesenen Gasthäuser, im »Löwen«, aber seine Praxis lag ein wenig abseits an der Donaubrücke, eine Villa mit Stuckgirlanden. Als Doktor Destouches war er vor Ort, half jedem, ohne Ansehen der Person. Zwei zehnjährige Buben aus Sigmaringen spielten mit einer Waffe, einer schoss sich eine Kugel durch die Hand, Céline versorgte die Wunde und brachte das weinende Kind ins Krankenhaus. Überhaupt verstand er sich gut mit den Jungen, sie konnten nichts dafür, sie litten, die Väter fehlten, sie waren immer hungrig. Mit ihnen konnte er sich am besten unterhalten, ihre Meinungen kamen direkt, wahrer als die »Deutsche Wochenschau«, vermischt mit den Aussagen ihrer Mütter, die die Lage aus Sorge um ihre Männer und Söhne längst am treffendsten einschätzten. Sie halfen ihm auch bei seinen Fluchtplänen. Mit den Jungs, die überall in der Stadt herumliefen, für die niemand Zeit zu haben schien, sprach Céline Deutsch, mit den Erwachsenen immer nur Französisch. Ein Widersprüchlicher, heute noch, Antisemit und Kollaborateur, aber auch Obrigkeitsverweigerer, der kein Blatt vor den Mund nahm: *Obwohl so vertraut mit dem Schloss, meinen Sie, dass ich bei Hofe ganz gern gesehen war? … oh, ganz und gar nicht! … ich war kein Pensionär! … keine Verwechslungen! keine sechzehn Lebensmittelkarten! nicht mal acht! nur eine einzige! … das ist es, was die Stellung kennzeichnet: die Karte! … Ich hatte Zugang zum Schloss, ja! ... sicherlich! aber nicht zum Prepeln, sondern zum ›Bericht‹! ... wieviel Grippefälle? schwangere Frauen? neue Krätzen? und wieviel Morphium uns übrigblieb? und Kampfer? und Äther ... und wie's den Säuglingen ging? ... Da musste mich Brinon anhören, für die Säuglinge ging ich zum Angriff über!*

Destouches-Céline machte sich keine Illusionen über den Ausgang des Krieges, er wollte unter allen Umständen nach Dänemark und zu seinem dort deponierten Geld kommen. Spätestens seit Januar war ihm klar, was ihn und die Exilfranzosen in Deutschland, das von den Siegern besetzt werden würde, erwartete. Ihm war auch klar, dass er dann mit seiner Lucette und Kater Bébert über alle Berge sein wollte: *Für uns da, muss ich sagen, war die Gegend traurig ... Touristen waren wir zwar! aber spezielle ... zu viel Krätze gab's, zu wenig Brot und zu viel R.A.F. oben drüber! ... und die Armee Leclerc ganz nah dran ... vorrückend ... und seine Senegalesen mit den Murks-Messerchen ... für unsere Köpfe!*

Hans, den Sohn des Landrats, fragte er nach einer Landkarte von Dänemark. Der Mann, der so gar nicht aussah wie ein Arzt, kam immer wieder in das Elternhaus des Zehnjährigen, weil die Köchin krank geworden war. Er kam aber auch, weil Madame Bonnard, die Mutter des Ministers Abel Bonnard, im Haus wohnte. Madame war sehr alt und immer auffällig elegant gekleidet. Wenn der Doktor sie besuchte und erst Stunden später wieder aus ihrem Zimmer kam, lächelte er, dabei hatte nur sie gesprochen, Hans konnte nichts verstehen, sie sprach Französisch, aber sie sprach es, als wäre es eine Melodie.

Madame Bonnard liegt heute auf dem Sigmaringer Friedhof, ein Relikt aus einer vergangenen Zeit, sie hat das Ende der Vichy-Regierung nicht mehr erlebt, auch nicht die Verurteilung ihres Sohnes. Er war ihr ganzer Stolz, Schriftsteller, Journalist, Mitglied der Académie Française, dann hatte ihn Laval 1942 zum Erziehungsminister, *Ministre de l'Éducation nationale et de la Jeunesse,* berufen. Er hätte auch ablehnen können. Er hat es nicht getan. Abel Bonnard, einer der »schlafenden Minister« um Pétain und Laval, die sich in Deutschland verweigerten. Ihm wird am Ende die Flucht nach Spanien gelingen, seine Todesstrafe wird in eine zehnjährige Strafe umgewandelt werden; er fühlte sich bei seiner Rückkehr unverstanden, zu hart bestraft, er kehrte Frankreich den Rücken und ging zurück ins spanische Exil.

Jean Luchaire wurde in Sigmaringen *Commissaire à l'information* und sah seine Hauptaufgabe in der Redaktion und Herausgabe der Tageszeitung »La France«. Mehr als 200 Angestellte waren ihm unterstellt, längst nicht alle zeigten sich für die ihnen zugewiesene Arbeit geeignet. Als im Dezember Otto Abetz von den deutschen Machthabern ohne Begründung als Botschafter abgesetzt wurde, musste alles, was Luchaire schrieb und veröffentlichte, noch sorgfältiger überlegt werden. Die Spannungen unter den Franzosen, die ständige Alarmbereitschaft zerrten an seinen Nerven. Er hatte Artikel zu schreiben und zu redigieren, die von Zuversicht und baldigem Sieg kündeten, und er strich immer wieder Charles de Gaulle als den Totengräber Frankreichs heraus. Schreiben, um die in Deutschland lebenden Franzosen zu beruhigen, sie zu manipulieren, die Gegenseite kennen und entkräften. Seine Leser warteten auf eine Antwort, sie hingen in Deutschland dazwischen, sie hingen an den gedruckten Wörtern wie an Seilen, alles, nur nicht in diesem schwarzen Fleck verschwinden, der sich bedrohlich ausbreitete. Am Abend war Luchaire die Stimme von »Ici la France«, am Morgen schrieb er wieder für »La France«, seine Zeitung.

Im Rhythmus des Zuges tauchen Menschen in meinen Gedanken auf, die sich beiden Ländern zugehörig fühlten. Ein Krieg zwischen Deutschland und Frankreich, das Schrecklichste, was passieren konnte. Für Franz Hessel und seinen Freund Henri-Pierre Roché wiederholte sich das Drama des Ersten Weltkriegs. Helen Hessel lebte mit ihren beiden Söhnen seit Mitte der 20er-Jahre meist in Paris als Journalistin für deutsche Zeitschriften, Franz in Berlin als Lektor im Rowohlt Verlag, zuständig für französische Literatur. Er wollte nicht gehen, weil er nicht glauben konnte, was er täglich sah. Dieser Hinauswurf der jüdischen Bevölkerung schien ihm geradezu absurd, es musste doch für die Jungen möglich sein, diesen menschenverachtenden Möchte-Gern-Groß aufzuhalten. Helen drängte, sie sah die Gefahr, Franz fügte sich endlich, im Oktober 1938. Es war höchste Zeit. 1937 war sein jüngster Sohn Stephan offiziell Franzose geworden und änderte seinen Namen in Stéphane. 1939 wurde dieser zum Kriegsdienst eingezogen. Gleichzeitig wurden sein Vater und sein Bruder als »feindliche Ausländer«

von den Franzosen gefangen genommen, später in ein Lager gesteckt. Nach dem Tod des Vaters, 1941 in Sanary-sur-Mer, dem Zufluchtsort vieler deutscher Schriftsteller, versteckten sich Helen Hessel und ihr Sohn Ulrich. Die Schweiz ließ sie nicht über die Grenze, schickte sie wieder nach Frankreich zurück, im Schutz der Berge und der Résistance überlebten sie den Krieg.

Stéphane kommt früh in deutsche Kriegsgefangenschaft, kann fliehen, organisiert für sich ein Visum nach England, wird Mitarbeiter der Organisation »Freies Frankreich«, wird Vertrauter von Charles de Gaulle. Er weiß um den Tod seines Vaters, er sorgt sich um das Leben seiner jungen Frau, die sich in der Nähe von Montpellier versteckt hält, und um das seiner Mutter und seines Bruders. Er will nach Jahren im aktiven Widerstand auch vor Ort mitwirken. Die Befreiung liegt in der Luft; im März 1944 landet er mit einer kleinen Maschine, unbemerkt vom Feind, im Berry, südlich von Paris. Er schlägt sich bis in die Hauptstadt durch, will warten, will sehen, wie Paris aus dem braunen Würgegriff befreit wird. Doch noch bevor die alliierten Truppen in Paris sind, wird er von einem Unbekannten aus dem Widerstand verraten und von der Gestapo abgeführt. Die Folter kann den eigenen Widerstand nicht auslöschen, sie lehrt schweigen. *Einst als am Saum der Wüsten sich auftat die Hand des Herrn wie eine Frucht, die sommerlich verkündet ihren Kern, da war ein Wunder: Fern erkannten und begrüßten sich drei Könige und ein Stern.* »Kennen Sie Rilke?«, fragt er während eines Verhörs zurück. Nein, der Mann mit dem breiten Kiefer kennt Rilke nicht, denkt vielleicht, er sei ein Verräter. *Schläft ein Lied in allen Dingen.* Stéphane wartet. Zusammen mit 36 weiteren politischen Gefangenen werden sie nach Buchenwald transportiert. Ganz in die Nähe von Goethes Weimar. *Kennst du das Land, wo die Zitronen blüh'n?* Würde der Dichter es dulden? Tausendfach missbraucht für eine Ideologie, der es an Inhalt fehlte. Schnell sind sich die Gefangenen einig. Gemeinsam an Stärke gewinnen, gemeinsam eine andere Zukunft bauen. Widerstand findet sich auch hier unter Gleichgesinnten, alle wie er zum Tod verurteilt. Die Lücke im Zaun finden, das rettende Brett, das auf dem Wasser treibt. Ein Arzt, obwohl bei der SS, kann überredet werden. Drei Tote, die im Lager an Typhus gestorben sind, tauschen mit Stéphane und zwei weiteren Häftlingen die Namen. Diese drei wundersam auferstandenen Toten, die jetzt keine politischen Gefangenen mehr sind, fliehen und werden wieder eingefangen, kommen in ein anderes Lager. Weil die Alliierten näherrücken, werden die Gefangenen erneut verlegt, die Waggons rollen dem Tod entgegen. Stéphanes Sprung aus dem Zug in die Freiheit, in die Arme der Amerikaner, endlich. *Wenn sich die Welt ins freie Leben und in die Welt wird zurückbegeben.* Es ist nur für eine kurze Zeit, schon wieder fällt er dem Feind in die Hände. Diese Soldaten der SS sind weniger hart, es sind zum Teil ganz junge Burschen. Stéphane redet, lockt, der Krieg ist bald vorbei, es ist besser, sein Leben zu retten, wer will schon als Held sterben. Sie glauben ihm, nehmen ihm ab, dass die Gefangenschaft bei den Amerikanern allemal besser ist, als auf die russische Armee zu warten.

Vielleicht, so sagte sich Amalie Zephyrine bei ihrer Rückkehr nach Sigmaringen im Juli 1808, vielleicht freut er sich, mich zu sehen, vielleicht ist so manches nur ein Missverständnis, vielleicht – so lassen die höflichen und feinsinnigen Worte in seinen Briefen es schließlich vermuten –, umarmt er mich, wie man seine Ehefrau unter den Augen der Untertanen umarmt, vielleicht ist auch in ihm der Keim der Liebe aufgegangen.

Es sollte eine glänzende Rückkehr werden, ihre Bemühungen bei Napoléon waren von Erfolg gekrönt, ihr Sohn kam mit seiner jungen französischen Frau Antoinette nach Sigmaringen zurück; es waren gute Voraussetzungen für ein Freudenfest, für die Bevölkerung, aber auch für den Fürsten, ihren Mann, zu dem sie an diesem Tag nach 23 Jahren zurückkehrte. Doch der Fürst, der Vater ihres Sohnes, ihres einzigen, glänzte durch Abwesenheit. Damit hatte Amalie nicht gerechnet. *Contenance*, Haltung bewahren, den jungen Mädchen am Straßenrand mit ihren halbwelken Sommerblumen in der Hand, ihrem Winken und Knicksen, barfuß mit geflickten, sauberen Leinenkleidchen, und den jungen Burschen, die schon etliche Meilen vor Sigmaringen neben der Kutsche herliefen, auch sie barfuß, zulächeln und mit der Hand winken. Ihre Freude versöhnte Amalie ein wenig: »Schau Antoinette, wie sie sich über deine Ankunft freuen.«

Auch bei der Hochzeit seines Sohnes im Februar hatte sich der deutsche Fürst entschuldigen lassen. Gerne wäre er gekommen, leider sei es ihm unmöglich, gerade jetzt die weite Reise nach Paris anzutreten. Ein Affront. Selbst Napoléon hatte sich die Zeit genommen, um mit Joséphine im Hôtel d'Elysée, dem Stadtpalais der Brauteltern Murat, die Hochzeit ihres Sohnes Karl mit Antoinette, dem von Napoléon geadelten Mündel seines wichtigsten Offiziers, zu feiern. Wie klein und zart die Braut neben ihrem Mann wirkte. Sie sieht das kostbar gekleidete junge Paar in Gedanken immer wieder die Treppe hinunterschreiten, die Treppe, die Joachim Murat in den Elyséepalast einbauen ließ. Antoinette Murat. Wie viel Kraft und Energie Amalie in ihre Ausbildung gesteckt hatte und wie man bereits nach einem Jahr sehen konnte, dass diese geglückte Entwicklung weitergehen würde, dass sie würdig war, ihrem wohlgestalteten und aufrechten Gatten eine Frau und Freundin zu sein. Wie stolz sie als seine Mutter auf ihn sein konnte. Wie vernünftig und zartfühlend er sich zeigte, wie er seinen Vater im fernen Heimatland verteidigte: »Sie müssen verstehen, werte *Maman*, alle deutschen Fürsten beobachten ihn, ein Fernbleiben ist gleichzeitig eine Art Solidarität mit den anderen weniger Glücklichen.«

Ja, Napoléon, der Komet am europäischen Himmel, er hat die Gunst der Stunde genutzt. Aus dem Durcheinander während der Schreckensherrschaft einer zu Fall gebrachten Revolution machte er ein aufstrebendes Land. Im Laufschritt sammelte er einen Sieg nach dem anderen. Der Erfolg auf fremdem Terrain stärkte seine Position in Paris. Der ehrgeizige Korse aus bescheidenen Verhältnissen strebte ohne Rücksicht auf Verluste ganz nach oben, dorthin, wo sonst nur Könige und Fürsten saßen, die dank ihrer Geburt die Richtung ihres Landes bestimmen konnten. Am Ende setzte er sich selbst die

Kaiserkrone auf. Die Tat zählte, das bewunderten viele seiner Gegner, seine Befürworter ohnehin, auch Amalie kam nicht umhin, dem Mann ihrer Freundin Joséphine Hochachtung zu zollen. Die Kaiserkrönung gestaltete er zum Spektakel sondergleichen, auch Ludwig XIV. hätte es nicht pompöser inszenieren können. Doch Napoléons Neuordnung nach Jahren verheerender Kriege konnte den meisten deutschen Fürsten wohl kaum gefallen. Er nahm vielen von ihnen das Land weg und einigen wenigen teilte er es zu. Was bisher galt, konnte bei ihm ganz anders sein. Er hatte nur vor sich selbst Respekt. Über geschriebene und ungeschriebene Gesetze ging der Korse bedenkenlos hinweg. Er verfasste einen eigenen »Code Civil«, ein bürgerliches Gesetzbuch, für das er die fortschrittlichsten Juristen einsetzte, das auch in der Zukunft Gültigkeit haben konnte, das die Parole »Freiheit, Gleichheit, Brüderlichkeit« beim Wort nehmen sollte. Manchmal konnte dieser Napoléon weichherzig und gefühlvoll sein wie ein 15-jähriger Knabe, dann wieder gab er die Befehle eines Feldherrn, der seine Soldaten in den aussichtslosen Kampf schickte. Das Heilige Römische Reich Deutscher Nation gab es nicht mehr. Die Römische Kirche hatte ihre Machtposition verloren, die kleinen Fürstentümer wurden größeren zugeschlagen, sie wehrten sich vergeblich. Niemand konnte sich sicher sein, wie diese Umverteilung vonstattengehen würde. Nur eines war früh klar, Napoléon wollte den Rhein als Grenzfluss zwischen Deutschland und Frankreich, und er wollte jenseits dieser Grenze Staaten schaffen, die ihm zu Dank verpflichtet waren und doch nie so groß, dass sie irgendwann eine Gefahr werden könnten. Es ging für die deutschen Fürsten um Sein oder Nichtsein, Rettung oder Untergang. Viele Jahre kämpfte Amalie selbst um die Besitztümer ihres Neffen und um die ihres Mannes, verhandelte unermüdlich, nutzte jede Information, war überall dort, wo es galt, die Gefahr des Untergangs abzuwenden. Die größte Gefahr für Hohenzollern zeigte sich dabei in der Gestalt des Württembergers. Der dicke Fritz, dem Napoléon den Königstitel verliehen hatte, versuchte ununterbrochen und mit allen Mitteln, die ihm zur Verfügung standen, sich die beiden hohenzollerischen Länder südlich von Württemberg einzuverleiben. Seine stärkste Waffe kam in Gestalt seiner Tochter daher. Sie war inzwischen mit Jérôme, Napoléons Bruder, verheiratet und nutzte wie ihr Vater jede Gelegenheit, Amalie und ihren Sohn Karl in den Vorzimmern der Macht in die Flucht zu schlagen. Seit zwei Jahren gab es allerdings keinerlei Zweifel mehr: Hohenzollern-Sigmaringen und Hohenzollern-Hechingen besaßen die volle Souveränität zwischen Baden und Württemberg. Ohne Amalies Hilfe, das wusste auch ihr Mann, wäre diese ungewöhnliche Gunst nicht zu erringen gewesen. Und doch blieb Anton Aloys ihrer Ankunft in Sigmaringen, der Rückkehr, die sich Amalie als Triumphzug vorgestellt hatte, fern. Die Fürstin schwankte zwischen Wut und Enttäuschung: Wie konnte er ihr das antun? *Contenance.*

Friedrichs gewaltsamer Tod, die Jahre der Dunkelheit, der Trauer, der Ohnmacht. Herr seiner selbst sein, gerade als Frau. Es hat sich alles gefügt, keineswegs von alleine. Man muss schon etwas dafür tun, muss sich selbst befreien, für seine eigene Freiheit Sorge tragen. Drei Jahre hatte Amalie nach Friedrichs Tod gebraucht, um wieder in einen normalen Rhythmus zu finden. Außerhalb von Paris ließ sich das Leben leichter ordnen. Der junge Rennenberg, Friedrichs unehelicher Sohn, war inzwischen beim Militär und zudem verheiratet. Sie wünschte ihm ein gutes Leben, allerdings hatte er ihrer Meinung nach eine allzu verwöhnte junge Dame als Gattin ausgewählt, hin und wieder schrieb er seiner Tante, selten genug. Amalie fuhr weiterhin in den Sommermonaten nach Isque, in das Schloss ihrer Mutter, das ihr Neffe Ernst, den seit dem Tod seines Vaters alle mit seinem zweiten Namen Friedrich ansprachen, geerbt hatte. Amalie und ihr Bruder Maurice, der sich schon während der Revolution für Deutschland entschieden hatte, waren als Vormund für den Neffen eingesetzt. Maurice überließ ihr die Erziehung. Nie hätte sie den kleinen Friedrich in andere Hände gegeben. Allerdings musste eine Lösung für seine Erziehung als zukünftiger Fürst von Salm-Kyrburg gefunden werden. Ein Internat kam für Amalie nicht infrage, also blieb nur, einen Hauslehrer einzustellen. Die kleine Engländerin Anna, die ihr selbst zur Erziehung anvertraut worden war, hatte einen Onkel, an den Amalie mit der Bitte um Hilfe schrieb. Schon nach einer guten Woche kam er nach Isque und hielt mit ihr zusammen nach einer Lösung Ausschau. Am liebsten hätte sie ihn gleich eingestellt, er war so ernst, klug und voller Humor, er wäre sicher ein guter Lehrer. Doch er lachte sie aus: »Ich bin viel zu alt, aber ich kenne einen vorzüglichen Mann, der Ihnen und dem kleinen Friedrich sicher gefallen wird.« Er schlug Charles de Voumard vor, einen ehrenvoll aus dem Militärdienst entlassenen Schweizer. Zurzeit weile er auf seinem Besitz in der Schweiz, sei jedoch sicher bereit, sich umgehend vorzustellen, da er erst kürzlich geschrieben hätte, er suche eine Anstellung als Erzieher. Und tatsächlich stellte sich Voumard wenige Tage später persönlich vor. Er zeigte sich ein wenig enttäuscht, Friedrich sei noch zu jung, noch nicht mal sieben Jahre alt. Doch er ließ sich von Amalie überzeugen: »Älter wird der zukünftige Fürst von Salm-Kyrburg von selbst, und je früher mit einer Ausbildung begonnen wird, desto leichter lässt er sich für die Aufgaben, die das Schicksal für ihn bestimmt, hat formen.« Schon einen Monat vor dem Eintreffen von Monsieur Voumard hatte Amalie zudem in ihrer neuen Hofdame, Mademoiselle von Wangenheim, eine vorzügliche Gesellschafterin und Freundin gefunden. Mit ihr konnte sie all ihre Sorgen und Probleme bereden. Zu dritt genossen sie das Zusammensein.

Erst hier in Sigmaringen, nach 18 gemeinsam verbrachten Jahren, hatte sie sich von ihrer Vertrauten und Hofdame getrennt, überließ sie ihrer jungen Schwiegertochter zum Schutz vor dem fremden Land, den fremden Sitten, der fremden Sprache. Ihre Nähe würde nicht mehr die gleiche sein. Man würde sich oft sehen, das schon, aber diese Vertrautheit würde sich nicht halten lassen. Trotzdem war dieses Geschenk, dieses Opfer für Amalie wichtig. Antoinette sollte nicht dieselbe Leere in Sigmaringen vorfinden wie sie damals. Die Leere, die entsteht, wenn Einsamkeit und Heimweh zu einem trostlosen Ort werden. Wie viel hatten sie zu dritt in Isque und Brüssel, später wieder in Paris, gelacht, geredet, sich ausgetauscht. Ihre Hofdame und der Erzieher ihres Neffen ersetzten ein wenig ihren Bruder, an den sie täglich dachte, für den sie jeden Abend mit ihrem Neffen zusammen das Nachtgebet sprach. Die Sehnsucht nach ihm blieb, ließ sie immer wieder aufseufzen. Erst als sie drei Jahre später, es war ein heißer Augusttag in Isque, gebeten wurde, die Erziehung eines 17 Monate alten Mädchens zu übernehmen, zog sich die Kälte, die sie seit dem Tod ihres Bruders begleitete, zurück. Welches Glück, dieses Kind, die kleine Hélène, zu streicheln, zu liebkosen, ohne schlechtes Gewissen. Dieser kleine Engel musste sich nicht auf ein streng vorgegebenes Leben in einer Gesellschaft, die auf jedes Detail achtete, vorbereiten. Die ländliche Natürlichkeit in Isque kleidete die Kleine vortrefflich. Auf ihren Neffen Friedrich warteten eines Tages Regierungsgeschäfte, Hélène – und mit ihr ihre Ziehmutter – durfte die schönen Seiten des Lebens ohne Zwänge genießen. Charles de Voumard half ihr nun in Sigmaringen, da er Friedrich nicht mehr erziehen musste, Hélène zu erziehen. Der Erzieher und das Mädchen verstanden sich immer besser. Manchmal fühlte sich Amalie fast ausgeschlossen, wenn er ihr unermüdlich die Legenden und Erzählungen von Christoph Schmid vorlas. Offiziell war Voumard Amalies Gesellschafter. Ein Mann bei einer verheirateten Frau. Der Fürst trug selbst die Verantwortung für das Munkeln der Leute. Hätte er sie empfangen, wie man seine Frau empfängt, hätte sich niemand über ihre Männerbegleitung aufgeregt. Warum sollte sie Voumard wegschicken, warum sollte sie auf seine Gesellschaft verzichten? Seit 18 Jahren teilte sie mit ihm ihre Sorgen und Pläne, immer war er ein kluger Berater und Zuhörer.

Trotz aller Enttäuschung über sein Verhalten ist Amalie ihrem Mann dankbar. Nicht nur, weil er sie schon vor Beginn der Verhandlungen und bereits in Paris unter dem geschickten Druck von Talleyrand dank einer Jahresrente aus ihrer finanziell recht prekären Situation befreit hatte, sondern auch, weil er ihr den Spielraum ließ, den sie zum Leben brauchte. Der Fürst war ihr ebenfalls, trotz allem, dankbar. Er sprach nicht darüber. Aber sie kannte Anton Aloys inzwischen so gut, dass dies auch nicht nötig war. In seinen Briefen konnte er Worte dafür finden. Von Angesicht zu Angesicht fiel es ihm unvergleichlich schwerer, seiner Ehefrau das zu geben, was sie sich erhoffte.

Amalie kam ihre erste Begegnung mit ihrem Sohn in Isque in den Sinn; nach 16 Jahren der Trennung sollte sie ihn endlich wieder sehen. Sie hatte Anton Aloys zu Beginn der Verhandlungen um die besiegten deutschen Länder geschrieben, dass sie sich bei Napoléon für das Land Hohenzollern einsetzen könnte und dies auch tun wolle, jedoch nur, wenn sie dafür ihren Sohn wieder treffen dürfe. Der Vater und Fürst von Hohenzollern-Sigmaringen hatte eingewilligt. Wochen der Unruhe und der Sorge gingen diesem ersten Treffen voraus. Was ist, wenn er nichts für mich empfindet, was ist, wenn er mich wie sein Vater für mein Weggehen bestraft? Das Weggehen von ihrem Sohn, das sie so oft bereut hatte, das bei jeder Regung ihres Herzens schmerzte, das allzu oft für stechende Kopfschmerzen sorgen konnte. 16 Jahre alt war er bei ihrem ersten Wiedersehen, ein junger Mann, kein Kleinkind. Wie ihr Herz klopfte. Sie fuhr ihm entgegen, mit ihrem leichten schnellen Cabriolet. Wenn sie sich nicht täuschte, müsste er über diese Straße kommen. Endlich sah sie eine Postkutsche. Amalie hielt an, auch die Postkutsche hielt, ein junger Mann mit einem Begleiter sah in ihre Richtung, es war ihr Charles, nur er konnte es sein, sie flogen sich entgegen, sie kannten sich nicht und erkannten sich doch, sie umarmte ihren Sohn, er war erstaunt über diesen Gefühlsausbruch und umarmte sie in gleichem Maße, nichts kam diesem Glück gleich. Amalie löste sich, stellte Herrn Voumard vor, bat diesen, in die Postkutsche zu steigen, nahm ihren Sohn in ihr Cabriolet, und sie fuhren so schnell wie möglich ins Schloss zurück. Sechs Wochen würde er an ihrer Seite leben. Sechs Wochen, die ein wenig von der Zeit zurückgaben, die sie mit ihm versäumt hatte. Schon vom ersten Tag an bat sie den Vater dieses in ihren Augen vortrefflichen jungen Mannes in Gedanken um Verzeihung, spürte ein Gefühl für ihren Mann aufsteigen, das vergleichbar war mit der kostbaren Erinnerung an den Moment, als Anton Aloys zum ersten Mal über die Finger seines eben geborenen Sohnes strich. Augenblicklich fühlte sie sich schuldig, im selben Moment jedoch wieder reich beschenkt. Sie würde alles wieder gutmachen.

Sie hat alles gutgemacht. Sie hat politisch erreicht, was andere in einer besseren Position nicht erreichen konnten, und sie hat sich zu ihren Fehlern, zu denen sie als größten die Flucht zählte, bekannt. Jetzt müsste Anton

Aloys ihr entgegenkommen, müsste Verständnis für ihr Handeln aufbringen, müsste sich erklären, müsste sagen, warum sie nicht ohne Wenn und Aber wieder zurückkommen konnte, warum sie in ein Kloster gesteckt worden wäre. Warum? Warum hat er sie nicht in Sigmaringen empfangen? Warum wollte er, dass sie überhaupt nicht mehr zurückkommen sollte? Warum musste sein Sohn ihm erst unmissverständlich sagen, dass er nur in Begleitung seiner Mutter, die seiner jungen Frau eine vorzügliche Schwiegermutter und Gesellschafterin wäre, zurückkommen würde?

Der Fürst hatte schließlich in die Rückkehr eingewilligt und zog es doch vor, an diesem Tag außer Landes zu weilen. Erst in Sigmaringen erfuhr sie es. Über seinen Sohn ließ er ausrichten, ihn ermüdeten solch große Ereignisse. Von wegen! Das konnte glauben, wer wollte, es war eine Flucht vor ihr, nichts anderes. Was für ein Anfang, der doch ein Neuanfang, auch ihrer Ehe, hätte werden können! Amalie dachte an ein Umkehren, ein Weggehen von diesem Ort, dessen Landesfürst, der Vater ihres Sohnes, sie nicht empfangen wollte. Doch sie riss sich zusammen, sah ihre Mutter am Hochzeitstag ihrer aufbegehrenden Tochter. Ihre Mutter hatte in Dhaun vor der Hochzeit ein Machtwort gesprochen, Amalie war erwachsen genug, sich nicht wie ein trotziges Kind zu verhalten, schließlich galt es, ein Vorbild für ihre junge Schwiegertochter, die mit ihren nicht mal 16 Jahren voller Vorfreude einem neuen Wohnort entgegenging, zu sein. Also erfand sie für Antoinette eine Antwort, um ihr eine erste Enttäuschung zu ersparen: »Der Fürst bedauert, Sie nicht begrüßen zu können, wichtige Geschäfte führten ihn in eine seiner Ländereien in Bayern.«

Die Fürstin Amalie Zephyrine zog mit ihrem Sohn und ihrer Schwiegertochter sowie den mitgereisten Bediensteten, Hofdamen und Hofkavalieren noch am selben Abend in Krauchenwies ein. Das Landschlösschen, das ihr Schwiegervater für sich eingerichtet und renoviert hatte, war nicht ohne Reiz, sicher würde sich das eine oder andere zum Wohle des jungen Paares noch verschönern lassen. Das Schloss im nahen Sigmaringen blieb ihr als Ort zum Bleiben, an der Seite ihres Mannes, verwehrt.

Unruhig ging Amalie in Krauchenwies über die Wiese in Richtung Wald. Die Vögel zwitscherten wie in Isque. Das Grün der Hecken verband sich mit dem Grün der Wiesen, dem Moos, blau-lila Beeren leuchteten an Büschen mit kleinen Blättchen. Amalie kannte die Früchte nicht, vielleicht könnte der Koch sagen, ob sie genießbar wären. Der Himmel stand mit seinem Blau, das der Farbpalette eines Malers entsprungen zu sein schien, über den Bäumen am Horizont. Wie ruhig es hier war, wie natürlich, schön und satt, warum zerstören die Menschen diese Stimmung mit der Kälte ihres Herzens? Immer wieder überlegte sie, wie sie ihrem Mann entgegentreten könnte. Mal warf sie ihm sein Verhalten vor, dann bat sie ihn in Gedanken um Verzeihung. Er müsste schon längst wieder in Sigmaringen sein. Schließlich schrieb sie ihm ohne jeden Vorwurf und mit ausgesucht höflichen Worten, ob er nicht nach Krauchenwies kommen könne, um seine ihm angetraute Gattin offiziell in seinem Land zu empfangen. Wenn schon nicht unter den Augen des wartenden Volkes und der Bediensteten, so doch im Beisein ihres gemeinsamen Sohnes. Er schrieb zurück, er werde am nächsten Abend vorbeikommen. Den ganzen Tag über versteckte Amalie ihre Nervosität hinter allerlei Beschäftigungen, immer wieder ging sie in die Küche, änderte das Abendmenü, fragte sich, was ihm wohl am besten schmecken würde, wählte aus ihren Kleidern eines aus, verwarf es wieder; der Ausschnitt sollte nicht zu tief sein, das Blau des Kleides sollte ihre Augenfarbe betonen, der Stoff weich und weiblich fallen, der Fürst sollte sehen, dass ihn eine immer noch schöne Frau erwartete. Endlich war es so weit. Karl und Antoinette aßen bereits, später als sonst, zu Abend, Amalie selbst blieb in ihren Räumen und wartete auf ihren Mann. Sie hörte, wie er unten vor der Eingangshalle sein Pferd einem Diener übergab. Aber Anton Aloys wagte es offensichtlich nicht, ihr alleine entgegenzutreten, er wartete nach seiner Ankunft mit Karl zusammen im Salon auf sie. Wie ihr Herz schlug, da stand er, als wäre er ein Fremder. Amalie ging auf ihn zu, sie reichten sich die Wangen zur Begrüßung, nicht herzlich, wie erhofft, nicht freudig, wie bei ihrem Sohn, sondern kühl und so, als sähen sie sich zum ersten Mal. Höflich und distanziert erkundigte er sich nach ihrem Befinden: »Ich hoffe, Sie sind bestens in diesem kleinen Landschloss, das Sie noch als den Lieblingsaufenthalt meines Herrn Vaters kennen, untergebracht.«

»Danke der Nachfrage, ich hoffe, Ihr Ritt in der Abendstunde von Sigmaringen nach Krauchenwies war angenehm.« Während ihr Mann steif vor ihr stand, wandte sich Amalie an ihren Sohn: »Ach bitte, Antoinette sollte nicht so lange ohne Gesellschaft ihres Mannes sein, sicher wartet sie bereits mit dem Dessert.« Karl schaute kurz seinen Vater an, dann seine Mutter, die ihm lächelnd zunickte. Er wollte Antoinette nicht beunruhigen, wusste jedoch, er sollte während der Unterredung neben seinem Vater stehen. Er drehte sich schnell um und ging hinaus. »Warum tun Sie mir das an?«, fragte Amalie, kaum hatte ihr Sohn die Tür hinter sich geschlossen. »Sie wissen doch, es geniert mich, wenn das Volk so jubelt, es war mir wichtiger, Sie ohne all diese Menschen willkommen zu heißen, auch Ihnen dürfte es angenehmer sein, wenn unser Zusammentreffen hier stattfindet.«

Und dann fügte er, wieder merklich kühler, hinzu, er wünsche nicht, dass sie sich neben ihn setze und auch nicht, dass es zu weiteren Unterredungen komme. Amalie schluckte, sie waren sich nähergekommen, in ihren Briefen, die Hoffnung, die in ihr aufgekeimt war, alles noch einmal von vorne beginnen zu können, spürte sie nun als Schmerz unter ihrer Haut. Sie hielt sich an der Stuhllehne fest, ihre Knöchel stachen weiß hervor. *Contenance.* »Wie Sie meinen, ich werde alles tun, um das Glück der Kinder zu mehren.«

»Ich danke Ihnen«, antwortete er, ohne das Gesicht zu bewegen, »für die Erziehung, die Sie unserer Schwiegertochter angedeihen ließen«. Amalie nickte und ging, ohne das Gespräch fortzusetzen, an ihm vorbei: »Gehen wir zu den Kindern, damit Sie Antoinette näher kennenlernen können.« Anton Aloys zeigte sich an diesem Abend als ausgesucht höflicher Gesellschafter, sprach auch mit seinem Sohn Französisch, erkundigte sich nach all den Orten, die er mit Amalie zusammen in Paris aufgesucht hatte, die Comédie Française, die Bälle: »Tanzen Sie auch so gerne Walzer? Die Bälle waren mir früher immer das Liebste und die wunderbaren Parkanlagen.« Antoinette strahlte, sie erzählte naiv und farbenfroh, zwischendurch erläuterte Karl seinem Vater manches, was sie sagte, damit dieser die Zusammenhänge leichter fand. Antoinettes Wangen leuchteten in einem zarten Rosa, das ihr bestens zu Gesicht stand. Sie fühlte sich angenommen, spürte, dass sie mit ihrem Schwiegervater auskommen würde. Amalie saß dabei, sie lächelte, bis ihre Haut spannte, sie wünschte sich, ihr Mann möge sie nur einmal so liebevoll anschauen, wie er Antoinette anschaute. Amalie atmete auf, als sich der Fürst nach einer guten Stunde wieder verabschiedete.

Das Verhältnis blieb distanziert. Sechs Monate lang ging die Fürstin jeden Abend mit dem Vorsatz zu Bett, wieder von hier wegzugehen, jeden Morgen sagte sie sich, sie sollte es noch einmal versuchen. Sie hatte sich vorgenommen, ihren Sohn nie wieder zu verlassen. Ihr Charles, der seine Zuneigung zeigen konnte, der wusste, wie sie in Paris gelebt hatte, welche Persönlichkeiten ihr zugeneigt waren, der um ihre Stärken als Gastgeberin wusste, der sie als Gast kannte, der sie liebte, den sie liebte. Sein Vater kannte nichts von seiner Frau, verweigerte sich, zahlte ihr das zurück, was sie ihm in seinen Augen angetan hatte; aber damals war alles ganz anders gewesen, sie war zu jung, um die Tragweite ihres Tuns abschätzen zu können. Was hatte er denn in der Zwischenzeit getan? Er könnte ihr verzeihen, er wollte es nicht. Sie würde ihm verzeihen, er ließ sie nicht.

Der Herbst kam, die Blätter der Bäume wurden leuchtend gelb, orangefarben, rotbraun. So wie die Blätter zu Boden fielen, so würde auch sie bald auf der Erde liegen bleiben. Das wäre das Beste. Für ihn, aber auch für sie. Immer wieder sahen sie sich, doch niemals alleine. Er verstand es, einem zufälligen Begegnen unter den Augen anderer auszuweichen. Endlich schrieb ihm Amalie, sie müsse ihn dringend alleine sprechen. So könne sie nicht weiterleben. Diese Kälte, diese öffentliche Zurückweisung seinerseits wollte sie nicht länger ertragen. Der Fürst reagierte nicht.

Im Januar brachte ein Kurier eine Einladung mit dem Siegel des Königs von Neapel, von Joachim Murat, und seiner Frau Caroline, die inzwischen ebenfalls Paris als Wohnort verlassen hatten. Sie luden ihre Ziehtochter Antoinette und Amalie ein, bei ihnen in Italien den Winter zu verbringen. Amalie schrieb an Anton Aloys, dass sie sich entschlossen habe, Hohenzollern zu verlassen und in die Länder ihres Neffen Friedrich zu reisen, um dort für sich ein neues Zuhause zu finden. Die Einladung an den Hof von Neapel könne sie deshalb nicht annehmen. Worauf er ihr einen Brief nach dem anderen schrieb, sie mit Engelszungen bat, sie möge doch bitte Antoinette nach Neapel begleiten, die Erbprinzessin sei zu jung für eine solche Reise, man müsse sie beschützen, Amalie möge dies auch um der Liebe ihres Sohnes willen tun. Vielleicht wollte er sie damit loswerden, um vor dem Volk nicht mehr ihr Fehlverhalten durch Zurückweisung bestrafen zu müssen, mag sein. Trotzdem sah Amalie endlich eine Möglichkeit, die von ihr schon seit Monaten geforderte Unterredung herbeizuführen. Er willigte ein. Amalie hatte sich gut vorbereitet, schüttete ihr Herz aus, appellierte an seine Gefühle, sprach von ihrem Leid, ihrer Hoffnung, ihrem Wunsch, aufeinander zuzugehen. Er hörte zu, widersprach nicht, bedankte sich erneut für ihren Einsatz bei Napoléon und Talleyrand. Anton Aloys sprach nicht von Herz, nicht von Gefühl, nicht von den besonderen Zeitumständen. Er sei der Fürst, er müsse ein Vorbild sein. Amalie wurde langsam wütend: »Wissen Sie überhaupt, was es heißt, den geliebten Bruder unter der Guillotine zu verlieren, wissen Sie, wie es ist, wenn man nicht weiß, wie man die Kinder und sich ernähren kann, weil nichts da ist, kein Brot, keine Milch. Wissen Sie, was es heißt, vom eigenen Ehemann, für den man sich bei Napoléon mit aller Kraft eingesetzt hat, zurückgewiesen zu werden?«

»Und Sie? Wissen Sie, was es bedeutet, wenn jeder weiß, dass die eigene Frau davonläuft, nach Paris, wo Sitte und Anstand Fremdwörter sind? Wissen Sie, was Treue bedeutet? Wie es sich anfühlt, wenn das Volk, das regiert werden muss, es sich nicht gefallen lassen würde, wenn sein Fürst mit zweierlei Maß misst? Sie haben vor Gott geschworen, immer bei mir zu bleiben.«

Amalie zitterte: »Sie wissen genau, dass ich zurückkommen wollte, aber zurück in die Ehe und nicht in ein Kloster; für Sie wäre es ein Leichtes gewesen, dies anzuordnen, aber nein, sie vertrauten lieber Ihren Beratern, die nichts, aber auch gar nichts von mir und meinem Leben wussten.« Beide schwiegen. Schließlich lenkte Amalie ein: »Ich werde mit Antoinette nach Neapel reisen, es wird ihr gut tun, aber nach meiner Rückkehr verlasse ich diesen unwirtlichen Ort.«

Wieder war er es, der sie beruhigte: »Es ist mir sehr wichtig, dass Sie wieder zu Ihrem Sohn und Ihrer Schwiegertochter zurückkehren.« Er bat sie, Tee zu trinken, er wusste noch, welche Teesorte sie bevorzugte, Amalie lächelte. Anton Aloys schaute ihr in die Augen: »Wir wollen nicht streiten, es fällt mir schwer, ich kann Ihnen nicht wie ein gewöhnlicher Mann verzeihen, aber ich bin Ihnen dennoch dankbar für Ihre Hilfe, ohne Sie würde sich Antoinette nicht wohlfühlen, ich sehe, mein Sohn ist mit ihr glücklich, wir sollten dieses Glück, das auch das Unsrige ist, nicht zerstören.« Sie wechselten das Thema, redeten darüber, wie die Kinder im Land am besten erzogen werden könnten. Die Schulsituation wolle er verbessern, eine höhere Bildungsanstalt für junge Burschen schaffen. Amalie gab zu bedenken, dass auch die jungen Mädchen ausgebildet werden müssten. Gerade in den Wintermonaten könnte dabei die Zeit gut genutzt werden.

Zwei Tage später fuhren zwei vollbepackte Kutschen in Richtung Süden. Amalie, Antoinette, Charles de Voumard und die achtjährige Hélène verließen bei Schneetreiben Krauchenwies.

Kurz vor ihrem 20. Geburtstag kam Sophie Scholl nach Krauchenwies. Das kleine Landschloss der Sigmaringer Fürsten war zu der Zeit ein Reichsarbeitsdienstlager für Mädchen und junge Frauen. Sophie musste im April

1941 ihren Dienst antreten, es war noch kalt. Nicht einmal zwei Jahre später, am 22. Februar 1943, würde sie zusammen mit ihrem älteren Bruder Hans und einem Freund in München mit der Guillotine enthauptet werden. Die Braunhemden ertrugen keinerlei Kritik, hielten keiner Infragestellung stand. Im »Namen des Deutschen Volkes« wurden die Studenten verurteilt und nur wenige Stunden später hingerichtet.

Alle Mädchen mussten seit Kriegsbeginn nach der Schulzeit zum Reichsarbeitsdienst. Sophie Scholl hätte ohne diesen Dienst am Vaterland nicht studieren können. Nach dem Abitur machte sie zunächst eine Ausbildung zur Kindergärtnerin, hoffte so, dem Lager, hinter dem sie ein stumpfes Erziehungslager vermutete, zu entkommen. Doch auch sie konnte sich nicht entziehen. Wenige Jahre zuvor hatte sie selbst noch gedacht, die Jugendarbeit der Partei könnte auf einen neuen, guten Weg führen. Eifrig machte sie mit. Am Anfang. Der hellsichtige Vater, der früh die Strategie der neuen Machthaber durchschaute hatte, warnte seine Kinder schon damals. Im Laufe der Zeit erkannte Sophie, dass er einmal mehr recht gehabt hatte. Fast 80 junge Frauen wohnten im Schloss, untergebracht in mehreren unbeheizten Schlafräumen. Ein strenges Reglement strukturierte den Tag: Um sechs Uhr in der Frühe mussten die Mädchen aufstehen, nach dem Frühsport folgte der Fahnenappell. Sie hatten sich im Kreis aufzustellen und die hochgezogene Fahne mit dem hochgestreckten rechten Arm zu grüßen. Nach dem Abendessen wurde die Fahne wieder mit ähnlichem Pomp eingeholt. Ein Ausscheren aus diesem Ritual war undenkbar. Eine Fahne zu grüßen, kam Sophie albern vor, sie schaute immer zu dem mit Efeu fast zugewachsenen Rundturm am Südflügel des Schlosses. Die Fensterläden waren geschlossen, irgendwann müssten ja diese »Tausend Jahre« vorbei sein, und die Tochter des Königs würde von einem starken Prinzen wachgeküsst werden. Der Prinz müsste vorher den braunen Lindwurm erschlagen haben und sich für die Demokratie starkmachen. In Gedanken dachte sich Sophie Fragen, die seine demokratischen Fähigkeiten auf den Prüfstand stellten, aus. Die anderen sangen währenddessen Lieder vom Führer und vom Morgenrot.

In den ersten Wochen mussten die Mädchen im Lager bleiben. Natürlich erinnerte dort nichts an Fürsten oder Prinzessinnen. Das Leben einer zukünftigen deutschen Mutter hatte nichts mit romantischen Märchen, in denen es Gold und Glück als Geschenke gab, zu tun.

Sophie hatte das Gefühl, in einem Gefängnis zu stecken. Alles war reglementiert, sie wurde zu Büroarbeiten eingesetzt, Anordnungen waren generell nicht zu hinterfragen. Beim gemeinsamen Unterricht fand Sophie kein Mädchen, das auch nur annähernd ähnlich dachte wie sie. Die meisten von ihnen waren froh, endlich einmal »rauszukommen«, wie sie es nannten, endlich einmal mit Gleichaltrigen zusammen zu sein. Sie lachten und schwatzten, erzählten sich kichernd langweilige Geschichten von Junghelden, die sie in den Himmel einer Ehe tragen würden. Manchmal wagte Sophie einen Einwurf: »Warum glaubt ihr denn den ganzen Schwachsinn?« Dann lachten sie: »Komm, sei doch keine Spielverderberin.« Spielverderber, wenn es so einfach wäre. Fast alles, was für Sophie bisher Bedeutung hatte, war an diesem Ort unmöglich oder verboten: Mitgebrachte Bücher durften nicht gelesen werden, auch das Lesen in der Bibel war untersagt, Kirchenbesuch selbstverständlich nicht gestattet, während der Gottesdienstzeit wurden die Mädchen streng überwacht und beschäftigt. Sie fand dennoch ihre Lücken, las in ihrer versteckten Bibel, in ihrer Lektüre, die sie unter den erlaubten deutschen Klassikern tarnte.

Im weitläufigen Park beruhigte Sophie ihre Gedanken, sie ging vorwärts und rückwärts, mit geschlossenen, mit offenen Augen; rückwärts mit geschlossenen Lidern im Kreis einen geschotterten Weg gehen, war besonders schwierig, doch bald konnte sie es. Der fürstliche Park strahlte eine natürliche Ordnung aus, die im Widerspruch zum militärischen Drill der Einrichtung stand. Sophie schrieb täglich Briefe, einen oder zwei am Tag, an ihre Freunde, an ihre Familie. Briefe, die sie am Leben hielten. Nach zwei Monaten durfte sie in den Außendienst. Mit anderen Mädchen fuhr sie morgens früh gemeinsam mit dem Fahrrad in die umliegenden Dörfer, jede zu einer anderen Arbeitsstelle. Die naturverbundene Arbeit auf dem Bauernhof gefiel ihr. Endlich hatte sie das Gefühl, etwas Brauchbares zu leisten. In einer Familie mit einem kleinen Jungen, den sie zu wickeln hatte, und einer zehnjährigen Tochter fühlte sie sich fast wie zu Hause. Die Hausfrau war meist auf dem Feld bei der Arbeit, sie war freundlich und sorgte dafür, dass Sophie genügend Milch trank, das einfache Essen wurde gerecht verteilt. In den kurzen Gesprächen steckte Sophie das Terrain vorsichtig ab, die Politik wurde meist ausgeklammert, trotzdem erkannte Sophie bei ihr das, was sie von ihrem Elternhaus her gewohnt war. Nächstenliebe war eine feste Größe in diesem Haus. Das beruhigte Sophies Sorge um die Zukunft ein wenig. Abends trafen sich alle »Arbeitsmaiden« wieder zur Heimfahrt ins Krauchenwieser Lager.

Durch langsames Vortasten im Gespräch fand Sophie auch eine Freundin im RAD, wie alle das Reichsarbeitsdienstlager nannten. Gisela aus Thüringen sprach ähnliche Gedanken aus wie sie selbst. Sie trafen sich nun regelmäßig zum Spaziergang im Park, entwickelten Strategien, um nicht aufzufallen, fanden sich in die vorgegebene Ordnung ein, um danach umso ungestörter das tun zu können, was für sie zum Leben gehörte.

Zu Hause hatte Sophie immer Klavier gespielt. Ein Klavier gab es hier nicht, also ging sie heimlich zum Dorfpfarrer. Dieser ließ sie auf der Orgel spielen, legte den Schlüssel immer so in eine Nische, dass Sophie ihn zu jeder Tageszeit holen konnte. Mit Gisela zusammen versuchte sie, ein Stück vierhändig zu spielen, ihr wurde es dabei ganz warm ums Herz. Im Brief an ihren Bruder spürte sie nach, welches Glücksgefühl sie noch im Erinnern daran empfand. Es musste möglich sein, solch ein Zusammenspiel von Herz und Geist fest im eigenen Leben zu verankern. Manchmal überkam sie diese überquellende Freude auch beim Lesen oder wenn sie frei von Angst mit ihren Geschwistern und Freunden Gedankengespinste knüpfen konnte. Richtig frei reden konnte sie aber in Krauchenwies nicht. Alle schienen die Augen vor dem schreienden Unrecht verschlossen zu haben. Sophie würde sie am liebsten schütteln: Schaut doch endlich mal, wo sind sie denn, die Schriftsteller, die Politiker, die etwas zu sagen wagen, wo sind sie denn, die jüdischen Nachbarn, die Professoren an der Universität, all die klugen Köpfe; wie könnt ihr sie denn einfach entbehren oder gar vergessen?

In den Dörfern um Krauchenwies waren die Juden kein Thema, es schien ein wenig so, als hätte es sie niemals gegeben. Man wusste schon, dass es welche gab, die dann »abgeschoben« und »umgesiedelt« wurden.

»Dorthin, wohin sie gehören.«

»Wohin gehören sie denn?«

»In ihre Heimatländer.«

»Wo ist ihre Heimat?«

Ein Schulterzucken.

»Ihre Heimat ist Deutschland.«

Die Bäuerin, bei der Sophie ihre Arbeit tat, sagte einmal, sie vermisse die Händler: »Früher kamen sie immer vorbei und brachten Schuhe und Kleidung mit, auch die Zigeuner, jetzt kommt niemand mehr. Vielleicht geht es ihnen jetzt besser.« Sophie schüttelte den Kopf. Und dann wurde die Hausfrau nachdenklich: »Und all die armen Kinder, die Behinderten, sie wurden weggefahren, auch wenn die Eltern es nicht wollten, es sei ein Befehl, und dann waren sie auch bald schon gestorben, eine Grippewelle muss es gewesen sein.« Wieder schüttelte Sophie den Kopf, die Bäuerin presste die Lippen zusammen und nickte traurig.

Zu viel durfte Sophie nicht nachdenken, dann konnte sie ihre Arbeit nicht tun, dann überkam sie eine ungeheure Wut, wenn mit den neuen Liedern eine verheißungsvolle,

»nie da gewesene« Zukunft herbeigesungen wurde. Der Kontrast war für sie das Schlimmste. Man konnte entweder mit dem einen Auge schauen, dann war alles hell und vielversprechend, man konnte aber auch mit dem anderen Auge sehen, dann war alles dunkel und dem Untergang geweiht. Sophie sah sehr wohl, dass die meisten in ihrer Gruppe das Lagerleben einfach über sich ergehen ließen. Nach einem anstrengenden Arbeitstag wollten die jungen Frauen auch nicht mehr nachdenken, höchstens einmal bei einem Geburtstagsfest feiern. Selbst die, die sich mit dem neuen Regime abgefunden hatten, die nicht nur Vorteile daraus zogen, waren zu müde, um Ungereimtheiten zu entdecken. Für Sophie war es ein Freudentag, wenn sie am Wochenende die Erlaubnis bekam, nach Sigmaringen oder in die Umgebung zu radeln. Sie konnte sich kaum an den Sommerwiesen sattsehen, sog den leicht strengen Geruch der Margeriten ein, berauschte sich am Grün der Bäume und der Geschwindigkeit ihres Fahrrads: *Jeden Tag eine Stunde mit dem Rad durch den Wald. Es geht oft bergauf, bergab. Das Gelände hier ist sanft gewellt, und deshalb spielt der Himmel hier eine so große Rolle. Heute spielte er sie besonders glänzend. Es war so richtig warm, auf dem Feld wurde das heiß empfunden, und der Himmel stand voller Wolken bis in die weitesten Fernen, alle standen sie in dem tiefblauen Himmel und mussten sich nach meiner Berechnung bald zu einem Gewitter zusammenballen. Sie ballten sich dann auch bedrohlich zusammen, ein wunderbarer Anblick hinter den Tannenwipfeln, zogen aber dann gnädig vorüber.*

Die Männer waren im Krieg, manchmal wurden die

jungen Frauen aus dem Lager deshalb zu typischen Männerarbeiten eingesetzt. Mit einem Franzosen, einem Fremdarbeiter, zusammen musste Sophie an einem heißen Frühsommertag Holz sägen und aufschichten. Am Anfang sägten sie schweigend, betasteten sich vorsichtig mit den Augen. Er schaute offen, schien sie nicht zu verurteilen, seine Augen waren von einem hellen Braun. In der Pause schnitt der Bauer, der die Arbeit beaufsichtigen musste, Brot von einem großen Laib. Sophie tauschte vom Aufseher unbemerkt ihr größeres Stück mit dem französischen Fremdarbeiter, sie lächelte, sagte auf Französisch, dass sie heute Abend im Lager eine kräftige Suppe essen werde und außerdem nicht so viel brauche. Der Franzose nickte. Nach dem Essen durften sie sich noch kurz auf den gefällten Baumstämmen ausruhen. Auf Sophies Hand flog ein Marienkäfer, sie baute ihm eine Treppe mit ihren wechselnden Händen, irgendwann war es dem Käfer wohl zu dumm, er hob seinen geteilten Panzer an, streckte die schwarzen Flügelchen darunter hervor und flog davon. Sophie lachte und rief ihm hinterher: »Du hast es gut, du bist frei, kannst überall hin.« Dann hieß es weiterarbeiten. Jede Gruppe ging zu ihrem Stapel. Als die Handgriffe wieder saßen, sie im Takt das fertige Holz aufschichteten, begann der Franzose, in seiner Muttersprache zu erzählen, von zu Hause, davon, dass er nach dem Krieg wieder studieren wolle, Lehrer wolle er werden. Auch Sophie erzählte, sie wolle Philosophie studieren und Biologie, so könne sie am besten den Geist und die Natur verbinden, denken und forschen, sich mit Gleichgesinnten einer Sache bis zur letzten Konsequenz widmen. Irgendwann sprachen sie auch vom Krieg, den Sophie von ihren Brüdern kannte, der ganz anders war, als in der Wochenschau gezeigt, sie sprachen von den Grausamkeiten und über die Politik, über die Macht einer Gruppe und die Ohnmacht des Einzelnen. In vielen Dingen dachten sie, der Fremdarbeiter und das Mädchen vom Reichsarbeitsdienst, ähnlich, hofften auf eine Zeit, in der Frieden in Europa herrschen würde. Sie sprachen vom christlichen Glauben, davon, dass er in dieser Ausnahmezeit einen neuen Stellenwert bekommen würde. Auch den französischen und polnischen Fremdarbeitern war der Besuch einer Messe verboten, trotzdem würde er manchmal heimlich in die Kirche gehen. Der Abend kam viel zu schnell. Sie verabschiedeten sich mit den Augen. Niemand durfte sehen, dass sie sich mit einem Fremdarbeiter unterhalten hatte, ein Einverständnis, egal welcher Art, war verboten, ein Liebesverhältnis gar eine hart bestrafte Tat. Sophie war glücklich, endlich hatte sie sich wieder mit jemandem richtig unterhalten können. Wie mit ihren Brüdern. Am Abfahrtsplatz wartete sie ungeduldig, bis auch die Letzte vom RAD-Lager von ihrer Arbeit kam. Dann stieg sie auf ihr Fahrrad und trat in die Pedale, flog davon und sang ein russisches Volkslied, das sie schon seit ihrer Kindheit kannte, und das zu singen strengstens verboten war.

Nach dem halben Jahr in Krauchenwies musste Sophie noch einmal ein halbes Jahr Reichsarbeitsdienst in der Nähe von Donaueschingen ableisten. Dann erst durfte sie in München studieren. Sie schrieb sich in Biologie und Philosophie ein. Zusammen mit ihrem Bruder Hans mietete sie sich in München eine Studentenbude. In den Semesterferien musste Hans an die Front, im Semester studierte er Medizin. Beide schlossen sich mit Freunden zu einer Gruppe zusammen, die sie »Weiße Rose« nannten. In Flugblättern riefen sie zum Widerstand auf: *Nichts ist eines Kulturvolkes unwürdiger, als sich ohne Widerstand von einer verantwortungslosen und dunklen Trieben ergebenen Herrscherclique ›regieren‹ zu lassen.* Das erste verteilten sie im Sommer 1942, beim Verteilen des sechsten Flugblattes wurden sie denunziert. Auch nach der Gefangennahme war ihnen klar, dass sie das, was sie auf ihr Flugblatt geschrieben hatten, tun mussten: *Im Namen des ganzen deutschen Volkes fordern wir vom Staat Adolf Hitlers die persönliche Freiheit, das kostbarste Gut der Deutschen, zurück, um das er uns in der erbärmlichsten Weise betrogen. In einem Staat rücksichtsloser Knebelung jeder freien Meinungsäußerung sind wir aufgewachsen.*

Sie wurden in einem Schnellverfahren abgeurteilt. Sophie wusste, dass dies »die letzte Konsequenz« ihres Handelns war. Das Gnadengesuch der Eltern, die alles versuchten und doch scheiterten, fand keinerlei Beachtung. Sophies letzter Brief wird ihr Erbe: *So ein herrlicher, sonniger Tag, und ich soll gehen. Aber wie viele müssen heutzutage auf den Schlachtfeldern sterben, wie viel junges, hoffnungsvolles Leben … Was liegt an meinem Tod, wenn durch unser Handeln Tausende von Menschen aufgerüttelt und geweckt werden.* Es würden noch viele Menschen sterben müssen, bis es so weit war. Auf die Rückseite ihres Vollstreckungsurteils schrieb Sophie das Wort »Freiheit«.

Herschel Grynspan war genauso alt oder besser jung wie Sophie Scholl. Seine Kindheit war jedoch längst nicht so unbeschwert. Als Sohn polnisch-jüdischer Eltern kam er im März 1921 in Hannover auf die Welt, sein Vater war Schneider, die Familie war nicht reich, konnte sich jedoch ernähren, von Staats wegen war die ganze Familie polnisch. Schon früh musste der Junge erfahren, dass er als Jude keine Chance auf all das hatte, was die anderen Jungs durften. Überall wurde er ausgegrenzt, durfte nach der Schule keine Ausbildung beginnen. Mit seinem polnischen Pass reiste er zu einem Onkel nach Brüssel, von dort wurde er zu einem anderen Onkel nach Paris über die Grenze gebracht. Herschel war inzwischen 17, fand keine Arbeit, er sprach nur Jiddisch und Deutsch. Frankreich verweigerte ihm eine Aufenthaltsgenehmigung, Deutschland ließ ihn nicht wieder einreisen. Die Zeitungen berichteten von der »Polenaktion« in Deutschland, sein Onkel übersetzte ihm den Artikel aus dem Französischen: Die Polen entzogen ihren Staatsbürgern, die seit mehr als fünf Jahren außerhalb Polens lebten, den Pass. Sie wollten die vielen jüdischen Polen, die schon lange in Deutschland lebten, nicht wieder bei sich aufnehmen. Deutschland versuchte, Polen zu zwingen, die Juden mit polnischem Pass aufzunehmen, hatte jedoch keinen Erfolg. Daraufhin wurden mehr als 16.000 in Deutschland lebende Polen von heute auf morgen an die Grenze verfrachtet, »abgeschoben« nannten sie es. Das eigene Land verweigerte vielen von ihnen den Übertritt über die Grenze. Polnische und deutsche Staatsbeamte scheuchten die Menschen Ende Oktober 1938 zwischen den Grenzen hin und her. Auch Herschels Familie war dabei, seine Schwester schrieb ihm eine Karte nach Paris, sie hätten alles zurücklassen müssen und bräuchten dringend etwas Geld. Aber Herschel besaß nichts, was er hätte schicken können. Auch der Onkel konnte oder wollte ihm nicht helfen. Herschel stritt sich mit ihm, bekam ein wenig Geld, kaufte sich einen Revolver, schrieb einen Abschiedsbrief an seine Familie, ging zur Deutschen Botschaft ins Palais de Beauharnais, ließ sich zum dritten Botschafter Ernst Eduard von Rath bringen. Es war der 7. November 1938.

Herschel schoss sofort, fünfmal hintereinander, so vermerkt es das Protokoll, der Täter ließ sich widerstandslos verhaften. Er wurde ins Gefängnis nach Fresnes gebracht.

Das Opfer starb zwei Tage später, am Morgen des 9. November, der Abend würde als »Reichskristallnacht« in die Geschichte eingehen. Die Aberkennung der Staatsbürgerschaft aller Deutschen jüdischen Glaubens lief bereits auf Hochtouren. Das Attentat passte wie gemalt in den Ablauf. Es wurde zum Beweis für eine »jüdische Weltverschwörung« missbraucht, wurde Rechtfertigung für etwas, das seinen Anfang bereits 1933 genommen und jetzt einen konkreten Anlass gefunden hatte. Das Hab und Gut der jüdischen Bevölkerung, die noch in Deutschland lebte, wurde zerstört und beschlagnahmt, Hitler brauchte Geld für den geplanten Krieg, die Menschen selbst wurden gefangen genommen und fast alle in Konzentrationslager geschickt, auch hier sprach man offiziell von »Abschiebung«, manchmal von »Umsiedlung«.

Am Tag der fünf Schüsse im Palais de Beauharnais, am 7. November 1938, wurde Albert Camus 25. Vier Jahre später erschien mitten im Krieg sein Buch »Der Fremde«, es erschien mit der Erlaubnis der deutschen Besatzer. Das Buch stand nicht auf der »liste d'Otto«, es durfte veröffentlicht werden. Otto Abetz, der deutsche Botschafter der Vichy-Regierung, der fürstlich im Palais de Beauharnais residierte, und sein Mitarbeiter Gerhard Heller zogen keinen roten Strich durch den Buchtitel. Camus' Verleger arbeitete mit den Deutschen zusammen, irgendwie, er musste, sonst hätte er dessen Bücher nicht veröffentlichen können. Camus lässt Meursault, seinen Protagonisten, fünfmal mit dem Revolver auf einen Menschen schießen. Die übergroße Sonne blendete ihn, so heißt es im Roman, und Meursault zerstörte *das Gleichgewicht des Tages*: *Dann schoss ich noch viermal auf einen leblosen Körper.* Er klopfte damit, so Meursault, an die *Tür des Unheils.*

Der Fremde, die Fremde, das Fremde. Das Wort gibt es im Deutschen mit allen Artikeln.

Es ist eine verzwickte Geschichte mit den deutsch-französischen Beziehungen während des Zweiten Weltkriegs.

Pierres letzter Satz in seinem Brief, den ich verbrannt hatte und der sich nicht auslöschen ließ, dieser letzte Satz, der stärkste, nicht hinterfragbar, eine Feststellung, diese Scham, dagegen waren alle anderen Argumente ein Geschmacksurteil, dieser andere, dieser letzte Satz wog ungleich schwerer: »Und außerdem bist du eine Deutsche.« Er nahm diese Tatsache als Rechtfertigung, und er sprach vor allem das aus, was man dem Kind, dem Schüler gesagt hatte, damit jegliche Schuld von vornherein klar verteilt ist. Er hat es so gehört, in der Schule, im Fernsehen, auf der Straße. In diesem Augenblick stand ich für »Endlösung«, die Besatzungszeit und das Trauma von Verdun. Dem war ich nicht gewachsen.

Die Okkupation, die Befreiung, die Deutschen, diese Begriffe spielten nach 1945 eine große Rolle in Frankreich. Ich kann mich nicht erinnern, dass Frankreich oder England in meiner Schulzeit oder in den Gesprächen in der Familie einen besonderen Stellenwert einnahmen. Wenn ich heute darüber nachdenke, scheinen sich meine Landsleute intensiv der Kunst des Verdrängens gewidmet zu haben. Ein probates Mittel am Anfang, aber dann sollte man sich dem Gewesenen annähern. Mit dem Wissen um eine Gefahr, die man kennt und akzeptiert, lässt es sich besser weiterleben. Davon war ich früh überzeugt. Am Ende des »Tausendjährigen Reichs« waren es die realen Schuttberge, die die Menschen aufgehäuft haben, auch, um etwas gegen ihre Ohnmacht zu tun. Trotzdem wurde längst nicht aller Müll, vor allem nicht der in den Köpfen, beseitigt.

Das Palais de Beauharnais war im besetzt-besiegten Frankreich erneut der Sitz des deutschen Botschafters geworden. Otto Abetz hatte sich diesen Ort bei seiner Rückkehr im Juni 1940 ausgesucht. Der ehemalige Kunst- und Biologielehrer konnte sich hier in Szene setzen; er beförderte seine Karriere, indem er, sich in abstruse rassistische Vorstellungen versteigend, die Ermordung der jüdischen Bevölkerung vorantrieb. Vorauseilender Gehorsam.

In Laval fand Abetz einen Spießgesellen. *Collaboration.* Noch bevor die Befehle aus Berlin kamen, wurden die beiden vor Ort aktiv. Man müsse die Abneigung gegen die Juden gut vorbereiten, hieß es jedoch aus Berlin, sonst könnte es sein, dass der Schuss nach hinten losginge, dass die Franzosen sich mit den Juden verbünden würden, da müsse man gut aufpassen, die Propaganda müsse erst ihre Aufgabe erledigt haben. Aber Laval und Abetz blieben bei ihrem Plan. Man durfte auf Frankreich, auf die deutsch-französische Freundschaft setzen. Abetz hätte eigentlich in Vichy seine Botschaft aufschlagen müssen. Aber in Paris gefiel es den frankophilen Herren besser. Hier war man am Puls der Zeit. Die »Judenfrage« war der Steigbügel, mit welchem die Ehrgeizlinge besser in den hohen Sattel kamen. Der gemeinsame Ritt ein Todesurteil für viele, auch für Menschen, die nach Frankreich geflohen waren, sich dort sicher glaubten. Das Besprechungsprotokoll zur »stattgefundenen Besprechung über die Endlösung der Judenfrage« am Berliner Wannsee vom 20. Januar 1942 hält für Frankreich fest: *Im besetzten und unbesetzten Frankreich wird die Erfassung der Juden zur Evakuierung aller Wahrscheinlichkeit nach ohne große Schwierigkeiten vor sich gehen können.*

»Kennst du Arletty?«, habe ich Pierre gefragt.
»Mon cœur est français – mon cul est international«, »mein Herz ist französisch, mein Arsch international«, antwortete Pierre.
Ich: Was hältst du von dieser deutsch-französischen Liebe?

Er: Ich tippe auf Kollaboration der übelsten Sorte.
Ich: Warum nicht Liebe?
Er: Der Deutsche hat sich einfach die schönste Frau Frankreichs geschnappt.
Ich: Ich halte an der Liebe fest.
Er: Warum?
Ich: Weil sie eine sehr unkonventionelle Frau war und einfach das getan hat, was ihr gefiel. Und offensichtlich war er es, der ihr gefiel.
Er: Oder sein Geld und seine Beziehungen als Nazi.
Ich: Er war kein Nazi, er war Jurist und irgendetwas Höheres in der Wehrmacht.
Er: Wo ist der Unterschied?
Ich: Ich denke, er war kein Nazi. Er hieß Hans-Jürgen Soehring und war später Schriftsteller, hast du es gewusst?
Er: Er hatte eine Uniform an und er hat Frankreich besetzt.
Ich: Ja, aber nachdem seine Beziehung zur Arletty bekannt war, wurde er an die Front geschickt. Sie haben sich heimlich geschrieben, und er hat sogar versucht, Arletty rauszuholen.
Er: Sie wäre wahrscheinlich nicht freiwillig von Paris weggegangen.
Ich: Ja, und sie hat ihren deutschen Geliebten nicht geheiratet, obwohl er dies wollte, schon ganz am Anfang ihrer Beziehung. Nach dem Krieg, als sie wieder frei war, hat sie ihn in Berlin besucht. Jetzt wollten sie doch heiraten. Aber irgendwie schien es nie zu klappen. Später dann, nachdem er mit einer anderen verheiratet und plötzlich gestorben war, hat sie sogar seine Frau und seine kleinen Söhne besucht. Niemand hätte das von ihr verlangt.

Er: Wie edelmütig!
Ich: »Die Kinder des Olymps« ist einer meiner Lieblingsfilme.
Er: »Les enfants du paradis«, das Drehbuch hat Jacques Prévert geschrieben.
Ich: Ja. Wenn ich ein Kino hätte, würde ich den Film mindestens einmal im Jahr zeigen. Und ich würde die Geschichte der Frau erzählen, die die Garance spielt.
Er: Eine Frau und vier Männer?
Ich: Nein, natürlich die Geschichte einer Französin, die in schwierigen Zeiten einen Deutschen liebt.
Er: Nachdem sie als Kollaborateurin verurteilt worden ist, hatte sie eigentlich keine Erfolge mehr als Schauspielerin.
Ich: Deine Landsleute sind ziemlich hart mit ihr ins Gericht gegangen.
Er: Sie war nach der Befreiung im Lager Drancy, das *tribunal d'épuration* war fleißig, schließlich kamen nur wenige Jahre zuvor von dort andere Menschen unter den Nazis direkt in die Todeslager.
Ich: Meinst du, so eine Säuberungsaktion ist erfolgreich? Es gab sicher andere, die es mehr verdient hätten und ungeschoren davonkamen – erinnerst du dich an die schrecklichen Bilder mit den kahlköpfigen Frauen, die durch die Straßen getrieben wurden?
Er: Man lässt sich nicht mit dem Feind ein.
Ich: Was heißt denn Feind? Erst einmal sind sie ein Mann und eine Frau, und lieben ist tausendmal besser als töten.
Er: Ja, bitte! Heute ist das auch was anderes.
Ich: Und war es nicht eine andere französische Schauspielerin, die sich damit verteidigt hat, es seien schließlich

die französischen Männer gewesen, die die Deutschen ins Land gelassen hätten? Und wenn man einen Teil der Bevölkerung bestraft, heißt das ja noch nicht, dass man das ganze Debakel ad acta legen kann.
Er: Vielleicht, ich weiß nicht, ich möchte nicht mehr darüber nachdenken, ich freue mich, mit dir durch die Straßen von Paris zu gehen.
Ich: Einverstanden. Aber eins noch: Arletty hat ihren deutschen Geliebten zum Schreiben gebracht! In seinem ersten Buch »Cordelia« hat er ihre Geschichte verewigt und hat ihr auf Französisch geschrieben: *Pour celle qui m'a dit d'écrire*. Findest du das nicht wunderbar?
Er: Du bist zu romantisch.
Ich: Nicht immer, aber dieser Liebe hätte ich eine Fortsetzung gegönnt.
Er: Mir scheint, du sammelst französisch-deutsche Liebesdramen.
Ich: Ist mir noch nicht aufgefallen. Wusstest du, dass Robert Le Vigan, der angefangen hatte, den Jéricho zu spielen, mit den Vichy-Leuten nach Sigmaringen gegangen ist? Er war dort viel mit Céline, Lucien Rebatet und Abel Bonnard zusammen.
Er: Der Film, so sagt man, wurde immer wieder künstlich in die Länge gezogen. Nachher drehten sie in Nizza, die Deutschen zensierten alles, einige jüdische Kollegen konnte das Team trotzdem verstecken. Manche waren sogar in der Résistance, führten die Nazis an der Nase herum.
Ich: Der Film wurde erst nach der *Libération* fertig und war natürlich gleich ein unglaublicher Erfolg. Ich würde ihn gerne noch einmal mit dir zusammen anschauen.

Arletty war mit ihrem deutschen Offizier Soehring zu Empfängen in der Deutschen Botschaft geladen. Während Menschen, die nicht ins System passten, um ihr Leben fürchten mussten, während ein faschistisches Weltbild die Menschenwürde mit Füßen trat, während jeder kritische Ton zu einem Todesurteil werden konnte, sonnten sich andere im Glanz einer verräterischen Sonne. Sie sonnten sich auch im Glanz der Spiegel des Empire, die viele Jahrzehnte zuvor von Napoléon bezahlt worden waren. Woher hatte er dieses Geld? Nach dem Ersten Weltkrieg gehörte das Palais de Beauharnais wieder Frankreich. Ein Hin und Her, die Spiegel nehmen auf, was sich ihnen bietet.

Neben Arletty hatte auch die 17-jährige Corinne Luchaire, der neue Stern am Filmhimmel, eine Einladung in die Botschaft erhalten. Sie konnte es kaum glauben. Mit ihrem Vater ging sie die Marmortreppen hoch. Welche Pracht, und wie sie alle schauten, die Frauen, die Männer: »Dort kommt die junge Schauspielerin, die Enkeltochter von Julien Luchaire, was für ein Talent, haben Sie ihren Film gesehen, dabei ist sie so jung, eine Schönheit, eine große Karriere steht ihr bevor.« Alle schauten sie an, nickten, hoben das Glas in ihre Richtung. Die Tochter von Jean Luchaire sonnte sich im Glanz ihrer Blicke.

Corinne hieß eigentlich Rosita, ihre Eltern nannten sie Zizi, als Schauspielerin gab sie sich den Namen Corinne Luchaire, das hörte sich besser an, ein wenig geheimnisvoll, wie eine Welle, die an Land gespült wird. Der Name Luchaire öffnete, seit Corinne denken konnte, Türen. Ihr Familienname war so etwas wie ein *»passe-partout«* in die Pariser Gesellschaft. Besonders in der neuen Zeit.

Corinnes Vater konnte es immer schon mit den Deutschen, als Journalist kannte er sich bestens in den gesellschaftlichen Zusammenhängen aus. Politisch hielt er sich an Aristide Briand, der den jungen Journalisten schon bald förderte, und der 1926 zusammen mit Gustav Stresemann den Friedensnobelpreis bekam. Luchaire lernte früh deutsche Journalisten und Politiker kennen. Er wurde Herausgeber der Zeitung »Notre Temps«, er war in seinem Element, konnte unter Briand seine schnell wachsende Familie ernähren. Der deutsche Außenminister Stresemann starb 1929, der französische Briand 1932, 1933 kam Hitler an die Macht. Jean Luchaire schrieb seinen Landsleuten: »Stresemann war sympathischer als Hitler, aber Hitler ist heute Deutschland, und was doch wirklich zählt, ist der Friede.« Vielleicht glaubte Luchaire daran, weil er daran glauben wollte. Einer der Deutschen, die Luchaire aus Briands Zeiten kannte, war der damalige Lehrer Otto Abetz. Wenige Jahre später würde dieser seine politische Karriere in der nationalsozialistischen Partei sehen, er trat in die SS ein und stieg 1935 zum Mitarbeiter der »Dienststelle Ribbentrop« auf. Im Juni 1939 wurde Abetz aus Frankreich und Paris hinausgeworfen, im Juni 1940 kam er als strahlender Sieger zurück. Die alten Seilschaften bewährten sich für ihn auch in der »neuen Zeit«. Aus der »alten Zeit« hat er seine französische Frau Suzanne, die damals Sekretärin bei Jean Luchaire war, nach Deutschland und wieder zurück nach Paris mitgebracht. Otto Abetz, der Wolf im Schafspelz. Die erste Aktion des ehemaligen Zeichenlehrers war ein Kunstraub im großen Stil. Auch das Palais de Beauharnais ließ er mit Kunstwerken bestücken, solchen, die seinen Geschmack trafen, die er entwenden ließ und die seine Macht demonstrierten. Er erlaubte und verbot. Gerhard Heller, Karl Epting und Friedrich Sieburg halfen ihm, über Kunst und Literatur in Frankreich zu entscheiden. Das Kulturleben mit Theater, Film und bildender Kunst blühte, jüdische und alle so genannten »entarteten Künstler« hatten von vornherein keine Chance. Die Kultur diente als Werkzeug für den Faschismus. »Deutschland siegt an allen Fronten«: Das Riesenbanner am Bourbon-Palast als Durchhalteparole von Anfang an. Hakenkreuzfahnen, allgegenwärtige Sonnenräder, veränderten das Stadtbild.

In Paris ging das Leben für die Bevölkerung im Sommer 1940 weiter. Fast wie zuvor. Man verabredete sich zum Tanzen, in Bars, man traf sich, um ins Kino zu gehen, ins Theater. Man hielt sich raus, um nirgendwo hineinzugeraten. Notfalls schaute man weg. »Man« waren nie alle, aber viele. Die deutschen Soldaten hatten Order, sich höflich und anständig zu verhalten. »Man« arrangierte sich auf beiden Seiten. Manche gingen in den Untergrund, es gab Pariser, die sich verweigerten und gleichzeitig mitmachten. Für die einen galt, die Zeit zu überstehen, für die anderen, sie zu genießen. Wer weiß, was noch kommen würde. Der deutsche Botschafter Abetz genoss sie, diese neue Macht. Für Corinne war Abetz seit ihrer frühen Kindheit der nette Onkel, der ihr Puppen in Dirndl-Kleidung, Teddybären und Kuckucksuhren schenkte.

Der Blick der Nazis auf Frankreich. Die deutsche Bevölkerung wurde auch dort mit Propaganda versorgt, wo sie Information suchte. Im »Taschenbrockhaus Zeitgeschehen« von 1942 fand ich zu Frankreich:

Die wichtigsten Ereignisse der neuesten Geschichte:

28. Juni 1919: Das Versailler Diktat wird unterzeichnet, das in erster Linie das Werk des französischen Ministerpräsidenten Clemenceau ist; dessen deutsch-feindliche Gewaltpolitik hat besonders die Abtrennung des Saarlandes vom Reich, die militärische Besetzung des deutschen Rheinlandes auf 15 Jahre, die Verstümmelung des deutschen Ostens zugunsten Polens, das Verbot des Anschlusses Österreichs an das Reich, die Entwaffnung des Reichs und seine Belastung mit untragbar hohen »Reparationen« durchgesetzt.

10. Januar 1921: Der französische Ministerpräsident Poincaré, ein Deutschenhasser wie Clemenceau, schreitet zu der willkürlichen Besetzung des Ruhrgebiets, das er als »produktives Pfand« für seine unsinnigen Reparationsansprüche ausgibt. Er versucht dann auch, mithilfe landesverräterischer »Separatisten« das Rheinland vom Reich loszureißen; das scheitert aber an der entschlossenen Abwehr der deutschen Bevölkerung.

10. Mai 1940: Um dem geplanten Vorstoß der Westmächte gegen das Ruhrgebiet zuvorzukommen, eröffnet die deutsche Wehrmacht ihren großen Angriff im Westen, der in wenigen Wochen den völligen militärischen Zusammenbruch Frankreichs herbeiführt.

14. Juni 1940: Deutsche Truppen rücken in Paris ein.

17. Juni 1940: Pétain verkündet den Entschluss, die Waffen niederzulegen, und wendet sich an die Reichsregierung mit der Bitte um Bekanntgabe ihrer Waffenstillstandsbedingungen.

21. Juni 1940: Im Wald von Compiègne, an der Stätte des französischen Waffenstillstandsdiktats vom 11. November 1918, wird die französische Waffenstillstandsabordnung empfangen; ein feierlicher Akt in Gegenwart des Führers tilgt die Schmach von 1918.

»Kennst du Oradour?«, hat Pierre mich gefragt.

»Ja. Ich war dort.«

Denise Bardet beeilt sich an diesem Morgen des 10. Juni 1944. Das scheppernde Geräusch ihres Weckers hatte sie aus einem Traum geweckt, dessen Bilder mit dem Wachwerden verschwanden. Trotzdem begleitet sie beim Anziehen ein seltsames Gefühl, das irgendetwas mit diesem Traum, in dem sie ein kleines Mädchen war, zu tun hat. Und dann fällt ihr ein, heute ist ihr Geburtstag, sicher ist sie deshalb nervöser als sonst, 24 Jahre wird man schließlich nicht alle Tage. Nach der Schule würde sie mit ihrer Mutter und ihrem kleinen Bruder ein wenig feiern. *Maman* würde wie immer am Geburtstag ihrer beiden Kinder am Abend etwas Besonderes kochen. Ein paar Eier, Mehl, Gemüse aus dem Garten; ihre Mutter kann aus wenigen Zutaten ein Festmenü zubereiten. Was das betrifft, ist sie eine richtige Zauberin. Denise tunkt das trockene Brot in die Milch, isst im Stehen und geht die Treppe hinunter. Sie holt das Fahrrad aus dem Schuppen, sieht, dass schon wieder etwas Luft entwichen ist. Ihr Bruder Camille würde heute Abend das winzige Loch finden. Sie pumpt den Reifen auf und schwingt sich auf das Herrenrad, auf dem schon ihr Vater zur Arbeit gefahren ist. Jetzt fällt es ihr wieder ein: Sie hatte von ihrem Vater, den sie nur krank kannte, geträumt. Er trug eine Gasmaske: »Du darfst sie nie absetzen.« Der Vater, der im *Großen Krieg* zu Hause war, der immer davon sprach, obwohl dieser Krieg bei der Geburt seiner Kinder längst Vergangenheit war. Seine Lunge sei durchlöchert, erklärte er seiner Tochter, wenn sein Husten beängstigende Ausmaße annahm und ihre Mutter verzweifelt feuchte Tücher aus der Küche brachte. Als Kind stellte sich Denise vor, die Deutschen hätten seine Lunge herausoperiert, an die Wand gehängt, hätten sie durchschossen, um sie anschließend wieder einzupflanzen. Und ohne irgendeinen Zusammenhang konnte ihr Vater beim Spazierengehen sagen: »Wir haben mit dem verdammten Gas angefangen, und dann haben die Feinde uns mit unserer eigenen Waffe geschlagen.« Für ihn blieb es ein verlorener Krieg, er hatte seine Gesundheit eingebüßt, an den Folgen des Krieges ist er dann auch gestorben; damals war Denise neun Jahre alt. Was nutzte es ihm, dass Frankreich den Krieg gewonnen hatte? Was er wohl zum jetzigen Krieg sagen würde? Eigentlich ist er ja schon vorbei. Vor vier Tagen landeten die Alliierten in der Normandie. Man durfte nicht offen darüber reden, aber die Deutschen würden gehen müssen. Wenn sie eines Tages als Freunde wiederkommen würden, wäre es ohnehin besser. Denises Wunsch ist es schon seit vielen Jahren, besser Deutsch zu können. Sie möchte Heine und Goethe im Original lesen, nicht in den Übersetzungen. Wahrscheinlich würde sie nach dem Krieg ihre Stelle als Grundschullehrerin aufgeben, würde wieder studieren, vielleicht, wenn sie es schaffen würde, *Maman* zu überreden. Ihre Mutter sprach immer von Sicherheit und »das Leben ist teuer«. Ja, sie weiß es natürlich, aber schließlich ist man nur einmal jung, und sie könnte dann immer noch ein paar Stunden Privatunterricht geben, sodass es zum Leben reichen würde. Philosophie würde sie gerne studieren. Denise fährt so oft wie möglich in die Stadt. Von Oradour kommt man ganz praktisch mit der Straßenbahn bis Limoges, gut 20 Kilometer sind es. Aber zum Studieren würde sie gerne noch weiter weg gehen, würde all die Orte anschauen, das Meer, so wie es Pierre Loti beschrieben hat, die Provence wie Jean Giono.

Denise notierte in ein Heft, was sie bewegte:

2. November 1940. Den Albtraum verlassen, ich fühle mich wie neu geboren, ein Kind, das alles neu sieht, alles wissen möchte, alles verstehen, und sogar, ja, das alles verzeihen möchte.

19. Dezember 1940. Bei Nietzsche lese ich, die oberste Tugend ist die Ehrlichkeit. Ich stimme ihm voll und ganz zu.

29. Dezember 1940. Mein Bücherregal füllt sich.

20. Juni 1941. Komme gerade von Limoges und von Maréchal Pétain. Ein sehr schöner alter Herr, sehr gut gehalten. Scheint 20 Jahre jünger zu sein. Majestätisch, wie er sich bewegt. Die Leute von Limoges waren unglaublich begeistert.

2. Juli 1941. Zu sehr in der Vergangenheit zu leben, ist ein Fehler. Die Gegenwart muss unseren Geist besetzen. Die Gegenwart hat ihre Aufgaben, und man darf sie nicht vernachlässigen.

22. Juli 1941. Das Zeichen einer Freundschaft ist, die Wahrheit zu sagen und zuzuhören.

Undatiert: *Man darf nicht die Unmenschlichkeit der Nazis mit Deutschland verwechseln. Man muss Börne, Büchner, Heine in Frankreich lesen, um zwischen Deutschlands unsterblichem Ruhm und den Herrschern eines unbedeutenden Tages zu unterscheiden. Und vor allem muss man die Namen von heute, die Hoffnung und Gesang an die Zukunft sind, verkünden: Thomas Mann, Bert Brecht, Heinrich Mann, Anna Seghers, Lion Feuchtwanger, Egon Erwin Kisch, Erich-Maria Remarque, Franz Werfel, Musil … – Meinen anerkennenden Dank an Deutschland! Dieser verlangt von jedem französischen Herz die Bereitschaft seiner Kraft, das Ausüben seines Willens. Jeder müsste begreifen, dass es nicht nur darum geht, seine Freiheit zu verteidigen, sondern dass sich die Freiheit aller Völker Europas der Kraft unterwirft. Sind dies nicht genau die Worte, die Büchner 1834 am Vortag seines Exils, ausgesprochen hat: ›Derjenige, der das Schwert gegen das Volk erhebt, wird dieser nicht durch das Schwert des Volkes zu Tode kommen?‹ Ja, wir wollen es hoffen.*

Vielleicht könnte sie sogar nach Paris gehen und nach ein paar Jahren wieder hierher zurückkommen. Denise fühlt sich frei, sie konnte etwas Geld zurücklegen, Camille ist wie sie in der Schule gut, er wird seinen Weg gehen, vielleicht auch bald Lehrer werden, die Mutter bräuchte sich keine Sorgen zu machen. Von dem deutschen Schriftsteller Goethe hat sie während der Vorbereitungszeit als Lehrerin eine Studie zur Metamorphose der Pflanzen gelesen. Seither sieht sich Denise als Pflanze, eine Sonnenblume, die noch nicht entwickelt ist. Aber sicher muss sie erst aus dem Schatten treten, damit sie sich richtig entfalten kann.

Es ist so viel möglich.

Es ist so still hier, die Vögel singen viel lauter als sonst, wo sind die Soldaten der Miliz und wo die Deutschen, sind sie vielleicht schon abgezogen? Das wäre das beste Geburtstagsgeschenk. Denise klingelt ein letztes Mal übermütig, bevor sie das Ortsschild von Oradour passiert. Schließlich gilt es ab jetzt, wieder vernünftig und ein Vorbild zu sein. Die Kinder kommen schon auf sie zu, der kleine Pascal will unbedingt ihre Tasche tragen. »Ausnahmsweise, weil heute ein besonderer Tag ist!«

»Was ist denn heute?«

»Das verrate ich erst, wenn ihr im Unterricht gut aufgepasst habt.«

Wenn sie die Kinder sieht, freut sie sich jedes Mal über ihren Beruf. Auf dem Stundenplan steht Algebra. Wie die Augen der Kinder leuchten, wenn sie Zusammenhänge verstehen. Aus Zahlen macht sie Autos, Panzer, Puppen oder Vögel. Abstraktes wird bei ihr in Anschauliches umgewandelt. Die Kinder lieben sie dafür und sind danach sogar einverstanden, die Puppen und Panzer wieder in Zahlen zurückzuverwandeln. Die Schüler haben schon ihre Tafeln ausgepackt und schauen Mademoiselle Bardet erwartungsvoll an.

Tatsächlich haben wir den Ruf, Angst und Schrecken zu verbreiten. Das ist eine großartige Waffe, deren Kraft nicht schwächer werden darf, sondern ständig verstärkt werden muss.

Sie kamen nach dem gemeinsamen Mittagessen. *La barbarie nazie,* die Unmenschlichkeit der Nazis. Der Befehl lautete auf Niederbrennung und Vernichtung des Dorfes Oradour. Ein Racheakt für irgendetwas, irgendwo. Vorausgegangen war eine Gewaltandrohung von ganz oben. Ein Exempel statuieren. In Oradour. Die Brutalität ließ kein Mitleid, kein Zögern zu. Das Dorf sollte ausgelöscht werden. Von Menschen war nicht die Rede. Nachher wurden sie gezählt: 642 Tote, Männer, Frauen, Kinder. Denise Bardet unter ihnen. Ihr Glaube, ihre Hoffnung, verbrannte in der Kirche. Oradour würde für Frankreich das Symbol für die Naziherrschaft werden, später, nachdem alles erlitten war.

Sie fallen ein wie hungrige Wölfe in einen Schafstall, treiben alle Menschen auf dem Marktplatz zusammen, wer sich weigert oder nicht schnell genug ist, wird erschossen. Denise treibt ihrerseits die Kinder an, schnell, schnell. Hand in Hand, sie sind es so gewohnt, gehen sie hinter ihrer Lehrerin zum Marktplatz. Dort müssen sie eine Stunde, die Kirchenuhr zählt sie in Viertel-Schritten, in der Sonne stehen, schließlich werden die Männer von den Frauen und Kindern getrennt. Die kleine Elodie weint, ihre Mutter ist nicht unter den Frauen auf dem

Platz. Denise, die sonst sehr darauf achtet, nie eines der Kinder zu bevorzugen, nimmt sie auf den Arm, drückt sie an sich und erzählt das Märchen vom gestiefelten Kater. Viele Kinder haben ihre Mütter oder Tanten oder Großmütter gefunden. Die Männer in den Uniformen verbreiten nie gekannten Schrecken und eine unerklärliche Lähmung. Denise versucht, über Elodies braune Locken hinweg in die Augen der Männer zu schauen, aber es gelingt ihr nicht. Die Soldaten, einige von ihnen kaum älter als ihr Bruder, schauen niemanden an. Denise erschrickt: Sie sehen Tiere in uns, sie schützen sich, indem sie so tun, als wären wir keine Menschen. Einige von ihnen bellen ihre Befehle auf Französisch. Die Sonne brennt, Denise zittert vor Kälte, sie flüstert in Elodies Ohr: »Der Marquis verbeugte sich mehrfach vor ihm, nahm den ehrenvollen Antrag an und heiratete noch am selben Tage die Prinzessin. Der Kater aber wurde ein großer Herr und ging nur noch zum Vergnügen auf die Mäusejagd.« Die Schreie, von wo kommen sie? Plötzlich werden sie zurück in die Kirche gejagt, schnell, schnell. Die Kirchentür wird von außen zugedrückt, presst die Letzten zusammen, ein Gefängnis mit zu vielen Gefangenen. Manche flüchten in die Sakristei, dort wird geschossen, vielleicht von draußen. Die Kirchentür geht auf. Zwei bewaffnete Soldaten tragen eine Kiste vor den Altar, sie bahnen sich einen Weg mit ihren Stiefeln, sie gehen ganz nah an Denise vorbei. Elodie versteckt sich in ihrem Rock, die Soldaten halten die Finger am Abzug ihrer Gewehre. Kurz nachdem die Männer wieder draußen sind, explodiert etwas in der Kiste, nicht stark, aber ein unerträglicher Geruch, beißend und stechend, kommt von dort. Denise hält sich die Bluse vor das Gesicht. Vaters Gasmaske. *Du darfst sie nie absetzen.* Husten überall, manche scheinen zu ersticken. Wie ihr Vater. Eine Frau rennt von der Sakristei aus am Altar und an der Kiste vorbei, steigt auf einen Schemel, es ist Marguerite, sie wirft sich zum Fenster hinaus, eine andere Frau ruft ihren Namen, hebt ihr schreiendes Baby hoch, ein Schuss, die Frau sackt zusammen, das Baby fällt, Marguerite, sie wird es schaffen. Elodie weint, sie muss die Kleine beruhigen, *Vater unser*, sie weiß die Worte nicht mehr, sie hat heute Geburtstag, wo ist ihr Vater, wo ist die Gasmaske, das Feuer, hoffentlich ist alles schnell vorbei.

Eine Gedenktafel hält fest, dass die Grundschullehrerin Denise Bardet von den Deutschen an ihrem 24. Geburtstag ermordet wurde: *À la mémoire de notre pauvre petite martyre Denise Bardet, institutrice née le 10 juin 1920, brûlée avec ses chères élèves par les Allemands le 10 juin 1944.*

Der letzte Kriegswinter, von dem niemand wusste, ob es wirklich der letzte sein würde, dieser Winter 1944/45 war in Sigmaringen extrem kalt, die Temperaturen sanken bis auf 30 Grad minus. Nicht nur die Temperatur, auch die Stimmung hatte sich in Sigmaringen im Lauf der Exil-Monate ziemlich abgekühlt. Keiner hatte damit gerechnet, dass immer noch mehr Flüchtlinge kommen würden. Eine Stadt als Refugium oder als Fass vor dem Überlaufen. Wenn Françoise Luchaire durch die Straßen ging, hörte sie immer noch mehr Franzosen, die in der *langue d'Oc* des Südens sprachen. Ihr Mann Jean saß im Prinzenpalais über seinen Texten. *Ici la France*, jeder Satz in das Mikrofon konnte ein Bombenkrater sein, in den er fallen könnte. Jean übte sich seit Jahren in der Diplomatie des Wortes, aber die Gegensätze zwischen dem, was war, und dem, was sein sollte, wurden immer augenfälliger. Sein Zigarettenkonsum stieg ins Unendliche. Er wusste, dass seine geschwächte Lunge, ein Familienübel, den Rauch nicht vertrug, er steckte sich dennoch immer wieder eine Zigarette an, manchmal paffte er nur und schrieb wie ein Besessener weiter, verteidigte die vergangene Hoffnung, die sich mit jeder neuen Meldung noch sicherer als Betrug entlarvte.

Françoises Sorge wuchs mit den Schneebergen am Straßenrand, sie blieb, als diese schmolzen. Anfang April packte sie Koffer für eine Abreise, von der ihr Mann immer noch glaubte, sie sei nicht nötig.

Der Aushang am Sigmaringer Rathaus, einen Tag vor der Abreise:

Sigmaringen, den 20. April 1945. Bekanntgabe Nr. 3. Gewissenlose Elemente sind am Werk, die Wehrkraft unseres Volkes zu zersetzen. Sie tun es in einem Augenblick, da nur der verbissenste Widerstand unser Volk und unser Reich vor der Vernichtung retten kann. Um diesem Treiben ein Ende zu machen, ist ein STANDGERICHT eingesetzt worden. Feigheit, Verrat, Niedertracht und Zersetzung der Moral und Widerstandskraft werden mit dem Tode durch Erhängen bestraft. Unsere Lage ist ernst, aber nicht hoffnungslos. Der Führer hat noch Trümpfe in der Hand, die er im rechten Augenblick einsetzen wird.

Kämpfen, Widerstand leisten, tapfer sein – das fordert die Stunde von uns! Wir glauben an den Sieg, wir kämpfen für den Sieg! Es lebe der Führer!

Plötzlich war es doch so weit, Jean Luchaire hatte zwei betankte Autos organisiert und trieb seine Familie an: »Beeilt euch, wir müssen fahren, sofort.« Es war wie der Auszug aus Ägypten, alle fuhren gleichzeitig los, eine Karawane, es war der 21. April 1945. Der Weg führte sie über Wangen im Allgäu nach Italien. Am gleichen Tag erschien die letzte Ausgabe der Zeitung »La France«. Sie blieb ungelesen in der Druckerei liegen.

Der Aushang am Sigmaringer Rathaus, einen Tag nach der Abreise:

Sigmaringen, den 22. April 1945. Gouvernement Militaire. Sécurité Publique. République Française. Liberté – Égalité – Fraternité. Anordnung! Die französische Besatzungsmacht trifft nachstehende Anordnungen. Zwischen 19 Uhr abends und 7 Uhr früh darf sich niemand außerhalb des Hauses aufhalten. Bis Dienstag, den 24. April 1945, mittags 12 Uhr, müssen sämtliche Schuss-, Hieb- und Stichwaffen – einschließlich Jagdgewehren – nebst Munition beim Polizeirevier-Rathaus abgeliefert werden, ebenso die Radio- und Photo-Apparate … Radfahren ist verboten, ebenso privater Kraftwagen- und Motorrad-Verkehr … Ferngespräche sind verboten … Jede feindselige Handlung gegen die Besatzungsmacht zieht schwerste Folgen nach sich, z. B. Verhängung der Todesstrafe, Erschießung von Geiseln, Niederbrennen von Gebäuden, aus denen geschossen worden ist, oder auch Niederbrennen der Umgebung von Häusern, aus denen geschossen worden ist.

Jean Luchaire, der »Informationsminister« der Vichy-Regierung im Exil, war sich sicher, in Italien, seinem Geburtsland, würde er mit seiner Familie bleiben können, bis sich die Wogen in Frankreich geglättet hätten. Die erste »Säuberungswelle« riss ihn jedoch mit: Am 22. Februar 1946 wurde er im Namen des französischen Volkes wegen Kollaboration mit dem Feind erschossen.

Die meisten Franzosen in Sigmaringen, die sich bei der Vichy-Regierung sicher glaubten, mussten zu Fuß flüchten und wurden festgenommen. Die Kleinen ließ man größtenteils wieder frei, den Großen machte man den Prozess, von den Militärs bezahlten viele mit ihrem Leben. »Wiedergutmachen«, was falsch gelaufen war. Einen Schlusspunkt setzen, von vorne anfangen.

Es gibt nie ein Von-Vorne, es ist immer ein Weitermachen.

Die Zurück- und Übriggebliebenen wollten – wie in Deutschland – ein paar Jahre später nur noch vorwärts schauen. Wer von den Verurteilten Anfang der 50er-Jahre noch nicht hingerichtet worden war, konnte auf Freilassung hoffen. Corinne Luchaire, die ihren Vater über Baden-Baden nach Sigmaringen begleitet hatte, wurde zu zehn Jahren *d'indignité nationale*, verurteilt. Sie war eine Unwürdige, ihr wurde nicht erlaubt, wieder als Schauspielerin zu arbeiten.

Nach dem Krieg haben die neuen, die anderen Franzosen in Sigmaringen viel geschossen, in den Straßen, im Prinzenpalais, wo Luchaire seine Redaktion unter historischen Wandgemälden eingerichtet hatte, in den Häusern, meist nur eine Drohgebärde. Die Stadt war zuvor kampflos übergeben worden. Das Wort »Endsieg« verschwand aus dem Vokabular der Deutschen. Man arrangierte sich, so gut es ging, mit den neuen Herren. Die Frauen und Mädchen versteckten sich so lange, bis alles wieder einigermaßen normal war. In den ersten drei Tagen hieß es für sie, unsichtbar zu bleiben. Nicht allen gelang dies. Schwangere durften mit einer Sondergenehmigung zur Abtreibung in die Universitätsklinik nach Tübingen.

Für meinen Nachbarn in Sigmaringen war Frankreich noch lange gleichbedeutend mit Soldaten, die seine trächtige Hündin erschossen haben, einfach so. Er war gerade neun Jahre alt, der Krieg eher ein Abenteuer, das für seinen Vater gut ausgegangen war. Die Versprechungen, die er in der Schule vor und während der Kriegszeit gehört hatte, passten nicht zu den sogenannten Friedenszeiten, in denen es nichts zu essen gab und in denen Waldi, seine treueste Freundin, seit er auf der Welt war, die ihn mit ihren großen Augen und den hängenden Ohren in jeder Situation seines Lebens verstanden hatte, erschossen wurde. Wenn er »Franzose« hörte, dachte er immer zuerst an Waldi, die die Jungen, auf die er sich schon die ganze Zeit freute, die er fühlen konnte, wenn er über ihren Bauch strich, nicht mehr bekommen hatte. Der Nachbar erzählte viel von der »Franzosenzeit« nach dem Krieg. Marschall Pétain blieb für ihn ein alter Herr, der mit dem Auto vorbeifuhr, der den Kindern zunickte, der beim Spazierengehen durch die Stadt auch mal mit den Leuten sprach, wenn sie in ihrem Garten die Beete umgruben. In den anderen sah er die Mörder von Waldi.

Natürlich habe ich meinen Vater gefragt. Die Frage der Fragen: »Was hast du im Krieg gemacht?«

»Das verstehst du noch nicht«, war seine Antwort. Der Ohnmachtssatz für die Kinder. Und dann ergänzte er: »Das versteht niemand.«

»Auch wenn ich es nicht verstehe, sag es mir trotzdem.«

Auf einem unserer vielen Spaziergänge, als er schon wusste, dass seine Zeit begrenzt war, gab er meinen drängenden Fragen nach: »Der Krieg war eine Maschinerie, wir konnten nicht einfach aufhören, uns als Rädchen zu drehen.«

»Und warum nicht? Warum habt ihr nicht einfach den Dienst verweigert?«

Danach hat mein Vater nur hörbar Luft geholt. »Ja, warum eigentlich nicht?« Nach einer Pause sagte er: »Wir wurden dazu erzogen zu gehorchen.«

Oft muss ich an dieses Gespräch denken. Habe mir überlegt, warum er sich aus der Erziehung weitestgehend heraushielt, warum er uns so viel erlaubt hat. Warum er es seiner jungen Frau überließ, die Kinder zu erziehen.

Obrigkeitsgläubigkeit als Straftatbestand. Mit seinem scharfen Verstand hätte er erkennen müssen, was da ablief, trotz allem. Sein Eintritt in die NSDAP kurz vor Kriegsbeginn war, ich will es ihm glauben, zwangsweise, wie er bei der Entnazifizierung angeben musste, er hätte sonst mit Sanktionen für sich, seine Familie und die Fabrik rechnen müssen. So verteidigte er sein Tun. Mitläufer. Er hat es nicht gewagt, hat nicht hinter die Kulissen geschaut, vorsichtshalber. Die enorme Verantwortung, die sich später offenbarte, anzuerkennen, eine fast unerträgliche Erkenntnis. Hitler war für ihn und viele Deutsche rechtmäßig gewählt, er war das Staatsoberhaupt, würde das tun, was er zu tun hat, würde all das Politische regeln. Seine Aktionen gegen die Kirche missbilligte mein Vater. Der katholische Glaube stand für ihn über dem Staat. Aber auch die Kirche spielte dieses Spiel mit. Verweigerte sich nicht. Und die Juden, die Kritischen, die Politischen, die Behinderten? Warum half er nicht? Er spürte den Mord nicht am eigenen Leib, sah ihn nicht im Bekanntenkreis. Dachte vielleicht auch, es würde schon nicht so schlimm werden. War es das? Seine Frau war im Ruhrgebiet aufgewachsen, viele ihrer Schulfreundinnen waren Jüdinnen. Sie sah mehr als mein Vater auf dem Land, fragte sich vielleicht: Warum schreiben die Freundinnen nicht mehr, was ist aus ihnen geworden? Die Angst hatte sich eingeschlichen, gleich danach die Sorge, selbst mit hineingezogen zu werden. Als sie klein war, hatte ihr Vater gesagt: »Schau mal, da unten die Braunhemden, die bringen noch einmal alle Juden um.« Unvorstellbar. Woher wusste der Vater so etwas? »Ihr werdet es sehen«, sagte er zu seinen Kindern. »Es wird schlimm enden.« Die Braunen und die Roten prügelten sich in den Straßen von Oberhausen. Die Braunen sind danach aufgestanden wie Zinnsoldaten und abmarschiert, so, als wäre nichts passiert, obwohl sie doch genauso verletzt waren wie die anderen. Das war noch vor 1933. Was die jüdische Bevölkerung betraf, sollte ihr Vater recht bekommen. Sie wurde ermordet, wie viele andere, die ganze Stadt im Ruhrgebiet lag in Schutt und Asche. Am Ende.

Viele Jahre nach dem Tod meines Vaters ist eine Mappe mit seinen Unterlagen bei mir gelandet. Damals kannte ich Pierre schon. Ein Krieg, ein Sich-Gegenseitig-Erschießen, wäre das Undenkbare schlechthin gewesen.

Ich habe gelesen, was mein Vater für aufbewahrungswürdig hielt. Wann und wo er im Krieg war. Er war nicht in Paris. Aber ganz in der Nähe. Der Tag der Befreiung, *la libération de Paris*, am 25. August 1944. Für Frankreich war der Krieg an diesem Sommertag schon fast zu Ende, für Deutschland bedeutete es zusammen mit dem Rückzug aus dem Osten eine Art Abgesang.

Der Vater wurde im Sommer nach Kriegsbeginn eingezogen und ging regelmäßig zum Regimentsarzt. Aber ein stolperndes Herz war kein Grund, sich vor der Vaterlandspflicht zu drücken. Er war Kaufmann, zum Infanteriedienst untauglich, die Schreibstube wurde sein Revier. Erst war er bei den Fliegern, beim Bodenpersonal in der Nähe von München. Er kutschierte die Herren der Luftwaffe an verschiedene Orte, protokollierte, was von anderen für wichtig erachtet wurde. Im Juni 1944 war er in Nordfrankreich, im August fuhr er von Belgien aus nach Valenciennes, Hirson, Laon, Soissons bis nördlich von Paris. Jetzt war er mit einer »schweren Flak« unterwegs. Sie sollten die feindlichen Flugzeuge »vom Himmel holen«. Was hat er da konkret gemacht, was gedacht? Hatte er Angst? Wie ich ihn kenne, hätte er lieber romanische Kirchen besichtigt. Am Tag der Befreiung von Paris machte er sich auf den Rückzug. Ziemlich spät. Die meisten Besatzer hatten Paris verlassen, die anderen kamen in Gefangenschaft. Jetzt war er in der Nähe von Melun, südlich von Paris. Der Rückzug, so notierte er, ging über Reims nach Sedan und wieder nach Belgien. Er hat uns Kindern nie etwas davon erzählt. Anfang 1946 hatte er dies zu protokollieren, sollte sich selbst anzeigen, sollte sagen, ob er Eigentum im fremden Land entwendet hätte. In Gedanken machte er sich noch einmal auf die Reise. Woher wusste er nachher alles so genau, hat er Tagebuch geführt? Hat er weggelassen, ausgelassen, manches gar in Gedanken ausgelöscht? Hat er irgendwann realisiert, wie viele Menschen im Namen eines Unrechtsstaates ermordet wurden? Das Unrecht, das es in Zukunft auch für seine Kinder zu verantworten galt.

Weihnachten 1944 fiel für ihn ins Wasser. Niemand durfte nach Hause. Schon lange nicht mehr. Mein Vater hat sich mit der Erzählung »Der Besenbinder von Rychiswyl« von Jeremias Gotthelf getröstet, er hatte das Reclambändchen tags zuvor gekauft. Er schrieb seiner Frau: »Ich stelle mir vor, dass der heutige Tag Dich mit Weihnachtsvorbereitungen beschäftigt. So war es doch wenigstens früher. Zurzeit üben wir für die Weihnachtsfeier einige zwei- und dreistimmige Lieder. Du musst Dir aber nun nicht vorstellen, dass dies Weihnachtslieder im bisherigen Sinne wären. Vom eigentlichen Weihnachtszauber, wie ich ihn zu erleben gewohnt war, wird man hier herzlich wenig verspüren. Da werde ich dann eben mit meinen Gedanken doppelt zu Hause sein und im Geiste mit euch Weihnachten feiern, je leerer und schaler mir der Betrieb hier vorkommt.«

Und dann war für ihn endlich der ganze Kriegszauber vorbei.

Mein Vater hat seinen letzten Kriegstag und seine Gefangenschaft schriftlich festgehalten, hat in die Schreibmaschine getippt, was er ohnehin nicht mehr vergessen würde: »Es ist der 17. April 1945. Ich erwache morgens etwa um halb vier Uhr an einem unsympathischen Geräusch. Es ist das Detonieren von Granaten in ziemlicher Nähe. Wir springen sofort auf, machen uns fertig und beziehen unsere Posten. Der Feind scheint sich auf unsere Stellung einzuschießen. Ich fungiere als Gefechtsschreiber und stehe mit dem Offizier in einem Deckungsloch am Telefon, das uns mit dem zweiten Geschütz und dem Vierlingsgeschütz verbindet. Kurz darauf bekomme ich aber den Befehl, für sämtliche Leute des Flak-Kampftrupps die Entlassungspapiere fertig zu machen. Den ganzen Vormittag dauert der feindliche Beschuss unter Zwischenschaltung längerer oder kürzerer Pausen an. Der Feind scheint nicht angreifen zu wollen, bevor er uns nicht durch sein Artilleriefeuer kleingemacht hat. Außer uns befindet sich nur noch eine Luftnachrichten-Einheit hier, die schon den ganzen Vormittag damit beschäftigt ist, ihre Anlagen, Waffen und sonstigen Vorräte zu sprengen. Gegen zehn Uhr bekommen auch wir den Befehl, unsere Geschütze, Waffen und Munition zu sprengen, nachdem die Granateinschläge immer näher gekommen waren und uns der Dreck schon ganz bedenklich um die Ohren flog. Wenige Minuten, nachdem unser Geschütz in die Luft geflogen war, saß auch ein Einschlag mitten in der Geschützstellung. Eine Verteidigung war unmöglich. Wir wären zusammengeschossen worden.

Gegen zwölf Uhr mittags setzten wir uns ab, und zwar zunächst in eine kleine Waldschlucht. Dort waren wir sicher gegen feindlichen Beschuss und auch gegen Fliegersicht. Nachdem wir uns alle gesammelt hatten, wurden die Entlassungsscheine ausgegeben und jeder konnte hingehen, wohin er wollte. Es sollte sich jeder möglichst Zivilkleidung verschaffen und aufgrund der Entlassungspapiere in seine Heimat oder doch zu Verwandten oder Bekannten durchschlagen. Zivilpersonen sagten uns, dass die amerikanischen Posten die Zivilisten und entlassenen Soldaten ungehindert durchließen. Ich hatte vor, zunächst zu Verwandten nach Oberhausen zu gehen. Mit mehreren Kameraden aus Mülheim, Duisburg und Hamborn marschierte ich über Kettwig vor der Brücke durch das Ruhrtal in Richtung Mülheim. Meine Kameraden hatten sich unterwegs schon Zivilkleidung beschafft und drangen in mich, dasselbe zu tun. Da ich auf dem Auberg Bekannte meiner Frau wusste, ging ich dorthin. Hier hatte ich Gelegenheit, mich zu waschen und umzuziehen und Oberhausen vor Beginn der Polizeistunde noch zu erreichen. Aber es sollte anders kommen. Schon als ich nach Mülheim-Saarn kam, warnte mich auf der Straße eine Frau, dass die Amerikaner allen Taschenmesser und Uhren abnähmen. Daraufhin übergab ich ihr meine Armbanduhr und meine beiden Taschenmesser zur Verwahrung und notierte mir ihre Adresse. Ich hoffte immer noch, dass mich die amerikanischen Posten aufgrund meines Entlassungsscheines ungeschoren durchließen. Doch diese Hoffnung war trügerisch. Verbindlich und höflich lächelnd kontrollierten sie meine Papiere und bedeuteten mir freundlich, aber bestimmt, seitwärts zu warten. Nun wusste ich, ich befinde mich in Kriegsgefangenschaft. Es war Viertel vor fünf Uhr abends.

Nachdem sich ein größerer Trupp gesammelt hatte, marschierten wir zu dem Gebäude, wo anscheinend die amerikanische Militärpolizei untergebracht war. Von dort fuhren wir auf Lkws zu einem vorläufigen Sammelplatz, wo wir sämtliches Gepäck, Decken, Mäntel, Zeltbahnen usw. abgeben mussten. Von dort wurden wir wieder auf Lkws nach Essen-Borbeck gefahren, wo wir zum endgültigen Abtransport in das Gefangenenlager gesammelt wurden. Wir übernachteten unter freiem Himmel und wurden streng bewacht. Auf dem Dach einer kleinen Baracke war ein MG-Posten aufgestellt. Am nächsten Vormittag wurden wir nach Offizieren, Unteroffizieren und Mannschaften sortiert und zu 60 Mann je Lkw, eng aneinandergepresst, verladen. Die Chauffeure fuhren gut und vorsichtig. Zunächst ging die Fahrt durch das zerstörte Essen in nordöstliche Richtung, und wir glaubten, nach Westfalen zu kommen. Bei Dülmen wurden wir jedoch auf größere Lkws umgeladen, die je 100 Mann fassten. Von da ging es in westliche Richtung. Im Geiste sah ich mich schon in Holland oder Belgien. Doch in Rheinberg wurde endgültig haltgemacht. Tausende waren schon vor uns dort und viele weitere Tausende folgten uns noch an diesem und den nächsten Tagen und Wochen. Auch hier kampierten wir wieder unter freiem Himmel, immer noch in der Hoffnung, dass dies nur ein vorübergehender Zustand sein würde und dass wir über kurz oder lang Zelte oder gar Baracken angewiesen bekämen. Nur zu bald sollten wir gewahr werden, dass diese Hoffnung trog. Wer noch eine Zeltbahn oder Wolldecke – manchen waren diese Stücke belassen worden – sein Eigen nennen konnte, konnte sich glücklich schätzen. Er konnte sich wenigstens notdürftig vor den Unbilden der Witterung schützen. Wer aber gar nichts hatte, und das war die Mehrzahl der Gefangenen, war schutzlos der Kälte, der Hitze, dem Regen und dem Sturm preisgegeben. In jenen nasskalten April- und Maitagen durfte man es ja nicht wagen, auf dem bloßen Boden ohne jeden Schutz zu schlafen, ohne sich der Gefahr auszusetzen, schwere gesundheitliche Schäden davonzutragen. So war ich gezwungen, nachts wach zu bleiben und dafür tagsüber etwas Schlaf zu suchen. Besonders gegen Morgen herrschte eine empfindliche Kälte. Die ersten beiden Tage war es tagsüber noch schön, aber schon am Freitag, dem 20. April, setzte unverfälschtes Aprilwetter ein. Regen und Sonnenschein wechselten ohne Unterlass, und es war auf die Dauer eine Qual, diesen unablässigen Wechsel zu ertragen.«

Der Entlassungsschein aus der Wehrmacht, kurz vor seiner Gefangennahme von ihm selbst geschrieben, liegt ebenfalls bei seinen Unterlagen. Haben die Gefangenen im Lager alles abgeben müssen oder durften sie es bei sich tragen? Auch ein gefalteter Taufschein liegt bei seinem Soldbuch. Es war ihm sicher wichtig, im Ernstfall wollte er ein katholisches Begräbnis.

Manchmal kann ich einzelne Erinnerungslöcher meines Vaters stopfen. Nicht alle Familienmitglieder mögen es, wenn ich frage. Sie sagen, es sei doch vorbei, niemand interessiere sich noch dafür, es gäbe so viel anderes Leid in der Welt. Aber ich werde nicht müde, Puzzleteile zusammenzusetzen. In Löcher, die man nicht kennt, kann man jederzeit hineinfallen, möglicherweise ist es das, was ich vermeiden möchte. Mit der Schreibmaschine hat der Vater nach dem Krieg Zeitungsartikel abgetippt oder ausgeschnitten, die ihm halfen, das Davor zu verstehen und das Danach zu leben. Meist hat er über das hinter ihm Liegende geschwiegen. Der Alltag war mühsam, das Glück in den eigenen vier Wänden kostbar wie nie.

Am Anfang konnte er nichts erzählen. Während der Kriegsjahre half ihm das Erinnern an zu Hause. Als er wieder dort war, wurde das Erinnern an den Krieg zur Last, drückte auf die Gegenwart. Wie Luftblasen kam das Vergangene unvermutet ans Tageslicht. Wir Kinder durften nie verschwenderisch oder leichtsinnig mit dem Essen umgehen. Wir spürten sofort, dass er hier keinen Kompromiss duldete. Das Wort Hunger hatte für ihn eine völlig andere Bedeutung als für uns.

Nach dem Krieg haben sich die Kameraden gesucht, haben gefragt, lebt der noch und der, wer weiß welche

Adresse? Ein Oscar schrieb »der Walter war ja auch so ungern Soldat wie du und ich, und der Dürr war ein Sauhund«. Dieser Oscar freute sich, dass mein Vater noch am Leben war, wo es doch geheißen hatte, er sei gefallen. Ein Kurt schrieb ebenfalls, wollte wissen, ob sein Kamerad noch am Leben sei. Im Rheinberger Lager waren sie zusammen. Kurt wurde von einem in das andere Lager gefahren und schließlich als Fremdarbeiter nach Frankreich, nach Chartres, verschaukelt, wie er sich ausdrückte, und von dort ein Jahr später als dienstuntauglich entlassen. Zu Hause im Ruhrgebiet läge kein Stein mehr auf dem anderen. Aber es ginge doch wieder weiter und nachher auch wieder aufwärts. Am Schluss schrieb er: »Mit vielen Menschen war ich in der Kriegsgefangenschaft zusammen, aber nur sehr wenige verdienen den Anruf Kamerad. Noch vor wenigen Tagen fiel mir mein Gefangenentagebuch in die Hand, nur wenige Zeilen hatte ich Dir damals gewidmet, es war das Wort des guten Kameraden inmitten einer Welt voll tier-menschlicher Leidenschaften. Und was machen Deine Leidenschaften – die schöne Bücherei und die Filmkamera?«

Solche Briefstellen können mich ein wenig beruhigen, darin erkenne ich meinen Vater.

Mit Pierre saß ich in Paris vor dem Café in der Novembersonne. Ein Soldat im Kampfanzug überquerte den Platz. Die Bedienung, eine junge Frau Anfang 20, rannte aus dem Café, setzte klirrend das Tablett ab, hob die Faust, rief etwas hinter dem Mann her. Er drehte sich nicht um. Die Bedienung kam zurück, war empört, sprach in die

Runde: »Was soll das?« Das Thema ergab sich, wir sprachen vom Krieg. Von Paris. Von Paris im Krieg. Ich sagte Pierre, dass mein Vater während der *Libération* südlich von Paris gewesen wäre, dass sie sich nach der Übermacht der Alliierten schleunigst auf den Rückzug gemacht hätten. Pierre war sich sicher: »Ich hätte damals nicht einen deutschen Soldaten in der Stadt geduldet.«

»Ja, und ich hätte diesen schnauzbärtigen Schreihals in eine Einzelzelle gesperrt.« Ich hätte mich gerne verteidigt, hätte Pierre gerne erzählt, dass es in Deutschland auch Menschen gab, die nicht mitgemacht haben, die ihre jüdischen Nachbarn versteckt haben. Sagte jedoch nichts, wollte nichts relativieren, was im Grunde nicht nachvollziehbar ist. Heute ist uns klar, was wir getan hätten, aber hätten wir es auch damals gewusst? Es gab viele Mitläufer, viele Aktive, nicht nur in Deutschland. Die Propaganda entpuppte sich im Nachhinein als raffiniertes Gespinst, sie hatten sich die Jungen systematisch herangezogen. Nachher wusste man, dass es so kommen musste. Für Pierre und die französische Bevölkerung gab es ein klares Feindbild. Wenn man sein eigener Feind ist, wird es problematisch.

Aus dem Wenigen, was ich tatsächlich weiß, versuche ich, Vaters Haltung zu erspüren. Manches hat vielleicht auch ihn fasziniert, hat ihn geblendet, hat dafür gesorgt, dass sein Verstand auf eine falsche Spur gelockt wurde. Ein Widerstandskämpfer war er sicher nicht. Für seine Heirat musste er einen »Arier-Nachweis« erbringen. Ein schreckliches Wort, noch Schlimmeres verbirgt sich dahinter. Geschichte war schon immer sein liebstes Fach in der Schule. Er stöberte gerne in den Archiven, in den Pfarrbüchern. Er hat die ganze Sippschaft »ausgegraben«, hat einen veritablen Stammbaum zusammengesucht. Seine Vorfahren waren nicht sehr reisefreudig, er konnte ihre Spuren über viele Jahrhunderte verfolgen. Akribisch trug er alles zusammen.

Ein Jahr nach dem Überfall auf Polen musste er von zu Hause weg. In den Krieg, in eine Kraftfahrausbildungsstelle der Fliegertruppe, ganz in der Nähe von München. Auch hier hatte er bei der Musterung eine »Bescheinigung über den Nachweis deutschblütiger Abstammung« durch Vorlage eines Ahnenpasses zu erbringen. Er machte mehrere Führerscheine. München war jedoch für ihn auch eine Stadt, in der man ins Theater, ins Schauspiel, in Museen gehen konnte. Davon war der junge Familienvater, der auf dem Lande lebte, begeistert. Das Kulturangebot einer Großstadt. Er ging in Buchhandlungen, kaufte sich, wann immer es sein Geldbeutel zuließ, die neuesten Bücher. Vermisste er die vielen deutschen und übersetzten Schriftsteller, die riesige Lücken in den Regalen hinterlassen hatten? Was dachte er, wenn Goethes Sätze missbraucht wurden, in den Dienst einer »Säuberungskampagne«, an deren Ende der Mord stand, gestellt wurden? München, Hauptstadt der Bewegung, die große deutsche Kunstausstellung, mit Nackten und Kämpfenden, mit Bauern und Landschaft, »Blut und Boden«; drei Jahre hintereinander besuchte mein Vater diese fade Selbstbeweihräucherung; fiel ihm nicht auf, dass die richtige Kunst fehlte? Im Ausstellungskatalog ist vorne der »Schirmherr des Hauses der Deutschen Kunst«, Adolf Hitler, zu sehen, der den Mord der jüdischen Bevölkerung und des »unwerten« Lebens zu seinem persönlichen Kampf gemacht hat und der allzu viele Mitkämpfer fand. Und noch mehr Deutsche, die alles mitmachten, indem sie sich raushielten. Die einen profitierten davon, den anderen war es egal, wieder andere zogen sich ängstlich zurück. Ob mein Vater gehört hatte, was mit Sophie Scholl in München passiert war? Und wie hat er es gehört? War er in der Lage, die Wahrheit dahinter zu vermuten?

Irgendwann, denke ich, kam auch der Zeitpunkt, da war es zu riskant, sich zu wehren. Da hätte höchstens noch Hilfe von außen kommen können. Sie ist ausgeblieben.

Das hätte ich gerne Pierre gesagt. Mit ihm darüber diskutiert. Auch Deutschland hätte eine Befreiung gutgetan. Stattdessen kehrte man schon kurz nach dem Krieg zur Tagesordnung zurück. So, als sei fast nichts gewesen. Jeder hat den Schutt weggeräumt, seine Toten betrauert. In vielen Häusern hängte man das Foto des Helden, der Deutschland vergeblich im Osten verteidigt hatte, mit Trauerflor an die Wand. Vorwärtsschauen, man hatte es trainiert. Natürlich erfuhren sie Stück für Stück, was sie getan hatten. Aber ob sie realisierten, dass dies auch weiterhin zu verantworten ist? Vielleicht glaubten viele, sie hätten schon genug gesühnt. Aber das Leid, das angerichtet worden war, war zu groß, als dass man es hätte aufrechnen können.

Mein Vater hat über seine Gefangenschaft nicht geklagt. Er hat sie hingenommen, die harten Bedingungen, die Albträume danach: »Wenn ich schreie, weck' mich nur durch Rufen, berühre mich auf keinen Fall.« Auch die Männer, die in Russland waren, kamen meist schweigend. Das Erlebte passte an keiner Stelle zur Propaganda. Manche hatten Glück in der Gefangenschaft, sind trotz allem als Menschen behandelt worden.

Die Franzosen hatten die Lager in den Rheinwiesen von den Amerikanern und Engländern übernommen. Sie wollten die Zwangsarbeit zurückbezahlt bekommen: so viele deutsche Kriegsgefangene wie französische Zwangsarbeiter während der Kollaboration. Mein Vater war nicht kräftig genug. Vier Monate blieb er im Lager, Mitte August wurde er von Andernach nach Ludwigshafen entlassen. Dort lebten Verwandte. Er hatte gehört, dass man vorsichtig sein müsse. In Hohenzollern würde man sofort wieder von den Franzosen aufgegriffen und nach Frankreich gebracht werden. Deshalb ging er erst zu den Verwandten. In Ludwigshafen meldete er sich drei Tage später. Bei strömendem Regen und zu Fuß kam er weitere fünf Tage danach zu Hause an. Seine Schwester schaute zufällig aus dem Fenster: »Jesses, er kommt zurück.« Seine Haare waren in diesem Sommer 1945, lange vor der Zeit, weiß geworden, er war abgemagert, aber er war da. Sein Schwager war in Russland vermisst, mehr als drei Jahre schon. Vaters Schwester hörte nicht auf, auf ihren Mann zu warten. Sie wollte ihrer Schwägerin das Familienglück gönnen, aber es fiel ihr schwer. Sie war vier Jahre verheiratet, sie hatte zwei Kinder von einem Mann, der nur kurz auf Heimaturlaub war, sie schaute täglich aus dem gleichen Fenster, auf die gleiche Stelle, dort hat sie den Bruder zuerst gesehen, von dort musste auch ihr Albert kommen, er würde zu ihr hochschauen, er war Tierarzt, eingesetzt als Sanitäter, nicht bei denen, die schießen. Sie würde ihm winken, egal wann. 60 Jahre später, kurz bevor sie selbst starb, sagte die Tante: »Weißt du, ich habe immer darauf gewartet, dass es besser wird, ich weiß jetzt, dass es nicht besser wird, ich weiß, er kommt nicht zurück.«

In Paris fand ich zahlreiche Spuren der Résistance. Die gute Seite der Auseinandersetzung mit den Nazis. An der Place de la Bastille fotografierte ich eine der vielen tricoloregeschmückten emaillierten Tafeln, die die Erinnerung an die eigene heldenhafte Vergangenheit aufrecht halten. Alle Franzosen, so steht es heute noch angeschlagen, sind aufgerufen zu kämpfen, nicht aufzugeben: *La France a perdu une bataille! Mais la France n'a pas perdu la guerre.* Immer wieder auch Erinnerungstafeln an gefallene Résistance-Kämpfer. Mal mit frischen, mal mit Plastikblumen. Von der Bastille aus ging ich über die mit Häusern umsäumte Place des Vosges. In dem kleinen quadratischen Park spielten Kinder mit Kastanien. Die Herbstsonne spiegelte sich in den Fenstern. Ein inspirierendes Stück Erde: Madame de Sévigné, Victor Hugo, Alphonse Daudet und andere Literaten wohnten hier. Zu Amalies Zeiten hieß der Platz noch Place Royale, erst im Jahr 1800 bekam er seinen jetzigen Namen. Ich saß neben einem Sandkasten, schaute den spielenden

Kindern zu, ein kleines Mädchen stülpte einem anderen Mädchen einen Plastikeimer über den Kopf und klopfte als Zeichen des Erfolgs mit der Sandschaufel darauf. Das Mädchen unter dem Eimer schmiss in einem Reflex ihre Spielkameradin auf den Boden, diese schrie laut auf. Die Mütter wurden aus ihrem Gespräch gerissen. Jede kümmerte sich um ihre Tochter. Sie gingen grußlos auseinander.

Ich verließ den Park in Richtung Marais, viele kleine Läden im ehemaligen Judenviertel präsentierten kunstvoll ihre Waren, in einem kleinen Geschäft konnte man nur unter weißen Blusen wählen, im anderen dominierten Giftgrün und Orangegelb. Ich vergaß die Zeit in einem Knopfladen: Knöpfe in allen Farben und Formen leuchteten mir entgegen. Ich kaufte sechs schimmernde Perlmuttknöpfe, ohne zu wissen, wofür ich sie brauchen könnte.

Amalie hätte ihre Freude am vielseitigen Angebot, an den unerschöpflichen Ideen gehabt. Ein Stoff wird elegant drapiert, das zukünftige Traumkleid angedeutet, in Sigmaringen würde derselbe Stoff im Regal liegen, schön ordentlich neben anderen Stoffen.

Ich ging weiter durch die Rue des Archives, las die Inschrift an der École maternelle, zur Erinnerung eingraviert in eine schwarze Marmortafel für die jüdischen Kinder, die nicht in dieser Schule bleiben durften, die abtransportiert wurden in den Tod. Angeklagt sind die Barbarei der Nazis und die aktive Beihilfe der Vichy-Regierung. Die Tafel ist vom 15. November 2003. Für die Erinnerung ist es nie zu spät.

Ich habe die Worte abgeschrieben und Pierre vorgelesen. Ich bin froh, hier steht nicht »die Deutschen«, sondern »die Nazis«, ein versöhnlicher Unterschied, außerdem bekennt sich der eigene Staat ein Stück weit zur Mitverantwortung.

»Hast du den Film ›Die Hetzjagd‹ gesehen? Mit Yvan Attal als Serge und Franka Potente als Beate Klarsfeld?«

»Warum interessiert dich das alles?« Pierre versuchte auszuweichen.

Ich antwortete: »Weil es etwas mit mir zu tun hat und mit dir und mit Deutschland und mit Frankreich und weil es nichts nützt, wenn man alles vergessen möchte. Weil ich die einzige Chance darin sehe, die Augen aufzumachen und möglichst viele Details zusammenzustellen. Jede kleine Geschichte kann ihren Teil zum Verstehen beitragen. Viel zu lange haben die Deutschen Hitler agieren lassen. Weißt du, was ein älterer Mann mal zu mir über den Krieg gesagt hat: ›Wir haben es für euch getan!‹ Und als ich nicht antwortete, meinte der Mann: ›Der Versailler Vertrag war ein Knebelvertrag, der uns keine Chance ließ, der uns alle in die Arbeitslosigkeit trieb.‹ Vom Ruhrkampf erzählte er, als die Belgier und Franzosen das Ruhrgebiet besetzten, von Poincaré, der einen Sonderstatus wollte, wie das Saarland, mehr Frankreich sollte es sein als Deutschland. Daraufhin waren sich die Deutschen einig, leisteten Widerstand gegen die Besatzer, verschuldeten sich darüber noch mehr. Amerika und Großbritannien halfen den Deutschen, die Franzosen und Belgier zogen im Oktober 1924, nach fast zwei Jahren, wieder ab. Arbeitslosigkeit und Hunger waren der Boden, auf dem die Nazis säen konnten. Dieser Mann, der mir seine Geschichte erzählte, ist im Glauben daran, die Unterdrückung nach dem Ersten Weltkrieg rächen zu müssen, erwachsen geworden.

›Schlageter‹, sagte er, ›war ein Märtyrer.‹ Schlageter, den die Franzosen in einem Schauprozess wegen Spionage und Sabotage zum Tode verurteilt hatten. Man könnte auch sagen, die Franzosen schenkten den Nazis ihren ersten Helden. Zehn Jahre später gab es für sie kein Zurück mehr. Der Vater meines Erzählers hatte 1933 beim Straßenbau endlich Arbeit gefunden, der Junge war mit Begeisterung in der Hitlerjugend, später ging er so in den Krieg. Und dann sagte er noch: ›Der Krieg war schrecklich, und danach durften wir nichts mehr sagen, weil niemand es hören wollte, weil auf einmal alles ganz anders als zuvor war, weil die anderen, die, die nicht dabei waren, auf einmal alles besser wussten, weil sie gesagt haben, wir seien Mörder, aber ich bin kein Mörder.‹ Der alte Mann hatte sich in Rage geredet, nachher fing er fast an zu weinen. Ich wollte es nicht sehen, lenkte ab, erzählte von dem Quizmaster Hans Rosenthal, der als Kind in Berlin von Nachbarn in einem Schrank versteckt worden war und so den Holocaust überlebt hat. Der Mann holte tief Luft: ›Ja, den Rosenthal, den habe ich immer gern im Fernsehen gesehen.‹«

Aber Pierre wollte ich nicht beruhigen, ich wollte etwas für mich zurechtrücken, nicht für ihn: »Ob wir wollen oder nicht, Deutschland und Frankreich waren in bestimmten Phasen während des Krieges verzopft.«

Der braune Zopf ist verfilzt, nicht mehr genau zu trennen. Vielleicht war der dritte Strang im Zopf ab 1940 die Kultur, später wurde es dann der Antisemitismus, mit ihm ließen sich die beiden Teile allzu gut zusammenflechten.

Zu Pierre sagte ich: »Hitler war es, der die französische Sprache als erste Fremdsprache abgeschafft hat. Immer weniger Deutsche kennen heute Frankreich, immer weniger Franzosen Deutschland. Die Vorurteile wachsen und gedeihen. Es lebe die deutsch-französische Freundschaft. Nur die Liebe kann helfen, sie fragt nicht nach den Gegebenheiten, sie verweist die Kritikpunkte auf die hinteren Plätze, sie akzeptiert das Anderssein.«

Pierre legte Geld für den Kaffee auf den Tisch: »Komm, wir gehen noch ein wenig durch die Straßen, ich bin froh, dass das alles schon lange vorbei ist.«

»Es wird nie ganz vorbei sein. Zu viele Nazis bekamen bald, noch während der Besatzungszeit, wieder wichtige Posten. Viele Deutsche haben sich mit ihrer Nazi-Vergangenheit mehr als schwergetan, nach dem Krieg jedenfalls, vielleicht immer noch. Man hätte die Deutschen gründlicher befreien müssen.«

Pierre blieb mitten auf dem Gehweg stehen und rief ganz laut: »*Je réclame la libération des Allemands!*«

Ich zog den Kopf ein: »Muss das sein?«

»Dann eben *la libération pour mon Allemande chérie.*«

»Geht das auch etwas weniger auffällig?« Ein älterer Mann drehte sich um, zog die Mütze vom Kopf, nickte mir freundlich zu.

SAMSTAG, SIEBTER TAG

Stuttgart

Der Zug bremst, Metall reibt auf Metall, der hohe Ton wird zur Gänsehaut auf meinen Armen, schließlich stehen wir, nach wenigen Minuten fährt er wieder an, ruckweise. Eigentlich müssten wir schon in Stuttgart sein. Hoffentlich verpasse ich nicht den Anschluss. Draußen, jenseits der Fensterscheibe, häufen sich die Schienenstränge. Ich hole meinen Koffer, meine Taschen, verlasse vor den anderen Reisenden das Abteil, stelle mich auf die Verbindungsplatte zwischen den beiden Zugwaggons. Das Gleichgewicht halten, in der Mitte bleiben, vor- und zurückkönnen. Der Zug hält, ich stütze mich an der Wand ab. In Stuttgart muss ich auf Gleis 12 wechseln, könnte aber auch wieder nach Paris fahren, der TGV fährt zurück. Mein Zug über Reutlingen, Tübingen, Hechingen bis Sigmaringen wartet. Ich beeile mich, verstaue mein Gepäck und sehe mich im Fenster, sehe Pierre, wie er mich anschaut, ihn mitnehmen in mein Leben, vielleicht wäre das die Lösung. *Blau wird es in deinen Augen – aber warum zittert mein Herz vor deinen Himmeln.* Pierre, der mich verlassen hatte, Pierre, der mir wieder geschenkt wurde. Die drei weißen Porzellanpferde, die er Clara bei unserem einzigen Besuch bei ihm in die Tasche gesteckt hat. Mit weißen glatten Bäuchen. Sie sind zu zerbrechlich, habe ich zu meiner Tochter gesagt, komm, lass' sie hier im Bücherregal, du kannst sie jederzeit anschauen. Wenn niemand in meiner Nähe war habe ich sie herausgenommen, habe ihre kühle Porzellanhaut gestreichelt, meine Lippen auf ihren Bauch gedrückt, habe Michel Polnareffs Platte aufgelegt und laut gesungen, *love me, please love me, je suis fou de vous.*

Über die Fürstin Amalie Zephyrine heißt es, sie sei aus Liebeskummer auf einem weißen Pferd in den Tod, in die Donau, geritten. Das Erzählte, das nicht ihre wirkliche Geschichte ist und das besonders tief im Gedächtnis der Lebenden wurzelt: *Die Legende aber will, dass sie sich von diesem Felsen in den Tod gestürzt habe, und das Merkwürdige an dieser Sache ist, dass sie schon bald nach dem Tod der Fürstin entstand, als doch noch jedermann wissen konnte, wie es sich wirklich verhielt.* Als ich zum ersten Mal durch Amalies Park ging, ziellos, früh am Morgen, im Nebel, es war im Spätsommer, traf ich an der Teufelsbrücke eine ältere Frau. Sie schälte sich aus dem Nichts, stand plötzlich vor mir: »Hier balancierten wir als Kinder immer barfuß über die Brücke, wenn das unsere Mutter gewusst hätte.« Die Frau trug Gummistiefel und hielt einen Eimer in der linken Hand, irgendetwas Braun-Grünes hatte sie gesammelt. »Soll ich Ihnen die Geschichte von der Brücke erzählen? Der Fürst Karl, wissen Sie, das ist der Sohn von der Fürstin Amalie, die sich drüben vom Felsen gestürzt hat, der Fürst Karl wollte diese Brücke bauen, über so eine tiefe Schlucht, das war sicher nicht ohne besondere Hilfe möglich.« Zuerst wollte ich etwas dagegen sagen, Teufelsbrücken gäbe es überall, eine alte waghalsige Brücke und die Geschichte dazu gehörten einfach zusammen, aber mein Einwand schien mir bei ihr aussichtslos. Die Frau redete weiter: »Es ist eine ganz besondere Geschichte, schließlich ist sie unserem Fürsten passiert.«

»Ihrem Fürsten?«

»Na ja«, meinte die Frau, »Fürst ist Fürst, aber der Fürst, den ich jetzt meine, der hat vor 200 Jahren gelebt.«

»Es gibt doch keine Fürstentümer mehr«, versuchte ich zu erklären.

»Ach, das ist sowieso immer so schwierig zu verstehen«, antwortete sie und fügte hinzu: »Aber unseren jetzigen Fürsten kenne ich gut, dem gehört ja auch der Park.« Und dann ging sie mit schnellen kurzen Schritten über die Brücke: »Gefährlich war es schon.« Triumphierend sagte sie es, beugte sich über das Brückengeländer aus Beton und fing an zu erzählen: »Fürst Karl erteilte seinem Baumeister den Auftrag, über die Schlucht hinweg eine Brücke zu bauen. Der Baumeister antwortete seinem Herrn: ›Die soll von mir aus der Teufel bauen, aber nicht ich!‹ Kaum hatte der Baumeister dies gesagt, da stand auch schon der Teufel da und versprach, die Brücke zu bauen unter der Bedingung, dass die Seele jenes Geschöpfes, das als Erstes über die fertige Brücke geht, ihm gehöre. Man ging den Handel ein, und als die Brücke fertig war, jagte man einen räudigen Hund über sie und betrog somit den Teufel.« Die Frau richtete sich wieder auf: »Kommen Sie, wir gehen durchs Felsentor, und ich zeige Ihnen die Grotten, davor hatten wir früher wirklich Angst, wir dachten, dort wohnen richtig fette Kröten, die uns fressen wollen.« Sie führte mich immer tiefer in den Park, irgendwann sagte ich, ich müsse wieder nach Sigmaringen zurück, aber ich würde wiederkommen und mir alles genau ansehen. Seither bin ich regelmäßig im Park, zu jeder Jahreszeit, dieser Ort übt eine seltsame Anziehungskraft aus. Von unserem Haus aus bin ich mit dem Fahrrad in weniger als zehn Minuten dort. Ich habe Stufen entdeckt, die die Leute im Ort »Himmelsleiter« nennen, und auf einem bewaldeten Hügel das Denkmal, das Amalie für ihren Bruder errichten ließ. Oft sitze ich auf dem Amalienfelsen, fast 30 Meter über der Donau, und doch fühle ich mich dort sicher und aufgehoben, als gehöre ich selbstverständlich an diesen Ort. Er ist mein neuer Platz zum Denken geworden. Im Sommer beobachte ich die Kanufahrer, die mir manchmal zuwinken. Tagsüber leuchtet der Felsen weiß, abends rot in der untergehenden Sonne. Der Park gleicht einer urwüchsigen Traumlandschaft, immer wieder entdecke ich Neues, wundere mich über Ausblicke, die Gefühl und Geist zum Paar werden lassen.

An meinem letzten Tag in Paris fuhr ich mit der Metro bis nach La Défense und stieg dort in den Bus nach Rueil-Malmaison. Amalie und Joséphine, die Freundinnen, verband nicht nur die Mode, das Leben in der Stadt und in den Salons, sie verband auch die Leidenschaft für schöne

Gärten, solche, die aussahen, als wäre die Natur die Baumeisterin. Stundenlang konnten sich die Freundinnen über Lagepläne und Pflanzen aller Art ereifern.

Rose de Beauharnais hat sich schon vor Jahren in dieses Stück Land westlich von Paris verliebt, 1799 kaufte sie es, ihr Gatte Napoléon bezahlte. Drei Jahre zuvor hatte sie ihn geheiratet, hieß seither Joséphine Bonaparte. *Malmaison*. Der Name passte nicht. Es war kein schlechtes Haus, kein schlechter Ort. Oder vielleicht doch. Als Napoléon sich Anfang 1810 von ihr scheiden ließ, war alles anders geworden. Vielleicht passte der Name jetzt doch. Ein Witwensitz. Joséphine fühlte sich als Witwe, sie war es nicht, alle liebten sie, ganz Paris, die ganze Welt besuchte sie, auch er, Napoléon. Als sie das Landschloss und den Park zum ersten Mal gesehen hatte, hieß sie noch Rose. Ihm beliebte es, sie bei ihrem zweiten Vornamen Joséphine zu nennen. Was ihm beliebte, wurde getan. Sein spöttisches »Joseph-Joséphine«, das schon bei der zweiten Begegnung zu einem verlangenden, besitzenden wurde. Am Anfang dachte sie nicht daran, diesen Springinsfeld zu erhören. Aber er ließ nicht locker und auch ihr Gönner und Präsident des Nationalkonvents Paul Barras fand, eine Verbindung mit dem stürmischen Korsen könne sich auszahlen. Er zwinkerte ihr zu: »Wenn Napoléon so gut im Bett ist wie auf dem Schlachtfeld, können Sie sich auf etwas gefasst machen, es gereicht Ihnen sicher nicht zum Nachteil.« Eine Hand wäscht die andere, eine Hand reicht die andere, bis irgendeiner aus der Kette ausbricht und der Rest zu Boden fällt. Sie hätte es wissen müssen, Napoléon wollte sie, liebte sie über die Kaiserkrönung hinaus. Aber er wollte Kinder, eigene Kinder, standesgemäße, kaisergemäße Nachfolger. Wie sie sich bemüht hatte, von Pontius zu Pilatus war sie gelaufen, tausend Mittel hatte sie ausprobiert, heimlich Wahrsagerinnen aufgesucht, Karten gelegt, nichts hatte geholfen. Jetzt fehlt er ihr, mehr, als sie sich jemals hätte ausmalen können. Die ganzen Liebesbezeugungen, und darin war er mindestens so erfolgreich und erfinderisch wie auf dem Kriegsschauplatz, schob er wegen einer anderen, einer neuen Stufe zu seinem Glück, zur Seite. Ihr Glück hieß jetzt *Malmaison*. Ihr Refugium. Der Mann, der ihr all den Luxus ermöglichte, hatte hier immer noch seine Bibliothek, sein Arbeitszimmer, seine Gespräche, sein Bett, ihr Bett, wenn er wollte.

Die Rosen sind ihr geblieben. Auf diesem Gebiet ist sie eine Spezialistin geworden, hier kennt sie sich aus, vermehrt ihr Fachwissen. Ihr erster Mann Alexandre würde sich freuen, wenn er sehen könnte, wie sie Bücher wälzt, sich mit Botanikern aus dem In- und Ausland austauscht. Einer von Alexandres Briefen an sie, geschrieben am Anfang ihrer Ehe, kommt ihr in den Sinn, erst kürzlich fand sie ihn wieder: »Ich bin entzückt über Deinen Wunsch, Dich zu bilden. Diese Neigung, die man jederzeit befriedigen kann, verschafft reine Freuden und hat den Vorteil, dass man nicht bedauern muss, wenn man ihr nachgeht. Wenn Du an dem Entschluss, den Du gefasst hast, festhältst, werden Dich die Kenntnisse, die Du erwirbst, über die anderen erheben, und wenn Du Wissen mit Bescheidenheit verbindest, wirst Du eine ideale Frau.« Ihr Mann Alexandre hat seine Idealfrauen anderswo gefunden. Nicht nur eine. Nach ihrer Trennung sahen sie sich dennoch fast öfter als während der Ehe, sorgten gemeinsam für das Wohlergehen der beiden Kinder. Eine dieser idealen Frauen ist ihr eine Freundin geworden. Immer wieder hatte Alexandre von der gleichaltrigen Amalie Zephyrine, der Schwester seines Freundes Friedrich von Salm, geschwärmt. Friedrich hätte sich mit seinem Temperament sicher mit Napoléon gut verstanden, zumindest am Anfang. Amalie, in ihrer Trauer um den Bruder, hat nach dem Ende des Terrors heimlich für eine würdige Grabstätte für ihren Bruder und Alexandre gesorgt. Manchmal lässt Joséphine sich zum eingefriedeten Grab nach Picpus, in den Osten der Stadt, fahren und legt für die Freunde einen von ihr selbst geflochtenen Kranz aus Rosen nieder. Amalies Gesellschaft fehlt ihr. Diese schreibt regelmäßig aus dem fernen Hohenzollern. Sie sei glücklich darüber, dass sie bei ihrem Sohn und der kleinen Murat leben dürfe. Sie sind Großmütter geworden, alle beide, es scheint so unwirklich, trotzdem, welche Freude, wenn die Kleinen hier bei ihr sein können. Amalie schrieb erst kürzlich von ihrem Park, den sie plane, durch den sogar die junge Donau fließe. Rosen, so schrieb Amalie, gedeihen bei ihr am besten in der Orangerie.

Aus der ganzen Welt bekommt Joséphine inzwischen Rosen. Ihr Garten wächst schon seit vielen Jahren, sein Duft berauscht und befreit gleichzeitig. Die Rosen und ihre Kinder Hortense und Eugène sowie die Enkelkinder sind das, was wirklich zählt. Die Rosen sind vollkommen, zart, mit Dornen, die stechen, wenn man sich ihnen nicht vorsichtig genug nähert. Die Blüten bringen über ihren Duft Erinnerungen zurück, versprechen eine Zukunft, die auch der beste Künstler nicht verheißungsvoller malen könnte. Joséphine geht in ihr Gewächshaus. Sie ist in Begleitung ihrer Hofdame und ihrer Zofe, sie findet Monsieur Redouté vor seiner Staffelei, er überträgt einzelne Rosen auf weiße Büttenblätter. Er hat schon über 100 Tafeln gezeichnet und aquarelliert. Wie entrückt er malt. Pierre-Joseph Redouté zählt nur wenige Jahre mehr als Joséphine und wirkt auf sie doch wie ein älterer Herr. Er sieht auf und lächelt. So wird er auch Marie Antoinette angelächelt haben, die Arme, sie war seine Schülerin, bevor sie ihren Weg zur Guillotine ging. Warum gerade heute all die schwermütigen Gedanken kommen? Normalerweise ließen sie sich mit einem Blick in den Spiegel, mit einer Drehung, dem Knistern des Kleides vertreiben. Aber heute will etwas in ihr in das Vergangene abtauchen. Draußen watschelt das schwarze Schwanenpaar mit seinen rot-weißen Schnäbeln über die Wiese. Sie sollten im Wasser bleiben, an Land wirken sie schwerfällig. Welches Glück sie hatte. Wäre Robespierre nicht rechtzeitig gestürzt worden, hätte sie das gleiche Schicksal wie Marie Antoinette ereilt. Für Alexandre kam der Tod des Eiferers zu spät. Joséphine wurde es unangenehm heiß, sie spürte Schweiß auf ihrer Oberlippe. In Thérèse hatte sie im Gefängnis der Karmeliter eine Freundin gefunden, mit der sie heute noch verbunden ist, in General Hoche einen Liebhaber, der nur im feuchten unwirtlichen Gefängnis ihre Nähe suchte, jedoch niemals gewillt war, sie zu ehelichen. Thérèse jedoch, die Glücklichere, hatte ihren Geliebten Jean Tallien geheiratet. Er bewirkte mit dem Sturz Robespierres ihre Freilassung aus dem vor Schmutz starrenden Gefängnis. Die Dunkelheit, der Dreck und die Todesangst mussten in der Zeit danach mit allen Mitteln geläutert werden. Keine Leuchter strahlten hell genug, Blusen aus bedrucktem Musselin, Kleider aus Seide, Porzellan, Spiegel, alles musste gegen die Stumpfheit des zurückliegenden Gefängnisses anglänzen. Und wie ausgelassen sie das fast verwirkte Leben feierten. Niemand sprach von früher, jedem blieb das Vergangene als Lebenselixier im Blut. Manchmal übertrieben sie es ein wenig. Joséphine lächelt vor sich hin, sieht sich zusammen mit Thérèse in Barras' Schloss Grosbois unter einem Vorhang tanzen, sie und ihre Freundin im wunderbar möblierten und ausgestatteten Tanzsalon, sie trugen fast nichts auf ihren Körpern, sie fühlten sich jung wie nie. Paul Barras feuerte sie an, auch die anderen Gäste jubelten ihnen zu. All diese Spiele waren danach mit Napoléon zwar nicht völlig vorbei, aber doch weitaus seltener geworden. Napoléon vertrieb seinen Förderer Barras schon 1799, Grosbois und seine lebenslustigen Feste waren für immer verloren. Ein wenig sah das Landschloss Grosbois aus wie Malmaison. Vielleicht hat es ihr deshalb vom ersten Augenblick an gefallen. Die Anfangszeit, sorglos auch hier, draußen spielten die jungen Damen Federball, Blindekuh, drinnen vergnügten sich die Herren beim Billard, gemeinsam spielten sie am Abend Tric-Trac oder Karten. Wenn Napoléon mit seinen Besprechungen fertig war, konnte er ebenfalls wie ein Kind spielen, manchmal sogar Verstecken, verlieren konnte er nicht, er wusste dies mit allerlei Tricks zu verhindern. Er fehlt ihr, immer noch, täglich. Joséphine atmet laut aus und dreht sich zu ihrer Hofdame um: »Heute Nachmittag werden wir zum Picknick ins Gartenhaus einladen, ich brauche Menschen um mich.«

Kronprinz Friedrich Wilhelm, der nach dem Tod seines Vaters König von Preußen werden würde, schrieb nach der Abdankung Napoléons und über das so ganz andere Leben in Paris an seine Schwester Charlotte in Berlin: »Paris, den 6ten April 1814. Was ist das für ein Ort, dieses Lutetia, dieser große Sünden-Pfuhl!! Von solch einem Leben und Treiben, von solcher Wirtschaft und von solchen Raffinements, um die Zeit zu verderben, kann man sich gar keine Vorstellung machen; und dieses Volk!! Wirklich ein unaufhörliches Komödienspielen scheint das uns zu sein; dieser Enthusiasmus für das Größte und für das Allerkleinste! Mit derselben Begeisterung wird in den Theatern getobt, wenn ein Akteur ein Vaudeville gut vorträgt, und wenn sie der Rückkunft der goldenen Zeit und der *fils du bon Henri*, wie sie die Bourbons nennen, gedenken. Unser Empfang hier, nein!!! Unser Empfang!!! Der Berliner Jubel bei unserer Rückkunft aus Preußen war Phlegma gegen diesen Lutetischen!!«

Ich habe lange gebraucht, bis ich das Knäuel einigermaßen entwirren konnte. Immer wieder tat sich ein neues Tor auf, eine Verbindungslinie, die ich übersehen hatte.

Politik lief immer wieder über die Verwandtschaftsschiene, über Schlafzimmertüren. Welcher König hatte welche Schwester oder Tochter mit wem verheiratet? Zar Alexander und Kaiser Napoléon trafen sich auf der Memel, verhandelten 1807 den Frieden von Tilsit. Napoléon hielt bald danach Ausschau nach einer geeigneten Mutter für einen Erben, auch im russischen Adel, doch schließlich heiratete er 1810 die Tochter des österreichischen Kaisers. Nach dem für alle Beteiligten katastrophalen Russlandfeldzug 1812 und den jahrelangen Kriegen im eigenen Land begann sich Europa gegen Napoléons Übermacht zu formieren. Als *Befreiungskrieg* wird das Ende der *Franzosenzeit* in die Geschichtsbücher eingehen. Der mit Frankreich verbündete deutsche Rheinbund, zu dem die Fürstentümer Salm-Kyrburg wie auch Hohenzollern-Sigmaringen und Hohenzollern-Hechingen gehörten, wurde nach der Völkerschlacht bei Leipzig 1813 aufgelöst, Napoléon am 12. April 1814 nach Elba in die Verbannung geschickt.

Prinz Wilhelm, der jüngere Bruder von Kronprinz Friedrich Wilhelm von Preußen und nach dem gewonnenen Krieg 1871 erster deutscher Kaiser, schrieb an seine Schwester Charlotte in Berlin: »Paris, den 31. Mai 1814. Der Frieden ist unterzeichnet diese Nacht. Nun sind wir also am Ziel. Gestern hatten wir die letzte große Parade, vom Etoile de Neuilly bis nach la Malmaison, dann Vorbeimarsch. Um 6 Uhr war Diner beim König von Frankreich. Außer dem russischen Kaiser und Prinzen war alles dort. Diese ließen sich entschuldigen, sie müssten sich von Gérard malen lassen!!?? Was sagst Du zum Tode der armen Joséphine. Es hat mir recht sehr leidgetan. Als wir gestern vor acht Tagen draußen waren, war sie schon etwas leidend, aber durchaus nicht, dass man ihren Tod befürchten konnte. – Wir haben daselbst einen recht frohen Tag zugebracht. Wir kamen um halb zwölf Uhr mittags an, und fuhren halb zwölf Uhr mitternachts fort. Papa blieb nur bis um zwei Uhr nach dem Dejeuner. Es wurde, da man des schlechten Wetters wegen nicht ausgehen konnte, gesungen und getanzt. Es waren einige Damen dort. Sehr amüsant.«

Joséphine hat sich bei einem Spaziergang mit Zar Alexander durch den Park in Malmaison eine Erkältung zugezogen. Der Zar hatte seine Aufwartung gemacht. Joséphine empfing den Mann, von dem es hieß, er habe Napoléons Unglück eingeläutet. Sie zog sich noch sorgfältiger an als sonst, es war April, manchmal zeigte sich die Sonne, am vorteilhaftesten kleidete sie ein raffiniert geschnittenes hellbeiges Seidenkleid mit gerafftem Ausschnitt und kurzen Ärmeln. Nach dem Frühstück hatte ihre Kammerzofe Mademoiselle Avrillion Joséphine noch ein leichtes Seidentuch überreicht, das über ihren Schultern schimmerte, im Haar funkelten kleine Spangen in den Farben der Schuhe, die Seidenhandschuhe wärmten nicht, betonten jedoch ihre schlanken Hände. Die geschiedene Gattin des besiegten Kaisers glänzte in ihrer besten Rolle. Sie spielte die charmante Gastgeberin jedoch nicht nur, sie war es auch, das Spiel war bei ihr immer gleichzeitig Ernst, war Ziel ihres Handelns, das ihr meist zum Vorteil gereichen sollte. Offen sprach sie über ihre Sorgen und Ängste, sprach über ihre Kinder und Napoléon, sprach über sich selbst. Zar Alexander verbeugte sich tief vor dieser anmutigen Frau, die ihn während des Gesprächs auf seltene Pflanzen und Bäume mit besonderem Erinnerungswert aufmerksam machte, er sprach ebenfalls von seinen Sorgen, seine beiden ehelichen Töchter wären früh gestorben, ein Erbe sei ihm nicht geschenkt, und er fasste in Worte, wie schwierig es sei, ein geschwächtes Land regieren zu müssen. Unter der Zeder von Marengo setzten sie sich auf eine Bank, die ersten Büsche beim Schloss trugen zarte Blüten im hellen Grün.

Nach Joséphines Tod wurden ihre Kleiderschränke geräumt und der Inhalt aufgelistet: 47 Tücher, 9 Kleider aus Kaschmir, 211 aus Seide, Crêpe, Musselin, Tüll und Samt, 223 Batist- und 104 Musselinblusen, 158 Paar Seiden- und Netzstrümpfe und einiges mehr. Wer zählt so etwas?

Bei meinem Besuch des Parks stieg ich am Château Malmaison aus dem Bus. Ich musste warten, so früh am Morgen empfangen auch die heutigen Herrschaften nicht. Alles wirkte wie aus einer anderen Zeit. Ich stand vor einem Eisentor mit vergoldeten Spitzen, wäre am liebsten auf die andere Seite geklettert, durch den Park könnte ich doch schon einmal spazieren gehen. Wartende konnten sich an aufgestellten Tafeln informieren. Endlich kam ein Mann, dem Anzug nach eine Art Portier, den langen Weg aus dem Landschloss auf mich zu, begrüßte mich, als hätte er nur auf mich gewartet. »Sie sind zu früh«, sagte er und ich: »Ist Madame Bonaparte noch bei der Morgentoilette?« Er grinste und sagte dann ernst: »Das ist sehr wohl möglich, ich habe sie heute noch nicht gesehen.« Ich ging neben ihm zum Château, das als nationales Museum die Aufgabe hat, alles so aussehen zu lassen, als habe es Joséphine Bonaparte nur eben schnell verlassen. Ich zahlte meinen Eintritt und folgte den Pfeilen. Vorbei am Billardtisch, weiter in den goldenen Salon, ins Musikzimmer mit Amor und Psyche, Spiegel auch hier, immer wieder mein Blick in den Garten. Woher kommt die Pracht, was stand tatsächlich schon bei Joséphine in den Räumen? Hat sie sich wohlgefühlt, fand Amalie Zephyrine das alles schön oder natürlich, wenn sie zu Besuch war? Bin ich ein Eindringling, ein Voyeur? Welche Bedeutung hat das Vergangene? Mir gingen seltsame Fragen durch den Kopf. Ein Bild im Bild: Ich hob den Vorhang, der das Aquarell von Auguste Garneray schützt, hoch. Ich spiegelte mich in seinem Glas, das Musikzimmer im Musikzimmer und ich mittendrin.

Ich lebe lieber in meiner Gegenwart als in der von Joséphines und Amalies Zeit. Diese Vergangenheit ist vergangen, und das ist auch gut so. Manches ist von dieser Zeit in unsere geleitet worden. Manches ist gleich geblieben.

Ich ging zurück bis zur Bibliothek von Napoléon. Hier hätte ich gerne einige Bücher in die Hand genommen, Goethes von Napoléon zerlesenen »Werther«, ob der Band hier zu finden wäre? Alles sei so, wie *l 'Empereur* es verlassen habe. Bei dem häufigen Besitzerwechsel kann ich mir dies nicht vorstellen. Über die Treppe hoch von

Napoléons bis in Joséphines Zimmer. Wenn er gerufen hätte, wäre sie zu ihm geeilt, wenn er sie dann wieder entlassen hätte, wäre sie wieder in ihren Salon zu den wartenden Freundinnen zurückgekehrt, sie hätten dort ihre Gespräche und ihr Kartenspiel aufgenommen, so, als wäre Joséphine nicht weg gewesen. So habe ich es gelesen, wie es wirklich war, ist heute schwer festzustellen. Im oberen Stockwerk, hier waren sicher die Zimmer der Zofen und Hofdamen, informierte ich mich über die dargestellten Hintergründe zum Haus und zur Familie. Viele Bilder, die unten keinen Platz gefunden hatten, jedoch zum Themenbereich gehörten, warteten auf die Besucher. Ein wenig ermüdend. Ich freute mich auf den Park.

Kaum war ich draußen, klingelte mein Handy.

Pierre ist dran: »Wo bist du gerade?«

»Im Park von Malmaison.«

»Ich bin in 20 Minuten bei dir.« Wann, wo? Er hat schon aufgelegt.

Ich möchte den Park auf mich wirken lassen und denke nur an Pierre. 20 Minuten müssten reichen. Ich bin alleine. Eine große Wiese, dahinter ein Wäldchen, Laub liegt auf den Wegen. Eine Statue fällt mir auf, sie streckt mir ihren Rücken entgegen, weißer Marmor, die ehemals glänzenden Rundungen werden von einem grünlichbraunen Moosgeflecht spärlich bedeckt. Von vorne ist die Figur eindeutig männlich, ein Neptun, der über ein Wasserbecken, das auch ein nachempfundener Bachlauf sein könnte, herrscht und einen kindsgroßen Fisch bändigt. Stolz steht er da, durch nichts zu bewegen. Pierre ist gleich hier, und ich habe den Park kaum gesehen. Ihn warten lassen möchte ich nicht. Ich überquere die Wiese, gehe an der Zeder von Marengo, unter der sich Joséphine einen Monat vor ihrem Tod mit Zar Alexander unterhalten hat, vorbei, durch den kleinen Rosenpark, einzelne spätblühende Rosen verteidigen einen Garten, der kaum gepflegt ist, ich renne fast zum Eingangstor, Pierre ist noch nicht da. Ich bleibe diesseits des Gitters, fotografiere viele Details, Putten und verwelkte Blumen, endlich kommt er, ich fotografiere auch ihn. »Willst du mich in diesem Kasten festhalten?«, fragt er mich, während er mich mit Küsschen rechts und links begrüßt.

»Weißt du noch, wie wir damals versucht haben, auf 1.000 Küsschen zu kommen?«

Sein Lachen: »Wahrscheinlich wollte ich damals ganz andere Küsse, aber ja, doch, ich erinnere mich.«

»Kennst du Malmaison von innen?«

»Von einem Schulausflug, so spannend finde ich es jetzt nicht, vor allem durften wir die bereitliegenden Queues am Billardtisch nicht benutzen.«

»Ich finde die Räume beeindruckend, aber ich habe den Park noch nicht richtig gesehen.«

»Also komm.« Wie auf ein Stichwort rennen wir los. Weil es seine Entscheidung ist, kann er den Vorsprung nutzen, ich halte ihn an der Jacke fest. Er nimmt meine Hand. Hand in Hand laufen wir vor zum Schloss, links befindet sich eine Art Garten, durch eine kleine verfallene Mauer vom strengen Eingangsbereich getrennt. Als natürlicher Torbogen biegt sich ein Baum hinunter zur Erde, das Laub im Inneren ist grün und gelb, die Sonne scheint durch die kahlen Äste. So muss der Boden unter der Goldmarie aus dem Märchen ausgesehen haben. »Hier bist du meine Prinzessin, deine Hand gehört mir, wenigstens solange wir hier in diesem Zuckerbäckergarten sind.« Pierre verbeugt sich, als bitte er mich zum Tanz. Wir drehen uns im Laub. Ich weiß nicht, was ich fühle, ich sehe mich von oben, so, als seien wir ein anderes Paar. Vielleicht sind wir nur Figuren in einem Film, den ich zeigen würde, obwohl ich das Ende nicht kenne. Atemlos verlassen wir den eingemauerten Bereich, gehen wieder zum Weg, den ich zuvor gegangen bin, gehen immer noch Hand in Hand, gehen an Neptun vorbei, lassen ihn sein gezähmtes Wasser bewachen. Pierre dreht sich um, stellt sich wie der Wassergott in Pose: »Im Winter sollte er sich etwas anziehen, willst du nicht deine Jacke für ihn dalassen, sie würde ihn bestimmt gut kleiden.«

»Gegen Kälte hilft Bewegung«, antworte ich. Wie auf ein nächstes Kommando laufen wir tiefer in das Wäldchen, das durch eine Wiese vom Schloss getrennt ist. Schon als Kind mochte ich es, wenn das Laub von meinen Füßen aufgewirbelt wurde, wenn es geheimnisvoll raschelte, als wolle es eine Geschichte erzählen. Vier Füße erzählen eine doppelte Geschichte, wir hören, lauschen geradezu andächtig, sehen uns an, verstehen vielleicht etwas, ein Etwas, das nicht zu benennen ist, wir schweigen. Wir gehen an einer Diana vorbei, die mit einem Reh unterwegs ist, sie zieht seit ihrer Erschaffung einen Pfeil aus ihrem Köcher. In einem großen Bogen kommen wir zur gefächerten Zeder, lesen ihre Geschichte auf der Tafel: »Diese Zeder aus dem Libanon wurde von Napoléon und Joséphine im Jahr 1800, dem Jahr des Sieges von Marengo, gepflanzt.« Wir gehen weiter in Richtung Ausgang. Pierre pflückt eine der wenigen einzeln stehenden Rosen, es ist eine voll aufgeblühte weiße Blüte: »Morgen wird sie selbst hier im Garten verwelkt sein, im Augenblick ist sie so schön, mit ihr bist du heute eine Kaiserin.« Unsere Hände haben sich gelöst, ich nehme die Rose: »Napoléon, ich hoffe, die Verbannung wird für Sie erträglich sein.« Ich verstecke die Rose unter meiner Jacke. Wir gehen wieder zum Ausgang. Pierre schaut auf die Uhr: »Ich habe leider nur zwei Stunden Zeit, ich muss noch etwas erledigen.« Wir gehen zu Fuß nach Rueil. In einem der vielen Lokale setzen wir uns in einen Glaserker, die Sonne blendet uns. Pierre bestellt für sich und seine Frau je eine Quiche Lorraine mit Salat und ein Glas Rotwein. Als die Kellnerin in die Küche geht, sagt er: »Wir könnten ja verheiratet sein.« Ich sage nichts, schaue hinaus, draußen steht ein Mann im schwarzen Mantel und mit Cowboyhut, neben ihm liegt ein großer brauner Hund, er trägt ebenfalls einen Cowboyhut, in Miniformat und in Schwarz. Der Mann spielt Gitarre und singt etwas, das wir hinter unserer Glasscheibe nicht hören können. Wir schauen gegen die Sonne in die Fußgängerzone und reden wenig, ich möchte diese Stimmung, die mich seit unserem Gang durch den Park gefangen hält und die sich doch mit jeder Minute mehr in Luft aufzulösen scheint, nicht zerstören. Nach dem Essen gehen wir hinaus, jeder von uns legt dem Mann mit dem Cowboyhut eine Münze in seinen Gitarrenkasten, er singt französische Chansons, nicht mal schlecht, wir bleiben wie einige andere Passanten stehen. Er singt Lieder von Georges Brassens und Jacques Prévert. Als er seine Gitarre auf den Boden legen will, fange ich an zu singen: »*Ce n'est pas moi, qui chante ...*« Schon bei der zweiten Strophe »*Ce n'est pas moi qui rit ...*« stelle ich mich neben ihn, und er begleitet mich mit der Gitarre. Inzwischen umringen uns immer mehr Menschen, nach der dritten Strophe »*Ce n'est pas moi qui pleure, c'est mon amour perdu*«, nimmt Pierre den Cowboyhut des Mannes und geht damit herum, sammelt Geld ein, manche legen sogar Scheine hinein. Der Sänger bedankt sich, wünscht mir und *mon amour* viel Glück. Pierre schaut auf die Uhr: »Ach du Schreck, fast hätte ich die Zeit vergessen. Wir sehen uns heute Abend wieder, ich hole dich im Hotel ab.« Ich will noch etwas sagen, ihn festhalten, aber er ist schon weg. Ich gehe um die Ecke in die Dorfkirche von Rueil-Malmaison, dort ist die letzte Ruhestätte von Joséphine und ihrer Tochter Hortense. In Marmor gehauen richten sie ihr Dauergebet in Richtung Altar, Joséphine zur Rechten, Hortense zur Linken, ein Marmorengel wacht über die Betende. Hortense, die verbannte Königin von Holland, die ihre letzten Jahre am Bodensee verbrachte, nur eine knappe Tagesreise von Sigmaringen entfernt. Amalie und Hortense besuchten sich regelmäßig. Amalie nahm sich nach ihrer Rückkehr in die Provinz, in die Heimat ihres Mannes und Sohnes, die Freiheit zu reisen, wohin ihr der Sinn stand.

Gut drei Monate verbrachten die Fürstin und die Erbprinzessin von Sigmaringen samt Gefolge in Neapel. Amalie genoss den Aufenthalt in vollen Zügen. Seit diesem Januar 1809 befand sich ihr Sohn als Adjutant seines Schwiegervaters ebenfalls in Neapel. Joachim Murat sahen sie zwar selten, offensichtlich trieben die Geschäfte den frisch ernannten König immer direkt nach dem Frühstück in die Welt hinaus. Wieder stand ein Krieg bevor und mit ihm die Sorge um Sohn und Neffe. Darüber wollte Amalie nicht nachdenken. Nicht immer gelang ihr dies. Caroline, Napoléons Schwester, war eine ebenso fürsorgliche Mutter wie Gastgeberin. Antoinette wurde bei ihrer Ziehmutter wieder zum ältesten Kind, sie spielte mit den Kleinen, wie sie es früher getan hatte. Am Anfang schreckte sie noch hoch, wenn ihre Schwiegermutter ins Zimmer kam und sie zwischen den Kleinen auf dem Boden saß, die Beine ausgestreckt, Antoinettes rechtes Bein berührte die siebenjährige Laetitia, das linke den kleinen Bruder Napoléon Lucien, die Röcke hochgezogen rollten die drei einen Ball hin und her. Antoinette war verheiratet, aber sie war erst 16 Jahre alt. Amalie lächelte, sie war zufrieden. Zufrieden damit, dass sie den ursprünglichen Vorschlag von Napoléon und Joséphine abwehren konnte. Eine entfernte Nichte der Kaiserin, eine geborene Tascher, war ihr vorgeschlagen worden, aber schon nach dem ersten Blick auf das ungelenke Mädchen traf Amalie ihre Entscheidung: diese nicht. Napoléon akzeptierte erstaunlicherweise ihre Zurückweisung. Beim nächsten Vorschlag hieß es jedoch, genau abzuwägen, ob eine Ehe nicht doch möglich wäre. Über Joséphine ließ sich die Wahl ein wenig lenken. Antoinette Murat, die Ziehtochter von Joachim Murat, kam ins Gespräch. Sie war damals erst 14 Jahre alt, weder körperlich noch geistig so, dass sie als zukünftige Fürstin des Hauses Hohenzollern-Sigmaringen infrage kam, aber da sie sehr jung war, ließ sich an ihrer Erziehung auch noch etwas richten. Napoléon wartete ungeduldig auf ein »Ja«, aber Amalie ließ sich Zeit, es war ihr wichtig, ihren Sohn nicht gegen seinen Willen zu verheiraten. Zum Glück stimmte er zu, auch Anton Aloys sagte, er wolle dem Glück seines Sohnes nicht im Wege stehen. Der deutsche Rheinbund-Fürst hatte keine Wahl, auch wenn Antoinette nicht adlig und somit keineswegs ebenbürtig war. Allein Napoléon machte sie dazu. Amalie hatte das Mädchen nach der Zusage in das beste Erziehungsinstitut zu Madame Campan geschickt. Dorthin, wo auch Hortense ausgebildet wurde. Antoinette ließ sich bis zur Hochzeit formen. Amalie konnte mit ihrer Erziehungsarbeit mehr als zufrieden sein. Antoinette schien sich zudem auf das Leben mit ihrem Sohn zu freuen. Vielleicht war den beiden ja das persönliche Liebesglück, das sie für sich selbst nicht finden konnte, vergönnt.

Die Rückfahrt durch die Schweiz verlief angenehm. Sowohl Amalie als auch Antoinette gefiel dieses kleine Land zwischen Italien und Baden. Am 10. Mai 1809 trafen sie schließlich wieder in Sigmaringen ein. Es kam Amalie vor, als sei es ihr Schicksal, ihren Gatten bei ihrer Rückkehr grundsätzlich nicht anzutreffen. Der Fürst halte sich gerade im Schwarzwald auf, wie jedes Jahr sei er um diese Zeit auf der Auerhahnjagd. Diesmal hätte er seinen Aufenthalt ein wenig verlängert. Das müsse man wohl verstehen. Es fiel Amalie schwer, zumal der Krieg zwischen Tirol und Bayern bedenklich nahekam. Zum Glück traf Monsieur de Voumard Vorsorge für einen Rückzug in das kleine Imnau. Ein Bad, das Anton Aloys überaus schätzte, aber für Amalie kaum Abwechslung bot; wenigstens lag der Ort sehr idyllisch in einem kleinen Tal. Nach seiner Rückkehr besuchte Anton Aloys sie zuerst in Imnau, später ließ er aus Sigmaringen ausrichten, die Damen könnten samt Hofstaat gefahrlos wieder nach Krauchenwies zurückkehren.

In Krauchenwies besuchte der Fürst Frau und Schwiegertochter alle zwei bis drei Tage, blieb einige Stunden zum Essen, um dann wieder nach Sigmaringen zu fahren. Er war ein wenig aufmerksamer als vor der Reise nach Neapel. Amalie registrierte es wohl und hoffte doch auf ein deutlicheres Entgegenkommen von seiner Seite.

Langeweile kannte sie nicht, immer gab es irgendetwas zu organisieren, zu bedenken, Briefe zu schreiben und zu lesen, den Tagesablauf und die kommende Woche zu planen. Die größte Sorge blieben die Kriege, die selbst dann, wenn sie nicht direkt vor der Haustür stattfanden, eine Bedrohung für ihre Familie waren. Zum ersten Mal nach zwei Jahren sollte sie ihren Neffen Friedrich wiedersehen. Er war Teil ihres Lebens geworden, ihr Wohlergehen hing zwangsläufig auch von seinem ab. Trotzdem konnte sie sich meist nur aus der Ferne um ihn kümmern. Ihr Bruder Maurice verwaltete den Besitz des Neffen in Ahaus, der dem Haus Salm-Kyrburg und dem Fürsten Konstantin von Salm-Salm als Ausgleich für die verlorenen Gebiete nach der Revolution, vor allem um Kirn, zuerkannt wurde. Die Zeiten hatten sich geändert. Seit

Friedrich 1806 in die Militärschule in Fontainebleau eingetreten war, hatten weder seine Tante noch sein Lehrer, Monsieur de Voumard, Einfluss auf den jungen Hitzkopf. Manchmal wünschte sich Amalie, er hätte mehr von seiner hohenzollerischen Mutter, die in allem immer übervorsichtig gehandelt hatte. Friedrich, der für sie ihr zweites Kind war, hatte mehr von seinem Vater. Er war ungestüm wie dieser, aber genau das konnte im Krieg neben dem Ruhm eben auch Verletzungen oder den Tod bringen. Amalie war besorgt. Im letzten Jahr, als er in Spanien nur knapp dem Tod entkommen war, schrieb sie unzählige Briefe, bis sie endlich wusste, in welchem spanischen Gefängnis der Aufständischen er ausharren musste, und sie schrieb weitere Briefe an Generäle und Minister, damit er aus diesem Loch herausgeholt wurde. Endlich meldete er sich aus Paris, es gehe ihm wieder besser und er wolle seine liebe Tante in Sigmaringen besuchen. Tatsächlich stand er schon eine Woche später selbst im Schloss, sah dort zum ersten Mal seinen Onkel, den älteren Bruder seiner Mutter. Friedrich wusste nicht, dass seine Tante Amalie nicht bei ihrem Mann wohnte. Anton Aloys begleitete seinen Neffen zu seiner Gattin nach Krauchenwies. Wie Amalie seit seiner Kindheit die Mutterstelle eingenommen hatte, nahm Anton Aloys ihn seit dieser Zeit fast wie ein Vater in die Familie auf. Während des einwöchigen Besuchs kam Anton Aloys täglich aus Sigmaringen, freundlich und interessiert unterhielt er sich mit seinem Neffen. Die politische Lage war äußerst schwierig. Friedrich stand als Ordonnanzoffizier Napoléons ganz auf der Seite des Kaisers, obwohl er das Land seines Vaters verloren hatte. Jeden Tag ritten sie aus, der Fürst zeigte seinem Neffen die Umgebung. Amalie sorgte dafür, dass der immer noch geschwächte Körper ihres Neffen mit Bädern und Kräutern gepflegt wurde, dass er die besten Speisen bekam. Obwohl Amalie beschlossen hatte, ihn weitere zwei Wochen zu umsorgen, konnte er nicht bleiben. Ein Kurier brachte Nachricht von Napoléon, er erwarte ihn in Wien.

Nach der ersten Niederlage Napoléons in der Schlacht bei Aspern, am 22. Mai 1809, musste dieser nun um seine Vormachtstellung in Europa kämpfen. Die Österreicher hingegen wollten ihren ersten Sieg bestätigt wissen. Friedrich und seine Cousins standen auf der Seite des Kaisers, gegen die Österreicher. Sie waren jung, es galt zu siegen, es galt, Kräfte zu messen. Für Amalie galt vor allem das Überleben. Unruhig ging sie immer wieder nach draußen. Anton Aloys begleitete sie, auch er sorgte sich um seinen Sohn: »Wir müssen unbedingt etwas an dieser unsäglichen Situation ändern. Er ist der Erbprinz. Er hat noch keinen Sohn.« Gemeinsam zählten sie die Stunden, beteten zum Heiligen Fidelis und zum Heiligen Meinrad. Es musste helfen. Es half. Zuerst kam die Nachricht, dass Napoléon die Schlacht bei Wagram gewonnen hatte. Zahlenmäßig unterlegen kapitulierte Erzherzog Karl von Österreich, der im letzten Krieg noch *der Überwinder des Unüberwindlichen* war. Unglaubliche Zahlen wurden genannt, in weniger als zwei Tagen starben ungefähr 37.000 Männer auf österreichischer und mehr als 27.000 Männer auf französischer Seite. Jeder Mann ist ein Sohn, ein Vater, ein Bruder, ein Neffe, ein Onkel. Dann endlich, endlich kamen sie zurück. Ihr Sohn schien müde zu sein, unverletzt am Körper, aber nach langen Gesprächen mit seinem Vater versprach Karl, sich aus den Kämpfen zurückzuziehen, so vorsichtig, dass es keinem Affront gleichkam. Wenn sich Vater und Sohn in Krauchenwies unterhielten, war Amalie meist dabei. Napoléons Stern werde sinken, Anton Aloys versuchte, seinen Sohn zu überzeugen. Dieser hielt dagegen, dass Napoléon gerade in Wien seine ungewöhnliche Gabe, die Schwäche des Gegners zu nutzen, wieder erfolgreich eingesetzt habe. Die Schnelligkeit und der Wechsel der unterschiedlichen Strategien seien bei Napoléon geradezu atemberaubend: »Er hat immer nur das Ziel im Auge und ein ganzes Labyrinth von durchlässigen Wegen im Kopf.« Anton Aloys hielt dagegen: »Wenn alle Herrscher östlich von Frankreich sich zusammentun, wird er eines Tages vor der Übermacht kapitulieren müssen. Seine Feinde werden mit jedem seiner Siege wachsen.« Karl nickte. Gerade beim letzten Sieg Napoléons sei ihm aufgefallen, wie wenig er noch von seinen Gegnern bewundert werde. Der Fürst von Braunschweig-Wolfenbüttel habe mit seinem Freikorps, das er auf Schloss Nachod in Böhmen, bei der Schwägerin von Cousin Friedrich von Hohenzollern-Hechingen, bei Wilhelmine von Biron, zusammengezogen hatte, wesentlich zur Stimmung gegen Napoléon beigetragen. Freund und Feind zu unterscheiden, werde immer schwieriger. Und dann ließ Karl an seine Mutter Grüße von Madame Rzewuski und ihrem Gatten ausrichten, er habe sie bei einer Gesellschaft getroffen. Ihr Mann und Freiherr von Hammer-Purgstall zeigten sich besorgt über den Raub der orientalischen Schriften aus Wien nach Paris. Der Raub, der jedem Krieg nachfolge wie ein Hund seinem Herrn. Der Gruß von der kleinen Alexandra, der Tochter von Rosalie Lubomirska, die nach der Schreckensherrschaft wieder nach Polen zurückgekehrt war, freute Amalie. Das mutterlose Kind hatte Monsieur Rzewuski geheiratet und lebte in den Wintermonaten in Wien. Rosalie hatte ihr, Amalie, in ihrem letzten Brief vor dem Schafott ihre fünfjährige Tochter anvertraut: »Adieu, Amélie, mein Leben geht dem Ende zu. Gedenke deiner Freundin und hab mich weiterhin lieb, indem du mein Kind liebst.« Nur wenige Tage später musste Amalies geliebter Bruder Friedrich sein Leben ebenfalls unter der Guillotine lassen. Amalie seufzte. Der Stich der Erinnerung schmerzte. Die kleine Alexandra kam bald danach in die Obhut ihrer Verwandten Madame Lezenska, sie gingen zurück in ihr Heimatland. Wie viele dieser Menschen, die in glücklicheren Zeiten in Paris lebten, nahmen sie jetzt Partei gegen den in ihren Augen übermächtigen Napoléon. Zu bedenkenlos gerierte sich dieser als Sieger. Das Kräfteverhältnis verschob sich unaufhaltsam zu seinen Ungunsten. Auch die einflussreichen Töchter der Duchesse de Courlande bezogen inzwischen eindeutig Stellung gegen ihn. Obwohl ihre jüngste Tochter doch gerade erst den Neffen von Charles-Maurice de Talleyrand geheiratet hatte. Wie gerne sich Amalie jetzt mit diesem wortgewandten *homme politique*, dem Staatsmann durch und durch, unterhalten würde. Wo Napoléon auf dem Feld zu kämpfen wusste, hatte Talleyrand sogleich die Landkarte und die Familienbeziehungen im Blick, die halfen, diese im Sinne der angesagten Politik neu zu ordnen. Genaugenommen war sie sogar jetzt mit Talleyrand, der ihr so unendlich in den Verhandlungen um Hohenzollern geholfen hatte, verwandt: Da die jüngste der vier Töchter der Duchesse de Courlande im April seinen Neffen geheiratet hatte und die zweitälteste Tochter Pauline mit Friedrich, dem Fürst von Hohenzollern-Hechingen, verheiratet war, kam man sich schon recht nahe. Leider konnte sich Pauline überhaupt nicht damit abfinden, in die Provinz nach Hechingen zu ziehen, sie wäre bestimmt eine angenehme Nachbarin. Aber man durfte »die aus Sagan« nicht einmal erwähnen, nach der Hochzeit hatte sie zwar den gewünschten Sohn bekommen, aber 1805 bekam sie eine Tochter vom Mann ihrer ältesten Schwester Wilhelmine. Das Ehepaar trennte sich, ihr Mann entzog der Mutter den Sohn Konstantin, er wuchs in Hechingen auf. Er würde eines Tages die Nachfolge seines Vaters antreten. Friedrich, der Cousin aus Hechingen, lenkte sich im Krieg an der Seite Napoléons von der Abwesenheit seiner Frau ab. Hart urteilte Anton Aloys über diese in seinen Augen leichtfertige Frau. *Du sollst nicht die Ehe brechen.* Ansonsten schwieg die Familie zum »Fall Pauline«. Ihr Schicksal erinnerte Amalie an das ihre.

Karl blieb in Krauchenwies und Sigmaringen. Zwar blieb er gleichzeitig Generaladjutant bei seinem Schwiegervater Murat, wurde jedoch von diesem nicht mehr eingefordert. Sein Onkel Friedrich aus Hechingen, dies hatten sie schon überlegt, würde den Dienst bei Murat übernehmen.

In den ersten sechs Wochen nach der Schlacht bei Wien

erholte sich Amalies Neffe Friedrich zum zweiten Mal in Krauchenwies. Amalie genoss dieses Zusammensein mit ihren Lieben. Sie machten Kutschfahrten, besuchten befreundete Familien und empfingen diese wieder als Gäste. Es war ein wenig wie in Paris. Doch dann wurde es Zeit für ihren Neffen, bei sich zu Hause wieder nach dem Rechten zu schauen. Danach wollte er weiter Napoléon dienen. In Ahaus sorgte zwar sein Onkel Maurice in seinem Namen für die Belange des Hauses Salm-Kyrburg, doch es war ihm auch wichtig, dass seine Tante Amalie als sein zweiter Vormund einige Geschäfte in seinem Sinne zum Abschluss bringen konnte. Er wollte zudem seinem Lehrer und väterlichen Freund Monsieur de Voumard sein neues Zuhause zeigen. Dieser bat Karl um zwei Monate Urlaub, damit er Friedrich begleiten könne. Charles de Voumard war nicht nur Amalies Gesprächspartner, sondern wurde inzwischen auch wegen seiner scharfsinnigen Beobachtungen und seines umfangreichen Wissens sehr von Karl geschätzt. Amalie wollte nach den ausgestandenen Ängsten noch zwei Wochen mit ihrem Sohn verbringen und dann ebenfalls zu ihrem Neffen in den Norden reisen.

Auf halber Strecke zu dem neuen Familienbesitz der Salm-Kyrburg, in der Nähe von Münster, lag Frankfurt am Main. Die Messe dort stand im besten Ruf, jegliche Langeweile zu vertreiben. Die Tanz- und Theaterveranstaltungen waren weit über die Stadt hinaus bekannt. Amalie brannte darauf, ihrer Schwiegertochter zu zeigen, wie es sich auch jenseits von Paris gut leben ließ. Mit Karl, Antoinette, der zehnjährigen Hélène und Louise von

Wangenheim fuhr sie nach Frankfurt. Vier Tage blieben sie in dieser Stadt, die während der Messe einem Ameisenhaufen glich. Tagsüber flanierten sie in Parks oder suchten die besten Schuhmacher und Schneiderateliers auf, am Abend gingen sie gemeinsam ins Theater oder zu Tanzveranstaltungen. Ihr Sohn und ihre Schwiegertochter waren ein schönes Paar, Amalie beobachtete sie durch ihr Opernglas. Wie schön wäre es gewesen, wenn Anton Aloys sie nicht verlassen hätte. Denn eigentlich war es ja so: Wäre er nicht so kaltherzig zu ihr gewesen, hätte sie nicht zu ihrem Bruder flüchten müssen. Kurz bevor das Selbstmitleid wieder die Oberhand gewinnen konnte, kamen ihre Kinder von der Tanzfläche zurück. Karl bat um einen Walzer mit seiner Mama. Aber sie wehrte ab: »Nein, dafür bin ich wirklich schon zu alt.«

»Also, dann nehme ich diese hübsche Dame«, antwortete Karl und zog Antoinette wieder auf die Tanzfläche. Wie die Augen der Kleinen leuchteten. Es war richtig, dass sie nach Sigmaringen zurückgekommen war, um Antoinette Gesellschaft leisten zu können, und es war auch richtig gewesen, ihr Louise von Wangenheim als Hofdame zu überlassen. Amalie bestellte für sich und ihre Freundin, die sie als ihre eigene ehemalige Hofdame besser kannte als jeder andere Mensch, diesen wunderbaren perlenden Wein aus der Champagne, der die trüben Gedanken wegblasen konnte.

Karl und Antoinette fuhren wieder zurück nach Sigmaringen. Amalie und Hélène winkten ihnen lange hinterher, um gleich danach in die Postkutsche nach Ahaus zu steigen. Einen Teil des Gepäcks hatte sie bereits vorausfahren lassen. Sie freute sich, als würde sie wieder nach Kirn oder in ihr Elternhaus zurückkehren. Es waren ihr nur zwei Geschwister geblieben, und diese lebten an einem fremden Ort weit im Norden. In Ahaus wohnten neben dem Fürsten Salm-Salm auch ihr jüngerer Bruder Maurice und seine Frau. Ein bequemes, gut ausgestattetes Schloss, umgeben von einem Wassergraben, empfing die Gäste aus dem Süden. Hélène gefielen besonders die Schwäne. Neben einem weißen Schwanenpaar gab es ein schwarzes, das, obwohl kleiner, doch die Vormacht im Wasser hatte. Hélène steckte immer etwas Brot vom Frühstück ein, um es an die Schwäne und Enten zu verfüttern. Von Ahaus aus besuchte Amalie mehrmals ihre Schwester Auguste, so wie diese aus dem nahe gelegenen Dülmen kam, um ihre jüngste Schwester zu sehen. Auguste war 13 Jahre älter als Amalie und hatte geheiratet, als diese vier Jahre alt war. Das war lange her. Seit fünf Jahren trauerte sie jetzt schon um ihren Mann Anne-Emmanuel de Croÿ, mit dem sie eine ruhige Ehe hatte führen können. Das Haus Croÿ warb damals intensiv um Auguste, daran erinnerte sich Amalie noch. Erst nach längeren Verhandlungen willigte ihr Vater, der Reichsfürst Salm-Kyrburg, in die Ehe mit dem ebenfalls in Paris lebenden Sohn des Herzogs von Croÿ ein. Der Schwiegervater war Musketier, königlicher Kammerherr und Marschall von Frankreich und zudem ein geistreicher Mann, der sich für den Fortschritt und die Wissenschaft interessierte. Im Schloss in Dülmen, das nun von seiner Schwiegertochter und seinem Enkel mit Familie bewohnt wurde, legten seine Bibliothek, seine handschriftlichen und gebundenen Memoiren sowie allerlei Gerätschaften, mit denen er seine Experimente durchführte, Zeugnis von diesem Mann ab, der zudem ein guter Schwiegervater war. Auguste, die Mutter mehrerer Söhne und vielfache Großmutter geworden war, schien in sich zu ruhen, mit ihr konnte Amalie über all ihre Sorgen reden. Auch über ihre älteste Schwester Maximiliane, die schon am Tag vor der Föderationsfeier gestorben war; die Geschwister hatten es erst am darauffolgenden Tag erfahren. Zwei ihrer Söhne mussten ihr junges Leben vier Jahre später unter der Guillotine lassen, vielleicht ließ sich der Tod der Schwester, die ja auch Mutter war, unter diesem Aspekt als Gnade sehen. Amalie konnte während ihrer Spaziergänge in Ahaus und Dülmen nicht genug von ihrem gemeinsamen Bruder Friedrich hören. Zwei Jahre älter als Auguste und zudem der Erbprinz, kam er dieser von Anfang an ziemlich verwöhnt vor.

»Kannst du dich noch an das Duell zwischen Friedrich und Monsieur Lanjamet erinnern?« Auguste erzählte, wie dieses Duell aus dem Jahr 1776 die Stadt und besonders ihren Schwiegervater aufgewühlt hatte. Auguste dachte an den Herzog von Croÿ: »Er fürchtete um den eigenen guten Ruf, zum Glück ging damals alles gut aus, Friedrich hat sich mit Anstand aus der Affaire gezogen.«

Amalie verteidigte ihren Bruder: »Er hatte sicher allen Grund, sich mit diesem Herrn zu duellieren.«

»Ja, Friedrich war ziemlich impulsiv, wenn ihm jemand dumm kam, zog er genauso schnell den Degen wie die Feder.«

»Er wusste sich zu verteidigen.«

»Deshalb wollten ja so viele mit ihm zusammen sein, aber das ruft auch Neider auf den Plan, er hätte diplomatischer sein müssen, so wie mein Schwiegervater und mein Mann.«

»Ja, und wenn er ein wenig sparsamer gewesen wäre, hätte er es sich und seiner Familie selbst leichter gemacht.«

»Das sagst du?«

»Ich bin etwas besorgt, Friedrich hat sein Temperament und seine manchmal unvernünftige Leichtigkeit an seinen Sohn vererbt, ich bin froh, dass Anton Aloys und mein Karl vernünftiger und auch sparsamer sind.«

»Bei deinem Mann würde ich eher von Geiz sprechen.«

»Ich hole mir, was ich brauche, und er bezahlt es, was will ich mehr.«

»Aber glücklich bist du nicht.«

Amalie seufzt: »Glück, was ist das? Ich darf dort sein, wo der mir liebste Mensch lebt. Ich bin überaus dankbar, dass ich in der Nähe meines Sohnes sein kann. Zu wissen, dass es ihm gut geht, macht mich glücklich.«

Natürlich wünschte Amalie, ihr Mann würde sich wieder zu ihr bekennen, natürlich wünschte sie, er könne sie lieben. »Du hast es selbst zu verantworten«, würde ihre Mutter sagen. Vielleicht sprach sie deshalb mit Auguste nicht darüber. Ihre Schwester wusste dies, auch ohne dass es ausgesprochen werden musste.

Während die Schwestern sich wieder annäherten, ging Monsieur de Voumard mit Friedrich auf die Jagd. Vier Wochen vergingen wie eine Kutschfahrt, der Tag der

Abfahrt stand viel zu schnell vor der Tür. Amalie, Hélène und Charles de Voumard verabschiedeten sich, für die Rückfahrt würden sie fast eine Woche brauchen.

In Krauchenwies kam ihr Antoinette freudestrahlend entgegen und verkündete der Schwiegermutter ihre Schwangerschaft. Amalie fiel ein Stein vom Herzen. Die beiden waren jetzt 20 Monate verheiratet, die Sorge, ob sie keine Kinder bekommen konnte, drückte sie schon seit mehreren Monaten. Eine zukünftige Fürstin musste Söhne bekommen. Das war ihre Aufgabe. Ihre Macht stieg mit einem, möglichst mehreren Söhnen, von denen der Älteste die Nachfolge seines Vaters antreten würde. Amalie nahm sich vor, eine gute Schwiegermutter zu sein, sie wollte bei der Schwangerschaft und Geburt dabei sein. Ihre eigenen schrecklichen Schmerzen und Gefahren sollten sich nicht wiederholen. Am Abend zündete sie eine Kerze vor der Muttergottesstatue an: Lass das Kind gesund werden.

Amalie wurde in diesem Winter von einer Welle der Zärtlichkeit erfasst. Sie umsorgte Antoinette, die darüber sogar manchmal lachen musste. Gleichzeitig hoffte sie inständig, Anton Aloys möge ihr endlich verzeihen. Ihre Hoffnung erfüllte sich nicht. Sie konnte an Anton Aloys Großzügigkeit und Güte erkennen, diese schenkte er jedoch immer nur anderen. Immerhin zeigte er sich weniger kühl als im ersten Jahr ihrer Rückkehr, trotzdem fiel es auf, musste es auch den anderen Menschen auffallen, dass er seiner Frau gegenüber geradezu unterkühlt blieb. Sie reagierte eifersüchtig, wurde wütend, wenn sie beobachtete, mit welcher Sanftmut er anderen Menschen entgegenkam. Wäre es möglich, sein Herz ganz und gar wiederzugewinnen? Dieser Wunsch, wieder eine Ehe, die es wert wäre, so genannt zu werden, führen zu können. Wenn sie Karl und Antoinette sah, wie zärtlich beide miteinander sein konnten, wünschte sie sich nur ein klein wenig davon. Und dann kamen ihr plötzlich ganz andere Zweifel: Vielleicht wollte das junge Paar lieber alleine sein, vielleicht stand sie ihnen mit ihrer Traurigkeit im Weg. Jeden Morgen hoffte sie, aber am Abend ging sie noch trauriger ins Bett. Anton Aloys zeigte sich höflich, freundlich, aber nicht mehr. Ihre Anstrengungen perlten an ihm ab, blieben Regentropfen auf einem glatten Stein. Amalie suchte seine Nähe, aber je eindeutiger sie eine mögliche Rückkehr zu ihm in Erwägung zog, desto mehr zog er sich zurück. Sie könne sich gerne ein eigenes Heim suchen, er wäre behilflich, aber sie könne auf keinen Fall im Schloss Sigmaringen wohnen. Schließlich schlug er Inzigkofen vor. Das dortige Amtshaus des Klosters werde dann nach ihrem Wunsch umgebaut. Es seien zwar noch einige Nonnen im Kloster, aber es werde keine Neuzugänge mehr geben, die Gärten und die Landschaft dort wären sehr reizvoll. Anton Aloys schlug vor, gemeinsam nach Inzigkofen zu fahren, um das Gebäude und die Landschaft in Augenschein zu nehmen. Amalie willigte ein. Sie hoffte, ihm so näher sein zu können. In Inzigkofen, nur fünf Kilometer vom Schloss Sigmaringen entfernt und dieses immer im Blick, wären sie beim gemeinsamen Nachmittagstee allein, könnten ungestörter miteinander sprechen als im Beisein der Kinder. Doch bis dahin war es noch ein weiter Weg. Im

Juni half Amalie ihrer Schwiegertochter bei der Geburt eines kleinen Mädchens. Sie bekam als Rufnamen den ihrer Stiefgroßmutter und den ihres Vaters: Karoline. Im Juli schrieb ihr Neffe von seiner Garnison in Italien, dass mehrere, bisher nicht mediatisierte Gebiete nun ebenfalls ihre Selbstständigkeit verlieren würden. Er fürchte, das Fürstentum Salm könnte neben Hamburg, Oldenburg und weiteren eigenständigen Herrschaften ebenfalls betroffen sein. Er schrieb, sie müsse unverzüglich nach Paris aufbrechen. Amalie reiste also mit ihrem schnellsten Wagen nach Paris. Der Verlust der Souveränität war für die einen ein Federstrich, für die anderen eine Katastrophe, es war der Verlust von Macht und Geld bis hin zur Bedrohung der eigenen Existenz. Sowohl ihr Neffe Friedrich als auch ihr Bruder Maurice trafen am selben Tag in Paris ein. Amalie spürte sehr schnell, dass ihr Einfluss auf Napoléon unvergleichlich schwächer geworden war. Joséphine, ihre Vertraute und Freundin, war seit Anfang des Jahres von ihm geschieden. Trotzdem tat sie alles, um dieses Unrecht abzuwehren. Unrecht war es vor allem deshalb, weil Napoléon ihr versprochen hatte, das Fürstentum Salm-Kyrburg werde nicht mediatisiert. Genau dieses Versprechen verhinderte wahrscheinlich jetzt, dass Napoléon, der ansonsten in ihren Augen einen aufrichtigen Charakter hatte, Amalie sehen wollte. Sie schrieb immer wieder, sie möge zu einer Privataudienz vorgelassen werden. Er wusste, so interpretierte Amalie sein ungewöhnliches Verhalten, dass er sich nicht an die gegebene Zusage halten würde. Erreichen konnte sie schließlich eine Entschädigung für den Verlust der Souveränität und eine Unterhaltszahlung. Das war nicht viel, sicherte jedoch wenigstens das Auskommen ihres Neffen.

In den ersten Januartagen verließ Amalie Paris wieder in Richtung Sigmaringen. Sie umarmte beim Abschied lange ihren Bruder Maurice, der mittellos nach Ahaus zurückfahren musste. Sie waren sich in diesen Wintermonaten zum ersten Mal seit dem Tod der Eltern wieder richtig nahegekommen. Maurice, der schon vor der Französischen Revolution immer auf deutscher Seite stand, kritisierte den, wie er es nannte, Würgegriff Napoléons, dem die Länder Europas ausgeliefert seien. Als nachgeborener Fürstensohn ohne Fürstentum, der als Verwalter des Besitzes seines Neffen sein Auskommen hatte, würde er fortan das Schicksal vieler entmachteter Fürstenhäuser teilen. Mit 50 Jahren konnte sich Maurice nicht einmal mehr beim Militär verdingen.

Die Rückreise erwies sich als recht beschwerlich. Die Wege waren zugefroren oder verschneit. Bei jedem Verlassen der Kutsche durchweichte der Schnee die Schuhe, diese mussten nach dem Einsteigen wieder gewechselt werden, und obwohl ihre Hofdame ihr selbst die Füße rieb und diese in Stoff eingewickelt auf ein Kissen bettete, zog sich die Fürstin eine hartnäckige Erkältung zu.

Kaum angekommen, begann sie Ende Januar ihr neues Zuhause in Inzigkofen einzurichten. Welche Tapeten, welche Möbel, welche Vorhänge, wohin mit den Bücherregalen, wohin mit den Bildern? Die Tage und Wochen vergingen unglaublich schnell. Anton Aloys kam regelmäßig vorbei, ließ sich die Fortschritte in der Ausstattung der Räume zeigen. Die angefügte Außenfassade verlieh dem ehemaligen Amtshaus des Klosters etwas Aristokratisches, ebenso das Wachhaus zwischen der Kirche und dem ehemaligen Amtshaus. Der Blick aus dem Fenster, direkt auf sein Schloss, gefiel ihm: »Eigentlich müsste ich von Sigmaringen sehen, wenn ein weißes Laken aus dem Fenster hängt; ich könnte dann bei Gefahr schnell zu Hilfe eilen oder könnte kommen, um mit der Mutter meines Sohnes durch den Park zu schlendern.« Genau wie Amalie hatte es ihm ein schmaler Weg zur Donau hinunter angetan. Einen Rundweg würde sie noch anlegen lassen, der Blick zum Schloss nach Sigmaringen sollte durch Sichtachsen hergestellt werden. Anton Aloys bewunderte ihre Kraft, ihre Ideen, die kühn waren, aber von der Landschaft nur das Mögliche erwarteten, so, als wäre alles schon natürlich vorgedacht. Es würde Jahre brauchen, bis alles so wäre, wie Amalie es sich vorstelle, das störte sie nicht.

Antoinette, die ein halbes Jahr nach der Geburt ihrer Tochter wieder schwanger geworden war, bekam im September den so sehr erwarteten Sohn. *Im Jahre 1811, am 7. September, morgens um sieben einhalb wurde im Schlosse zu Krauchenwies geboren und um ein Uhr nachmittags in der dortigen Hofkapelle getauft der Erbprinz Karl Anton Joachim Zephyrinus Friedrich Meinrad, erstgeborener Sohn der obengedachten Durchlauchtigsten Eltern. Taufpaten waren Seine Durchlaucht der regierende Fürst Anton Aloys und Ihre Durchlaucht die regierende Fürstin Amalia Zephyrine von Hohen-*

zollern-Sigmaringen, geborene Prinzessin von Salm-Kyrburg. Die Taufhandlung vollzog Seine Excellenz, der hochwürdigste Herr Meinrad von Hohenzollern-Hechingen, Domkapitular von Konstanz und Pfarrer zu Veringen.

Die Geburt des Enkels öffnete einen Spalt im Herzen des Großvaters, wenn Amalie die Luft anhielt, konnte sie vielleicht hindurchschlüpfen.

Im Januar des neuen Jahres warf sie ein Fieber mit blutig-eitrigem Husten ins Bett. Eine Erkältung von mehreren Wochen wollte einfach nicht weichen, nicht mit Tee, nicht mit gewärmten Betten, nicht mit heißen Bädern. Nichts half, der Husten sog die Luft aus ihren Lungen, die Ärzte konnten das Blut nicht stillen, das sie über mehrere Stunden aushustete, endlich verließ sie die Kraft, eine Ohnmacht erlöste sie vom Husten, von der Kälte und der Hitze. Der Tod wäre eine Erlösung, ein Ende der Qual. Immer wieder spürte sie Hände, sah Gesichter, Augen ganz nah. Auch ihr Mann sprach auf sie ein, sie hörte die Worte nicht, er war wieder jung, Kerzenlicht brannte in seinen Augen. Er flehte sie an, ins Leben zurückzukehren. Später war es ganz still und dunkel, eine Frau saß neben ihr und schlief auf dem Stuhl, Amalie erkannte ihre Hofdame: »Ich habe Durst.« Am nächsten Tag kamen ihr Sohn und ihr Mann gleich nach der Frühmesse zu Besuch. Sein besorgter Blick wich einem erleichterten Seufzen: »Das weiße Tuch leuchtete im Fenster, wie froh bin ich, dass das Fieber gewichen ist.« Er blieb neben ihr sitzen, ging nur kurz hinaus, als die Mädchen das Bett mit neuen Laken bezogen. Seine Sorge half ihr, gesund zu werden. Ganz langsam kam der Wunsch, am Leben zu bleiben, zurück. So oft es ging, ließ sie sich, eingepackt in warme Decken, nach draußen in die Sonne bringen. Als der Schnee überall im Land weggeschmolzen war, machte sie kleine Spaziergänge, Schritt für Schritt ging es aufwärts. Im Sommer schaute sie schon wieder nach den Arbeiten im Garten, aber sie war noch zu schwach, um mehr als eine Stunde auf den Beinen sein zu können. Ihre Krankheit brachte die längst verloren geglaubte Zärtlichkeit ihres Gatten zurück. Seine Hand hielt ihre Hand, doch sein Körper hielt Abstand von ihrem Körper. Am Ende des Sommers wollten Karl und Antoinette zu einer Reise durch die Schweiz aufbrechen. Anton Aloys schlug seiner Frau vor, das junge Paar einige Tage zu begleiten, auch er würde mitfahren, sicher wäre es gut für ihre Gesundheit. Ihr Gatte malte ihr die Schönheit der Schweiz und die Vorzüge einer abwechslungsreichen Tour in den buntesten Farben aus. Schon die Aussicht, gemeinsam in der Kutsche zu sitzen, gemeinsam zu speisen, gemeinsam über die vorbeiziehende Landschaft zu reden, als Paar vielleicht sogar in einem Gasthof, wenn auch in getrennten Zimmern, abzusteigen, ließ Amalie innerlich jubeln. In Bern wollten sie Karl und Antoinette treffen.

Monsieur de Voumard sorgte sich derweil um die Arbeiten im Park und im Haus, der kleinen Hélène wollte Amalie jedoch die unterschiedlichen Landschaften, die Seen und Berge der Schweiz nicht vorenthalten. Außerhalb seines Landes wurde Anton Aloys zu einem unterhaltsamen und aufmerksamen Reisebegleiter. Die

Rückkehr nach Sigmaringen würde seine Distanz zu ihr zurückbringen. Als würden die Untertanen, die ihrer Fürstin eine schüchterne Bewunderung entgegenbrachten, eine durchsichtige Wand zwischen Fürst und Fürstin aufstellen.

Im Grunde versteht Amalie diesen Ehemann, den Vater ihres Sohnes, nicht. Manchmal wirft sie ihm den dauernden Wechsel seines Verhaltens ihr gegenüber vor. Mal scheint er gleichgültig, mal kühl, dann wieder ist er aufmerksam und besorgt. In ihren Memoiren wird sie mehrfach schreiben: »Ich habe meine Fehler eingesehen und bereut, warum kann er seine nicht eingestehen?« Die Kälte, die ihr entgegenschlug, als sie nach dem Tod des Schwiegervaters, der noch im Jahr ihrer Flucht gestorben war, zurückkommen wollte. Sie weiß wohl, dass es seine Berater waren, die ihn lenkten. Aber es wäre, so forderte Amalie immer wieder im Nachhinein, ein Leichtes, ein Notwendiges gewesen, sich als Fürst darüber hinwegzusetzen, sich zu behaupten, so wie Friedrich, der geliebte Bruder, der seine Hitzigkeit, seine Unvorsichtigkeit mit dem Leben bezahlte.

Eine Tür schlägt zu. Isabelle Huppert schreitet als Kino- und Titelheldin »Gabrielle« durch ein kaltes Haus. Säulen, Treppen, Porzellanbüsten. Patrice Chéreau inszenierte die Geschichte von Joseph Conrad im Film als bürgerliches Trauerstück zwischen einem Mann und einer Frau. Der Mann scheint zerstört von der Untreue seiner Frau, die nicht einmal real ist. Aber es ist die Frau, die von der Kamera begleitet wird. Ihr Unglück ist ihre eigene Ehe, die fehlende Liebe, von der sie eine Ahnung hat, die sie jedoch nirgendwo findet. Ihr Mann Jean überträgt die Normen der Gesellschaft auf sich selbst, macht sich von ihnen abhängig. Die Frau bricht aus, will ausbrechen, schafft es nicht, sie kennt keinen anderen Ort. Sie kehrt zurück. Für Jean ist die Beziehung, die er mit einer Hand, die sich seiner Frau versöhnend reicht, retten könnte, unrettbar, er bedauert nur noch sich selbst: »Ach wären Sie doch tot, man würde mir wenigstens kondolieren.«

Versöhnung oder wenigstens Dialog als Alternative.

Amalie ist ausgebrochen, sie wusste, wohin sie wollte. Sie hatte sich mit der so ganz anderen Lebensweise in Frankreich anders entwickelt. In einer rasenden Geschwindigkeit, ein technischer Fortschritt nach dem anderen, Montgolfieren erhoben sich, die Kutschen fuhren immer schneller und wurden dabei noch komfortabler. Auch die Frauen konnten am öffentlichen Leben teilhaben wie nie zuvor. Amalie hätte ihn gerne mitgenommen, diesen Mann, den sie geheiratet hatte, sie hätte auch gern ihre neue Art zu leben in Sigmaringen realisiert. Das ging nicht. Die Jahre während der Revolution veränderten Amalies Fühlen und Denken, ein gegenseitiges Verstehen schien nicht mehr möglich. Leben bedeutete für sie neben den gesellschaftlichen Neuerungen nach dem Tod ihres Bruders etwas anderes als für ihren Mann. Anton Aloys sah sich zuerst als Teil der Gesellschaft, Amalie zuerst als Individuum. Die

Veränderungen der Zeit trennten dieses Paar, schmerzvoll für beide.

Im Sommer 1814 bekam Amalie Besuch von ihrer Schwester Auguste. Alle anderen Geschwister waren inzwischen gestorben. Maurice, der Bruder und Freund ihrer Kindertage, erst im letzten Jahr. Er hätte den Sieg über Napoléon ausgelassen gefeiert! Drei Monate blieb Auguste de Croÿ bei ihr. Drei Sommermonate, in denen Amalie ihr Herz ausschütten konnte. Die ältere Schwester verstand sie, ihr Seufzen über den Zustand der Ehe zwischen dem Fürstenpaar leitete jedes Gespräch ein. Auguste konnte nicht verstehen, warum Anton Aloys seiner angetrauten Frau die Türen zum Schloss und zu seinen Gemächern verweigerte. Amalie verteidigte sich: »Er kann ganz anders sein, du kennst ihn nicht, meist ist er voller Herzensgüte, manchmal auch zu mir.«

»Manchmal!«, empörte sich Auguste, »er weiß, was er dir zu verdanken hat«.

»Ich freue mich, wenn ich ihn sehe, das genügt mir.«

»Mein Gott, Amalie, wo bleibt dein Zorn?«

»Ach Auguste, wer weiß schon genau, was zwischen ihm und mir liegt.«

Das Gehen durch den Park linderte den Schmerz. Auf einem kleinen Hügel ließ Amalie ein Denkmal für ihren Bruder Friedrich errichten. *Meinem Bruder, der mir entrissen wurde.* Daneben die Bank mit Blick zum Sigmaringer Schloss. Von dort zurück auf den Weg, erst leicht abwärts an der Wiese vorbei, die noch oft Gäste zum

Festmahl einladen würde, auf einem Pfad hoch auf das Felsplateau. Ein schmiedeeisernes Tor mit goldenen Spitzen begrenzt eine Allee mit Blick ins Tal Richtung Laizer Kirche, am anderen Ende der Allee steht der Felsen über der Donau und begrenzt sie so auf natürliche Weise. Ein allzu kurzer Weg ohne Zielorte, der allein dazu da ist, die Schönheit der Welt zu offenbaren. Wie oft schaute Amalie vom Felsen rechts über die junge Donau, hinüber zum Hügel, der mit einer Kapelle und einem Rastplatz zum Verweilen einlud? Ein Boot mit einem Fährmann brachte sie und Auguste auf die andere Seite, helfende Hände trugen Körbe voller Speisen und Getränke. Wenn die Schwestern außer Puste waren, lachten sie wie kleine Mädchen. »Schade«, sagte Auguste, »dass wir beide uns in unserer Jugend kaum gesehen haben«.

Pierre gefielen in Deutschland die Dörfer und die Wiesen, besonders die Wiesen. Er wollte von mir alle Blumennamen auf Deutsch wissen. Aber diesbezüglich kannte ich mich wenig aus. Wir fanden die meisten schließlich in einem Bestimmungsbuch. Wiesenschaumkraut, Kornblume, Hahnenfuß, Schlüsselblume, Hasenmäulchen, Margerite, *er liebt mich, von Herzen, mit Schmerzen, ein wenig, überhaupt nicht, er liebt mich*. Das Kinderspiel als Orakel.

Erst seit dieser Woche erinnere ich mich an so viele Kleinigkeiten, an Schönes, an Verdrängtes. Erinnern hieß, den Schmerz fühlen. Ich war geübt im Verdrängen. Diese Sorge, ihn verloren zu haben, ist wie weggeblasen. Wir haben uns wiedergefunden, ich habe mich wiedergefunden. Zu Hause werde ich meinen zerlesenen Band von Else Lasker-Schüler wieder aus dem Regal nehmen, die Gedichte neu lesen: *Du, ich liebe Dich grenzenlos! Über alles Lieben, über alles Hassen! Möchte Dich wie einen Edelstein in die Strahlen meiner Seele fassen.* Nachdem ich die Gedichte auswendig konnte, wollte ich sie vergessen, habe sie nicht mehr angeschaut, nach so vielen Jahren wiederholt mein Gedächtnis nur noch einzelne Zeilen. Kann man jemanden lieben, ohne dass man mit ihm zusammen ist?

In dieser Woche in Paris wollte ich auf jeden Fall noch ins Musée Carnavalet gehen. Man müsste für diese Art von Museen unendlich viel Zeit haben. Die ganze Stadtgeschichte liegt ausgebreitet da, ein zusammengetragenes Gedächtnis. Voltaires Ledersessel, auf dem er laut Beschriftung gearbeitet hat und gestorben ist, erwartet die Besucher. Das »Ancien Régime« und die Revolutionszeit werden in verschiedenen Räumen inszeniert und illustriert. Im Raum zum »Alten Reich« vor der Revolution, als alles noch anders war, finde ich ein Gemälde zu Amalies und Friedrichs Vergangenheit: Das Hôtel de Salm steht im Hintergrund, der anonyme Maler muss direkt neben der Seine gesessen haben, zwischen ihm und dem Stadtpalast arbeiten viele Handwerker an riesigen Steinblöcken. Für die Zeit der Revolution versuchten die Museumsmacher, eine Linie zu finden. Persönlichkeiten werden skizziert. Robespierre, Danton, Barras, alle schauen siegesbewusst, in Öl gemalt. Geschichte läuft meist über Menschen. Eine Ordnung wird hergestellt, die während des Geschehens nicht zu finden war. Widersprüche zeigen sich, die dann doch irgendwie zusammenpassen. Ich versuchte, die Menschen zu zählen oder besser zu überschlagen, die auf dem Föderationsfest am ersten Jahrestag der Revolution, am 14. Juli 1790, auf das Gemälde gebannt wurden, es sind unendlich viele. Hier im Trubel waren Amalie und ihr Bruder mittendrin.

Am Ausgang kaufe ich eine Postkarte. *On ne naît pas femme: on le devient.* Man wird zur Frau gemacht, man wird nicht als solche geboren. Der mehrdeutige Spruch von Simone de Beauvoir leuchtet mir orangerot entgegen. Die Karte wäre für Pierre genau richtig.

SONNTAG, ACHTER TAG UND ANKUNFT

Sigmaringen

Das Einzige, was von Amalie geblieben ist, ist der Park. Er ist ihr Monument, ihr Name steht mit Eisenbuchstaben auf dem Felsbrocken, über den sie der Legende nach auf einem Schimmel aus Liebeskummer in die Donau gesprungen ist. *Andenken an Amalie Zephyrine*, darunter 1841. Das Salmsche Wappen und das der Hohenzollern schweben über dem Namen, darüber die Reichskrone. Ihr Enkel Karl Anton hat den Park von ihr geerbt, hat ihn vergrößert, hat den Schriftzug anbringen lassen, hat die Tore für die Menschen geöffnet. Seine Großmutter lebte noch in den Köpfen dieser Menschen, die Zeiten waren unruhig, die Fürsten sollten entmachtet werden, die Menschen sprachen von Demokratie und anderen ungeheuerlichen Dingen. Die politische Landschaft war eine andere geworden. Fürst Karl, der Sohn von Amalie, war nur zwölf Jahre nach seiner Mutter gestorben, sein Sohn Karl Anton hatte schon vor dem Tod des Vaters, während der Revolutionsjahre 1848 und 1849 mit seinen Verwandten in Berlin verhandelt. Ihm war dieses Volk, das nicht mehr seines sein wollte, im wahrsten Sinne des

Wortes, unheimlich geworden. Großes hatten die Preußen für Deutschland vor, einen Fuß im Süden zu haben, eine Dependance 700 Kilometer weit weg zwischen anderen stolzen Ländern, schien ihnen verlockend, auch wenn es galt zu investieren, in das Schulsystem, in einen Staat, der wie Preußen funktionieren sollte. Karl Anton verhandelte geschickt. Mit seiner Familie ging er für viele Jahre nach Düsseldorf, in die Rheinprovinz von Preußen, die Vorbild und Pate für die neue Provinz »Hohenzollern« wurde. Einige Jahre war er in Berlin preußischer Ministerpräsident. Karl Anton, dem sein Vater die beste Schul- und Universitätsbildung ermöglicht hatte, war enttäuscht. Er ging davon aus, seinen Untertanen das Bestmögliche gegeben zu haben, er war, soweit er dies vermochte, offen zu den Untertanen, die dennoch keine Untertanen mehr sein wollten. Die Menschen, die jetzt viel von Freiheit sprachen, sahen in ihm – trotz allem – immer noch ihren Fürsten, auch ihre Kinder und Enkelkinder und deren Kinder würden »ihrem Fürsten« die Treue halten. Irgendwie zumindest, denn auf die Freiheit und das demokratische Mitspracherecht wollten sie nicht mehr verzichten. Wer Hoflieferant war oder einen der vielen Arbeitsplätze im Dienste des Fürsten hatte, trug die Nase an diesem Ort immer ein klein wenig höher als die anderen.

Wenn man durch Sigmaringen geht, findet man die Fürsten in Bronze gegossen. Die Statuen wurden gegenläufig zu ihrer Bedeutung für das ehemalige Land Hohenzollern immer größer und stattlicher. Anton Aloys sollte zwar ein Denkmal bekommen, schließlich wurde Hohenzollern in seiner Amtszeit zu dem, was es später zu halten galt, die Pläne wurden bereits hitzig diskutiert, aber dann überstürzten sich die revolutionären Ereignisse selbst in der Provinz. Sein Sohn Karl bekam ein Denkmal in der Stadt, er hatte das Krankenhaus und eine Leihsparkasse gegründet. Dessen Sohn Karl Anton steht überlebensgroß und selbstbewusst auf einem Sockel beim Aufgang zum Sigmaringer Schloss. Sein ältester Sohn Leopold schließlich durfte noch größer und hoch zu Ross an der Stelle aufgestellt werden, an der zuvor sein Großvater gestanden hatte und der deshalb ein wenig weiter weg platziert wurde. Die Nationalstaatenbildung war in vollem Gange. Leopold wurde zur Symbolfigur des Krieges Frankreich gegen Deutschland 1870/71. Napoléon III., der Sohn von Hortense, und er kannten sich seit Jugendtagen. Ihre Sprache war Deutsch, sie teilten dieselben Interessen. Der Urenkel von Amalie und der Enkel von Joséphine waren befreundet, der Krieg gegeneinander sicher nicht das, was ihnen vorschwebte. Leopolds Denkmal wurde 1910 im Beisein von Kaiser Wilhelm eingeweiht, es passte zum wachsenden Nationalstolz des preußisch geeinten Deutschlands nach 1871. In Versailles wurde dieser Sieg besiegelt, Bismarck wollte es so, in Versailles würde der folgende Krieg zwischen diesen Ländern mit anderen Gewinnern festgeschrieben werden. Das »Diktat« würden es diejenigen nennen, die für den dritten Krieg zwischen Deutschland und Frankreich sorgten.

Für Amalie Zephyrine gibt es in der kleinen Residenzstadt kein Denkmal. Keine Straße, kein Gebäude wurde nach ihr benannt. Die Menschen in Sigmaringen und dem naheliegenden Inzigkofen haben sich diese Fürstin nach ihrem Tod zurechtgedacht. Sie haben den Felsen über der jungen Donau, der ihren Namen trägt, zu ihrem Gedenkstein gemacht und sich eine Geschichte dazu erfunden. Was von einem Menschen in der Erinnerung der anderen bleibt, ist wahrer als das, was sich tatsächlich ereignet hat.

Ich bin eingeschlafen, wache auf wie aus einer Ohnmacht, der Takt des Zuges ist es, der mich weckt. Ich habe von Pierre und Christian geträumt. Pierre, wie er täglich zum Abendessen vorbeikommt, wie er sich mit Christian unterhält, wie ich die beiden beobachte.

Anton Aloys fuhr weiterhin regelmäßig nach Inzigkofen zu seiner Frau, zum *déjeuner*, zum *souper*. Amalie war überglücklich, ihn endlich für sich alleine zu haben. Er war einsam, er trauerte um diese Frau, die andere, die es nicht zu beachten galt, die nicht seine Ehefrau war, die nicht die Mutter seines Sohnes war. Er trauerte, aber er hatte Anstand genug, sie nicht zu erwähnen. Anton Aloys konzentrierte sich auf sie, auf Amalie, sie hätte weinen können vor Glück, sie tat es nicht, sie sorgte dafür, dass die Speisen ausgesucht waren und immer seinen Geschmack trafen, sie sorgte dafür, dass er sich zerstreute, dass er im Erinnern an Gemeinsames sich mit ihr und bei ihr zu Hause fühlte.

Kurz nachdem Amalies Schwester Auguste von Croÿ wieder nach Dülmen abgereist war, musste Anton Aloys auf dem glatten politischen Parkett um die Souveränität seines Landes kämpfen. Er musste nach Wien reisen. Im April 1814 hatte Napoléon alles verloren, was er einst im Sturmschritt eroberte, seine Abdankung ließ die deutschen Herrschaftshäuser aufatmen. Auch die neuen Herren des ehemaligen Rheinbundes fanden sich ein, um ihre Grenzen zu halten, die Vielstaaterei würde für sie wieder Gebietsverlust bedeuten. Die Württemberger wollten sich zudem erneut die beiden kleinen hohenzollerischen Länder an ihrer Südgrenze einverleiben. Das galt es zu verhindern. Von September 1814 an hieß es für Anton Aloys, beim Wiener Kongress politisch Oberwasser zu behalten. Kein leichtes Unterfangen. Wer kann es mit wem? Welche verwandtschaftlichen Beziehungen gilt es zu kennen und zu beachten? Wer macht die beste Figur beim Wiener Walzer? Welches Bett führt zum Erfolg?

Anton Aloys schrieb nach Sigmaringen, es sei mühsam, sich ständig umziehen zu müssen, man müsse mithalten, beachten, was die eleganten Damen und Herren vorgaben. Er habe, so schrieb er ebenfalls, endlich ein Gasthaus gefunden, in welchem man vortreffliche Spätzle serviert bekomme. Welch ein Glück. Ein ganz anderes Glück war auch der Einfluss und die Anwesenheit von Talleyrand. Als Vertreter Frankreichs konnte er die Grenzen zur Zeit der Revolution für Frankreich erhalten. Der geschickte Diplomat verhandelte gleichzeitig in alle Richtungen, lenkte Gespräche und Meinungen, ein Nicken oder Augenzwinkern von ihm konnte Entscheidungen beeinflussen. Seine Begleiterin war die jüngste der vier Töchter der Duchesse de Courlande, die älteste, Wilhelmine von Sagan, war die Herzensdame von Fürst Metternich, die zweitälteste Pauline, Mutter des jugendlichen Konstantin von Hohenzollern-Hechingen. Die vom Vater getrennt lebende Mutter Konstantins sorgte sich vor Ort auf ihre Weise um den Erhalt des Landes Hohenzollern-Hechingen. Diesmal war es Anton Aloys, der von dem Doppelschicksal der beiden Länder zwischen Baden und Württemberg profitieren konnte.

Vor seiner Abreise bat Amalie um eine Zusage, den kommenden Winter nicht in Inzigkofen, sondern in Sigmaringen verbringen zu können. Wieder bekam sie eine Absage: Sie könne wohnen, wo sie wolle, niemals jedoch im Schloss. Nach dem, was passiert wäre, müsse er bei seiner Entscheidung bleiben. Wieder fochten die beiden ihren erbitterten Kampf: »Nicht ich bin geflohen und habe Kind und Mann zurückgelassen.«

»Tausendfach habe ich Abbitte geleistet, bin zurückgekehrt, tue alles für das Wohl des Landes und unseres Kindes, und wie wird es mir gedankt?« Amalie kochte vor Wut und schleuderte ihrem Mann im Hinausgehen an den Kopf, sie werde den Winter in München verbringen, dort werde man sich wundern über diesen Gatten. Wenige Stunden später und noch vor seiner Abreise nach Wien erhielt sie einen Brief von Anton Aloys, in welchem er sie beruhigte. Er fand die richtigen Worte, schrieb, dass sie sich gegenseitig viel zu verdanken hätten. Er sei besorgt, was die Zukunft für das Land ihres Sohnes bringen werde, er bitte sie, sich um Antoinette zu kümmern. Amalie blieb in Inzigkofen, der Winter war Gott sei Dank nicht so hart wie sonst.

Anton Aloys schrieb regelmäßig aus Wien. Er fehlte ihr in Inzigkofen. Mit seiner besonderen Art, eine Gesellschaft zu unterhalten, konnte er auch Amalies Traurigkeit vertreiben.

Im April 1815 kam Anton Aloys für kurze Zeit zurück. Nichts zeigte sich als gewiss, im Gegenteil, er hatte allen Grund zur Sorge. Napoléon rüttelte erneut an der Macht, schreckte seine Gegner auf. Antoinettes dritte Entbindung stand bevor, Krauchenwies schien dem Erbprinzenpaar aufgrund der politischen Ereignisse nicht sicher genug, sie quartierten sich in Sigmaringen ein. Amalie, die bei den vorherigen Entbindungen ihrer Schwiegertochter ebenfalls zur Seite gestanden hatte, fragte ihren Mann, ob sie in dieser Zeit im Schloss wohnen könne. Er verweigerte dies, sie könne nach Inzigkofen zurückfahren, nicht jedoch im Schloss übernachten. Warum tat er ihr das an? Amalie fand ihn unbegreiflich, nannte ihn stur und gefühllos. Als die Wehen bei Antoinette aussetzten und sie vor Erschöpfung eingeschlafen war, wollten die Bediensteten die Fürstin in ein Zimmer des Schlosses führen, damit sie ebenfalls schlafen könne. »Ich bleibe hier sitzen, hier auf diesem Stuhl, damit der Fürst zufrieden ist.« Erschrocken über die Härte ihrer Stimme zogen sich die beiden Lakaien zurück.

Erst am nächsten Morgen kam die kleine Amalie auf die Welt. Bei der Taufe wenige Stunden später standen die Großeltern als Paten dem Pfarrer gegenüber. Unversöhnt mit Amalie fuhr Anton Aloys am gleichen Abend wieder zum Wiener Kongress, zuvor warnte er sie noch:

»Ich hoffe, Auguste taucht nicht wieder auf, sie ist es, die uns entzweit.«

»So ein Unsinn, sie sieht nur, wie unnötig ich leide.«

Der Wiener Kongress bestätigte die beiden hohenzollerischen Länder als souveräne Kleinstaaten. Die beiden Fürstenhäuser atmeten auf. Endlich konnten sie wieder regieren. Sogar ohne Napoléon, der nach der Niederlage bei Waterloo endgültig von der Weltbühne abtreten musste und nach Sankt Helena verbannt wurde.

Das Regieren blieb auch in Friedenszeiten keine leichte Aufgabe. Die Hungerjahre 1816 und 1817 stellten das Land auf eine harte Probe. Immer wieder musste Anton Aloys neue Verordnungen drucken lassen, damit die Verteilung der Lebensmittel die Menschen vor dem Hungertod oder der Auswanderung rettete. *Wir, Anton Aloys, von Gottes Gnaden regierender Fürst zu Hohenzollern Sigmaringen.* Es waren oft die besten Handwerker, die sich in die Ostgebiete aufmachten, um ihre Familien ernähren zu können.

Amalie und Anton Aloys trafen sich zwar weiter, gingen jedoch meist getrennte Wege. Amalie kurte bevorzugt in Baden oder Brüssel, Anton Aloys im hohenzollerischen Imnau. Die kleine Hélène war groß geworden und musste durch eine schwierige Zeit geführt werden. Charles de Voumard und Amalie taten ihr Bestes, aber Hélène schlug Haken wie ein Hase auf der Flucht. Aus dem einst folgsamen Mädchen war eine junge Frau geworden, die nur das tat, was ihr sinnvoll erschien. Und das war wenig, zumindest nicht das, was ihre Ziehmutter von ihr wollte. Schließlich willigte Hélène ein, Friedrich von Laßberg, Hof- und Regierungsrat von Anton Aloys, zu heiraten. Der Sohn des Freiherrn Joseph von Laßberg war genauso klug wie sein Vater. Als Gesprächspartner schätzte Amalie sowohl Sohn als auch Vater. Joseph von Laßberg galt als einer der belesensten Männer Europas, seine Schwägerin Annette von Droste-Hülshoff schrieb Romane und Gedichte. Bei einer Abendgesellschaft lernten sie sich kennen. Auch mit Friedrich konnte sich Amalie endlich wieder wie gewohnt über Literatur unterhalten. Er las Rousseau und Voltaire, lobte die Enzyklopädie, Diderot und Alembert. Er sprach fließend Französisch, übersetzte für die Fürstin Gedichte der Droste, die er gelungen fand. Die Zeit sei noch nicht reif, um Frauen die gleiche Anerkennung in der Literatur zu gewähren. Er drehte sich zu der Fürstin: »Wenn ich eine Frau wäre, würde ich mir ein männliches Pseudonym zulegen.« Amalie holte tief Luft. Warum sollte eine Frau weniger ihre Gedanken in Worte fassen können als ein Mann? Sollte sie ihm ihre Entwürfe zeigen? Vielleicht später. Friedrich von Laßberg zeigte großes Interesse an ihrer Bibliothek, fast 2.000 Bände umfasste diese inzwischen. Ein kleines Vermögen. Sie erzählte ihm, wie ihr Bruder Friedrich inkognito durch ganz Frankreich und Deutschland gereist war, um seine Bücherleidenschaft zu befriedigen, und wie glücklich er war, wenn er ihr dann eine ganz besondere Ausgabe schenken konnte.

Bevor Friedrich von Laßberg Hélène d'Isque, das Ziehkind von Amalie, die ihren Namen nach dem Ort ihrer Geburt erhalten hatte, heiraten konnte, machte Fürst

Anton Aloys sie zu einer Helene von Schatzberg. Die nahe gelegene Burg Schatzberg lag verfallen in einem Waldstück, kein Nachkomme beanspruchte den Namen, der Fürst von Sigmaringen war der Eigentümer der einstigen Ritterburg. Ebenbürtigkeit musste vor einer Hochzeit hergestellt werden. Amalie dankte ihrem Gatten. Bei der Hochzeit von Hélène und Friedrich stand beim Namen der Braut: *Ort der Geburt und Namen der Eltern unbekannt.* Was als Eliminierung eines Schandflecks gedacht war, wurde in späteren Jahren zum Freiraum für Spekulationen aller Art.

Fürstin Amalie bekam nach heftigen Auseinandersetzungen das von ihr gewünschte Winterquartier in Sigmaringen. Da der Fürst dabei blieb, sie nicht im Schloss aufzunehmen, wurde ein eigenes kleines Stadtschlösschen für sie am Fuß des Schlosses gebaut. Sie sorgte selbst für Eleganz und Bequemlichkeit im Inneren des Stadtpalais'. Im Frühling zog es Amalie allerdings immer wieder nach Inzigkofen zurück. Einladungen zu den Festbanketten im Freien, direkt an der Donau und mit Blick auf den Blaufelsen sowie auf die Kapelle auf der anderen Seite des Flusses, der mit seinen gefährlichen Strudeln abenteuerlich wirkte, waren landauf landab sehr begehrt. Die Gäste kamen aus Arenenberg am Bodensee, aus Hechingen, Karlsruhe und Baden, aus München und Stuttgart.

Seit Hélène einen eigenen Hausstand hatte, lief das Leben für Amalie wieder ruhiger. Eine unerklärliche Traurigkeit flog sie immer wieder an, dann zog sie sich zurück.

Ihre Hofdame Fanny Masuyer spürte genau, wenn die Vorhänge wieder aufgezogen werden konnten, wenn es Zeit war, ihr die Einladungen und Briefe vorzulegen. Je mehr sich der Fürst um sie sorgte, desto schneller kehrte ihr Lebenswille zurück. Ihre Hofdame schüttelte immer wieder den Kopf über dieses seltsame Verhältnis: Fürst und Fürstin waren sich nah und doch fern. Sie verstanden sich ohne Worte, ihre Freude, sich zu sehen, übertrug sich auf die Umstehenden, ja sogar auf den Raum. Und doch schien er ihr nicht den Platz an seiner Seite gewähren zu können. Das kleine Glück, ihn zu sehen, mit ihm zu reden, blieb der Fürstin. Wenn es ihr gut ging, schätzte sie dies, wenn sie sich schlecht fühlte, stürzte sie gerade dieser Mangel an Liebe in eine noch tiefere Trauer.

Den Kirchweihsonntag verbrachten Fürst und Fürstin gemeinsam. Nach dem Abendessen, es war schon dunkel geworden, verabschiedete sich Anton Aloys von ihr. Am nächsten Morgen fuhr der schnellste Wagen des Fürsten vor. Die Fürstin möge sich beeilen, dem Fürsten gehe es nicht gut. Bis zum Abend saß Amalie an seinem Bett, hielt seine Hand, hoffte, er möge noch einmal zu Bewusstsein kommen. Seine Augen bewegten sich unruhig hin und her, als wolle er noch etwas sagen. Amalie legte ihren Kopf neben seinen, umarmte ihn, er atmete immer ruhiger, bis schließlich ein letzter Seufzer sein Leben beendete. Amalie war über diese letzte Nähe glücklich. Es war der 17. Oktober 1831.

Genau zehn Jahre später, am 17. Oktober 1841, starb sie schließlich selbst in ihrem kleinen Stadtpalais. Zuvor hatte sie sich von allen, von den Kindern, Enkeln und

Urenkeln, von jedem Bediensteten verabschiedet. Sie sagte, sie freue sich, mit ihrem Mann wieder in einer anderen Welt vereint sein zu können.

Sie wurde 81 Jahre alt, sie ist nicht über ihren Felsen in den Tod gesprungen. Ihre Memoiren stehen heute im Staatsarchiv ungefähr an der Stelle, an der sie gestorben ist. Ein guter Platz für ihre Lebensgeschichte.

In der Familiengruft der Hedinger Kirche, vom Schloss aus gesehen am anderen Ende der Karlstraße, liegen Anton Aloys und Amalie Zephyrine als Ehepaar nebeneinander. Seite an Seite, so, als wären sie nie getrennt gewesen.

Der Film »Casablanca« wurde 1942 gedreht. Ingrid Bergmann, die schöne Ilsa Lund, Humphrey Bogart als Rick, und dann ist da auch noch Victor László, der Mutige, der Held der Gegenwart und Ehemann von Ilsa-Ingrid. Der weise lächelnde Klavierspieler Sam spielt und singt. *You must remember this. A kiss is just a kiss, a sigh is just a sigh. The fundamental things apply. As time goes by.*

Ein Kinoauto, Paris, der Eiffelturm, der Triumphbogen, deutsche Uniformen marschieren im Gleichschritt ein. Das bedrohte Glück des Liebespaares, das auf einmal keines mehr sein darf, weil László aus dem KZ zurückgekommen ist. Ilsa, die ihn verloren glaubte, Ilsa, die den unglücklichen Rick im Ungewissen lässt. Ihr blaues Kleid leuchtet im Grau der Zeit und der Erinnerung. Rick wartet: »Sie wird zurückkommen, ich weiß, dass sie zurückkommt.« Und dann ist sie da, in Casablanca, in Ricks Bar. »Sieh mir in die Augen, Kleines.«

Rick: »Es ist seltsam, ich weiß so wenig von dir.«

Ilsa: »Rick, Liebling, ich kann nicht mir dir gehen. Wir wussten sehr wenig voneinander, als wir uns in Paris geliebt haben.«

Rick: »Eines Tages wirst du László verlassen und zu mir zurückkommen.«

Ilsa: »Wenn du wüsstest, wie ich dich geliebt habe, wie ich dich immer noch liebe.«

Rick: »Es ist noch immer eine Geschichte ohne Schluss.«

Ilsa: »Ich kann nicht mehr dagegen ankämpfen, kann dich nicht mehr verlassen. Du wirst für uns beide denken müssen. Ich wünschte, ich würde dich nicht so lieben.«

Rick: »Uns bleibt immer noch Paris. Sieh mir in die Augen, Kleines.«

László wartet im Hintergrund. Ilsa und er entkommen gerade noch der Gefahr, sie fliegen mit der letzten Maschine nach Amerika, Rick bleibt die Erinnerung und das Wissen um seine Liebe.

Play it once, Sam. For old times' sake. Play »As time goes by«.

Bis zum Ende des Zweiten Weltkriegs blieb Hohenzollern zwischen Württemberg und Baden ein eigenes Land. Nach dem Krieg war es französische Besatzungszone und wurde Württemberg-Hohenzollern genannt. Seit 1952 ist es wie die beiden anderen Länder des Südweststaats Baden und Württemberg neuen Verwaltungseinheiten zugeteilt worden. Eigentlich müsste das Land Baden-Hohenzollern-Württemberg heißen. Ein Bandwurmname. Baden-

Württemberg setzte sich durch. Sigmaringen lebt seither den Reiz eines Provinzstädtchens.

Der Reiz einer Großstadt, das Funkeln und Glitzern. Plötzlich bin ich wieder in Paris, im Musée Grévin. Bevor ich Jean-Paul Sartre, Romy Schneider und Charles Aznavour als Wachsgeschöpfe treffe, betrete ich das Palais des Miracles. Im Palast der Wunder fährt mich ein Fahrstuhl ins Ungewisse, ein vieleckiger Raum mit einem Stuckgewölbe und Tausend Spiegeln. Säulen werden zu Tanzenden, Elefantenköpfe, Schlangen und Pflanzen wachsen ineinander. Donner und Blitze werfen die Zuschauer in das, was sie zu sehen glauben. Der Wechsel zwischen Dschungel und leuchtenden Schmetterlingen ist ein fließender.

Mein Zug fährt durch das herbstbunte Donautal. Ich bin froh, festen Boden unter den Füßen zu haben, freue mich auf Christian, auf die Stadt. Die Stadt, die sich durch Amalie so sehr verändert hat. Anton Aloys und sein Sohn Karl wurden zu Baumeistern ihrer Residenz. Die Stadt blühte auf. Im Jahr 1826 schließlich kaufte der Fürst das Nebengebäude des Gasthauses »Zum Bären« und ließ darauf ein repräsentatives Hoftheater für 150 Besucher und dazu die Logen für die fürstliche Familie und besondere Gäste errichten. Ein Theater gehörte für Fürstin Amalie selbstverständlich zu einer Stadt, zu einem Ort, an dem sie leben konnte. 100 Jahre später wird das Gebäude zum Lichtspielhaus und nach dem Krieg erst mal zum Theater. Doch fünf Jahre später wird es wieder Kino. Seit ein paar Jahren kann es sich kaum mehr finanzieren. Die aktuellen Filme schauen sich die Sigmaringer meist in größeren Kinos in anderen Städten an. Hier könnte nur ein Programmkino bestehen. Filme zeigen, so wie man Lieblingsbücher liest, anschließend darüber reden. Ich denke, das müsste möglich sein. Und natürlich auch neue Filme, vielleicht nicht ganz so früh wie in den großen Städten, aber bald, publikumsbezogen, sie wären zu begeistern, die Sigmaringer, davon bin ich überzeugt.

Ich stelle mein Handy wieder an, wähle *Zuhause*, Christian nimmt schon nach dem ersten Klingeln ab.

»Ich bin in einer halben Stunde da.«

»Ja, ich habe schon im Internet nachgeschaut, der Zug ist pünktlich, ich hole dich ab.«

»Ich habe mich entschieden.«

»Wofür oder soll ich besser fragen für wen?«

»Für das Kino, ich mache es doch.«

Geschichten erzählen, Geschichten inszenieren, zusammendenken, was zuvor in Einzelbildern noch keinen Sinn ergab. Amalies Leben könnte ich jetzt verfilmen. Aber zuvor möchte ich all die anderen Filme zeigen. Die Lust, mit Jules und Jim über die Brücke zu rennen.

Christian steht auf dem Bahnsteig. Er sucht die Fensterreihen ab. Ich warte, bis er mich sieht. Wir gehen aufeinander zu. Die Freude, ihn zu spüren. »Du strahlst so, ist etwas passiert?«

»Nicht dass ich wüsste, aber lass uns zuerst zur Kirche gehen und diese Rosenköpfe an Amalies Grab legen, sie gehören ihr.«

An deiner blauen Seele setzen sich Sterne zur Nacht.

Ich werde Pierre schreiben, werde schreiben von meiner Entscheidung für das Leben, das ich vor der Reise geführt habe, werde schreiben von meinen Plänen für das Kino. Nicht schreiben werde ich, dass ich ihm jetzt näher bin als je zuvor. Den Kuss vielleicht ausgenommen.

ANMERKUNGEN

S. 11: Écouter Marcel Proust … Übersetzung: Marcel Proust hören, Auszüge aus »Auf der Suche nach der verlorenen Zeit«.
S. 14: *Ein Mann, der Herrn K. lange* … Bertolt Brecht, aus: »Geschichten vom Herrn Keuner«, Suhrkamp.
S. 16: *Un long dimanche* … wörtlich übersetzt: Ein langer Verlobungssonntag. Die deutsche Übersetzung des Filmtitels heißt »Mathilde – Eine große Liebe«.
S. 30: *Weißt du, dass du* … Im ganzen Roman finden sich einzelne Gedichtzeilen von Else Lasker-Schüler, wenn diese nicht bereits im Text genannt sind, wird an dieser Stelle auf sie verwiesen. Entnommen der Ausgabe »Sämtliche Gedichte«, Jüdischer Verlag im Suhrkamp Verlag, Frankfurt a.M., 2004.
Ebenso S. 30, 63, 99, 121, 132, 270, 313, 330.
S. 33: *Die Zeit heilt alle Wunder* … Liedzeile der Musikgruppe »Wir sind Helden«.
S. 36: *On se serre la main*. Übersetzung: Geben wir uns die Hand. Dies ist gleichzeitig ein Zitat aus dem Film »Jules und Jim«.
S. 37: *Sa langue* … Übersetzung: Seine/Ihre Zunge erfrischte meine Lippen und einen Augenblick lang drehten wir uns in den Wellen. Aus: Albert Camus: »L'étranger«. Paris, Gallimard, 1942.

S. 59: *Auch ich in der Champagne* … Johann Wolfgang von Goethe: »Campagne in Frankreich«.
S. 91: *Der Mensch ist frei geboren* … Jean-Jacques Rousseau: »Vom Gesellschaftsvertrag oder Prinzipien des Staatsrechts«.
S. 97: *Dass mir's nicht mehr schwindelt* … J. W. v. Goethe: »Von deutscher Baukunst«.
S. 109: *Tant d'agréments* … Übersetzung: Was für Annehmlichkeiten, Schauspiele, Feste, Sehenswürdigkeiten einer Stadt wie Paris.
S. 129 f: *Ceremonien* … Auszug aus: »Beschreibung der Tauf-Feier aller Sprosse des Hochfürstlichen Hauses von Hohenzollern-Sigmaringen« von Sylvester Miller, 1865.
S. 192: *La France vivra* … Übersetzung: Frankreich wird leben, denn es ist ewig.
S. 193–196: Texte von Céline aus: Louis-Ferdinand Céline: »Von einem Schloß zum andern«. Deutsche Übers. v. Werner Bökenkamp. Reinbek b. Hamburg, Rowohlt, 1960 (Paris, Gallimard, 1957).
S. 199f: Gedichtzeilen von Rainer Maria Rilke, Joseph von Eichendorff, J. W. v. Goethe und Novalis.
S. 223: *Jeden Tag eine Stunde* … Brief von Sophie Scholl an ihre Schwester Inge vom 3. Juni 1941.
S. 226: *So ein herrlicher, sonniger Tag* … Abschiedsbrief von Sophie Scholl, 22. Februar 1943.
S. 231: *Im besetzten und unbesetzten Frankreich* … Aus: »Die Wannsee-Konferenz und der Völkermord an den europäischen Juden: Katalog der ständigen Ausstellung«, Haus der Wannsee-Konferenz, 2006 u.ö.
S. 241f: Die Textpassage ist von mir übersetzt und leicht

gekürzt aus: »Cahiers de jeunesse de Denise Bardet, institutrice à Oradoursur-Glane«, le 10 juin 1944. Saint Paul 2002.
S. 265: *La France a perdu* … Übersetzung: Frankreich hat eine Schlacht verloren. Aber Frankreich hat nicht den Krieg verloren.
S. 271: *Die Legende aber will* … abgedruckt in: »Walther Frick: Das war Hohenzollern«. Horb 1990.
S. 293: *Überwinder des Unüberwindlichen.* Bezeichnung von Heinrich von Kleist für Erzherzog Karl von Österreich.
S. 306: *Im Jahre 1811* … Aus: »Beschreibung der Tauf-Feier«, s.o.

ZEITTAFEL

1745
3. Mai: Geburt von Amalies ältestem Bruder, Fürst Friedrich III. von Salm-Kyrburg, gestorben 1794 unter der Guillotine.

1760
7. März: In der Kirche Saint-Sulpice: Taufe nach der Geburt in Paris (Rue Bourbon) von Amalie Zephyrine von Salm-Kyrburg.

1762
20. Juni: Erbprinz Anton Aloys von Hohenzollern-Sigmaringen geboren, gestorben 1831.

1765
Geburt von Gräfin Johanna von Hohenzollern-Sigmaringen (Schwester von Anton Aloys und ab 1781 verheiratet mit Friedrich III. von Salm-Kyrburg), gestorben 1790. Vier Kinder, nur der letzte Sohn Ernst (später Friedrich IV.) überlebt. Amalie übernimmt dessen Erziehung nach dem Tod der Schwägerin.

1779
7. Juni: Amalies Vater, Philipp Joseph von Salm-Kyrburg (geboren 1709) stirbt. Familienoberhaupt und Vormund wird ihr Bruder Friedrich.

1781
9. September: Fürst Friedrich III. von Salm-Kyrburg heiratet Johanna von Hohenzollern-Sigmaringen in Straßburg. Am gleichen Tag und Ort verloben sich Johannas Bruder Anton Aloys von Hohenzollern-Sigmaringen und Amalie Zephyrine von Salm-Kyrburg.

1782

13. August: Heirat von Amalie Zephyrine und Anton Aloys in Kirn an der Nahe. Die Feier findet auf Schloss Dhaun bei Kirn statt. Erster Streit: Amalie wollte wenigstens die Winterzeit mit ihrer Familie (wie bei dieser üblich) in Paris verbringen. Ihr Schwiegervater verlangte jedoch, dass sie mit ihrem Mann dauernd in Sigmaringen oder Haigerloch leben sollte.

1783

19. Juni: Amalies Mutter, Maria Theresia Josepha von Hornes und Isque (Overisque, heute Overijse, 16 km südöstlich von Brüssel), geboren 1726, stirbt. 3. September: Amalie bringt in Paris einen Sohn zur Welt, der jedoch drei Tage später stirbt und in Passy bei Paris begraben wird.

1784

Im Frühjahr reist Amalie zum ersten Mal nach Sigmaringen (mit Bruder Friedrich und Schwägerin). Sie findet alles altmodisch, ungepflegt, deprimierend, der Schwiegervater (Karl Friedrich, 1724–1785) lässt sie überwachen.

1785

19. Februar: Geburt ihres Sohnes Karl (gestorben 1853).

Zehn Wochen später, am 3. Mai, flieht sie aus Sigmaringen: Sie überlistet bei einer genehmigten Spazierfahrt ihre Bewacher und verlässt das hohenzollerische Territorium. In Männerkleidung erreicht sie die Poststation mit Gasthof in Mengen, fährt weiter nach Riedlingen. Mit einer Kutsche, die ihr Bruder Friedrich entgegenschickt, kommt sie am 7. Mai in Kirn an.

1789

14. Juli: Sturm auf die Bastille. Am 14. Dezember kommt Friedrich IV. von Salm-Kyrburg (gestorben 1859), Amalies Neffe, auf die Welt.

1792

Amalie verlässt zusammen mit ihrem Neffen, dem dreijährigen Erbprinzen von Salm-Kyrburg, Paris. Joséphine (Rose) de Beauharnais hatte sie gebeten, ihre Kinder Eugène und Hortense mitzunehmen. Diese gibt sie als ihre Kinder aus. Amalie kommt jedoch mit den Kindern zurück, da ihr Bruder Friedrich Paris nicht verlassen will, um seinen Besitz nicht aufzugeben. Joséphine dankt ihr dennoch für die »Rettung« ihrer Kinder aus dem gefährlichen Paris, indem sie später bei Napoléon ihre Fürsprecherin wird.

1794

23. Juli: Friedrich und Alexandre de Beauharnais werden mit der Guillotine auf der Place du Trône (heute Place de la Nation) enthauptet. 5 Tage später endet mit der Hinrichtung von Maximilian Robespierre die »Schreckensherrschaft«.

1797

Fürstin Amalie stellt Fräulein von Wangenheim ein, ebenso Charles de Voumard (1761–1841), einen gebildeten ehemaligen Offizier aus der Schweiz, als Erzieher für ihren Neffen. Er bleibt von da an ihr Gesprächspartner und Begleiter.

1798

Fürstin Amalie ist beim Rastatter Kongress (1797–1799).

1800

5. Mai: Schlacht bei Meßkirch (18 km südöstlich von Sigmaringen). Napoléon (1769–1821) bzw. die Rheinarmee gewinnt die entscheidende Schlacht gegen das österreichische Heer. Amalie wird in Overisque ein Mädchen mit Namen Hélène (1799–1861) »zugeführt«, das sie wie ein eigenes Kind erzieht.

1801
Nach dem Frieden von Lunéville mit Beginn der Entschädigungsverhandlungen bittet Amalie ihren Mann um Unterstützung für die beginnenden Verhandlungen um Hohenzollern bei Napoléon und seiner Regierung. Eine Voraussetzung für ihr Eingreifen ist, dass sie ihren Sohn wiedersehen kann. Mit der sofortigen Absendung des Hofrats Gessler nach Paris stellte Anton Aloys seiner Frau nun auch den Besuch des Sohnes in Aussicht.
Sommer 1801: Amalie sieht ihren Sohn Karl nach 16 Jahren zum ersten Mal wieder.

1802
Amalie handelt für sich (unter anderem mit Hilfe Talleyrands) eine Unterhaltszahlung aus.
4. Februar: Hochzeit zwischen Sohn Karl und der Nichte Joachim Murats (ihr Onkel und Ziehvater Murat war mit Napoléons Schwester Caroline verheiratet und ab 1808 König von Neapel). Amalie vertritt das Haus Hohenzollern bei der Hochzeit des Sohnes. Sie übernimmt zunächst auch die ständige Begleitung und Erziehung von Antoinette Murat (1793–1847).
Es beginnen langwierige Verhandlungen (bis 1806), um die Souveränität der beiden hohenzollerischen Länder zwischen Baden und Württemberg.

1808
Amalie kehrt gemeinsam mit Sohn und Schwiegertochter nach Sigmaringen zurück. Die Rückkehr ins Sigmaringer Schloss wird ihr verweigert. Das Paar und Amalie zieht im Schloss Krauchenwies ein. Amalie sucht eine Aussöhnung mit ihrem Mann, ihr Mann nicht. Das Paar trifft sich dennoch immer wieder und fällt gemeinsame Entscheidungen.

1810
Die erste Enkeltochter Karoline wird geboren. Enkelin Amalie wird 1815 geboren und Enkelin Friederike 1820.

1811

7. September: Der Stammhalter Karl Anton wird geboren (gestorben 1885, verzichtete 1849 zugunsten des Königs von Preußen).
Danach richtet sich Amalie in Inzigkofen eine eigene Hofhaltung ein. Reisen ins Ausland. Amalie lebt im Winter hauptsächlich in Sigmaringen (ab 1824 in der Karlstraße, im Schlössle, später Prinzenbau). Oberst Charles de Voumard begleitet sie in der Eigenschaft eines Hofkavaliers.

1813

16.–19. Oktober: Völkerschlacht bei Leipzig (Preußen, Russland, Österreich und Schweden gegen Napoléon), Entscheidungsschlacht der »Befreiungskriege«.

1814

September bis Juni 1815: Wiener Kongress. Bestätigung der Landesgrenzen.

1820

Hélène d'Isque (1799–1861) bekommt von Anton Aloys den Titel »von Schatzberg« und wird in den Adelsstand erhoben. Sie ist Hofdame bei Amalie. 1924 heiratet sie Freiherr Friedrich von Laßberg (1798–1838, gestorben in Sigmaringen und im Dienst Anton Aloys'). Sein Vater Joseph von Laßberg, 1770–1855, war seit 1834 mit Jenny, der Schwester von Annette von Droste-Hülshoff verheiratet. Das Paar hat keine Kinder.

1821

Napoléon I. (geboren 1769) stirbt auf Sankt Helena.

1831

17. Oktober: Tod von Anton Aloys.

1835

22. September: Geburt von Leopold von Hohenzollern (gestorben 1905), ältester Sohn und Nachfolger von Karl Anton, Urenkel von Amalie.

1841

17. Oktober: Tod von Amalie Zephyrine. Gemeinsame letzte Ruhestätte von Fürst Anton Aloys und Fürstin Amalie Zephyrine in der Hedinger Kirche in Sigmaringen.

1848

Fürst Karl von Hohenzollern-Sigmaringen (Sohn von Amalie) dankt zugunsten seines Sohnes Karl Anton ab.

1849

Fürst Karl Anton von Hohenzollern tritt die Fürstentümer Hohenzollern an Preußen (als antizipierte Erbfolge) ab.

1870

19. Juli bis 10. Mai 1871: Deutsch-französischer Krieg unter der Führung von Wilhelm I. von Preußen (1797–1888) und Napoléon III. (1808–1873, Enkel von Josephine de Beauharnais).

1871

18. Januar: Proklamation des Deutschen Kaiserreichs unter Wilhelm I. von Preußen im Spiegelsaal von Versailles.

1914

1. August bis 11. November 1918: Erster Weltkrieg.

1920

Der Berliner Autor und Übersetzer aus dem Französischen, Franz Hessel, veröffentlicht seine »Pariser Romanze«.

1933
30. Januar: ›Machtergreifung‹ Adolf Hitlers.

1938
7. November: Ernst Eduard vom Rath (geb. 1909, Botschaftssekretär in Paris) wird in der Deutschen Botschaft, im Hôtel de Beauharnais, von Herschel Grynszpan angeschossen und stirbt zwei Tage später.

1939
bis 1945: Zweiter Weltkrieg.
1. September: Überfall auf Polen.
3. September: Frankreich und England erklären Deutschland den Krieg.

1940
10. Mai bis 25. Juni: »Krieg im Westen«.

1940
Philipp Pétain (1856–1951) wird Chef des neu gegründeten und die Republik ablösenden État Français und unterzeichnet den Waffenstillstand am 22. Juni (Wald von Compiègne). Mehr als 60 Prozent (Norden und Westen) wird von Deutschland besetzt, Elsass-Lothringen wird annektiert, die »Unbesetzte Zone« (État Français) nimmt ihren Regierungssitz in Vichy.
Charles de Gaulle (1890–1970) ruft mit dem »Appell vom 18. Juni« von London aus zum Widerstand auf.
Im August bezieht Otto Abetz (1903–1958) als deutscher Botschafter bzw. als Bevollmächtigter von Joachim von Ribbentrop (»Reichsminister des Auswärtigen«) im besetzten Frankreich das Hôtel de Beauharnais. Die Deutsche Botschaft der Pétain-Regierung hat in Vichy eine Zweigstelle.
Otto Abetz ist mit Jean Luchaire (1901–1946) befreundet. Seine Frau, mit der er seit 1932 verheiratet ist, war zuvor die Sekretärin des Journalisten Jean Luchaire. Der ehemalige Kunst- und Biologielehrer

möchte in Frankreich das Bild Nazideutschlands positiv darstellen. Abetz musste aufgrund der Spannungen zwischen den beiden Ländern am 30. Juni 1939 Paris verlassen. Am 15. Juni 1940 kehrt er wieder zurück.

1942
Der Roman »L'étranger« von Albert Camus (1913–1960) erscheint im besetzten Paris.

1943
22. Februar: Die Widerstandskämpfer Sophie Scholl, ihr Bruder Hans Scholl und Christoph Probst werden in München mit der Guillotine enthauptet.

1944
6. Juni: Landung der Alliierten in der Normandie
10. Juni: Oradour-sur-Glane wird von der Waffen-SS zerstört, die Einwohner werden ermordet, darunter die Lehrerin Denise Bardet.
25. August: Befreiung von Paris.
Die Vichy-Regierung wird ab 7. September nach Sigmaringen »verlegt«.
Die Schauspielerin Léonie Bathiat, genannt Arletty (1898–1992), wird wegen ihres Verhältnisses mit dem deutschen Offizier Hans-Jürgen Soehring (1908–1960) verurteilt.

1945
20. April: Pétain und die »Exil-Franzosen« verlassen Sigmaringen.
22. April: Die 1. Französische Armee unter General Jean de Lattre de Tassigny erreicht Sigmaringen.
8. Mai: Ende des Zweiten Weltkriegs.
14. August: Philippe Pétain wird zum Tode verurteilt und von Charles de Gaulle begnadigt.

1946
22. Februar: Jean Luchaire wird nach einem Prozess als Kollaborateur im Fort de Châtillon erschossen.

1951
Pétain stirbt in der Verbannung auf der Ile d'Yeu.

1953
Der Roman »Jules und Jim« von Henri-Pierre Roché (1879–1959) erscheint.

1962
Der Film »Jules und Jim« von François Truffaut (1932–1984) nach dem Roman von Roché kommt ins Kino.

1963
22. Januar: Der Elysée-Vertrag, das Abkommen zur deutsch-französischen Zusammenarbeit, wird von Bundeskanzler Konrad Adenauer und von Staatspräsident Charles de Gaulle im Elysée-Palast unterzeichnet.

1984
22. September: Bundeskanzler Helmut Kohl und Staatspräsident François Mitterrand halten sich in Verdun als Zeichen der Versöhnung an den Händen.

1987
Das Buch »Le syndrome de Vichy« von Henry Rousso erscheint in Paris.

1991
Das »Journal d'Helen« von Helen Hessel (1886–1982) erscheint posthum.

2013

4. September: Bundespräsident Joachim Gauck darf als erster Deutscher Repräsentant Oradour-sur-Glane besuchen. Zusammen mit dem französischen Präsidenten François Hollande nimmt er an einer Gedenkfeier teil.

DIE FÜRSTEN VON HOHENZOLLERN-SIGMARINGEN

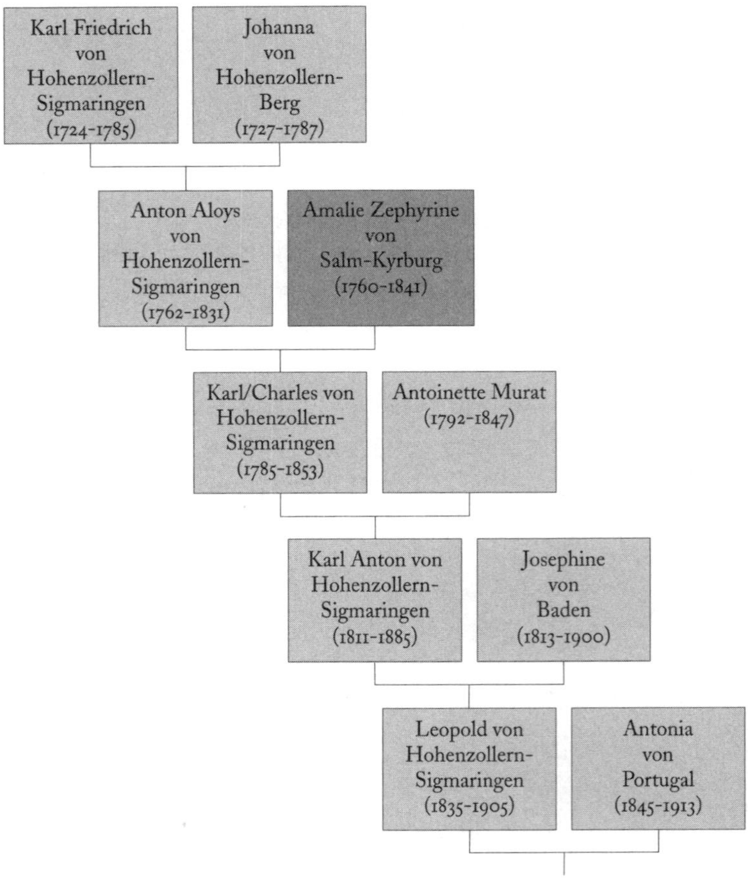

DIE FÜRSTEN VON SALM-KYRBURG

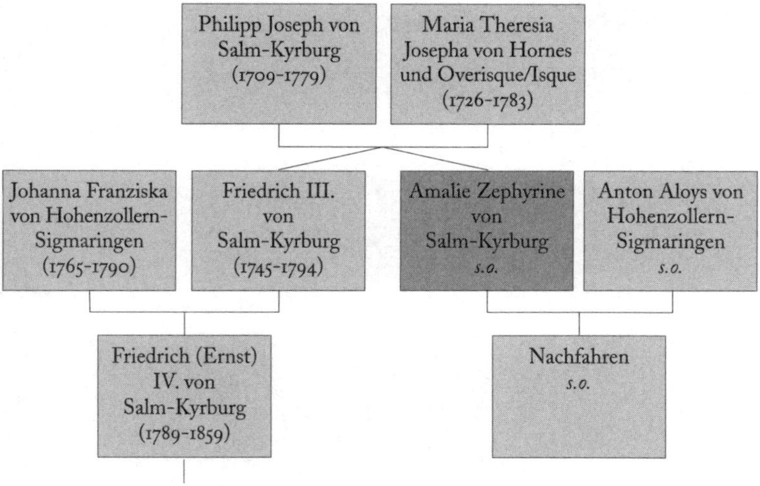

DIE FÜRSTEN VON HOHENZOLLERN-HECHINGEN

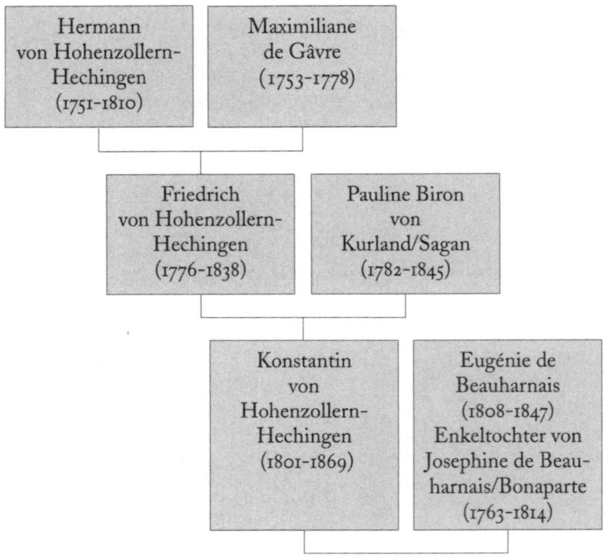

DANKSAGUNG

Ich danke Amalie Zephyrine von Hohenzollern-Sigmaringen, geb. Salm-Kyrburg für ihre schriftlich verfassten Erinnerungen sowie dem Fürstenhaus Hohenzollern, insbesondere Karl Friedrich Fürst von Hohenzollern. Ebenso dem Staatsarchiv Sigmaringen und Dr. Volker Trugenberger sowie dem Kreisarchiv Sigmaringen und Dr. Edwin Ernst Weber.

Ich danke weiterhin Catherine Allgaier, Christine Egli, Paul Hornemann, Daniela Krezdorn, Reiner Löbe und all jenen, die in Gesprächen und Diskussionen zum Entstehen des Romans beigetragen haben.

Ich danke ebenso meinen »Zitatengebern«, die ich in den Anmerkungen und im Text genannt habe.

Mein Dank gilt auch dem Förderkreis Deutscher Schriftsteller in Baden-Württemberg e. V. für das Förderstipendium für diesen Roman.

Das Neueste aus der Gmeiner-Bibliothek

Unser Lesermagazin

Bestellen Sie das kostenlose Krimi-Journal in Ihrer Buchhandlung oder unter www.gmeiner-verlag.de

Informieren Sie sich …

www … auf unserer Homepage:
www.gmeiner-verlag.de

@ … über unseren Newsletter:
Melden Sie sich für unseren Newsletter an unter www.gmeiner-verlag.de/newsletter

f … werden Sie Fan auf Facebook:
www.facebook.com/gmeiner.verlag

Mitmachen und gewinnen!

Schicken Sie uns Ihre Meinung zu unseren Büchern per Mail an gewinnspiel@gmeiner-verlag.de und nehmen Sie automatisch an unserem Jahresgewinnspiel mit »mörderisch guten« Preisen teil!